채만식 단편선
레디메이드 인생

책임 편집 · 한형구
서울대학교 국어국문학과와 같은 과 대학원 졸업.
현재 서울시립대학교 국어국문학과 교수.
저서로는 『전환기의 사회와 문학』 『합리주의의 문턱에서』 『한국 근대문학의 탐구』 등이 있음.

한국문학전집 04
레디메이드 인생
채만식 단편선

초판 1쇄 발행 2004년 12월 3일
초판 20쇄 발행 2024년 10월 24일

지 은 이   채만식
책임 편집   한형구
펴 낸 이   이광호
펴 낸 곳   ㈜문학과지성사
등록번호   제1993-000098호

주   소   04034 서울 마포구 잔다리로7길 18(서교동 377-20)
전   화   02)338-7224
팩   스   02)323-4180(편집) 02)338-7221(영업)
전자우편   moonji@moonji.com
홈페이지   www.moonji.com

ⓒ ㈜문학과지성사, 2004. Printed in Seoul, Korea

ISBN 89-320-1556-2 04810
ISBN 89-320-1552-X(세트)

이 책의 판권은 저작권자와 ㈜문학과지성사에 있습니다.
서면 동의 없는 무단 전재 및 복제를 금합니다.

채만식 단편선
레디메이드 인생

한형구 책임 편집

| 차 례 |

일러두기 • 6

논 이야기 • 7
레디메이드 인생 • 37
미스터 방 • 79
민족의 죄인 • 98
치숙痴叔 • 161
낙조落照 • 186
쑥국새 • 256
당랑螳螂의 전설傳說 • 272

주 • 329
작품 해설
채만식 문학의 풍자성, 아니 비극성 / 한형구 • 339
작가 연보 • 370
작품 목록 • 372
참고 문헌 • 381
기획의 말 • 387

| 일러두기 |

1. 이 책에 수록된 작품은 채만식이 1934년부터 1948년까지 발표한 작품들 중에서 선정한 7편의 단편소설과 1편의 희곡이다. 각 작품의 정확한 출처는 주에 명기되어 있다.
2. 이 책의 맞춤법은 1988년 1월 19일 문교부 교시 '한글 맞춤법'에 따르는 것을 원칙으로 하였다. 단 작품의 분위기에 영향을 준다고 판단되는 방언이나 구어체 표현, 의성어·의태어 등은 그대로 두었다.
   예) 숙부님께서나 <u>가슈</u>.
   　　이분이 김선생 조카 되시는 <u>분이구랴</u>.
3. 원본의 한자는 가급적 한글로 바꾸었으며, 작품 이해에 도움이 될 만한 한자는 그대로 두고 괄호 안에 넣었다(예 ①). 반복적으로 등장하는 한자어는 최초에만 괄호 안에 한자를 병기하고 후에는 한글로만 표기하였다. 또 책임 편집자가 독자들의 이해를 위해 필요하다고 판단되어 부가적으로 병기한 한자는 중괄호([ ])를 사용하여 표기하였다(예 ②).
   예) ① 花郎의 後裔→화랑의 후예(後裔)
   　　② 차마→차마[車馬]
4. 대화를 표시하는『 』혹은「 」은 모두 " "로 바꾸었고, 대화가 아닌 강조의 경우에는 ' '로 바꾸었다. 또 책 제목은『 』로, 영화·단편소설 등의 제목은「 」로 표시했다. 말줄임표 '‥' '…' '……' 등은 모두 '……'로 통일시켰다.
5. 외래어 표기는 1986년 1월 7일 문교부 교시 '외래어 표기법'에 따라 바꾸었다(예 ①). 단 작품의 제목이나 중요한 어휘로 등장하는 경우에는 원본을 그대로 살렸다(예 ②).
   예) ① 쩌어날리스트→저널리스트
   　　② 조선의 심볼(현 외래어 표기법으로는 '심벌')
6. 과도하게 사용된 생략 부호나 이음 부호는 읽기에 편하도록 조절하였다.
7. 책임 편집자가 부가적인 설명이나 단어 풀이가 필요하다고 판단한 경우에는 본문에 중괄호([ ])로 표시해놓거나 책의 뒤쪽에 미주로 설명을 붙여놓았다.

논 이야기

1

 일인들이 토지와 그 밖에 온갖 재산을 죄다 그대로 내놓고 보따리 하나에 몸만 쫓겨가게 되었다는 이야기를 듣는 한생원은 어깨가 우쭐하였다.
 "거 보슈 송생원. 인전 들, 내 생각 나시지?"
 한생원은 허연 탑삭부리에 묻힌 쪼글쪼글한 얼굴이 위아래 다섯 대밖에 안 남은 누런 이빨과 함께 흐물흐물 웃는다.
 "그러면 그렇지, 글쎄 놈들이 제아무리 영악하기로소니 논에다 네 귀탱이 말뚝 박구섬 인도깨비처럼, 어여차 어여차, 땅을 떠가지구 갈 재주야 있을 이치가 있나요?"
 한생원은 참으로 일본이 항복을 하였고, 조선은 독립이 되었다는 그날—8월 15일 적보다도 신이 나는 소식이었다. 자기가 한

말(豫言)이 꿈결같이도 이렇게 와 들어맞다니…… 그리고 자기가 한 말대로, 자기가 일인에게 팔아넘긴 땅이 꿈결같이도 도로 자기의 것이 되게 되었다니…… 이런 세상에 신기하고 희한할 도리라고는 없었다.

조선이 독립이 되었다는 8월 15일, 그때는 한생원은 섬뻑 만세를 부르고 싶은 생각이 나지 않았어도, 이번에는 저절로 만세 소리가 나와지려고 하였다.

8월 15일 적에 마을에서는 젊은 사람들이 설도¹를 하여 태극기를 만들고, 닭을 추렴하고 술을 사고 하여놓고 조촐히 만세를 불렀다.

한생원은 그 자리에 참례를 하지 아니하였다. 남들이 가서 같이 만세를 부르자고 하였으나 한생원은 조선이 독립이 되었다는 것이 별양 반가운 줄을 모르겠었다. 그저 덤덤할 뿐이었다.

물론 일본이 항복을 하였으니 전쟁은 끝이 난 것이요, 전쟁이 끝이 났으니 벼 공출을 비롯하여 솔뿌리 공출이야, 마초 공출이야, 채소 공출이야, 가지가지의 그 억울하고 성가신 공출이 없어지고 말 것이었다.

또, 열여덟 살배기 손자놈 용길이가 징용에 뽑혀 나갈 염려가 없을 터였다. 얼마나 한생원은, 일찍이 아비를 여의고, 늙은 손으로 여태껏 길러온 외톨 손자놈 용길이가 징용에 뽑히지 말게 하려고, 구장과 면의 노무계 직원과, 부락 담당 직원에게 굽은 허리를 굽실거리며 건사를 물고 하였던가. 굶는 끼니를 더 굶어가면서 그들에게 쌀을 보내어주기. 그들이 마을에 얼찐하면 부랴부랴

청해다 씨암탉 잡고 술 대접하기, 한참 농사일이 몰릴 때라도, 내 농사는 손이 늦어도 용길이를 시켜 그들의 논에 모 심고 김매어 주고 하기. 이 노릇에 흰머리가 도로 검어질 지경이요, 빚은 고패[2] 가 넘도록 지고 하였다.

하던 것이 인제는 전쟁이 끝이 났으니, 징용 이자는 싹 씻은 듯 없어질 것. 마음 턱 놓고 두 발 쭉 뻗고 잠을 자도 좋았다.

이런 일을 생각하면 한생원도 미상불 다행스럽지 아니한 것은 아니었다. 그러나 오직 그뿐이었다.

독립?

신통할 것이 없었다.

독립이 되기로서니, 가난뱅이 농투성이가 별안간 나으리 주사 될 리 만무하였다. 가난뱅이 농투성이가 남의 세토(貰土: 소작) 얻어 비지땀 흘려가면서 일 년 농사지어, 절반도 넘는 도지(소작 료) 물고 나머지로 굶으며 먹으며 연명이나 하여가기는 독립이 되거나 말거나 매양 일반일 터였다.

공출이야 징용이야 하여서 살기가 더럭 어려워지기는 전쟁이 나면서부터였다. 전쟁이 나기 전에는 일 년 농사지어 작정한 도 지 실수 않고 물면 모자라나따나 아무 시비와 성가심 없이 내 것 삼아 놓고 먹을 수가 있었다.

징용도 전쟁이 나기 전에는 없던 풍도였었다. 마음 놓고 일을 하였고, 그것으로써 그만이었지, 달리는 근심 걱정 될 것이 없 었다.

전쟁 사품에 생겨난 공출이니 징용이니 하는 것이 전쟁이 끝이 남으로써 없어진 다음에야 독립이 되기 전 일본 정치 밑에서도 남의 세토 얻어 도지 물고 나머지나 천신하는 가난뱅이 농투성이에서 벗어날 것이 없을진대, 한갓 전쟁이 끝이 나서 공출과 징용이 없어진 것이 다행일 따름이지, 독립이 되었다고 만세를 부르며 날뛰고 할 흥이 한생원으로는 나는 것이 없었다.

일인에게 빼앗겼던 나라를 도로 찾고, 그래서 우리도 다시 나라가 있게 되었다는 이 잔주[3]도, 역시 한생원에게는 시쁘둥한[4] 것이었다. 한생원은 나라를 도로 찾는다는 것은, 구한국 시절로 다시 돌아가는 것으로밖에는 달리는 생각할 수가 없었다.

한생원네는 한생원의 아버지의 부지런으로 장만한 열서 마지기와 일곱 마지기의 두 자리 논이 있었다. 선대의 유업도 아니요, 공문서(空文書: 무등기) 땅을 거저 주운 것도 아니요, 뻐젓이 값을 내고 산 것이었다. 하되 그 돈은 체계나 돈놀이(高利貸金業)로 모은 돈이 아니요, 품삯 받아 푼푼이 모으고 악의악식하면서 모은 돈이었다. 피와 땀이 어린 땅이었다.

그 피땀 어린 논 두 자리에서, 열서 마지기를 한생원네는 산 지 겨우 오 년 만에 고을 원(郡守)에게 빼앗겨버렸다.

지금으로부터 오십 년 전, 갑오 을미 병신 하는 병신(丙申)년 한생원의 나이 스물한 살 적이었다.

그 안 해 을미년 늦은 가을에 김아무(金某)라는 원이 동학란에 도망 뺀 원 대신으로 새로이 도임을 해와서, 동학의 잔당을 비질하듯 잡아 죽였다.

피비린내 나는 살육이 이듬해 병신년 봄까지 계속되었고, 그리고 여름…… 인제는 다 지났거니 하여 겨우 안도를 한 참인데, 한태수(한생원의 아버지)가 원두막에서 동헌으로 붙잡혀가 옥에 갇혔다. 혐의는 동학에 가담하였다는 것이었다.

한태수는 전혀 동학에 가담한 일이 없었다. 그의 말대로 하면, 동학 근처에도 가보지 아니한 사람이었다.

옥에 가두어놓고는, 매일 끌어내다 실토를 하라고, 동류의 성명을 불라고, 주리를 틀면서 문초를 하였다. 육십이 넘은 늙은 정강이가 살이 으깨어지고 뼈가 아스러졌다.

나중 가서야 어찌 될 값에 당장의 아픔을 견디다 못하여 동학에 가담하였노라고 자복을 하였다. 입에서 나오는 대로 아는 사람의 이름을 불렀다.

불린 일곱 사람이 잡혀 들어와 같은 문초를 받았다. 처음에는 들 내뻗었으나 원체 아픔을 이기지 못하여 자복을 하였다.

남은 것은 처형을 하는 것뿐이었다.

하루는 이방이, 한태수의 아내와 아들(한생원)을 조용히 불렀다. 이방은 모자더러, 좌우간 살려낼 도리를 하여야 않느냐고 하였다.

모자는 엎드려 빌면서, 제발 이방님 덕택에 목숨만 살려지이다고 하였다.

"꼭 한 가지 묘책이 있기는 있는데…… 그럼 내가 시키는 대로 할 테냐?"

"불 속이라도 뛰어들어 가겠습니다."

"논문서를 가져오느라. 사또께다 바쳐라."

"논문서를요?"

"아까우냐?"

"……"

"가장이나 애비의 목숨보다 논이 더 소중하냐?"

"그 땅이 다른 땅과도 달라서……"

"정히 그렇게 아깝거던 고만두는 것이고."

"논문서만 가져다 바치면, 정녕 모면을 할까요?"

"아니 될 노릇을 시킬까?"

"그럼 이 길로 나가서 가지고 오겠습니다."

"밤에 조용히 내아(內衙: 官舍)로 오도록 하여라. 나도 와서 있을 테니. 그러고 네 논이 두 자리가 있겠다?"

"네."

"열서 마지기와 일곱 마지기."

"네."

"그 열서 마지기를 가지고 오느라."

"열서 마지기를요?"

"아까우냐?"

"……"

"아깝거들랑 고만두려무나."

"그걸 바치고 나면 소인네는 논 겨우 일곱 마지기를 가지고 수다한 권솔에 살아갈 방도가……"

"당장 가장이나 애비의 목숨은 어데로 갔던지?"

"……"

"땅이야 다시 장만도 할 수가 있는 것이 아니냐?"
모자는 서로 돌아보면서 말하였다.
"바칩시다."
"바치자."
사흘 만에 한태수는 놓여나왔다. 다른 일곱 명도 이방이 각기 사이에 들어, 각기 얼마씩의 땅을 바치고 놓여나왔다.
그 뒤 경술(庚戌)년에 일본이 조선을 합방하여 나라는 망하였다.
사람들이 나라 망한 것을 원통히 여길 때, 한생원[5]은
"그깐 놈의 나라, 시언히 잘 망했지."
하였다. 한생원 같은 사람으로는 나라란 백성에게 고통이지, 하나도 고마운 것이 아니었다. 또 꼭 있어야 할 요긴한 것도 아니었다.
그런 나라라는 것을 도로 찾았다고 하여 섬뻑 감격이 일지 아니한 것도 일변 의당한 노릇이라 할 것이었다.
논 스무 마지기에서 열서 마지기를 빼앗기고 나니, 원통한 것도 원통한 것이지만, 앞으로 일이 딱하였다. 논이나 겨우 일곱 마지기를 가지고는 어림도 없었다.
하릴없이 남의 세토를 얻어 그 보충을 하여야 하였다. 그러나 남의 세토는 도지를 물어야 하는 것이라, 힘은 내 논을 지을 때와 마찬가지로 들면서도 가을에 가서 차지를 하기는 절반이 못 되는 것이었다. 그렇지만 그렇다고 남의 세토를 소작 아니할 수는 없었다.

이리하여 한생원네는 나라 명색이 망하지 않고 내 나라로 있을 적부터 가난한 소작농이었다.

경술년 나라가 망하고, 삼십육 년 동안 일본의 다스림 밑에서도 같은 가난한 소작농이었다.

그리고 속담에 남의 불에 게 잡기로, 남의 덕에 나라를 도로 찾기는 하였다지만 한국 말년의 나라만을 여겨 그 나라가 오죽할 리 없고, 여전히 남의 세토나 지어먹는 가난한 소작농이기는 일반일 것이라고 한생원은 생각하던 것이었다.

일본이 항복을 하던 바로 전의 삼사 년에, 공출이야 징용이야 하면서 별안간 군색함과 불안이 생겼던 것이지, 그 밖에는 나라가 망하여 없어지고서 일본의 속국 백성으로 사는 것이 경술년 이전 나라가 있어가지고 조선 백성으로 살 적보다 별양 못할 것이 한생원에게는 없었다. 여전히 남의 세토를 지어, 절반 이상이나 도지를 물고. 그 나머지를 천신하는 가난한 소작인이요, 순사나 일인이나 면서기들의 교만과 압박보다 못할 것도 없거니와 더할 것도 없었다.

독립이 된 이 앞으로도, 그것이 천지개벽이 아닌 이상, 가난한 농투성이가 느닷없이 부자장자 될 이치가 없는 것이요, 원·아전·토반이나 일본놈 대신에, 만만하고 가난한 농투성이를 핍박하는 '권세 있는 양반들'이 생겨날 것이요 할 것이매, 빼앗겼던 나라를 도로 찾아 다시금 조선 백성이 되었다는 것이 조금도 신통하거나 반가울 것이 없었다.

원과 토반과 아전이 있어, 토색질[6]이나 하고 붙잡아다 때리기나 하고 교만이나 피우고, 하되 세미(稅米: 納稅)는 국가의 이름으로 꼬박꼬박 받아가면서 백성은 죽어야 모른 체를 하고 하는 나라의 백성으로도 살아보았다.

천하 오랑캐, 아비와 자식이 맞담배질을 하고, 남매간에 혼인을 하고, 뱀을 먹고 하는 왜인들이, 저희가 주인이랍시고서 교만을 부리고 순사와 헌병은 칼바람에 조선 사람을 개 돼지 대접을 하고, 공출을 내어라 징용을 나가거라 야미7를 하지 마라 하면서 볶아대고, 또 일본이 우리나라다, 나는 일본 백성이다 이런 도무지 그럴 마음이 우러나지를 않는 억지 춘향이 노릇을 시키고 하는 나라의 백성으로도 살아보았다.

결국 그러고 보니 나라라고 하는 것은 내 나라였건 남의 나라였건 있었댔자 백성에게 고통이나 주자는 것이지, 유익하고 고마울 것은 조금도 없는 물건이었다. 따라서 앞으로도 새 나라는 말고 더한 것이라도, 있어서 요긴할 것도 없어서 아쉬울 일도 없을 것이었다.

2

신해(辛亥)년…… 경술합방 바로 이듬해였다. 한생원—때의 젊은 한덕문—은 빼앗기고 남은 논 일곱 마지기를 불가불 팔아야 할 형편에 이르렀다.

칠팔 명이나 되는 권솔인데, 내 논 일곱 마지기에다 남의 논이나 몇 마지기를 소작하여가지고는 여간한 규모와 악의악식이 아니고서는 도저히 현상 유지를 하기가 어려웠다.

한덕문은 그 부친과는 달라 살림 규모가 없었다. 사람이 좀 허황하고 헤픈 편이었다.

부친 한태수가 죽고, 대신 당가산(當家産)을 한 지 불과 오륙 년에 한덕문은 힘에 넘치는 빚을 졌다.

이 빚은 단순히 살림에 보태느라고만 진 빚은 아니었다.

한덕문은 허황하고 헤픈 값을 하느라고, 술과 노름을 쏠쏠히 좋아하였다.

일 년 농사를 지어야 일 년 가계가 번연히 모자라는데, 거기다 술을 먹고 노름을 하니, 늘어가느니 빚밖에는 있을 것이 없었다.

빚은 갚아야 되었다.

팔 것이라고는 논 일곱 마지기 그것뿐이었다.

한덕문이 빚을 이리 틀어막고 저리 틀어막고, 오늘로 밀고 내일로 밀고 하여오던 끝에, 마침내는 더 꼼짝을 할 도리가 없어 논을 팔기로 작정을 대었을 무렵에, 그러자 용말(龍田) 사는 일인 길천(吉川)이가 요새로 바싹 땅을 많이 사들인다는 소문이 들렸다. 그리고 값으로 말하여도, 썩 좋은 상답이면 한 마지기(200평)에 스무 냥으로 스물닷 냥(20냥 이상 25냥: 4원 이상 5원)[8]까지 내고, 아주 박토라도 열 냥(2원) 안짝은 없다고 하였다.

땅마지기나 가진 인근의 다른 농민들도 다들 그러하였지만, 한덕문은 그중에서도 귀가 반짝 뜨였다.

시세의 갑절이었다.

고래실논[9]으로, 개똥배미 상지상답이라야 한 마지기에 열 냥으로 열두어 냥(2원~2원 4, 50전)[10]이요, 땅 나쁜 것은 기지개 써야 닷 냥(1원)이었다.

'팔자!'

한덕문은 작정을 하였다.

일곱 마지기 논이 상지상답은 못 되어도 상답은 되니, 잘하면 열 냥(2원)은 받을 것. 열 냥이면 이 칠 십사 일백마흔 냥(28원).

빚이 이럭저럭 한 오십 냥(10원) 되니, 그것을 갚고 나면 아흔 냥(18원)이 남아. 아흔 냥을 가지고 도로 논을 장만해. 판 일곱 마지기만 한 토리[11]의 논을 사더라도 아홉 마지기를 살 수가 있어.

결국 논 한 번 팔고 사고 하는 노름에, 빚 오십 냥 거저 갚고도, 논은 두 마지기가 늘어 아홉 마지기가 생기는 판이 아니냐.

이런 어수룩한 노름을 아니하잘 머리[12]가 없는 것이었다.

양친은 이미 다 없은 때요, 한덕문 그가 대주(大主: 戶主)였으므로, 혼자서 일을 결단하여도 간섭을 받을 일은 없었다.

곡우(穀雨) 머리의 어느 날 한덕문은 맨발 짚신 풀상투에 삿갓 쓰고 곰방대 물고, 마을에서 십 리 상거[13]의 용말 출입을 나갔다. 일인 길천이가 적실히 그렇게 후한 값으로 논을 사는지 진가를 알아보자 함이었다.

금강(錦江) 어구의 항구 군산(群山)에서 시작되어, 동북간방(東北間方)으로 임피읍(臨陂邑)을 지나 용말로 나온 한길이, 용말 동쪽 변두리에서 솜리(裡里)로 가는 길과 황등장터(黃登市)로 가는 길의 두 갈래 길로 갈리는, 그 샅에 가 전주집(全州집)이라는 주모가 업을 하고 있는 주막이 오도카니 홀로 놓여 있었다.
한덕문은 전주집과는 생소치 아니한 사이였다.
마당이자 바로 한길인, 그 마당 앞에 섰는 한 그루의 실버들이 한창 푸르른 전주집네 주막, 살진 봄볕이 드리운 마루에 나란히 걸터앉아 세상 물정 이야기, 피차간 살아가는 이야기, 훨씬 한담을 하던 끝에 한덕문이 지난 말처럼 넌지시 물었다.
"참 저, 일인 길천이가 요새 땅을 많이 산다구?"
"많얼께 아니라, 그 녀석이 아마, 이 근처 일판을, 땅이라구 생긴 건 깡그리 쓸어 사자는 배폰가 봅디다!"
"헷소문은 아니루구면?"
"달리 큰 배포가 있던지, 그렇잖으면 그 녀석이 상성(發狂)을 했던지."
"?······"
"한서방 으런두 속내 아는배, 이 근처 논이 물 걱정 가뭄 걱정 없구, 한 마지기에 넉 섬은 먹는 논이라야 열 냥(2원)이 상값 아니우? 그런 걸 글쎄, 녀석은 스무 냥 스물댓 냥을 퍼주구 사는구랴. 제마석(一斗落에 一石)두 못 먹는 자갈 바탕의 박토라두, 논 명색이면 열 냥 안짝 잽히는 건 없구."
"허긴 값이나 그렇게 월등히 많이 내야 일인한테 논을 팔지, 그렇잖구서야 누가."
"제엔장, 나두 진작에 논이나 시늉만 생긴 거라두 몇 섬지기 장만해두었드라면, 이런 판에 큰 횡잴 했지."
"그래, 많이들 와 파나?"

"대가릴 싸구 덤벼든답디다. 한서방 으런두 논 좀 파시구랴? 이런 때 안 팔구, 언제 팔우?"

"팔 논이 있나!"

이유와 조건의 어떠함을 물론하고 농민이 논을 판다는 것은 남의 앞에 심히 떳떳스럽지 못한 일이었다. 번연히 내일모레면 다 알게 될 값이라도, 되도록 그런 기색을 숨기려고 드는 것이 통정이었다.

뚜벅뚜벅 말굽 소리가 나더니, 말 탄 길천이가 주막 앞을 지난다. 언제나 그러하듯이, 깜장 됫박모자(中山帽子)에, 깜장 복장(洋服: 쓰메에리)[14]을 입고, 깜장 목 깊은 구두를 신고 허리에는 육혈포를 차고 하였다.

한덕문은 길에서 몇 차례 본 적이 있어 그가 길천인 줄을 안다.

"어디 갔다 와요?"

전주집이 웃으면서 알은체를 하는 것을, 길천은 웃지도 않으면서

"웅, 조기. 우리, 나쁜 사레미 자바리 갔소 왔소."

길천의 차인꾼[15]이요 통역꾼이요 한 백남술이가 밧줄로 결박을 지은 촌 젊은 사람 하나를 앞참 세우고 뒤미처 나타났다.

죄수(?)는 상투가 풀어지고, 발기발기 찢긴 옷과 면상으로 피가 묻고 한 것으로 보아, 한바탕 늘씬 두들겨 맞은 것이 역력하였다.

"어디 갔다 오시우?"

전주집이 이번에는 백남술더러 인사로 묻는다.

백남술은 분연히

"남의 돈 집어먹구 도망 댕기는 놈은 죽어 싸지."

하면서 죄수에게 잔뜩 눈을 흘긴다.

그러고 나서 전주집더러

"댕겨오께시니 닭이나 한 마리 잡구 해놓게나. 놈을 붙잡느라구 한 승강 했더니 목이 컬컬허이."

그러느라고 잠깐 한눈을 파는 순간이었다. 죄수가 밧줄 한끝 붙잡힌 것을 홱 뿌리치면서 몸을 날려 쏜살같이 오던 길로 내뺀다.

"엇!"

백남술이 병신처럼 놀라다 이내 죄수의 뒤를 쫓는다.

길천이 탄 말이 두 앞발을 번쩍 들어 머리를 돌리면서 땅을 차고 달린다. 그러면서 길천의 손에서 육혈포가 땅…… 풀씬[16] 연기가 나면서 재우쳐 땅……

죄수는 그러나 첫 한 방에 그대로 길바닥에 가 동그라진다. 같은 순간 버선발로 뛰어 내려간 전주집이 에구머니 비명을 지른다.

죄수는 백남술에게 박승 한끝을 다시 붙잡혀 일어난다. 길천은 피스톨 사격의 명인은 아니었다.

일인에게 빚을 쓰는 것을 왜채(倭債)라고 하고, 이 젊은 친구는 왜채를 쓰고서 갚지 아니하고, 몸을 피해 다니다가 붙잡힌 사람이었다.

길천은 백남술이가

"이 사람은 논이 몇 마지기가 있소."

하고 조사 보고를 하면, 서슴지 아니하고 왜채를 주곤 한다. 이자도 항용 체계나 장변[17]보다 헐하였다.

빚을 주는 데는 무른 것 같아도, 받는 데는 무서웠다.

기한이 지나기를 기다려, 채무자를 제 집으로 데려다 감금을 하고, 사형(私刑)으로써 빚 채근을 하였다.

부형이나 처자가 돈을 가지고 와서 빚을 갚는 날까지 감금과 사형을 늦추지 아니하였다.

논문서를 가지고 오는 자리는 '우대'를 하였다. 이자를 탕감하고 본전만 쳐서 논으로 받는 것이었다. 논이 있는 사람은, 돈을 두어두고도 즐거이[18] 논으로 갚고 하였다.

한덕문은 다시 끌려가고 있는 죄수의 뒷모양을 우두커니 바라다보면서

'제엔장, 양반 호랑이도 지질한데, 우환 중에 왜놈 호랑이까지 들어와서 이 등쌀이니, 갈수록 죽어나는 건 만만한 백성뿐이로구나!'

'쯧, 번연히 알면서 왜채를 쓰는 사람이 잘못이지, 누구를 원망하나.'

'참새가 방앗간을 거저 지날까. 이왕 외상술이라도 한잔 먹고 일어설까, 어떡헐까?'

이런 생각을 하고 앉았는 차에, 생각잖이, 외가 편으로 아저씨뻘 되는 윤첨지가 퍼뜩 거기에 당도하였다. 윤첨지는 황등장터에서 제 논 섬지기나 지니고 탁신히 사는 농민이었다.

아저씨 웬일이시냐고. 조카 잘 있었더냐고. 항용 하는 인사가

끝난 후에, 이 동네 사는 길천이라는 일인이 값을 후히 내고 땅을 사들인다는 소문이 있으니 적실하냐고 아까 한덕문이 전주집더러 묻던 말을 윤첨지가 한덕문더러 물었다.

그렇단다는 한덕문의 대답에, 윤첨지는 이윽고 생각을 하고 있더니 혼잣말같이

"그럼 나두 이왕 궐(厥)한테다 팔아야 하겠군."

하다가 한덕문더러

"황등이까지 가서두 살까? 예서 이십 리나 되는데."

하고 묻는다.

"글쎄요…… 건데 논은 어째 파실 영으루?"

"허. 그거 온 참…… 저어 공주 한밭(大田)서 무안 목포(木浦)루 철로(鐵道)가 새루 나는데, 그것이 계룡산(鷄龍山) 앞을 지나 연산·팥거리(連山·豆溪)루 해서 논메·강경(論山·江景)으루 나와가지구, 황등장터를 지나게 된다네그려."

"그런데요?"

"그런데 철로가 난다 치면 그 십 리 안짝은 논을 죄 버리게 된다는 거야."

"어째서요?"

"차가 댕기는 바람에 땅이 울려가지구 모를 심어두 뿌릴 제대루 잡지 못하구 해서, 벼가 자라질 못한다네그려!"

"무슨 그럴 리가……"

"건 조카가 속을 몰라 하는 소리지. 속을 몰라 하는 소린 것이, 나두 작년 정월에 공주 한밭엘 갔다. 그놈 차가 철로 위루 달리는

걸 구경했지만, 아 그 쇳덩이루 만든 집채더미 같은 시꺼먼 수레가 찻길 위루 벼락 치듯 달리는데, 땅바닥이 사뭇 움죽움죽하드라니깐! 여승 지동(地震)이야⋯⋯ 그러니, 땅이 그렇게 지동하듯 사철 들이 울리니, 근처 논의 모가 뿌리를 잡을 것이며, 자라기를 할 것인가?"

"⋯⋯"

듣고 보니 미상불 근리한 말이었다.

"몰랐으면이어니와. 알구두 그대루 있겠던가? 그래 좀 덜 받더래두 팔아넘길 영으루 하구 있는데, 소문을 들으니 길천이라는 손이 요새 값을 시세보담 갑절씩이나 내구 논을 산다데나그려. 정녕 그렇다면 철로 조간이 아니라두 팔아가지구 딴 데루 가서 판 논 갑절 되는 논을 장만함직두 한 노릇인데, 항차⋯⋯"

"철로가 그렇게 난다는 건 아주 적실한가요?"

"말끔 다 칙량을 하구, 말뚝을 박아놓구 한 걸⋯⋯ 황등장터 그 일판은 그래, 논들을 못 팔아 난리가 났다니까."

3

일인 길천이에게 일곱 마지기 논을 일백마흔 냥(28원)에 판 것과, 그중 쉰 냥(10원)은 빚을 갚은 것, 이것까지는 한덕문의 예산대로 되었다.

그러나 나머지 아흔 냥(18원)으로 판 논 일곱 마지기보다 토리가 못하지 아니한 논으로 두 마지기가 더한 아홉 마지기를 삼으로써 빚 쉰 냥은 공으로 갚고, 그러고도 논이 두 마지기가 붙게 된다던 것은 완전히 허사가 되고 말았다.

아무도 한덕문에게 상답 한 마지기를 열 냥씩에 팔려는 사람은 없었다. 이왕 일인 길천이에게 팔면 그 갑절 스무 냥씩을 받는고로 말이었다.

필경 돈 아흔 냥은 한덕문의 수중에서 한 반년 동안 구르는 동안 스실사실 다 없어지고 말았다.

이리하여 한덕문은 논 일곱 마지기로 겨우 빚 쉰 냥을 갚고는, 아무것도 남은 것이 없이 손 싹싹 털고 나선 셈이었다.

친구가 있어 한덕문을 책하면서 물었다.

"어떡허자구 논을 판단 말인가?"

"인제 두구 보게나."

"무얼 두구 보아?"

"일인들이 다 쫓겨가면, 그 땅 도로 내 것 되지 갈 데 있던가?"

"쫓겨갈 놈이 논을 사겠나?"

"저이놈들이 천지 운수를 안다든가?"

"자네는 아나?"

"두구 보래두 그래."

한덕문은 혼자 속으로는 아뿔싸, 논이라야 단지 그것뿐인 것을 팔고서, 인제는 송곳 꽂을 땅도 없으니 이 노릇을 어찌한단 말이냐고, 심히 후회하여 마지않았다.

그러면서도 남더러는 그렇게 배포 있이 장담을 탕탕 하였다.

한덕문은 장차에 일인들이 쫓겨가리라는 것을 확언할 아무런 근거도 가진 것이 없었다. 따라서 자신도 없었다. 오직 그는 논을 판 명예롭지 못함과 어리석음을 싸기 위하여, 그런 희떠운 소리를 한 것일 따름이었다.

한덕문이, 일인들이 다 쫓겨가면 그 논이 도로 제 것이 될 터이라서 논을 팔았다고 한다더라, 이 소문이 한 입 두 입 퍼지자, 듣는 사람마다 그의 희떠움을, 혹은 실없음을 웃었다.

하는 양을 보느라고 위정

"자네 논 팔았다면서?"

한다 치면,

"팔았지."

"어째서?"

"돈이 좀 아쉬어서."

"돈이 아쉽다구 논을 팔구서 어떡허자구?"

"일인들이 다 쫓겨가면 그 논 도루 내 것 되지 갈 데 있나?"

"일인들이 쫓겨간다든가?"

"그럼 백년 살까?"

또 누구는 수작을 바꾸어

"일인들이 쫓겨간다지?"

한다 치면,

"그럼!"

"언제쯤 쫓겨가는구?"

"건 쫓겨가는 때 보아야 알지."

"에구 요 맹추야. 요 허풍선이야. 우리나라 상감님을 쫓어내구 저이가 왕 노릇을 하는데 쫓겨가?"
"자넨 그럼 일인들이 안 쫓겨가구, 영영 그대루 있으면 좋을 건 무언가?"
"좋기루 할 말이야 일러 무얼 하겠냐만, 우리 좋구푼 대루 세상 일이 돼준다던가?"
"그래두 인제 내 말을 일를 때가 오너니."
"괜히,[19] 논 팔구섬 할 말 없거들랑, 국으루 잠자꾸 가만히나 있어요."
"체에. 내 논 내가 팔아먹는데, 죄 될 일 있니?"
"걸 누가 죄라니?"
"길천이한테 논 팔아먹은 놈이 한덕문이 하나뿐인감?"
"누가 논 판 걸 나무래? 희떤 장담을 하니깐 그리는 거지."
"희떤 장담인지 아닌지 두구 보잔 말야."
이로부터 한덕문은 그 말로 인하여 마을과 인근에서 아주 호가 났고, 어느 겨를인지 그것이 한 속담까지 되었다.
가령 어떤 엉뚱한 계획을 세운다든지 허랑한 일을 시작하여놓고서는, 천연스럽게 성공을 자신한다든지, 결과를 기다린다든지 하는 사람이 있다 치면
"흥, 한덕문이 길천이게다 논 팔아먹던 대 났구나."
하고 비웃곤 하는 것이었다.
그 후 그 속담은, 삼십오 년을 두고 전하여 내려왔다. 전하여 내려올 뿐만이 아니었다. 일본 제국주의의 조선에 있어서의 지반이

해가 갈수록 완구한 것이 되어감을 따라, 더욱이 만주사변 때부터 시작하여 중일전쟁을 거쳐 태평양전쟁으로 일이 거창하게 벌어진 결과, 전쟁 수단으로서 조선의 가치는 안으로 밖으로, 적극적으로 소극적으로, 나날이 더 커감을 좇아, 일본이 조선에다 박은 뿌리는 더욱 깊이 뻗어 들어가고, 가지와 잎은 더욱 무성하여서, 일본이 조선으로부터 물러간다는 것은 독립과 한가지로 나날이 더 잠꼬대 같은 생각이던 것처럼 되어버려감을 따라, 그래서 한덕문의 장담하던 '일인들이 다 쫓겨가면……' 이 말이, 해가 가고 날이 갈수록 속절없이 무색하여감을 따라, 그와 반비례하여, 그 말의 속담으로서의 가치와 효과만이 멸하지 않고 찬란히 빛을 내었다.

바로 8월 14일까지도 그러하였다. 8월 14일까지도,

"흥 한덕문이 길천이한테 논 팔아먹던 대 났구나."

는 당당히 행세를 하였다.

그랬던 것이, 8월 15일에 일본이 항복을 하고, 조선은 독립(실상은 우선 해방)이 되고 하였다. 그리고 며칠 아니하여 "일인들이 토지와 그 밖 온갖 재산을 죄다 그대로 내놓고 보따리 하나에 몸만 쫓겨가게 되었다"는 데까지 이르렀다.

한생원(한덕문)의

"일인들이 다 쫓겨가면……"

은 이리하여 부득불 빛이 환해지고 반대로

"한덕문이 길천이한테 논 팔아먹던 대 났구나."

는 그만 얼굴이 벌게서 납작하고 말 수밖에 없었다.

4

"여보슈 송생원?"

한생원이 허연 탑삭부리에 묻힌 쪼글쪼글한 얼굴이 위아래 다섯 대밖에 안 남은 누런 이빨과 함께 흐물흐물 자꾸만 웃어지는 웃음을 언제까지고 거두지 못하면서, 그러다 별안간 송생원의 팔을 잡아 흔들면서 아주 긴하게

"우리 독립 만세 한번 부르실까?"

"남 다아 부르고 난 댐에, 건 불러 무얼 허우?"

송생원은 한생원과 달라 길천이한테 팔아먹은 논도 없으려니와, 따라서 일인들이 쫓겨가더라도 도로 찾을 논도 없었다.

"송생원, 접때 마을에서 만세를 부를 제, 나가 부르셨던가?"

"난 그날, 허리가 아파 꼼짝 못하구 누었었는걸."

"나두 그날 고만 못 불렀어."

"아따 못 불렀으면 못 불렀지, 늙은것들이 만세 좀 아니 불렀기루 귀양살이 보내겠수?"

"난 그래두 좀 섭섭해 그랬지요…… 그럼 송생원 우리 술 한잔 자실까?"

"술이나 한잔 사주신다면."

"주막으루 나갑시다."

두 늙은이가 지팡이를 짚고 마을에 단 한 집밖에 없는 주막으로 나갔다.

"에구머니, 독립두 되구 볼 거야. 영감님들이 술을 다 자시러 오시구."

이십 년이나 여기서 주막을 하느라고, 인제는 중늙은이가 된 주모 판쇠네가, 손님을 환영이라기보다 다뿍 걱정스러워한다.

"미리서 외상인 줄이나 알구, 술 좀 주게나."

한생원이 그러면서 술청으로 들어가 앉는 것을, 송생원도 따라 들어가 앉으면서 주모더러

"외상 두둑히 드리게. 수가 나섰다네."

"독립되는 운덤에 어느 고을 원님이나 한자리 해 가시는감?"

"원님을 걸 누가 성가시게, 흐흐……"

한생원은 그러다 다시

"거, 안주가 무어 좀 있나?"

"안주두 벤벤찮구 술두 막걸린 없구, 소주뿐인걸, 노인네들이 소주 잡숫구 어떡하시게."

"아따 오줌은 우리가 아니 싸리."

젊었을 적에는 동이술을 사양치 아니하던 영감들이었다. 그러나 둘이가 다 내일모레가 칠십. 더구나 자주자주는 술을 입에 대지 않던 차에, 싱겁다고는 하지만 소주를 칠팔 잔씩이나 하였으니 과음일 수밖에 없었다.

송생원은 그대로 술청에 쓰러져 과연 소변을 지리기까지 하였다.

한생원은 송생원보다는 아직 기운이 조금은 좋은 덕에, 정신을 놓거나 몸을 가누지 못할 지경은 아니었다.

"우리 논을 좀 보러 가야지, 우리 논을. 서른다섯 해 만에, 우리 논을 보러 간단 말야, 흐흐흐."

비틀거리면서 한생원은 술청으로부터 나온다.

주모 판쇠네가 성화가 나서

"방으루 들어가 누섰다, 술 깨신 댐에 가세요. 노인네들 술 드렸다구 날 또 욕허게 됐구면."

"논 보러 가, 논. 길천이게다 판 우리 논. 흐흐흐. 서른다섯 해 만에 도루 찾은, 우리 일곱 마지기 논, 흐흐흐."

"글쎄 논은 이 댐에 보러 가시면 어디루 가요?"

"날, 희떤 소리 한다구들 웃었지. 미친놈이라구 웃었지, 들. 흐흐. 서른다섯 해 만에 내 말이 들어맞일 줄을 누가 알었어? 흐흐흐."

말은 혀 꼬부라진 소리로, 몸은 위태로이 비틀거리면서, 한생원은 지팡이를 휘젓고 밖으로 나간다. 나가다 동네 젊은 사람과 마주쳤다.

"아 한생원 웬일이세요?"

"논 보러 간다, 논. 흐흐흐. 너두 이 녀석, 한덕문이 길천이한테 논 팔아먹던 대 났구나, 그런 소리 더러 했었지? 인제두 그런 소리가 나오까?"

"취하섰군요."

"나, 외상술 먹었지. 논 찾았은깐 또 팔아서 술값 갚으면 고만이지. 그럼 한 서른다섯 해 만에 또 내 것 되겠지, 흐흐흐. 그렇지만 인전 안 팔지, 안 팔아. 우리 용길이놈 물려줘여지, 우리 용길이놈."

"참, 용길이 요새 있죠?"

"있지. 길천이한테 팔아먹었을까?"

"저, 읍내 사는 영남이가 산판(山坂) 하날 사서 벌목을 하는데, 이 동네 사람들더러 와 남구 비어주구, 그 대신 우죽(枝葉)[20] 가져가라구 하니, 용길이두 며칠 보내서 땔나무나 좀 장만하시죠."

"걸 누가…… 논을 도루 찾았는데."

"논만 찾으면 땔나문 없어두 사시나요?"

"논두 없어두 서른다섯 해나 살지 않었느냐?"

"허허 참. 그러지 마시구 며칠 보내세요. 어서서 다 비어버려야 할 텐데, 도무지 사람을 못 구해 그러니, 절더러 부디 그럭허두룩 서둘러달라구, 영남이가 여간만 부탁을 해싸여죠. 아, 바루 동네서 가찹겠다, 져 나르기 수얼하구…… 요 위 가잿골 있는 길천농장 멧갓이래요."

"무어?"

한생원은 별안간 정신이 번쩍 나면서 대어든다.

"가잿골 있는 길천농장 멧갓이라구?"

"네."

"네라니? 그 멧갓이…… 가마안자, 아니, 그 멧갓이 뉘 멧갓이길래?"

"길천농장 멧갓 아녜요? 걸, 영남이가 일인들이 이번에 거들이 나는 바람에 농장 산림감독 하던 강서방한테 샀대요."

"하, 이런 도적놈들. 이런 천하 불한당놈들. 그래, 지끔두 벌목을 하구 있더냐?"

"오늘버틈 시작했다나 봐요."

"하, 이런 천하 날불한당놈들이."

한생원은 천방지축으로 가잿골을 향하여 비틀걸음을 친다.

솔은 잘 자라지 않고, 개간하여 밭을 만들자 하니 힘이 부치고 하여, 이름만 멧갓이지, 있으나 마나 한 멧갓 한 자리가 있었다. 한 삼천 평 될까 말까, 그다지 크지도 못한 것이었다.

이 멧갓을 한생원은 길천이에게다 논을 팔던 이듬해지 그 이듬해지, 돈은 아쉽고 한 판에, 또한 어수룩이 비싼 값으로 팔아 넘겼다.

길천은 그 멧갓에다 낙엽송을 심어, 삼십여 년이 지난 지금 와서는 아주 한다하는 산림이 되었다.

늙은이의 총기요, 논을 도로 찾게 되었다는 것에만 정신이 팔려, 깜빡 멧갓 생각은 미처 아직 못하였던 모양이었다.

마침 전신주감의 쪽쪽 곧은 낙엽송이 총총들이 섰다. 베기에 아까워 보이는 나무였다.

한 서넛이나가 한편에서부터 깡그리 베어 눕히고, 일변 우죽을 치고 한다.

"이놈, 이 불한당놈들. 이 멧갓 벌목한다는 놈이 어떤 놈이냐?"

비틀거리면서 고함을 치고 쫓아오는 한생원을, 사람들은 영문을 몰라 일하던 손을 멈추고 뻔히 바라다보고 섰다.

"이놈 너루구나?"

한생원은 영남이라는 읍내 사람 벌목 주인 앞으로 달려들면서,

한 대 갈길 듯이 지팡이를 둘러멘다.

명색이 읍사람이라서, 촌 농투성이에게 무단히 해거[21]를 당하면서 공수하거나 늙은이 대접을 하려고는 않는다.

"아니, 이 늙은이가 환장을 했나? 왜 그러는 거야 왜."

"이놈. 네가 왜, 이 멧갓을 손을 대느냐?"

"무슨 상관여?"

"어째 이놈아 상관이 없느냐?"

"뉘 멧갓이길래?"

"내 멧갓이다. 한덕문이 멧갓이다, 이놈아."

"허허, 내 별꼴 다 보니. 괜시리 술잔 든질렀거들랑, 고히 삭히진 아녀구서, 나이깨 먹은 것이, 왜 남 일하는 데 와서 이 행악야 행악이.[22] 늙은인 다리뼉다구 부러지지 말란 법 있나?"

"오냐! 이놈, 날 죽여라. 너구 나구 죽자."

"대체 내력을 말을 해요. 무엇 때문에 이 야론지, 내력을 말을 해요."

"이 멧갓이 그새까진 길천이 것이라두, 조선이 독립됐은깐 인전 내 것이란 말야, 이놈아."

"조선이 독립이 됐는데, 어째 길천이 멧갓이 한덕문이 것이 되는구?"

"길천인, 일인들은, 땅을 죄다 내놓구 간깐, 그전 임자가 도루 차지하는 게 옳지, 무슨 말이냐?"

"오오, 이녁이 이 멧갓을 전에 길천이한테다 팔았다?"

"그래서."

"그랬으니깐, 일인들이 땅을 다 내놓구 가니깐, 이녁은 팔았던 땅을 공짜루 도루 차지하겠다?"

"그래서."

"그 개 뭣 같은 소리 인전 엔간치 해두구, 어서 없어져버려요. 난 뻐젓이 길천농장 산림관리인 강태식이한테 시퍼런 돈 이천 환 주구서 계약서 받구 샀어요. 강태식인 길천이가 해준 위임장 가지구 팔구. 돈 내구 산 사람이 임자지, 저 옛날 돈 받구 팔아먹은 사람이 임잘까?"

8·15 직후, 낡은 법이 없어지고 새로운 영이 서기 전, 혼란한 틈을 타서, 잇속에 눈이 밝은 무리들이 일본인 농장이나 회사의 관리자와 부동이 되어가지고, 일인의 재산을 부당 처분하여 배를 불린 일이 허다하였다. 이 산판 사건도 그런 것의 하나였다.

5

그 뒤 훨씬 지나서.

일인의 재산을 조선 사람에게 판다, 이런 소문이 들렸다.

사실이라고 한다면 한생원은 그 논 일곱 마지기를 돈을 내고 사지 않고서는 도로 차지할 수가 없을 판이었다. 물론 한생원에게는 그런 재력이 없거니와, 도대체 전의 임자가 있는데, 그것을 아무나에게 판다는 것이 한생원으로 보기에는 불합리한 처사였다.

한생원은 분이 나서 두 주먹을 쥐고 구장에게로 쫓아갔다.

"그래 일인들이 죄다 내놓구 가는 것을, 백성들더러 돈을 내구 사라구 마련을 했다면서?"

"아직 자세힌 모르겠어두, 아마 그렇게 되기가 쉬우리라구들 하드군요."

해방 후에 새로 난 구장의 대답이었다.

"그런 놈의 법이 어딨단 말인가? 그래, 누가 그렇게 마련을 했는구?"

"나라에서 그랬을 테죠."

"나라?"

"우리 조선 나라요."

"나라가 다 무어 말라비틀어진 거야? 나라 명색이 내게 무얼 해준 게 있길래, 이번엔 일인이 내놓구 가는 내 땅을 저이가 팔아먹으려구 들어? 그게 나라야?"

"일인의 재산이 우리 조선 나라 재산이 되는 거야 당연한 일이죠."

"당연?"

"그렇죠."

"흥, 가만 둬두면 저절루, 백성의 것이 될 걸, 나라 명색은 가만히 앉았다, 어디서 툭 튀어나와가지구, 걸 뺏어서 팔아먹어? 그따위 행사가 어딨다든가?"

"한생원은 그 논이랑 멧갓이랑 길천이한테 돈을 받구 파셨으니깐 임자로 말하면 길천이지 한생원인가요?"

"암만 팔았어두, 길천이가 내놓구 쫓겨갔은깐, 도루 내 것이 돼

논 이야기 35

야 옳지, 무슨 말야. 걸, 무슨 탁에 나라가 뺏을 영으루 들어?"

"한생원한테 뺏는 게 아니라, 길천이한테 뺏는 거랍니다."

"흥, 둘러다 대긴 잘들 허이. 공동묘지 가보게나. 핑계 없는 무덤 있던가? 저, 병신년에 원놈(郡守) 김가가 우리 논 열두 마지기 뺏을 제두 핑곈 다 있었드라네."

"좌우간, 아직 그렇게 지레 염렬 하실 게 아니라, 기대리구 있느라면 나라에서 다 억울치 않두룩 처단을 하겠죠."

"일없네. 난 오늘버틈 도루 나라 없는 백성이네. 제길 삼십육 년두 나라 없이 살아왔을려드냐. 아니 글쎄, 나라가 있으면 백성한테 무얼 좀 고마운 노릇을 해주어야, 백성두 나라를 믿구, 나라에다 마음을 붙이구 살지. 독립이 됐다면서 고작 그래, 백성이 차지할 땅 뺏어서 팔아먹는 게 나라 명색야?"

그러고는 털고 일어서면서 혼잣말로

"독립됐다구 했을 제, 내, 만세 안 부르기, 잘했지."

레디메이드 인생

1

"머 어데 빈자리가 있어야지."

K사장은 안락의자에 푹신 파묻힌 몸을 뒤로 벌떡 젖히며 하품을 하듯이 시원찮게¹ 대답을 한다. 미상불 그는 두 팔을 쭉 내뻗고 기지개라도 한번 쓰고 싶은 것을 겨우 참는 눈치다.

이 K사장과 둥근 탁자를 사이에 두고 공손히 마주 앉아 얼굴에는 '나는 선배인 선생님을 극히 존경하고 앙모합니다' 하는 비굴한 미소를 띠고 있는, 구변 없는 구변을 다하여 직업 동냥의 구걸 문구를 기다랗게 늘어놓던 P…… P는 그러나 취직 운동에 백전백패(百戰百敗)의 노졸(老卒)인지라 K씨의 힘 아니 드는 한마디의 거절에도 새삼스럽게 실망도 아니한다. 대답이 그렇게 나왔으니 이제 더 졸라도 별수가 없는 것이지만 허실 삼아 한마디 더 해

보는 것이다.

"글쎄올시다. 그러시다면 지금 당장 어떻게 해주십사고 무리하게 조를 수야 있겠습니까마는 …… 그러면 이담에 결원이 있다든지 하면 그때는 꼭……"

이렇게 말하고 P는 지금까지 외면하였던 얼굴을 돌리어 K사장을 조심성 있게 바라보았다. 그러나 K사장은 위선 고개를 좌우로 두어 번 흔들고는 여전히 하품 섞인 대답을 한다.

"결원이 그렇게 나나 어데…… 그리고 간혹 가다가 결원이 난다더래도 유력한 후보자가 몇십 명씩 밀려 있어서……"

P는 아무 말도 아니하고 고개를 숙였다. 인제는 영영 틀어진 것이다. 안녕히 계십시오 하고 일어서는 것밖에는 별수가 없다.

별수가 없이 되었으니 "네 그렇습니까" 하고 선선히 일어서야 할 것이지만 지금까지의 은근히 모시고 있던 태도에 비하여 그것이 너무 낯간지러운 표변임을 알기 때문에 실망이나 하는 체하고 잠시 더 앉아 있는 것이다.

"거 참 큰일들 났어."

K사장은 P가 낙심해하는 것을 보고 별로 밑천이 들지 아니하는 일이라서 알뜰히 걱정을 나누어준다.

"저렇게 좋은 청년들이 일거리가 없어서 저렇게들 애를 쓰니."

P는 속으로 코똥을 '흥' 하고 뀌었으나 아무 대답도 아니하였다. K사장은 P가 이미 더 조르지 아니하리라고 안심한지라 먼저 하품 섞어 "빈자리가 있어야지" 하던 시원찮은 태도는 버리고 그가 늘 흉중에 묻어두었다가 청년들에게 한바탕씩 해 들려주는 훈

화를 꺼낸다.

"그렇지만 내가 늘 말하는 것인데…… 저렇게 취직만 하려고 애를 쓸 게 아니야. 도회지에서 월급 생활을 하려고 할 것만이 아니라 농촌으로 돌아가서……"

"농촌으로 돌아가서 무얼 합니까?"

K는 말중동을 갈라 불쑥 반문하였다. 그는 기왕 취직 운동은 글러진 것이니 속 시원하게 시비라도 해보고 싶은 것이다.

"허! 저게 다 모르는 소리야…… 조선은 농업국이요 농민이 전 인구의 팔 할이나 되니까 조선 문제는 즉 농촌 문제라고 볼 수가 있는데, 아 지금 농촌에서 할 일이 오죽이나 많다구?"

"저는 그 말씀 잘 못 알아듣겠는데요. 저희 같은 사람이 농촌에 가서 할 일이 있을 것 같잖습니다."

"그럴 리가 있나! 가령 응…… 저……"

K사장은 응…… 저…… 하고 더듬으면서 곧 대답을 하지 못한다. 그것은 무리가 아니다.

그가 구직하러 오는 지식청년들에게 농촌으로 돌아가 농촌 사업을 하라는 것과(다음에 또 꺼내는 일거리를 만들라는 것은) 결코 현실에서 출발한 이론적 근거가 있는 것이 아니었다. 그저 지식계급의 구직꾼이 넘치는 것을 보고 막연히 '농촌으로 돌아가라' '일을 만들어라'고 해왔을 따름이다. 따라서 거기에 대한 구체적 플랜이 있는 것도 아니었던 것이다. 한편으로는 한 행세거리로 또 한편으로는 구직꾼 격퇴의 수단으로 자룡이 헌 창 쓰듯 썼을 뿐이지 —

그리하여 그동안까지는 대개는 그 막연한 설교를 들은 성 만 성하고 물러가는 것이 그들의 행투였는데, 오늘 이 P에게만은 그렇지가 아니하여 불가불 구체적 설명을 해주어야 하게 말머리가 돌아선 것이다. 그래서 그는 떠듬떠듬 생각해가면서 생각나는 대로 주워섬기는 것이다.

"가령 응…… 저…… 문맹 퇴치 운동도 있지. 농민의 구 할은 언문도 모른단 말이야! 그러고 생활 개선 운동도 좋고…… 헌신적으로."

"헌신적으로요?"

"그렇지…… 할 테면 헌신적으로 해야지."

"무얼 먹고 헌신적으로 그런 사업을 합니까?…… 먹을 것이 있어서 그런 농촌 사업이라도 할 신세라면 이렇게 취직을 못해서 애를 쓰겠습니까?"

"허! 그게 안 된 생각이야…… 자기가 먹고 살 재산이 있으면서 사회를 위해서 일도 아니하고 번들번들 논다는 것은 그것은 타락된 생각이야."

P는 K사장이 억담을 내세우는 것을 보고 속으로 싱그레 웃었다.

"그렇지만 지금 조선 농촌에서는 문맹 퇴치니 생활 개선이니 합네 하고 손끝이 하얀 대학이나 전문학교 졸업생들이 몰켜오는 것을 그다지 반겨하기는커녕 머릿살을 앓을 것입니다…… 농민이 우매하다든지 문화가 뒤떨어졌다든지 또 생활이 비참한 것이 근본 원인이 기역 니은을 모른다든가 생활 개선을 할 줄 몰라서 그런 것이 아니니까요. 그리고 조선의 지식청년들이 모두 그런 인도주의자가 되여집니까?"

"되면 되지 안 될 건 무어야?"

"그건 인도주의란 그것이 한개² 공상이니까 그렇겠지요."

"허허…… 그러면 P군은 ××주의잔가?"

"되다가 찌부러진 찌스레깁니다. 철저한 ××주의자라면 이렇게 선생님한테 와서 취직 운동도 아니합니다."

"못써! 그렇게 과격한 사상으로 기울어서야 쓰나…… 정 농촌으로 돌아가기가 싫거든 서울서라도 몇 사람 맘 맞는 사람이 모여서 무슨 일을—조선에 신문이 모자라니 신문을 하나 경영하든지, 또 조고맣게 하자면 잡지 같은 것도 좋고, 또 영리사업도 좋고…… 그러면 취직 운동 하는 것보담 훨씬 낫잖은가?"

"졸 줄이야 압니다마는 누가 돈을 내놉니까?"

"그거야 성의 있게 하면 자연 돈도 생기는 거지."

P는 엉터리없는 수작을 더 하기가 싫어 웬만큼 말을 끊고 일어섰다.

속에 있는 말을 어느 정도까지 활활 해준 것이 시원은 하나 또 취직이 글렀구나 생각하니 입 안에서 쓴 침이 고여 나온다.

복도에서 편집국장 C를 만났다. P는 C와 자별히 사이가 가까운 터였다.

"사장 만나러 왔소?"

C는 묻는 것이다.

"아니."

P는 거짓말을 하였다. 그는 지금 K사장을 만나 거절당한 이야기를 하기가 어쩐지 창피하기도 할 뿐 아니라, 또 전부터 C더러 K사장에게 자기의 취직 운동을 부탁해왔던 터인데, 직접 이렇게 찾아와서 만났다고 하기가 혐의쩍기도 하여 시치미를 뚝 뗀 것이다.

"아주 단념하오."

C 자기에게 부탁한 취직 운동을 단념하란 말이다. 그러면 벌써 C가 K사장에게 이야기를 하였고 그 결과 일이 틀어진 것을 P는 모르고 와서 헛노릇을 한바탕 한 것이다. P는 먼저 C를 만나보지 아니하고 K사장을 만난 것을 후회하였다. C는 잠깐 멈췄던 말을 계속한다.

"어제 아침에 사장더러 P군의 사정이 퍽 난처하니 어떻게 생각해 봐주면 좋겠다고 여러 말을 했다가 코 떼었소. 신문사가 구제 기관이 아닌데 남의 사정 난처한 것을 어떻게 하라느냐고 그럽디다…… 하기야 그게 옳은 말이지만—"

신문사가 구제 기관이 아니라고 한다는 그 말이 P의 머리에는 침 끝으로 찌르는 것같이 정신이 들게 울렸다.

"흥! 망할 자식들!"

P는 혼잣말로 이렇게 두덜거리며[3] C와 작별도 아니하고 밖으로 나와버렸다.

2

P는 광화문 네거리의 기념비각(紀念碑閣) 옆에서 발길을 멈추고 망설였다. 어디로 갈까 하는 것이다.

봄 하늘이 맑게 개었다. 햇볕이 살이 올라 포근히 온몸을 싸고 돈다. 덕석 같은 겨울 외투를 벗어버리고 말쑥말쑥하게 새로 지은 경쾌한 춘추복의 젊은이들이 봄볕처럼 명랑하게 오고 가고 한다.

멋쟁이로 차린 여자들의 목도리가 나비같이 보드랍게 나부낀다. 그 오동보동한 비단 다리를 바라다보노라니 P는 전에 먹던 치킨 까스'가 생각이 났다.

창을 활활 열어젖힌 전차 속의 봄 사람들을 보니 P도 전차를 잡아타고 교외나 나가고 싶었다. 그러나 크림 맛을 못 본 지 몇 달이 된 낡은 구두, 고기작거린 동복 바지, 양편 포켓이 오뉴월 쇠불알같이 축 처진 양복저고리, 땟국 묻은 와이셔츠와 배배 꼬인 넥타이, 엿장수가 이 전어치 주마던 낡은 모자, 이렇게 아래로부터 훑어 올려보며 생각하니 교외의 산보는커녕 얼핏 돌아가서 차라리 이불을 뒤쓰고 드러눕고만 싶었다.

마침 기념비각 앞에 자동차 하나가 머물더니 서양 사람 내외가 내린다. 그들은 사내가 설명을 하고 여자가 듣고 하면서 기념비각을 앞뒤로 구경한다. 여자는 사진까지 찍는다.

대원군이 만일 이 꼴을 본다면…… 이렇게 생각하매 P는 저절로 미소가 입가에 떠올랐다.

                    3

　대원군은 한말(韓末)의 '돈 키호테'였다. 그는 바가지를 쓰고 벼락을 막으려 하였다. 바가지는 여지없이 부스러졌다. 역사는 조선이라는 조그마한 땅덩이나마 너무 오래 뒤떨어뜨려놓지 아니하였다.
　갑신정변(甲申政變)의 싹이 트기 시작하여가지고 일한합방의 급격한 역사적 변천을 거치어 자유주의의 사조는 기미년에 비로소 확실한 걸음을 내디뎠다.
　자유주의의 새로운 깃발을 내건 '시민(市民)'의 기세는 등등하였다.
　"양반? 흥! 누구는 발이 하나길래 너희만 양발(반)이라느냐?"
　"법률의 앞에서는 만인이 평등이다."
　"돈…… 돈이 있으면 무어든지 할 수 있다."
　신흥 부르주아지는 민주주의의 간판을 이용하여 노동자 농민의 등을 어루만지고 경제적으로 유력한 봉건 귀족과 악수를 하는 동시에 지식 계급을 대량으로 주문하였다.
　유자천금이 불여교자일권서(遺子千金不如敎子一券書)라는 봉건 시대의 진리가 자유주의의 세례를 받아 일단의 더 발전된 얼굴로 민중을 열광시켰다.

"배워라. 글을 배워라…… 지식만 있으면 누구나 양반이 되고 잘살 수가 있다."

이러한 정열의 외침이 방방곡곡에서 소스라쳐 일어났다.

신문과 잡지가 붓이 닳도록 향학열을 고취하고 피가 끓는 지사(志士)들이 향촌으로 돌아다니며 삼촌의 혀를 놀리어 권학(勸學)을 부르짖었다.

"배워라. 배워야 한다. 상놈도 배우면 양반이 된다."

"가르쳐라. 논밭을 팔고 집을 팔아서라도 가르쳐라. 그나마도 못하면 고학이라도 해야 한다."

"공자왈 맹자왈은 이미 시대가 늦었다. 상투를 깎고 신학문을 배워라."

"야학을 설치하여라."

재등(齋藤) 총독이 문화 정치의 간판을 내걸고 골골이 학교를 증설하였다.

보통학교의 교장이 감발을 하고 촌으로 돌아다니며 입학을 권유하였다. 생도에게는 월사금을 받기는커녕 교과서와 학용품을 대어주었다.

민간의 유지는 돈을 걷어 학교를 세웠다. 민립대학도 생기려다가 말았다. 청년회에서 야학을 설시하였다. 갈돕회[5]가 생겨 갈돕만주 외우는 소리가 서울의 신풍경을 이루었고 일반은 고학생을 존경하였다.

여학생이라는 새 숙어가 생기고 신여성이라는 새 여인이 생겨났다.

이와 같이 조선의 관민이 일치되어 민중의 지식 정도를 높이는 데 진력을 하였다. 즉 그들 관민이 일치되어 계획한 조선의 문화 정도는 급속도로 높아갔다.

그리하여 민중의 지식 보급에 애쓴 보람은 나타났다.

면서기를 공급하고 순사를 공급하고 군청 고원을 공급하고 간이농업학교 출신의 농사 개량 기수(技手)를 공급하였다.

은행원이 생기고 회사 사원이 생겼다. 학교 교원이 생기고 교회의 목사가 생겼다.

신문기자가 생기고 잡지기자가 생겼다. 민중의 지식 정도가 높았으니 신문 잡지 독자가 부쩍 늘고 의사와 변호사의 벌이가 윤택해졌다.

소설가가 원고료를 얻어먹고 미술가가 그림을 팔아먹고 음악가가 광대의 천호(賤號)에서 벗어났다.

인쇄소와 책장사가 세월을 만나고 양복점 구둣방이 늘비해졌다.

연애결혼에 목사님의 부수입이 생기고 문화 주택을 짓느라고 청부업자가 부자가 되었다. 그리하여 부르주아지는 '가보'[6]를 잡고 공부한 일부의 지식군은 진주(다섯 끗)를 잡았다.

그러나 노동자와 농민은 무대를 잡았다. 그들에게는 조선의 문화의 향상이나 민족적 발전이나가 도리어 무거운 짐을 지워주었을지언정 덜어주지는 아니하였다. 그들은 배(梨) 주고 속 얻어먹은 셈이다.

〔20여 자 삭제〕

인텔리…… 인텔리 중에도 아무런 손끝의 기술이 없이 대학이나 전문학교의 졸업 증서 한 장을 또는 조그마한 보통 상식을 가진 직업 없는 인텔리…… 해마다 천여 명씩 늘어가는 인텔리…… 뱀을 본 것은 이들 인텔리다.

부르주아지의 모든 기관이 포화 상태가 되어 더 수요가 아니 되니 그들은 결국 꾐을 받아 나무에 올라갔다가 흔들리는 셈이다. 개밥의 도토리다.

인텔리가 아니 되었으면 차라리 [7~8자 삭제] 노동자가 되었을 것인데 인텔리인지라 그 속에는 들어갔다가도 도로 달아나오는 것이 99퍼센트다. 그 나머지는 모두 어깨가 축 처진 무직 인텔리요, 무기력한 문화 예비군 속에서 푸른 한숨만 쉬는 초상집의 주인 없는 개들이다. 레디메이드 인생이다.

4

"제길!"

P는 혼자 두덜거리며 지금까지 섰던 기념비각 옆을 떠났다.

[80여 자 삭제]

P는 자기 자신이고 세상의 모든 일이고 모두 짜증이 나고 원수스러웠다.

광화문 큰 거리를 총독부 쪽으로 어실어실 걸어가노라니 그의 그림자가 짤막하게 앞에 누워 간다. P는 그 자기의 그림자를 꽉

밟고 싶었다. 그러나 발을 내디디면 그림자도 그만큼 앞으로 더 나가곤 한다. 이 그림자와 자기 자신에서 그리고 그림자를 밟으려는 자기 자신과 앞으로 달아나는 그림자에서 P는 자기의 이중 인격의 모순상(相)을 발견하였다.

동십자각 옆에까지 온 P는 그 건너편 담배가게 앞으로 갔다.

"담배 한 갑 주시오."

하고 돈을 꺼내려니까 담배가게 주인이

"네, 마콥니까?" 묻는다.

P는 담배가게 주인을 한 번 거들떠보고 다시 자기의 행색을 내려 훑어보다가 심술이 버쩍 났다. 그래서 잔돈으로 꺼내려던 것을 일부러 일 원짜리로 꺼내드는데 담배가게 주인은 벌써 마코 한 갑 위에다 성냥을 받쳐 내민다.

"해태 주어요."

P는 돈을 들이밀면서 볼먹은 소리를 질렀다. 그러나 담배가게 주인은 그저 무신경하게 "네" 하고는 마코를 해태로 바꾸어주고 85전을 거슬러다 준다.

P는 저편이 무렴해하지 아니하는 것이 더욱 얄미웠다.

그는 해태 한 개를 꺼내어 붙여 물고 다시 전찻길을 건너 개천가로 해서 올라갔다. 인제는 포켓 속에 남은 것이 꼭 3원하고 동전 몇 푼이다. 엊그제 겨울 외투를 4원에 잡혀서 생긴 것이다.

방세와 전깃불 값이 두 달 치나 밀렸다. 3원은 방세 한 달 치를 주고 1원에서 전등 삯 한 달 치를 주고도 싶었으나 그러고 나면 그 나머지로 설렁탕이나 호떡을 사먹어도 하루밖에는 못 지낸다.

그래 그대로 넣어두고 한 이틀 지내는 동안에 1원이 거진 달아났던 판인데 공연한 객기를 부리느라고 당치도 아니한 해태를 샀기 때문에 이제는 1원 돈은 완전히 달아나고 3원만 남은 것이다.

P는 포켓 속에 손을 넣고 잔돈과 지폐를 섞어 3원 남은 돈을 만지작거렸다. 그러면서 왼편 손으로는 손가락을 꼽아가며 3원을 곱쟁이쳐보았다.

6원 12원 24원 48원 96원 192원. 8원 모자라는 2백 원…… 4백 원 8백 원 1천 6백 원 3천 2백 원 6천 4백 원 1만 2천 8백 원. 8백 원은 떼어버리고 2만 4천 원 4만 8천 원 9만 6천 원 19만 2천 원 38만 4천 원 76만 8천 원 153만 6천 원……

3원을 18번만 곱집으면 153만 원이 된다. 153만 원 그놈이 있으면…… 이렇게 생각하매 어깨가 으쓱해졌다.

3원의 열여덟 곱쟁이가 150만 원이니 퍽 쉬운 일이다…… 그놈만 있으면 백만 원을 들여서 50전짜리 16페이지 신문을 하나 했으면 위선 K사장의 엉엉 우는 꼴을 볼 수가 있을 것이다.

그러나 아쉬운 대로 15만 원만 있어도 1만 5천 원 아니 1천 5백 원만 있어도 아니 150원만 있어도 15원만 있어도 위선 방세와 전등 삯을 주고 한 달은 살아가겠다.

P는 한숨을 내쉬었다. 한 달? 한 달만 살고 나면 그담은 어떻게 하나?…… 그래도 몇백 원은 있어야지, 아니 몇천 원은, 아니 몇만 원은……

P는 늘 하는 버릇으로 이런 터무니없는 공상을 되풀이하였다.

그는 최근 이러한 공상을 하면서부터 취직을 시들하게 여겼다.

취직이 된댔자 사오십 원이나 오륙십 원의 월급이다. 그것을 가지고 빠듯빠듯 살아간들 무슨 아기자기한 재미가 있을 턱도 없는 것이다.

가령 근실히 해서 월괘저금⁷ 같은 것도 하고 집도 장만하고 여편네도 생기고 사장이나 중역들의 눈에 들어 지위도 부장쯤으로는 올라가고, 그리하여 생활의 근거도 안정이 되고 하면 지금 같은 곤란은 당하지 아니하겠지만, 그러나 P에게는 아직도 젊은 때의 야심이 있어 그러한 고식된 안정이나 명색 없는 생활은 도리어 피하고 싶었던 것이다. 좀더 남의 눈에 띠며 좀더 재미있고 그리고 자유로운 생활——

물론 그는 지금이라도 누가 한 달에 30원만 줄 테니 와서 일을 해달라면 마치 주린 개가 고기를 보고 덤비듯이 덮어놓고 덤벼들 것이다. 그러나 속으로는 그와 딴판으로 배포를 부리고 있는 것이다.

P가 삼청동으로 올라가느라고 건춘문 앞까지 이르렀을 때에 저편에서 말쑥하게 봄 치장을 한 여자 하나가 마주 내려왔다.

역시 삼청동 근처에 사는 여자인지 P와는 가끔 마주치는 여자다.

P는 그 여자와 만날 때마다 일부러 눈 익혀 보지 아니하는 체는 하면서도 실상은 고비샅샅 관찰을 하였고, 그리고 속으로는 연애라도 좀 했으면 하던 터였다. 무엇보다도 동그스름한 얼굴에 이목구비가 모두 모지지 아니하고 얼굴의 윤곽이 동글듯이 모가 나지 아니한 것, 그래서 맘자리도 그렇게 동글려니 하는 것이 P의 마음을 끈 것이다.

그 여자는 자주 만나는 이 헙수룩한 양복쟁이——P를 먼빛으로도 알아보았는지 처녀다운 조심스런 몸매로 길을 가로 비켜 가까이 왔다.

P는 고개를 꼿꼿이 쳐들고 앞만 쳐다보면서도 속으로는

'저 여자가 지금 내 옆으로 다가와서 조그만 소리로 정답게 구애를 한다면? 사뭇 들이안긴다면?…… 어쩔꼬?'

이런 생각을 하면서 히죽이 웃는데 여자는 벌써 지나쳐버렸다.

"흥! 어쩌긴 무얼 어째?…… 이년아, 일없다는데 왜 이래! 하고 발길로 칵 차 내던지지."

하고 P는 어깨를 으쓱하였다.

삼청동 꼭대기에 있는 집——집이 아니라 사글세로 든 행랑방——에 돌아왔다. 객지에 혼자 있으니 웬만하면 하숙에 있을 것이로되 밥값이 밀리고 그것에 졸릴 것이 무서워 P는 방을 얻어가지고 있던 것이다.

먹는 것이야 수중에 돈이 있는 때에 따라 호떡도 설렁탕도 백화점의 런치도, 그렇잖고 몇 끼씩 굶기도 하여 대중이 없었다.

볕 구경을 잘 못해서 겨울에도 곰팡이 슬고 이불을 며칠씩 그대로 펴두는 방바닥에서는 먼지가 풀씬풀씬 올랐다.

하도 어설퍼 앉으려고도 아니하고 방 가운데 우두커니 서서 있노라니까 안방 문 여닫는 소리가 들리며 주인 노파가 나와서 캑하고 기침을 한다. P는 또 방세 졸릴 일이 아득하였다.

그러나 노파는 방세보다도 우선 편지 한 장을 들이밀어준다. 고향의 형에게서 온 것이다.

편지를 뜯어 읽고 난 P는 말가웃(一斗半)이나 되게 한숨을 푸 내쉬었다. 그러고는 편지를 박박 찢어버렸다.

5

편지의 요건은 P의 아들에 관한 것이다.

P에게는 연전에 갈린 아내와 사이에 생긴 창선이라는 아들이 있다. 금년에 아홉 살이다.

아내와 갈릴 때에 저편에서 다만 어린애만이라도 주었으면 그것을 데리고 길러가는 재미로 혼자 사는 세상에 낙을 붙이겠다고 사정하였다. 그리고 적어도 중학까지는 마치게 하겠다는 것이었다.

그렇게 했으면 P도 한짐을 덜었을 것이다. 그러나 그는 듣지 아니하였다.

어릴 적부터 소박데기 어미의 손에서 아비의 원망과 푸념을 들어가면서 자란 자식은 자란 뒤에 그 아비에게 호감을 가지지 못한다. P는 자식을 꼭 찾고 싶은 것은 아니나 아무튼 장성하면 아비라고 찾아올 터인데 그때에 P는 이미 늙고 자식은 팔팔하게 젊은 놈이 옛날에 제 어미를 소박한 아비라서 아니꼽게 군다면 그것은 차마 못 당할 노릇이다.

이러한 생각으로 P는 창선이를 내주지 아니한 것이다. 그러나 빼앗아놓고 보니 인제 겨우 네댓 살밖에 아니 먹은 것을 자기 손으로 어찌할 수가 없다. 그리하여 할 수 없이 어렵사리 지내는 그 형에게 맡기어놓고 다시 서울로 올라온 것이다. 보통학교에 다닐 나이가 되면 서울로 데려오겠다고 해두고.

P의 형은 작년에 조카를 보통학교에 입학시켰다. 그러나 극빈 축에 드는 집안인지라 몇 푼 아니 되는 월사금과 학비를 대지 못하여 중도에 퇴학시켰다. 애초에 입학시킬 상의로 P에게 편지를 했을 때에 P는 공부 같은 것은 시켰자 소용이 없으니 차라리 뼈가 보드라운 때부터 생일(勞動)을 시키라고 하였다. P의 형은 그러나 백부(伯父)의 도리로나 집안의 체면으로나 창선이를 생일을 시킬 수가 없었다. 차라리 자기 손에 두어 헐벗기고 헐입히면서 공부도 시키지 못하느니 제 아비인 P더러 데려가라고 작년부터 편지를 하던 터이다.

금년도 입학 시기가 당하매 P의 형은 P에게 누차 편지를 하였다. 금년에 입학을 시키지 못하면 명년에는 학령이 초과되어 들여주지 아니할 것이니 어서 데려다가 공부를 시키라는 것이다.

"그 어린것이 굶기를 먹듯 하고 재주는 있으면서 남의 집 아이들이 학교에 다니는 것을 부러워하는 꼴은 차마 애처로워 볼 수가 없다. 차라리 이 꼴 저 꼴 보지 아니하는 것이 속이나 편하겠다."

이번 편지에는 이러한 구절이 있고 끝에 가서

"여비가 몇 원 변통되면 차를 태우고 전보 칠 테니 정거장에 나와 데려가거라. 나도 웬만하면 객지에 혼자 있는 너에게 어린 자식을 떠맡기듯이 보내겠느냐마는 잘못하다가 그것을 굶겨 죽이겠기에 생각다 못하여 단행하는 것이다."

이러한 말이 쓰여 있었다.

P는 박박 찢은 편지를 돌돌 뭉쳐 방구석에 내던지고 한숨을 푸 내쉬었다.

인제는 자식을 데리고 있기가 피할 수 없이 되었는데, 어떻게 했으면 좋을까 하는 것이다. 그는 형이 원망스럽고 아니꼬웠다.

굳이 제 아비를 따라 보낸다는 것이 아니라 부등부등 공부를 시키라는 것 때문이다. 기왕 서울로 보내나 시골서 데리고 있으나 고생시키기는 일반이니 차라리 시골서 일찍부터 생일이나 시켰으면 P에게는 여러 가지로 좋을 것이었다.

"흥! 체면! 공부! 죽여도 인텔리는 만들잖는다."

P는 혼자 이렇게 두덜거렸다.

"집에서 온 편지유? 무슨 걱정이 생겼수."

말거리를 찾지 못하여 머뭇거리고 섰던 안방 노인이 동정이나 하는 듯이 이렇게 묻는다.

"아니요."

P는 마지못해 코대답을 하였다.

"필경 무슨 걱정이 생긴 게구려!"

노인은 자기의 말거리를 만들려고 아니라는데도 이렇게 걱정을 내놓는다.

"그게 모다 가난한 탓이지…… 저렇게 젊고 똑똑한 이가, 저게 모다 가난한 탓이야! 어데 구실(職業)자리 말한다더니 아직 아니 됐수?"

"네, 아직……"

"거 큰일 났구려! 어서 돼야 할 텐데…… 나두 꼭 죽겠수…… 이 늙은것이!…… 돈 좀 마련되잖았수?……"

"네, 아직 좀……"

"저걸 어쩌나! 오늘은 물 값이야 전깃불 값이야 사뭇 받으러 달려들 텐데!"

"메칠만 더 미루십시오. 설마하니 마나님이야 아니 드리겠습니까……"

"아무렴! 실수야 없을 줄 알지만 내가 하도 옹색하니깐 그러는 거지……"

P는 노인이 지껄이게 두어두고 혼자 생각하였다. 전에 아는 집에서 셋방을 얻어 들었을 때에는 두 달이고 석 달이고 세가 밀려야 조르는 법이 없었다.

밀려도 조르지 아니하는 아는 집…… 이것이 P는 도리어 미안해서 이곳으로 옮겨온 것이다. 옮겨와가지고 막상 졸림질을 당하니 미안해도 졸리지는 아니하던 옛집이 그리워지는 것이다.

노인이 문을 가로막고 서서 수다스런 소리로 더 지껄이려고 하는데 마침 P의 동무 M과 H가 찾아왔다.

"어데 나가나?"

M이 그렇잖아도 벌씸한 코를 한 번 더 벌씸하고 사이 벌어진 앞니를 내보이며 싱끗 웃는다.

몸집은 M과 같이 통통하지만 키가 작아 M의 뒤에 가려 섰던 H가 옆으로 나서며

"안녕합시요."
하고 인사를 한다.

P는 싱끗이 웃었다. 이 M과 H는 같은 하숙에 있는데 두 사람은 곧잘 같이 돌아다닌다. 같이 가는 것을 나란히 세워놓고 보면 하나는 키가 커서 우뚝하고 하나는 키가 작아서 납작 붙어 가는 것 같다.

얼굴도 M은 우둘부둘한 게 정객 타입으로 생겼고—잘못하면 복싱 링에 내세워도 좋겠고—H는 안존한[8] 게 사무원 타입이다.

일상의 언행을 보아도 H는 무슨 이야기가 자기 전문인 법률에 관한 것에 다다르면 육법전서의 조목을 따르르 외우면서 이러고저러고 하다고 설명을 하고 M은 동경서 학생 ××에 제휴를 했던 만큼, 그리고 전문이 정경과인 만큼 좌익 진영에서 쓰는 어투가 그대로 나온다.

"여전히 모다 동색(冬色)이 창연하군!"

P는 두 사람의 특특한 겨울 양복을 보고, 그리고 자기의 행색을 내려보며 웃었다.

M이 신을 벗고 들어와 먼지 앉은 책상 위에 걸어앉으며

"춘래불사춘일세."

하고 한마디 외운다. H도 따라 들어와 한편에 앉으며 한마디 한다.

"아직 괜찮아…… 거리에서 보니까 동복 입은 사람이 많데……"

"괜찮기는 무어 괜찮아…… 우리가 길로 돌아다니니까 사방에

서 아이구 아야! 소리가 들리데."

"왜?"

"봄이 발밑에서 짓밟히느라고."

"하하하하."

세 사람은 소리를 내어 웃었다.

"참 시험 본 것 어떻게 되었소?"

P는 H가 일전에 총독부에서 본 고원 채용 시험을 생각하고 물어보았다.

"말두 마시우…… 인제는 꼭 들어앉어 공부나 해가지고 변호사 시험이나 치겠소."

사람이 별로 변통성도 없고 그렇다고 여기저기 반연⁹도 없어 취직이 여의하게 되지 못하는 것을 볼 때에 P는 가엾은 생각이 늘 들곤 하였다.

"가만있게…… 어서 변호사 시험만 파스하게. 그러면 인제 내가 백만 원짜리 주식회사를 조직해가지고 자네를 법률고문으로 모셔옴세."

이것은 M이 늘 농 삼아 하는 농담이다. M도 일 년 동안이나 취직 운동을 하면서 지냈건만 그는 도리어 배포가 유하다. 조금 더 재바르게 했으면 M은 벌써 취직이 되었을는지도 모르나 그는 타고난 배포와 그리고 남에게 아유구용¹⁰을 하기 싫어하는 성질로 말하자면 취직 전선의 낙오자다.

별로 만나야 할 일도 없다. 그러나 제가끔 혼자 있으면 우울해지니까 이렇게 서로 찾으며 자주 만나게 된다.

만나 앉아서 이야기라도 지껄이면 그동안만은 명랑해진다. 지금 서울 안에 P니 M이니 H니와 매일 만나 하는 일 없이 돌아다니고 주머니 구석에 돈푼 있으면 서로 털어 선술잔이나 먹고 하는 룸펜의 패가 수없이 많다.

무어나 일을 맡겼으면 불이 버쩍 일게 해낼 팔팔한 젊은 사람들이다. 그렇건만 그들은 몸을 비비 꼬고 있다.

아무 데도 용납치 못하는 사람들이다. ××적 ××에서 그들을 불러들이기에는 ××적 ××의 주관적 정세가 너무도 미약하다. 그것은 그들의 몇 부분이 동경서 학생으로 있을 시절에는 그 속에서 활발하게 ××을 계속하던 것이 조선에 나오면서 탈리되는 것으로 보아 그러한 해석을 내리지 아니할 수가 없다.

그렇다고 부르주아의 기성 문화 기관에 들어가자니 그곳에서는 수요를 찾지 아니한다. 레디메이드로 된 존재들이니 아무 때라도 저편에서 필요해야만 몇씩 사들여간다.

M이 마코를 꺼내놓고 붙여 문다. P는 포켓 속에 들어 있는 해태를 차마 내놓기가 낯이 따가워 M의 마코를 집어 당겼다.

〔80여 자 삭제〕

P는 설명을 시작한다. P 자신 그러한 장난 비슷한 공상은 하면서 일단 해보라고 하면 주저할 것이지만 어쨌거나 그랬으면 통쾌하리라는 것이다.

"먼점 경무국에 들어가서 아주 까놓고 이야기를 한단 말이야. 우리가 지금 대상으로 하는 것은 총독부가 아니라 조선의 소위 민간측 유지들이니까 간섭을 말어달라고."

"그러면 관허(官許) 메이데이로구만."

"그래 관허도 좋아…… 그래가지고는 기에다가는 무어라고 쓰느냐 하면 '우리에게 향학열을 고취한 놈이 누구냐?'…… 어때?"

"좋지!"

"인테리에게 직업을 내라…… 이렇게 노래를 지어 부르거든."

〔1행 삭제〕

"응…… 유지와 명사의 가면을 박탈시키라고…… 한 몇십 명이 그렇게 데모를 한단 말이야."

"하하하하."

M은 이렇게 웃고 H는 시원찮게 핀잔을 준다.

"드끄럽소 여보…… 아 글쎄 멀끔멀끔한 양복쟁이들이 종로 네거리로 기를 받고 그렇게 다녀봐! 애들이 와서 나 광고지 한 장 주, 하잖나."

"하하하하."

"허허허허."

창밖에서 냉이장수가 싸구려 소리를 외치고 지나간다. M이 그에 응하여

"이크! 봄을 떰펑하는구나."

"홍, 경제학자라 달르군…… 참 우리 하숙에서는 채소를 좀 멕여주어야지!"

"밥값을 잘 내보지."

"그도 그렇지만."

"나는 석 달 치 밀렸네."

"나도 그렇게 될걸."

"그러니까 나처럼 이렇게 아파트 생활을 해요."

이것은 P의 말이다. 아파트라고 말해놓고도 서글퍼서 허허 웃었다.

"조선식 아파트! 그렇지만 우리가 아파트 생활을 했다면 아마 두어 달 전에 굶어 죽었을걸."

"나는 돈을 보면 초면 인사를 해야 되겠네…… 본 지가 하도 오라서 낯을 잊었어."

"여보게."

하고 M이 의젓하게 H를 달군다.

"돈 구경한 지 오래됐다지?"

"응."

"존 수가 있네."

"멋?"

"자네 책 좀 삼사(三四) 구락부에 보내세."

"싫으이."

"자네 돈 구경하고…… 구경하고 나서 그놈으로 한잔 먹고……"

"한잔 말이 났으니 말이지 요즘 같으면 술이나 실컨 먹고 주정이라도 했으면 속이 시언하겠네."

"그러니까 말이야…… 가세. 가서 다섯 권만 잽혀."

"일없다."

"내가 찾아주지."

"흥."
"정말이야."
"싫어."

6

그날 밤.
P와 M은 H를 졸라 그의 법률책을 잡혀 돈 6원을 만들어가지고 나섰다.
선술집에 가서 엔간히 취하도록 먹은 뒤에 C라는 카페에 가서 술 두 병을 놓고 자정이 되도록 노닥거렸다.
그곳에서 나올 때는 6원 돈이 2원 남았다. 2원의 처치를 생각하던 세 사람은 일제히 동관으로 가기로 하였다.
세 사람이 모두 다리가 비틀거렸다. 그중에도 P는 더욱 취하였다.
늴리리 가락으로 들어박힌 갈보집.
다 쓰러져가는 초가집을 세 사람이 아는 집 들어서듯이 쑥쑥 들어서니
"들어옵시요."
"어서 옵시요."
라고 머리 땋은 계집애와 배가 북통 같은 애 밴 계집이 마루로 나선다.

P가 무심결에 해태곽을 꺼내어 붙여 무니까 머리 땋은 계집애가 P의 목을 걸싸안고 볼에다 입을 쪽 맞추더니,

"나도 하나."

하고 손을 벌린다. P는 기가 막혀 담배곽을 내미는데 H와 M은 박수를 하며

"부라보!"

하고 굉장하게 큰 소리로 외친다.

건넌방에 들어가 앉으니 마루에서 따그락따그락 소리가 난다.

배부른 계집은 푸대접을 받고 머리 땋은 계집애가 H와 M의 손으로 옮아다니면서 주물린다. 깩깩 소리를 지르며 엄살을 한다. 말을 붙이고 대답을 주고받고 하는 것이 H와 M은 전에 한번 와본 집인 듯하다.

술상이 들어왔다.

잔은 사발만 한데 술주전자는 눈알만 하다. 술을 부어놓으니 M이 척 받아놓고는 노래를 투정한다. 계집애는 그보다 더 약아 제가 그 술을 쭉 들이마시고는 빈 잔만 M의 입에 대어준다.

P는 자숫물"같이 밍밍한 술을 두어 잔 받아먹는 동안에 비위가 콱 거슬려서 진정하느라고 드러누웠다.

H가 계집애를 무릎에 올려놓고 신이 나게 노래를 부른다. 물론 고저도 장단도 맞지 아니하는 노래다.

M이 애 밴 계집을 실컷 시달려주다가 머리 땋은 계집애를 빼앗아가더니 귀에 대고 무어라고 속삭거린다. 그러면서 둘이서 연해 P를 건너다보며 싱긋벙긋 웃는다.

조금 있다가 계집애가 P에게로 오더니 귀에다 입을 대고 속삭인다.

"저이가 나더러 당신하고 오늘 저녁…… 응 어때?"

"그래라."

P는 불쑥 성난 것처럼 대답했다.

"아이! 승거워!"

계집애는 P를 한 번 꼬집어주고 다시 M에게로 달아났다.

M에게로 가서 또 무어라고 속삭거리더니 재차 와가지고는 귓속말을 한다.

"자고 가, 응."

"그래 글쎄."

"꼭."

"응."

"정말."

"응."

술은 네 주전자가 들어왔는데 세 사람 손님은 두서너 잔씩밖에 아니 먹었다. 그 나머지는 다 저희가 먹었다. 계집애가 술이 곤주가 되게 취해가지고 해롱해롱 까분다.

술값을 치르는 것을 보고 P도 따라 일어섰다. M이 몸뚱이로 슬쩍 밀어서 방 안으로 들여보내고 뒤에서 계집애가 양복 뒷깃을 잡아당긴다.

"그래라. 자고 간다."

P는 방 가운데 벌떡 드러누웠다.

"너희 집이 어데냐?"

계집애가 옆에 와서 앉는 것을 보고 P가 물었다.

"××도 ××."

"언제 왔니?"

"작년에."

P는 몸을 일으켰다. 또 속이 왈칵 뒤집혀 좀더 진정하려고 하는 생각인데 계집애가 콱 밀어뜨린다.

"나이 몇 살이냐?"

"열여덟."

"부모는?"

"부모가 있으면 여기서 이 짓을 해?"

"왜 이 짓이 나쁘냐?"

"흥…… 나도 사람이야."

"에꾸! 나는 네가 신선인 줄 알았더니 인제 알고 보니까 사람이로구나!"

"드끄러!"

계집애는 눈을 쭉 흘기고는 갑자기 웃으면서 P의 목을 그러안는다.

"자고 가 응."

"우리 마누라한테 자볼기 맞고 쫓겨난다."

"그러면 내한테 와서 나하고 살지…… 여기 내 빚 80원만 물어 주면……."

"80원이냐?"

"응."

"가겠다."

P는 또 일어나려는 것을 계집이 껴안고 놓지 아니한다.

"자고 가…… 내가 반했어."

"아서라."

"정말!"

"놓아."

"아니야. 안 놓아. 자고 가요 응…… 자고…… 나 돈 좀 주어."

"돈? 내가 돈이 있어 보이니?"

"돈소리가 절렁절렁 나는데?"

미상불 P의 포켓 속에서는 아까부터 잔돈 소리가 가끔 잘랑거렸다.

"자고 나 돈 조꼼 주고 가 응."

"얼마나?"

"암만도 좋아…… 50전도, 아니 20전도."

계집애의 말이 떨어지기도 전에 P는 불에 덴 것같이 벌떡 일어섰다. 일어서면서 그는 포켓 속에 손을 넣어 있는 대로 돈을 움켜쥐어 방바닥에 홱 내던졌다. 1원짜리 지전 두 장과 백통전이 방바닥에 요란스럽게 흐트러진다.

"아따 돈!"

해던지고는 P는 뛰어나왔다. 그의 눈에는 눈물이 고였다.

7

　P는 정조(貞操)적으로 순진한 사나이가 아니다. 열네 살 때에 소꿉질 같은 장가를 갔고 그 뒤 동경 가서 있을 동안에 거기 여자와 살림도 하였다.
　조선에 돌아와 직업을 가지고 있는 사이에 기생과 사귀어 한동안 죽을 둥 살 둥 모르게 지내기도 하였다.
　그 밖에도 정 두어 지낸 여자가 두엇 더 있다. 그러나 삼십이 되도록 지금까지 유곽을 가거나 은근짜 집을 가거나 동관의 색주가 집에 가서 잠자리를 한 일은 없다.
　그것은 P의 괴벽이다. 어떠한 여자를 물론하고 그가 정이 들지 아니한 여자이면 절대로 관계를 아니한다는 것이다.
　그 대신 한번 P의 눈에 들고 따라서 정이 들면 아무것도 돌아보지 아니하고 심각한 열정에 맡기어 완전히 그 여자를 움켜쥐어버리며 또한 그 여자에게 전부를 내주어버린다. 그리하여 그는 늘 All or nothing을 말한다.
　이것이 처세상 퍽 이롭지 못한 것을 P도 잘 안다. 또 공연한 승벽[12]이요 고집인 줄 알건만 그는 그것을 고치지 못한다.
　이날 밤에도 그는 그 계집애를 조금도 어떻게 하겠다는 생각은 나지 아니하였다.
　술 취한 끝에 속이 괴로우니까 진정을 하자는 판인데 "50전 아니 20전도 좋아" 하는 소리에 버쩍 흥분이 된 것이다.

너무도 인간이 단작스럽고 악착스러운 것 같았다. P가 노상 보고 듣는 세상이 돈을 중간에 놓고 악착스럽게 으등으등하는 것임을 모르는 바는 아니나 정조 대가로 일금 20전을 요구하는 것은 처음 보았다.

P는 그러한 여자가 정조를 파는 데 무신경한 것도 잘 알고 있으며 따라서 그것이 비도덕이니 어쩌니 하는 것도 아니다.

그의 관점과 해석은 그런 것보다 더 나아간 입장에 있었다.

그러나 '20전만 주어도' 소리에는 이것저것 생각하고 헤아릴 나위도 없었다. 더럽고 얄미우면서 그러면서도 눈물이 고였다. 3원쯤 되는 전 재산을 털어 내던지고 정신없이 뛰어나온 것이다.

술 취한 P를 혼자 남겨둔 H와 M은 골목에 기다리고 서서 있었다. P가 뛰어나오는 것을 보고 그들은 위선 농을 건넨다.

"한턱하오."

"장가간 턱 하게."

P는 고개를 흔들었다. 그리고 멍하니 서서 생각을 하였다.

다분의 가면 밑에서 꿈틀거리는 인도주의에 몹시 증오를 느끼는 P는 이날 밤 자기의 행동을 어떻게 해석할지 몰라 괴로워하였다.

내일을 굶어야 할 그 돈이지만 돈이 아까운 것이 아니다. 정조값으로 20전을 주어도 좋다는데 왜 정조는 퇴하고 돈만 있는 대로 다 떨어주었는가? 왜 눈에 눈물은 고였는가?

8

 P는 머리가 띵하고 속이 뉘엿거려 정신을 차릴 수가 없었다. 그는 두 친구에게 인사도 변변히 하지 아니하고 코를 베인 듯이 삼청동으로 올라왔다. 어서 바삐 좀 드러눕고만 싶었던 것이다.
 아무리 방구들은 차고 지저분하게 늘어놓았어도 제 처소는 반가운 것이다. 더구나 몸이 괴로울 때는!
 P는 누더기 양복이나마 벗으려고도 아니하고 그대로 펴두었던 이부자리 속에 몸을 파묻었다. 드러누우니 취기가 새삼스레 더하여 영영 옷 벗을 생각도 잊어버리고 그대로 잠이 들었다.
 얼마를 자고 났는지 괴로워 부대끼다 못하여 잠이 깨었을 때는 목이 타는 듯이 말랐다.
 물은 없다. 물이 없어 못 먹느니라 생각하니 목은 더 말랐다.
 밤은 어느 때나 되었는지 짐작할 수가 없다. 전등은 그대로 켜져 있다. 밖에서는 사람 지나다니는 발소리도 들리지 아니한다. 전차 갈리는 소리도 들리지 아니하고 가끔 가다가 자동차의 경적이 딴 세상의 소리같이 감감하게 들려온다.
 밤이 깊지 아니했으면 잠긴 안대문을 두드려 주인 노인에게라도 물을 청하겠지만 이 깊은 밤에 그리하기도 미안하다. 그것도 방세나 여일하게 내었을세 말이지 얼굴 대하기를 이편에서 피하는 판에 차마 못할 일이다.
 물지게 장수의 삐득거리는 소리가 들리나 하고 귀를 기울였으나 감감히 소리가 없다.

목은 더욱더욱 말라 들어온다. 입술이 바싹 마르고 입 안이 침기가 없고 목구멍이 바삭바삭 소리가 날 듯이 마르고, 그러고는 창자 속까지 말라 내려가는 듯하다.

방금 미칠 듯하다.

눈앞에 용용하게 흘러가는 푸른 한강이 어릿어릿하고 쏴 쏟아지는 수통 꼭지가 보이는 듯하다.

P는 배고픈 고비는 많이 겪어보았으나 이대도록도 목마른 참은 당하기 처음이다.

배는 고프면 기운이 없이 착 가라앉을 뿐이었지만 목이 극도로 마름에는 금시 미치고 후덕후덕 날뛸 것 같다.

일어나서 삼청동 꼭대기로 올라가면 산골짜기의 물도 있고 또 우물도 있기는 하다. 그러나 이 어두운 밤에 어디가 어디인지 보이지 아니할 테고 또 우물에는 두레박도 없을 것이다.

겨우겨우 참아가며 몇 시간을 뻬대었다. 실상 한 시간도 못 되는 동안이지만 P에게는 여러 시간인 듯만 싶었다.

그런 뒤에 겨우 물지게 소리를 듣고 그는 수통 있는 곳을 찾아 뛰어나갔다.

사정 이야기도 변변히 하지 아니하고 쏟아지는 수통 꼭지에 매달려 한 동이는 되리시피 냉수를 들이켰다. 물장수가 어이가 없어 멀끔히 쳐다보고만 있다가 P의 꾸벅하고 돌아서는 등 뒤에다 혀를 끌끌 찬다.

밥보다도 더 다급하게 그립던 물을 실컷 들이켜고 나니 찌뿌등하게 엉킨 듯 불쾌하던 취기(醉氣)도 적이[13] 걷히고 정신이 말쑥해졌다.

P는 새삼스레 양복을 벗어 던지고 다시 자리에 파묻혔다. 인제는 잠이 십 리나 달아나고 눈이 초랑초랑해진다. 그러면서 어젯밤 일이 머리에 떠오른다.

그것은 마치 못 먹을 것을 먹은 것처럼 께름칙한 기억이다. 아무렇게나 씻어 넘겨버리재도, 그러나 머리 한구석에 박혀가지고 사라지려 하지 아니하는 어룽(班點)과 같다. 어떻게 해서라도 시원스러운 해석을 내리고라야 마음이 놓일 것 같다.

정조 대가(貞操代價)로 일금 20전을 부르는 여자……

방금 세상에는 한 번 정조를 빼앗긴 것으로 목숨을 버려 자살하는 여자가 있다. 그러는 한편 '20전도 좋소' 하는 여자가 있다.

여자의 정조가 그것을 잃었다고 자살을 하도록 그다지도 고귀한 것이라면 '20전에도 팔겠소' 하는 여자가 눈을 멀끔멀끔 뜨고 살아 있는 사실은 무엇으로 설명할 것인가?

또 정조를 '20전에도 팔겠소' 하는 여자가 있도록 그것이 아무렇지도 아니한 것이라면 그것을 한 번 빼앗긴 때문에 생명을 내버리는 여자가 있는 것은 무엇으로 설명할 것인가?

이 두 여자가 모두 건전한 양심의 소유자라고 볼 수는 없다.

그러나 그 가운데 나무라기로 들면 차라리 정조를 빼앗긴 것으로 자살한 여자를 나무랄 것이지 '20전에 팔겠소' 하는 여자는 나무랄 수가 없다.

열여섯 살부터 시작하여 이래 삼 년이나 색주가 집으로 굴러다니는 여자다.

언제 누구에게 귀떨어진 도덕 관념이나 정당한 인생관을 얻어들은 적이 없을 것이다.

술잔을 들고 앉아 한 잔이라도 오는 손님에게 더 먹여 한 푼어치라도 주인의 수입을 도와주면 칭찬이 오니 그만이다.

"고년 어여뿌다. 나하고 ××."

하고 손님이 말하면 그에 좇아 비록 조발(早發)일지언정 생리적 만족을 얻는 한편 그야말로 단돈 20전이라도 벌면 그만이다.

옆에서 그것을 시키기는 할지언정 그것이 나쁘다고 가르쳐주는 사람이 있을 턱이 없는 것이다. 사실 일반 매춘부가 정조적으로 양심을 가진 듯이 보인다는 것은 그 대부분이 도리어 한 가식(假飾)[14]에 지나지 못하는 것이다.

그것은 그들에게 있어서 일종의 정당성을 가진 노동인 것이다.

그러니까 그것을 보고 불쌍하다고 여기고 동정을 하는 것은 위문이 폐문이다.

지금 세상은 정당한 성도덕(性道德)이 서서 있는 때도 아니다.

그것은 한 세대에 여러 가지의 시대 사조가 얼크러져 있는 때문이다. 그러니까 여자의 정조에 대하여도 일률적으로 선악과 시비를 가릴 수는 없는 것이다.

하룻밤 몸값으로다 '20전도 좋소' 하는 여자, 그에게는 다른 사람이 갖는 성도덕도 없고 따라서 자신을 타락이라서 슬퍼하지도 아니한다.

그 여자 자신을 나무랄 필요도 없는 것이요, 동정할 머리도 없는 것이다. 그 여자 자신은 결코 불쌍한 사람이 아니다.

　예수의 사랑(?)도 아무리 그 사랑이 크고 넓다 했을지언정 그것은 '불쌍한 사람' '죄지은 사람'에게 미칠 수 있는 것이다.

　'불쌍하지 아니한' '죄짓지 아니한' 동관의 색주가 계집애에게는 누구의 동정이나 사랑도 일없는 것이다.

　"뭣? 관념적이라고?"

　그렇다. 관념적이라도 할 수 없다. 그러나 그것은 그 여자의 주관을 객관화한 것이다. 그러니까 그것은 한 엄연한 현실이다.

　〔30여 자 삭제〕

　또 그 병적 현실에 메스를 대는 것은 집단의 역사적 문제이지만 룸펜 인텔리의 결벽과 흥분쯤으로는 문제도 되지 아니한다.

　다만 취객이 3원 각수[15]를 던져주었음으로 해서 그 여자는 감격 없는 기쁨을 맛보았을 뿐일 것이다.

　"이게 웬 떡이냐…… 어제 저녁에 꿈이 갠찮더니 이런 땡을 잡을 영으루 그랬구나…… 웬 얼간망둥이냐."

　그 계집애는 응당 그렇게밖에는 더 생각되지 아니하였을 것이다. 그것이 결코 무리가 없는 당연한 일이다.

　P는 여기까지 생각하고 입맛 쓴 고소를 띠었다.

　"홍! 되지 못하게…… 장님이 눈병 앓는 사람더러 불쌍하다고 한 셈인가."

　P는 돌아누우면서 혀를 끌끌 찼다.

9

1934년의 이 세상에도 기적이 있다.

그것은 P가 굶어 죽지 아니한 것이다. 그는 최근 일 주일 동안 돈이 생긴 데가 없다. 잡힐 것도 없었고 어디서 벌이한 적도 없다.

그렇다고 남의 집 문 앞에 가서 밥 한 술 주시오 하고 구걸한 일도 없고 남의 것을 훔치지도 아니하였다.

그러나 그동안 굶어 죽지 아니하였다. 야위기는 하였지만 그래도 멀쩡하게 살아 있다. P와 같은 인생을 이 세상에 하나도 없이 싹 치운다면 근로하는 사람이 조금은 편해질지도 모른다.

P가 소부르주아 축에 끼이는 인텔리가 아니요 노동자였더라면 그동안 거지가 되었거나 비상수단을 썼을 것이다. 그러나 그에게는 그러한 용기도 없다. 그러면서도 죽지 아니하고 살아 있다. 그렇지만 죽기보다도 더 귀찮은 일은 그를 잠시도 해방시켜주지 아니한다.

그의 아들 창선이를 올려 보낸다고 어제 편지가 왔고 오늘은 내일 아침에 경성역에 당도한다는 전보까지 왔다.

오정 때 전보를 받은 P는 갑자기 정신이 난 듯이 쩔쩔매고 돌아다니며 돈 마련을 하였다. 최소한도 20원은…… 하고 돌아다닌 것이 석양 때 겨우 15원이 변통되었다.

종로에서 풍로니 냄비니 양재기니 숟갈이니 무어니 해서 살림 나부랭이를 간단하게 장만해가지고 올라오는 길에 전에 잡지사에 있을 때 알은 ××인쇄소의 문선과장을 찾아갔다.
 월급도 일없고 다만 일만 가르쳐주면 그만이니 어린아이 하나를 써달라고 졸라대었다.
 A라는 그 문선과장은 요리조리 칭탈[16]을 하던 끝에──그는 P가 누구 친한 사람의 집 어린애를 천거하는 줄 알았던 것이다──
 "보통학교나 마쳤나요?"
하고 물었다.
 "아니요."
 P는 솔직하게 대답하였다.
 "나이 몇인데?"
 "아홉 살."
 "아홉 살?"
 A는 놀라 반문을 하는 것이다.
 "기왕 일을 배울 테면 아주 어려서부터 배워야지요."
 "그래도 너무 어려서 원…… 뉘집 애요?"
 "내 자식놈이랍니다."
 P는 그래도 약간 얼굴이 붉어짐을 깨달았다. A는 이 말에 가장 놀라운 일을 보겠다는 듯이 입만 벌리고 한참이나 P를 물끄러미 바라다본다.
 "왜? 내 자식이라고 공장에 못 보내란 법 있답디까?"
 "아니, 정말 그래요?"
 "정말 아니고?"

"괜히 실없는 소리! ……자제라고 해야 들여줄 테니까 그러시지?"
"아니, 그건 그렇잖애요. 내 자식놈야요."
"그럼 왜 공부를 시키잖구?"
"인쇄소 일 배우는 것도 공부지."
"그건 그렇지만 학교에 보내야지."
"학교에 보낼 처지도 못 되고 또 보낸댔자 사람 구실도 못할 테니까……"
"거 참 모를 일이오…… 우리 같은 놈은 이 짓을 해가면서도 자식을 공부시키느라고 애를 쓰는데 되려 공부시킬 줄 아는 양반이 보통학교도 아니 마친 자제를 공장엘 보내요?"
"내가 학교 공부를 해본 나머지 그게 못쓰겠으니까 자식은 딴 공부를 시키겠다는 것이지요."
"글쎄 정 그러시다면 내가 내 자식 진배없이 잘 데리고 있으면서 일이나 착실히 가르켜드리리다마는…… 원 너무 어린데 애차랍잖애요?"
"애차라운 거야 애비 된 내가 더하지오만 그것이 제게는 약이니까……"
P는 당부와 치하를 하고 인쇄소를 나왔다. 한짐 벗어놓은 것같이 몸이 가뜬하고 마음이 느긋하였다.
그는 집으로 올라가는 길에 싸전에 쌀 한 말을 부탁하고 호배추도 몇 통 사들였다. 그렁저렁 5원을 썼다.
10원 남은 중에 주인 노인에게 6원을 내주니 입이 귀밑까지 째

어진다. 그 끝에 P가 사온 호배추를 내주며 김치를 담가달라고 하
니 선선히 응낙한다. 그리고 자식을 데리고 자취를 하겠다니까
깍두기야 간장이야 된장 같은 것을 아까운 줄 모르고 날라다 주
곤 한다.

10

 이튿날 전에 없이 첫새벽에 일어난 P는 서투른 솜씨로 화로밥
을 지어놓고 정거장으로 나갔다.
 그의 형에게서 온 편지에 S라는 고향 사람이 서울 올라오는 길
에 따라 보낸다고 했으니까 P는 창선이보다도 더 낯이 익은 S를
찾았다.
 과연 차가 식식거리고 들어서매 인간을 뱉어 내놓는 찻간에서
S가 창선이를 데리고 두리번거리며 내려왔다.
 어디서 생겼는지 새까만 고구라[17] 양복을 입고 이화표 붙은 학
생모자를 쓰고 거기다가 보따리를 하나 지고 무엇 꾸린 것을 손
에 들고 차에서 내리는 어린아이…… 저게 내 자식이니라 생각하
니 P는 어쩐지 속으로 얼굴이 붉어지며 한편 가엾기도 하였다.
 S가 두 손에 짐을 가득 들고 두리번거리다가 가까이 온 P를 보
고 반겨 소리를 지른다. 창선이가 모자를 벗고 학교식으로 경례
를 한다. 얼굴을 자세히 보니 네댓 살 적에 보던 것보다 더한층
저의 외가를 닮았다. P는 그것이 몹시 불만이였다.

"그새 재미나 좋았나?"

S의 하는 첫인사다.

"멀 그저 그렇지…… 괜한 산 짐을 지고 오느라고 애썼네."

P는 이렇게 인사 겸 치하를 하였다.

"원 천만에!…… 그 애가 나이는 어려도 어떻게 속이 찼는지…… 너 늬 아버지 알아보겠니?"

S는 창선이를 돌아보며 웃는다. 창선이는 고개를 숙이고 수줍은지 아무 대답도 아니한다.

P는 S와 창선이를 데리고 구름다리로 올라왔다.

"저의 외할머니가 저 양복이야 떡이야 모다 해가지고 자네 댁에까지 오셨더라네…… 오셔서 어제 떠나는데 정거장까지 나오셨는데 여러 가지 신신당부를 하시데…… 자네에게 전하라고."

S는 P가 그다지 듣고 싶지도 아니한 이야기를 뒤따라오며 늘어놓는다. 그의 가슴에는 옛날의 반감이 솟쳐 올랐다.

"별 걱정 다 하든 게로군…… 내 자식 내가 어련히 할까 버 쫓아다니며 그래!"

"그래도 노인들이라 어데 그런가…… 객지에서 혼자 있는데 데리고 있기 정 불편하거든 당신에게로 도루 보내게 하라고 그러시데……"

"그 집에 내 자식이 무슨 상관이 있어서 보내라는 거야?…… 보낼 테면 그때 데려왔을라구 ……"

P는 그것이 모두 그와 갈린 아내의 조종인 줄 알기 때문에 더구나 심정이 났다. 화가 나는 대로 하면 어린아이가 입고 온 양복도

벗겨 내던지고 싶었으나 꿀꺽 참았다.

11

일찍 맛보아보지 못한 새살림을 P는 시작하였다.

창선이가 도착한 날 밤.

창선이는 아랫목에서 색색 잠을 자고 있다. 외롭게 꿈을 꾸고 있으려니 생각하매 전에 없던 애정이 솟아오르는 듯하였다.

이튿날 아침 일찍 창선이를 데리고 ××인쇄소에 가서 A에게 맡기고 안 내키는 발길을 돌이켜 나오는 P는 혼자 중얼거렸다.

"레디메이드 인생이 비로소 겨우 임자를 만나 팔렸구나."

미스터 방

 주인과 나그네가 한가지로 술이 거나하니 취하였다. 주인은 미스터 방(方), 나그네는 주인의 고향 사람 백(白)주사.
 주인 미스터 방은 술이 거나하여감을 따라, 그러지 않아도 이즈음 의기 자못 양양한 참인데 거기다 술까지 들어간 판이고 보니, 가뜩이나 기운이 불끈불끈 솟고 하늘이 바로 돈짝만 한 것 같은 모양이었다.
 "내 참, 머, 흰말이 아니라 참, 거칠 것 없어, 거칠 것. 흥, 어느 눔이 아, 어느 눔이 날 뭐라구 허며, 날 괄시헐 눔이 어딨어, 지끔이 천지에. 흥 참, 어림없지, 어림없어."
 누가 옆에서 저를 무어라고를 하며, 괄시를 한단 말인지, 공연히 연방 그 툭 나온 눈방울을 부리부리 왼편으로 삼십 도는 넉넉 삐뚤어진 코를 벌씸벌씸해가면서 그래쌓는 것이었다.
 "내 참, 이래 봬두, 응, 동양 삼국 물 다 먹어본 방삼(方三)복이

우. 청얼(淸語) 뭇허나, 일얼 뭇허나, 영어야 뭐 말할 것두 없구……"

하다가, 생각난 듯이 맥주 컵을 들어 벌컥벌컥 단숨에 다 마신다. 그러고는 시꺼먼 손등으로 입술을 쓱, 손가락으로 김치쪽을 늘름 한 점, 그러던 버릇이, 미스터 방이요, 신사요, 방선생으로도 불리어지는 시방도 무심중 절로 나와, 손등으로 입술의 맥주 거품을 쓱 씻고 손가락으로 라조기 한 점을 집어다 으득으득 씹는다.

"술은 참, 맥주가 술입넨다……"

어느 놈이 만일 무어라고 시비를 하거나 괄시를 한다면 당장 그 라조기를 씹듯이 으득으득 잡아 씹기라도 할 듯이 괄괄하던 결기가, 그러다 별안간 어디로 가고서 이번엔 맥주 추앙이 나오던 것이다.

"술두 미국 사람네가 문명했죠. 죄선 사람은 안직두 멀었어."

"멀구말구. 아직두 멀었지."

쥐 상호의 대추씨만 한 얼굴에 앙상한 노랑수염 백주사가, 병을 들어 주인의 빈 컵에다 따르면서, 그렇게 맞장구를 쳐 보비위[1]를 한다.

"아, 백상두 좀 드슈."

"난 과해."

"괜히 그리셔. 백상 주량을 다아 아는데. 만난 진 오랐어두."

"다아 젊었을 적 말이지, 지금은……"

"올에 참 몇이시지?"

"갑술생 마흔여덟 아닌가!"

"그럼 나보담 열한 살 위시군. 그래두 백상은 안 늙으신 심야. 허허허허."

"안 늙는 게 다 무언가. 머리 선 걸 보게!"

"건 조백이시지."

백주사는 흔연히 수작을 하면서 내색은 아니하나, 어심²엔 미스터 방이 괘씸하기 짝이 없었다.

향리의 예법으로, 십년장이면 절하고 뵈어야 한다. 무릎 꿇고 앉아야 하고, 말은 깍듯이 공대를 해야 한다. 그 앞에서 주초(酒草)가 당치 않고, 막부득이한³ 경우면 모로 앉아 잔을 마셔야 한다. 그런 것을, 마치 제 연갑 친구나 타관 나그네게나 하는 것처럼, 백상이니, 술 드슈, 조백이시지 하고 말버릇이 고약해, 발 개키고 앉아서 정면하고 술을 먹어, 담배 뻐끔뻐끔 피워, 이런 괘씸할 도리가 없었다.

또 나이도 나이려니와, 문벌이나 지체를 가지고 논한다면, 이건 도저히 용서할 수 없는 일이었다.

이래 보여도 나는 삼대조가 진사를 하였고(그 첩지가 시방도 버젓이 있다) 오대조가 호조판서를 지냈고(족보에 그렇게 분명히 올라 있다) 칠대조가 영의정을 지냈고(역시 족보에 그렇게 분명히 올라 있다) 이런 명문거족의 집안이었다. 또 내 십이촌이 ××군수요. 그 십이촌의 아들이 만주국 ××현 ××촌 촌장이요 하였다. 또 그리고, 시방은 원수의 독립인지 막덕인지 때문에 다 그렇게 되었다지만, 아무튼 두 달 전까지도 어느 놈 그 앞에서 기침 한번 크게 못하던 백부장──훈팔(八)등에, ××경찰서 경제계 주임이

던 백부장의 어르신네 이 백주사가 아닌가. 두 달 전 그때만 같았어도

'이놈!'

하고 호통을 하여 당장 물고를 내련만, 그 좋은 세상이 어디로 가고, 이 지경이란 말인지 몰랐다.

하여튼 그만치나 혼란스런 백주사에다 대면 미스터 방의 근지야 아주 보잘것이 없었다.

미스터 방의 증조가 타관에서 떠들어온 명색 없는 사람이었다. 그 조부가 고을의 아전을 다녔다. 그 아비가 짚신장수였다. 칠십에, 고로롱고로롱 아직도 살아 있지만, 시방도 짚신 곱게 삼기로 고을에서 첫째가는 방첨지가 바로 그였다. 그리고 이 방삼복이는……

먹고 자고 꿍꿍 일하고, 자식새끼 만들고 할 줄밖에는 모르는 상일꾼(農夫)이었다. 그러나마 삼십을 바라보도록 남의 집 머슴살이로, 이 집 저 집 살고 다니던 코삐뚤이 삼복이었다. 물론 낫 놓고 기역자도 못 그리는 판무식이었다.

상일꾼일 바엔 남의 세토(貰土: 小作) 마지기라도 얻어 제 농사를 짓는 것이 아니라, 삼십을 바라보도록 남의 집 머슴살이만 하고 다니던 코삐뚤이 삼복이가 하루 아침 무슨 생각이 났던지, 돈벌이를 간답시고, 조석이 간데없는 부모에게다 처자식 떠맡기고는 훌쩍 일본으로 떠나버렸다. 그것이 열두 해 전.

떠난 지 칠팔 년을 별반 신통한 벌이도 못하는지, 돈 한 푼 보내는 싹도 없더니, 하루는 느닷없이 중국 상해에 와 있노라 기별이

전해져왔다. 그러고는 감감 소식이 없다가 삼 년 만에 퍼뜩 고향엘 돌아왔다. 십 여 년을, 저의 말마따나 동양 삼국 물 골고루 먹고 다녔으면서, 별로 이 때가 벗은 것도 없어 보이고, 행색은 해어진 양복 누더기에 볼 꿰어진 구두짝을 꿰고 들어서는 모양이, 군데군데 김질⁴은 하였으나 빨아 다린 무명 고의적삼을 입고 고향을 떠날 적보다 차라리 초라한 것 같았다.

늙은 어미 아비와 젊은 가속이 뼈품으로 버는 것을 얻어먹으며 굶으며 하면서 한 일 년 번둥거리고 놀더니, 적이 회심이 들었는지, 이번엔 처자식 데리고 서울로 올라왔다.

서울로 올라와서는 현저동 비탈의 다 찌부러진 행랑방을 얻어 살면서, 처음 일 년은 용산 있는 연합군 포로수용소엘 다니며 입에 풀칠을 하였고——이 동안 그는 상해에서 귀로 익힌 토막 영어가 조금 더 진보되었고.

다시 일 년이나는, 그것 역시 상해에서 익힌 것을 밑천 삼아, 구두 직공으로 구둣방엘 다니며 그럭저럭 살았고. 그러다 일본이 싸움에 지느라고 구두를 너무 해트려 가죽이 동이 나서 구둣방이 너나없이 문을 닫는 바람에, 할 수 없이 이번엔 궤짝 한 개 걸머지고 신기료장수로 나서고 말았다.

골목골목 돌아다니며 혹은 종로 복판의 한길에 가 앉아 신기료장수를 하자니, 자연 서울 온 고향 사람의 눈에 종종 뜨일밖에. 소식이 고향에 퍼지자, 누구 한 사람 칭찬은 없고 저마다 빈정거리는 소리뿐이었다.

"일본으로, 청국으로, 십 여 년 타국 바람 쏘이고 온 놈이 겨우

고거야?"

"부전자전이로구면. 아범은 짚신장수, 자식은 구두 깁는 장수."

"아마 신발 명당에다 무덤을 썼든감."

이렇듯 근지는 미천하고 속에 든 것 없고, 가랑이가 찢어지게 가난하고, 생화(生貨)라는 것이 고작 거리에 앉아 오는 사람 가는 사람 해어지고 고린내 나는 구두짝 꿰매어주고 징 박아주고 닦아주고 하는 천업이고 하던, 그 코삐뚤이 삼복이었다.

'흥, 개구리가 올챙이 적을 못 생각한다더니. 발칙한 놈. 고얀 놈.'

백주사는 생각하자니 속으로 이렇게 분개스럽지 않을 수가 없었다.

그러나 일변으로는, 그러던 코삐뚤이 삼복이가 그야말로 선영이 명당엘 들었단 말인지, 무슨 조화를 지녔단 말인지, 불과 몇 달지간에 이렇게 훌륭히 되고, 부자가 되고, 미씨다 방인지 구리다 방인지가 되고 하여가지고는 갖은 호강 다 하며 천하에 무서울 것이 없고, 기강이 나서 막 이러니, 한편 생각하면 신기하기도 하고 부럽기도 하고 또한 안타깝기도 하였다.

'사람의 운수란, 참 모를 일이야.'

백주사는 속으로 절절히 이렇게 탄복도 아니치 못하였다.

코삐뚤이 삼복의 이 눈부신 발신은, 그러나 백주사가 희한히 여기는 것처럼 무슨 명당 바람이 났다거나 조화를 지녔다거나 그런 신기한 곡절이 있는 바가 아니요, 지극히 간단하고도 수월한 것이었다. 다못[5] 몸에 지닌 재주 가운데 총기가 좀 좋아서 일찍이 영어 마디나 익힌 것을 잊어버리지 아니하였다는 일종의 특수 조건이 없던 바는 아니지만.

*

1945년 8월 15일, 역사적인 날.

이날도 신기료장수 방삼복은 종로의 공원 건너편 응달에 앉아서 구두 징을 박으면서 해방의 날을 맞이하였다. 그러나 삼복은 감격한 줄도 기쁜 줄도 모르겠었다. 지나가는 행인이 서로 모르던 사람끼리면서 덥석 서로 껴안고 기뻐하고 눈물을 흘리고 하는 것이 삼복은 속을 모르겠고 차라리 쑥스러 보일 따름이었다. 몰려 닫는 군중이 오히려 성가시고, 만세 소리가 귀가 아파 이맛살이 찌푸려질 지경이었다.

몰켜다니고 만세를 부르고 하기에 미쳐 날뛰느라고 정신이 없어, 손님이 없어, 손님이 부쩍 줄었다.

"우랄질! 독립이 배부른가?"

이렇게 그는 두런거리면서 반감이 솟았다.

이삼 일 지나면서부터야 삼복에게도 삼복에게다운 해방의 혜택이 나누어졌다.

10전이나 15전에 박아주던 징을, 50전을 받아도 눈을 부라리는 순사를 볼 수가 없었다. 순사가 없어졌다면야 활개를 쳐가면서 무슨 짓을 하여도 상관이 없고 무서울 것이 없던 것이었다.

"옳아. 그렇다면 독립도 할 만한 건가 보다."

삼복은 징 10개를 박아주고 5원을 받아 넣으면서 이렇게 속으로 중얼거리기까지 하였다.

 그러나 며칠이 못 가서 삼복은 다시금 해방을 저주하여야 하였다. 삼복이 저 혼자만 돈을 더 받으며, 더 받아 상관이 없는 것이 아니라, 첫째 도가(都家)들이 제 맘대로 재료 값을 올리던 것이었다. 징, 가죽, 고무, 실 모두가 오 곱 십 곱 비싸졌다. 그러니 신기료장수는 손님한테 아무리 비싸게 받는댔자 재료를 비싼 값으로 사야 하니, 결국 도가만 살찌울 뿐이지 소득은 전과 크게 다를 것이 없었다.

 "이런 옘병헐! 그눔에 경제곈 다 어디루 가 뒈졌어. 독립은 우라진다구 독립을 헌담."

 석양 때 신기료 궤짝 어깨에 멘 채 홧김에 막걸리청으로 들어가, 서너 사발 들이켜고는 그는 이렇게 게걸거렸다.

 그럭저럭 구월도 열흘이 되고, 서울 거리에는 미국 병정이 꼬마차와 함께 그득히 퍼졌다.

 그 미국 병정들이, 거리를 구경하면서 혹은 물건을 사려면서 말이 서로 통하지를 못하여 답답해하는 양을 보고 삼복은 무릎을 탁 쳤다.

 그러나 슬플진저, 땟국과 땀에 찌든 이 누더기를 걸치고는 가망이 없을 말이었다.

 '무슨 도리가 없을까?'

 반일을 궁리를 하다가, 정오 때에야 한 줄기 서광을 얻었다.

 총총히 집으로 돌아가, 마누라를 시켜 구두 고치는 연장 일습과 재료 남은 것에다 이불이며 헌 옷가지해서 한짐을 동네 아는 가게에다 맡기고는 한 달 기한으로 돈 백 원을 서푼 변으로 취해 오게 하였다.

그 돈 백 원을 가지고 삼복은 흔한 넝마전으로 가서, 백 원 돈이 꼭 차는 한도까지에 양복이란 명색 한 벌과 모자를 샀다. 신발은 부득이 안방 사람의 병정구두 사 신은 것을 이다음 창갈이를 거저 해주겠다는 조건으로 닷새만 제 것과 바꾸어 신기로 하였다.

이튿날 아침 느지감치, 새로 장만한 헌 양복 헌 모자에 헌 구두로써 궤짝 멘 신기료장수보다는 제법 말쑥하여진 차림을 차리고 막 나서려는데, 간밤부터 통통 부어가지고는 시중도 말대꾸도 잘 아니하던 애꾸쟁이 마누라가 와락 양복 뒷자락을 움켜쥐고 늘어진다.

"바른 대루 대요."

"이게 별안간 미쳤나?"

"요 막난아, 반해가지군 이럭허구 찾아가는 고년이 어떤 년야? 응?"

"속을 모르거든 밥값을 내지 말랬어, 요 맹추야."

"날 죽이구 가지, 거전 못 가."

"이년아, 너 이랬단, 내 인제 둔 벌문, 증말 첩 얻는다."

"오냐 잘한다. 날 죽여라, 날……"

"아, 이 우라 주리땔 앵길 년이……"

한 주먹 보기 좋게 갈겨 넘어뜨리고는, 찌부러진 오두막집을 나서 종로로 향을 잡았다.

노예도 노예 이전이면 상전을 선택할 자유를 가지는 수도 있다고.

삼복은 종로서 전차를 내려 동쪽으로 천천히 걸으면서 물색을 하였다. 생김새가 맘씨 좋아 보이고, 여느 병정이 아니라 장교쯤 가는 이라야 할 것이었다.

청년회관 앞에서 담뱃대를 사고 있는 하나가, 몸집이 부대하고[6] 여느 병정은 아닌 듯하고, 얼굴이 자못 선량하여 보이는 게 선뜻 마음에 들었다. 구경하는 체하고 넌지시 그 옆으로 가 섰다.

미국 장교는 담뱃대를 집어 들고 기물스러워하면서[7] 연방 들여다보다가 값이 얼마냐고

"하우 머취? 하우 머취?"

하고 묻는다.

담뱃대장수 영감은, 30원이라고 소래기[8]만 지른다.

알아들을 턱이 없어, 고개를 깨웃거리면서 다시금 하우 머취만 찾는 것을, 기회 좋을시고라고, 삼복이가 나직이

"더티원."

하여주었다.

홱 돌려다보더니,

"오, 캔 유 시피크?"

하면서, 사뭇 그러안을 듯이 반가워하는 양이라니. 아스러지도록 손을 잡고 흔드는 데는 질색할 뻔하였다.

직업이 있느냐고 물었다. 방금 실직하였노라고 대답하였다.

그럼, 내 통역이 되어주겠느냐고 물었다. 그러겠노라고 대답하

였다.

이 자리에서 신기료장수 코삐뚤이 삼복은 미스터 방으로 승차를 하여, S라는 미국 주둔군 소위의 통역이 되었다. 주급 15불(210원)가량의.

거진 매일같이 미스터 방은 S소위를, 낮에는 거리의 구경으로, 밤이면 계집 있는 술집으로 인도하였다.

한번은 탑골공원의 사리탑을 구경하면서, 얼마나 오랜 것이냐고 S소위가 물었다. 미스터 방은 언젠가, 수천 년 된 것이란 말을 들었기 때문에, 투 따우샌드 이얼스라고 대답하였다.

또 한번은, 경회루를 구경하면서 무엇 하던 건물이냐고 물었다. 미스터 방은 서슴지 않고

"킹 듀링크 와인 앤드 딴쓰 앤드 씽, 위드 땐써."
라고 대답하였다. 임금이 기생 데리고 술 마시고, 춤추고 노래 부르고 하던 집이란 뜻이었다.

내가 보기엔, 조선 여자의 옷이 퍽 아름답고 점잖스럽던데, 어째서 양장들을 하는지 모르겠다고 S소위가 물었다. 미스터 방은 여자들이 서양 사람한테로 시집을 가고파서 그런다고 대답하였다.

서울역을 비롯하여 거리에 분뇨가 범람한 것을 보고, 혹시 조선 가옥에는 변소가 없느냐고 S소위가 물었다. 미스터 방은, 있기야 집집마다 다 있느니라고 대답하였다.

썩 좋은 조선 그림을 한 장 사고 싶다고 하여서, 문지방 위에다 흔히들 붙이는 사슴이 불로초를 물고, 신선이 앉았고 한 것을 5원

에 한 장 사주었다.

제일 재미있고 유명한 소설이 무엇이냐고 물어서, 『추월색』이라고 대답하였고, 그럼 그것을 한 권 사고 싶다고 하여서, 여러 날 사러 다니다 못해, 동네 노마네 집의 것을 2원에 사주었다. 이 밖에도 미스터 방은 S소위에게 조선을 소개한 공로가 여러 가지로 많으나 대강은 그러하였다.

그 공로에 정비례해서, 미스터 방은 나날이 훌륭하여져갔다. 8·15 이전에 어떤 은행의 중역의 사택이라던 지금의 이 집으로, 현저동 그 집에서 옮아오기는 S소위의 통역이 되는 사흘 후였다. 위아래층을 다 양식 절반 일본식 절반으로 꾸민 호화스런 저택이었다. 정원엔 때마침 단풍과 가을 화초가 아름다웠고, 연못에선 잉어가 뛰놀고 하였다.

시방 주객이 앉아 술을 마시는 방은, 앞은 노대가 딸리고 햇볕 잘 들고 밝아서, 여러 방 가운데 제일 좋은 방이었다. 그러나 방 안에는 벽에 그림 한 장 붙어 있는 바 아니요, 방에 알맞은 가구 한 벌 놓여 있는 바 아니요, 단지 방일 따름이어서, 싱겁게 넓기만 하였다. 그렇지만 미스터 방은 실내의 장식 같은 것쯤 그다지 관심할 줄을 아직은 몰랐다.

처음엔 식모를 두었다. 그다음엔 침모를 두었다. 그다음엔 손심부름할 계집아이를 두었다.

하루에도 방선생을 찾는 이가 여러 패씩 있었다. 그들의 대개는 자동차를 타고 오고, 인력거짜리도 흔치 않았다. 그렇게 찾아오는 그들은 결단코 빈손으로 오는 법이 드물었다. 좋은 양과자 상자 밑바닥에는 으레껏 따로이 뿌듯한 봉투가 들었곤 하였다.
 미스터 방의, 신기료장수 코삐뚤이 삼복이로부터의 발신 경로란 이렇듯 심히 간단하고 순조로운 것이었다.

*

 주인 미스터 방이 백주사의 컵에다 술을 따르려고 병을 집어 들다가
 "오이, 기미꼬."
하고 아래층으로 대고 부른다.
 "심부럼 갔어요."
애꾸쟁이 마누라의 꼬챙이 같은 대답.
 "안주 어떻게 됐어?"
 "글쎄, 안주 시키러 갔어요."
 "증종 있지?"
 "……"
 층계 밟는 소리가 나더니, 퍼머넌트한 머리가 나오고, 좁디좁은 이마에 이어서 애꾸눈이 나오고, 분 바른 얼굴이 나오고, 원피스 입은 커다란 젖통의 가슴이 나오고, 마지막 비단양말 신은 두리기둥 같은 두 다리가 나오고 한다.
 "서주사가 이거 두구 갑디다."
 들고 올라온 각봉투 한 장을 남편에게 건네어준다.
 "어디?"

그러면서 받아 봉을 뜯는다. 소절수[10] 한 장이 나온다. 액면 만 원짜리다.

미스터 방은 성을 벌컥 내면서

"겨우 둔 만 원야?"

하고 소절수를 다다미 바닥에다 홱 내던진다.

"내가 알우?"

"우랄질 자식, 어디 보자. 그래 전, 걸 십만 원에 불하 맡아다 백만 원 하난 냉겨먹을 테문서, 그래 겨우 둔 만 원야? 옘병헐 자식, 내가 엠피(MP)헌테 말 한마디문, 전 어느 지경 갈지 모를 줄 모르구서."

"정종으루 가저와요?"

"내 말 한마디에 죽을 놈이 살아나구, 살 놈이 죽구 허는 줄을 모르구서. 흥, 이 자식 경 좀 쳐봐라…… 증종 따근허게 데와. 날 두 산산허구 허니."

새로이 안주가 오고, 따끈한 정종으로 술이 몇 잔 더 오락가락 하고 나서였다.

백주사는 마침내 진작부터 벼르던 이야기를 꺼내었다.

*

백주사의 아들 백선봉은, 순사 임명장을 받아 쥐면서부터 시작하여 8·15 그 전날까지 칠 년 동안, 세 곳 주재소와 두 곳 경찰서를 전근하여 다니면서, 2백 석 추수의 토지와, 만 원짜리 저금통장과, 만 원어치가 넘는 옷이며 비단과, 역시 만 원어치가 넘는 여편네의 패물과를 장만하였다.

남들은 주린 창자를 졸라맬 때 그의 광에는 옥 같은 정백미가 몇 가마니씩 쌓였고, 반년 일 년을 남들은 구경도 못하는 고기와 생선이 끼니마다 상에 오르지 않는 날이 없었다.

××경찰서의 경제계 주임으로 있던 마지막 이 년 동안은 더욱 더 호화판이었다. 8·15 그날 밤, 군중이 그의 집을 습격하였을 때에 쏟아져 나온 물건이 쌀 말고도

광목 여섯 통

고무신 스물세 켤레

지까다비 여덟 켤레

빨랫비누 세 궤짝

양말 오십 타

정종 열세 병

설탕 한 부대

이렇게 있었더란다. 만 원어치 여편네의 패물과, 만 원어치의 옷감이며 비단과 만 원짜리 저금통장은 고만두고 말이었다.

물건 하나 없이 죄다 빼앗기고, 집과 세간은 조각도 못쓰게 산산 다 부서지고, 백선봉은 팔이 부러지고, 첩은 머리가 절반이나 뽑히고, 겨우겨우 목숨만 살아 본집으로 도망해왔다.

일변 고을에서는 백주사가 자식이 그런 짓을 해서 산 토지를 가지고 동네 사람한테 거만히 굴고, 작인들한테 팔 할 가까운 도지를 받고, 고리대금을 하고 하였대서, 백선봉이 도망해와 눕는 그

날 밤, 그의 본집인 백주사의 집을 습격하였다.
 집과 세간 죄다 부수고, 백선봉이 보낸 통제배급물자 숱한 것 죄다 빼앗기고, 가족들은 죽을 매를 맞고, 백선봉은 처가로, 백주사는 서울로 각기 피신하여 목숨만 우선 보전하였다.
 백주사는 비싼 여관밥을 사먹으면서, 울적히 거리를 오락가락, 어떻게 하면 이 분풀이를 할까, 어떻게 하면 빼앗긴 돈과 물건을 도로 다 찾을까 하고 궁리를 하던 것이나, 아무런 묘책도 없었다.
 그러자 오늘은 우연히 이 미스터 방을 만났다. 종로를 지향 없이 거니는데, 지나가던 자동차가 스르르 멈추면서, 서양 사람과 같이 탔던 신사 양반 하나가 내려서더니, 어쩌다 눈이 마주치자
 "아, 백주사 아니신가요?"
하고 반기는 것이었다.
 자세히 보니, 무어 길바닥에서 신기료장수를 한다던 코삐뚤이 삼복이가 분명하였다.
 "자네가, 저, 저, 방, 방……"
 "네, 삼복입니다."
 "아, 건데, 자네가……"
 "허, 살 때가 됐답니다."
 그러고는 내 집으루 갑시다 하고 잡아끄는 대로 끌려온 것이었다.
 의표하며, 집하며, 식모에 침모에 계집 하인까지 부리면서 사는 것하며, 신수가 훤히 트여가지고, 말도 제법 의젓하여진 것 같은 것이며, 진소위[1] 개천에서 용이 났다고 할 것인지.

옛날의 영화가 꿈이 되고, 일조에 몰락하여 가뜩이나 초상집 개처럼 초라한 자기가 또 한 번 어깨가 옴츠러듦을 느끼지 아니치 못하였다. 그런 데다 이 녀석이, 언제 적 저라고 무엄스럽게 굴어 심히 불쾌하였고, 그래서 엔간히 자리를 털고 일어설 생각이 몇 번이나 나지 아니한 것도 아니었다. 그러나 참았다.

보아하니 큰 세도를 부리는 것이 분명하였다. 잘만 하면 그 힘을 빌려 분풀이와 빼앗긴 재물을 도로 찾을 여망이 있을 듯싶었다. 분풀이를 하고, 더구나 재물을 도로 찾고 하는 것이라면야, 코삐뚤이 삼복이는 말고, 그보다 더한 놈한테라도 머리 숙이는 것쯤 상관할 바 아니었다.

*

"그러니, 여보게 미씨다 방……"

있는 말 없는 말 보태가며, 일장 경과 설명을 한 후에 백주사는 끝을 맺기를.

"어쨌든지 그놈들을 말이네. 그놈들을 한 놈 냉기지 말구섬 죄다 붙잡다가 말이네. 괴수놈들일랑 목을 썰어 죽이구, 다른 놈들일랑 뼉다구가 부러지두룩 두들겨주구. 꿇수앉히구 항복받구. 그리구 빼앗긴 것 일일히 도루 다 찾구. 집허구 세간 처부신 것 말끔 다 물리구…… 그렇게만 해준다면, 내, 내, 재산 절반 노나주문세, 절반. 응, 여보게 미씨다 방."

"염려 마슈."

미스터 방은 선뜻 쾌한 대답이었다.
"진정인가?"
"머, 지끔 당장이래두, 내 입 한 번만 떨어진다 치면, 기관총 들멘 엠피가 백 명이구 천 명이구 들끓어 내려가서, 들이 쑥밭을 만들어놉니다, 쑥밭을."
"고마우이!"
백주사는 복수하여지는 광경을 선히 연상하면서, 미스터 방의 손목을 덥석 잡는다.
"백골난망이겠네."
"놈들을 깡그리 죽여놀 테니, 보슈."
"자네라면야 어련하겠나."
"흰말이 아니라 참 이승만 박사두 내 말 한마디면, 고만 다 제바리¹²유."

미스터 방은 그러고는 냉수 그릇을 집어 한 모금 물고 꿀쩍꿀쩍 양치를 한다. 웬 버릇인지, 하여간 그는 미스터 방이 된 뒤로, 술을 먹으면서 양치하는 버릇이 생겼다.

양치한 물을 처치하려고 휘휘 둘러보다, 일어서서 노대로 성큼성큼 나간다. 노대는 현관 정통 위였다.

미스터 방이 그 걸쭉한 양칫물을 노대 아래로 아낌없이 좍 뱉는 바로 그 순간이었다. 그 순간이 공교롭게도, 마침 그를 찾으러 온 S소위가 현관으로 일단 들어서려다 말고 (미스터 방이 노대로 나오는 기척이 들렸기 때문에) 뒤로 서너 걸음 도로 물러나

"헬로."

부르면서 웃는 얼굴을 쳐드는 순간과 그만 일치가 되었다.
"에구머니!"
놀라 질겁을 하였으나 이미 뱉어진 양칫물은 퀴퀴한 냄새와 더불어 백절폭포로 내리쏟아져 웃으면서 쳐드는 S소위의 얼굴 정통에 가 촤르르.
"유 데빌!"
이 기급할[13] 자식이라고 S소위는 주먹질을 하면서 고함을 질렀고. 그 주먹이 쳐든 채 그대로 있다가, 일변 허둥지둥 버선발로 뛰쳐나와 손바닥을 싹싹 비비는 미스터 방의 턱을
"상놈의 자식!"
하면서 철컥 어퍼컷으로 한 대 갈겼더라고.

민족의 죄인

1

그동안까지는 단순히 나는 하여간에[1] 죄인이거니 하여 면목 없는 마음, 반성하는 마음이 골똘할 뿐이더니 그날 김(金)군의 P사에서 비로소 그 일을 당하고 나서부터는 일종의 자포적인 울분과 그리고 이 구차스런 내 몸뚱이를 도무지 어떻게 주체할 바를 모르겠는 불쾌감이 전면적으로 생각을 덮었다. 그러면서 보름 동안을 싸고 누워 병 아닌 병을 앓았다.

2

항용 문필하는 사람의 마음 한가로움이라고 할까 누그러진 행습이라고 할까, 가까운 친구가 간여하고 있는 잡지사고 출판사고 하면 일이야 있으나마나 달리 소간이 긴급한 때 외에는 그 앞을 그대로 지나치지는 않게 되고 들어가 앉아서는 신문 잡지도 뒤척이고 많이 잡담하고 조금 문담(文談)하고 방담도 싫도록은 하고 하기에 세월을 잊고.

하는 것을 주인 편에서는 흔연히 맞이하여주고 같이 섭슬려[2] 이야기하고 하되, 한결같이 폐로워하는[3] 법이 없고 출판사나 잡지사의 사무실은 문필하는 사람에게 이런 이를테면 동네 쇠물방처럼 임의롭고 무관함이 있어 김군이 주간하는 P사도 나의 그런 임의롭고 무관한 자리의 하나였다.

하루 거리엘 나가면 그래서 출판사나 잡지사를 몇 곳씩은 자연 들르게 되고, 그날도 남대문 밖까지 나갔다 집으로 돌아오는 길에 역시 별 볼일이 있던 것이 아니요 지날녘이고 해서 퍼뜩 P사를 들렀던 것인데, 무심코 들르느라고 들렀던 것인데…… 김군의 말마따나 일수가 매우 좋지 못했던 모양이었다.

점심나절부터 끄무릇까무릇하던 하늘이 정녕 보슬비라도 내릴 듯 자욱이 다 흐려가지고 있는 사월 그믐의 저녁 무렵이었다.

남대문 거리의 잡답한 보도에서 가로수의 나붓나붓한 잎사귀가 거리의 잡답함과는 대조적으로 조용히 무엇인지를 숙명처럼 기다리는 듯싶은 그런 가벼운 침울이 흐르는 시간이었다.

김군의 P사는 바로 길옆의 빌딩이었다.

비둘기장처럼 사층 꼭대기의 한 방에 들어 있는 빌딩의 마흔 몇 개나 되는 층계를 숨차하면서 올라가다 마침 맨머리로 내려오고 있는 김군과 마주 만났다.

"장차에 조선 출판계의 왕좌 될 꿈은 꾸면서 사무소가 이게 무어람? 사람이 숨이 차구 다리가 맥이 풀려."

인사 대신 이렇게 구박을 하는 것을 김군은 그 커다란 눈과 코와 입과 얼굴과에다 한꺼번에 웃음을 터트리면서

"P사가 사무실이 가난한 것은 자네가 그 흔한 왜놈의 집 한 채 접술 못하구서 쓰러져가는 셋집살이 하는 것허구 내력이 어슷비슷하니 피차 막설하구…… 그러잖어두 기대리던 참인데 잘 왔네. 내 이 아래층에 가서 전화 좀 걸구 오께시니 올라가세나."

P사에는 먼저 온 손이 있었다.

윤(尹)이라고 나이는 나보다 두어 살 아래나 일찍이는 세대를 같이한 사람이었다.

나는 윤과 인사를 하면서 그의 눈치가 먼저 보여졌다.

윤은 내가 어려워하는 사람 가운데 한 사람이었다.

윤과 나는 친구는 아니었다.

길에서 만나든지 하면 서로 한마디씩

"안녕하십니까?"

"안녕하십니까?"

하고 마는 것이 고작이요 그렇지 않으면 아무 소리 없이 모자만 들었다 놓는 시늉하면서 지나쳐버리고 하는 그저 거기 어디 흔히 있는 '아는 사람'의 하나일 따름이었다.

나는 윤이라는 사람을 아는 것이 별로 많지 못하였다. 일찍이 일본 동경서 어느 사립대학의 정경과를 마쳤다는 것, 학업을 마

치고 돌아와서는 고향에서 잠시 동안 신문지국을 경영한 경력이 있다는 것, 중일전쟁(中日戰爭)이 일기 전후 이삼 년은 서울 어느 신문사의 정치부 기자로 있으면서 논설도 쓰고 하였다는 것, 그리고 그가 잡지에 발표한 당시의 구라파 정세에 관한 정치 논문을 두 편인가 읽은 일이 있고. 그 문장과 구성이 생경하고 서투른 혐의는 없지 못하나 사상만은 대단히 진보적인 것을 엿볼 수가 있었고. 대강 이런 정도의 것이었다. 그 밖에 사람이 성질이 어떠하다든가 가정이나 주위 환경이 어떠하다든가 하는 것은 알지를 못하였고 알 기회도 없었다. 공적으로 혹은 사사로이 생활상의 교섭 같은 것도 물론 없었다.

이렇게 나는 윤에 대하여 아는 것도 많지 못하고 친구로서의 사귐도 없고 하기는 하지만 꼭 한 가지 매우 중대한 것을 잘 안다는 것을 나는 스스로 인정치 않아서는 아니 되었다. 윤은 대일 협력(對日協力)을 하지 아니한 사람이라는 것이었다.

중일전쟁이 일던 아마 그 이듬해부터인 듯싶었다. 잡지나 또는 신문의 기명 논설(記名論說)에서 윤의 이름은 씻은 듯 없어지고 말았다. 신문기자의 직업도 버려버리고 서울을 떠났는지 거리에서도 통히 볼 수가 없었다.

만일 윤이 무엇을 쓴다면 그의 전문에 좇아 정치와 시사에 관계된 것일 것이요, 정치와 시사에 관계된 것이면 반드시 세계 신질서 건설(世界新秩序建設)의 엉뚱한 명목으로 침략 전쟁을 일으킨 동서의 전체주의 파시즘을 합리화시킨 논문이 아니고는 용납을 못하였을 것이었다. 안으로는 내선일체를 승인하는 것이었어야 하고, 밖으로는 추축군의 승리와 미영의 몰락의 필연성을 예단하는 것이어야 할 것이었다.

또 신문사원으로의 직업을 버리지 아니하였다면 신문이라는 대일 협력체(對日協力體)의 수족 노릇을 싫어도 하였어야만 할 것이었다.

윤은 그러나 일체로 붓을 멈추고 신문사원의 직업도 버리고 함으로써 대일 협력의 조그마한 귀퉁이에도 참여를 하지 아니하였다. 아니한 것이 분명하였다. 이렇게 대일 협력을 하지 아니한, 그래서 지조가 깨끗한 윤에 대하여 많으나 적으나 대일 협력을 한 것이 있음으로 해서 민족반역자 혹은 친일파의 대열에 들어야 할 민족의 죄인인 나는 그에게 스스로 한 팔이 꺾이지 아니할 수가 없고, 따라서 그가 어려운 사람이 아닐 수가 없던 것이었다. 동시에 죄지은 사람의 약한 마음이라고 할까, 섬뻑 그를 만나자니 눈치가 먼저 보이지 아니할 수가 또한 없던 것이었다.

과연 내가

"안녕하십니까?"

하는 인사에 같은 말로

"안녕하십니까?"

하고 대답하는 윤의 말 억양과 표정에는 역력히 경멸하는 빛이 머금어 있었다.

한참은 있다 윤이 뒤척이던 신문축을 내려놓으면서 생각잖이 붙임성 있게

"오래간만입니다."

하여 나도 달가이

"퍽 오래간만입니다."

하였다.

미상불 우리는 퍽 오래간만이었다. 중일전쟁이 일던 그 이듬해 윤은 문필 행동을 정지하고 신문기자의 직업을 버리고 하였을 뿐만 아니라 서울 거리에서 자취마저 사라지고 말았기 때문에 근 십 년 만에 오늘 이 자리가 처음이었다.

윤이 그러나 인사상으로만 오래간만이라는 말을 한 것이 아닌 것은 그다음 수작으로써 바로 드러났다.

"시굴루 소개(疎開) 가셨드라구."

"네."

"호박이랑 옥수수랑 많이 수확하셨습디까?"

그의 독특한 시니컬한 입초리로 빙긋 웃기까지 하면서 하는 아주 노골한 경멸과 조롱이었다. 생각하면 윤으로는 충분한 근거가 있는 경멸과 조롱이었다.

지나간(1945년) 사월에 나는 소개를 하여 고향으로 내려갔다.

표면의 이유는 지방으로 소개를 하여 스스로 폭격을 피하며, 그리함으로써 소위 국토 방위에 소극적 협력을 하기 위한 이른바 당국의 방침에의 순응이었지만, 실상은 구실이요 소개를 빙자코 도피행(逃避行)을 한 것이었다.

구라파에서 독일이 연합군의 육중한 공세를 바워내지[4] 못해 연방 뒷걸음질을 치다 어느덧 독 안의 쥐가 되었을 때는 동쪽에 있어서 일본의 패전도 거의 결정적인 것이 된 느낌이었다. 거기에는 물론 일본이 패하였으면 하는 희망적 예측이 다분히 가미되지 아니한 것은 아니었으나 아무튼 일본이 질 날이 머지않을 것으로 나는 생각하고 있었다.

일본의 패전 그 뒤에 오는 것은?

나는 8·15의 그런 편안한 해방을 우리가 횡재할 것은 전혀 생각지 못하였다. 일본이 눌러서 우리의 지배를 할 것이냐 혹은 새로운 지배자가 나설 것이냐, 또 혹은 우리가 요행 우리의 주인이 될 것이냐 이 판단은 막상 깜깜하였다. 그러나 오직 한 가지 일본이 패전을 하는 그날 그 순간부터 그동안까지의 치안과 사회 질서는 완전히 무능한 것이 되는 동시에 세상은 걷잡을 수 없는 혼란과 무질서의 구렁이 되고 말리라는 것 이것만은 확실한 것으로 나는 믿고 있었다. 하되 그것은 새로운 주권이 서고 새로운 질서가 생기는 그 기간까지는 제 마음껏 계속이 될 것이었다. 그 기간이라는 것이 한 달일는지 두 달 석 달일는지 반년이나 일 년일는지 그 이상 더 오랠는지 그것은 짐작을 할 수가 없으나──.

일본이 패전을 하는 그날 그 순간부터 치안과 질서가 무능한 것이 됨에 따라 칼 찬 순사와 기관총 가진 패잔 일병과 주먹심 있는 평민과가 강도와 폭도질을 함부로 하고 일변 필연적인 사태로서 식량 부족으로 인한 대규모의 기근이 오고 하여 거리는 삽시간에 살육과 약탈, 능욕과 방화, 질병과 기아의 구렁으로 변하고 그 죽음과 공포의 거리에서 아무 구원의 능력도 주변도 없는 약비한 아비를 그래도 아비라고 떨면서 울고 매달리는 나의 어린것들을 데리고 서서 속절없이 죽음을 기다리거나 할 따름일 나 자신의 그림자를 환상할 적마다 나는 등골이 서늘함을 금치 못하였다.

대처(都市)가 그러한 데 비하여 고향은 차라리 안전하였다. 우선 당장은 각다분하겠지만⁵ 일을 당한 마당에서는 역시 고향이 나을 터였다.

누대 살아온 고향이요 일가친척이 여러 집이 있어 생소하지가 않았다.

사람들이 다 아는 사람들이 되어 난세를 당하여 제일 두려운 '사람' 그 '사람'을 두려워 아니하겠으니 좋았다.

박토나마 조금은 있으니 하다못해 감자 포기를 심어 먹어도 주려 죽기는 면할 수가 있으니 더욱 안심이었다.

나는 드디어 고향으로 내려갈 결심을 하였다.

나는 나만 그럴 뿐이 아니라 몇몇 친지들더러도 그런 소견과 실토정⁶을 말하면서 반드시 서울에 머물러 있어야만 할 특별한 사정이 없는 바엔 각기 고향으로 내려가기를 권하기까지 하였다.

민족 해방의 돌발적인 변화를 겪고 난 지금에 이르러, 지금의 심경을 가지고 그때 당시의 나의 그러던 심경이나 행동을 곰곰이 객관을 하자면 지배자의 압력이 약하여진 그 계제에 떨치고 일어나 해방의 투쟁을 꾀할 생각을 적극적으로 하는 것이 아니고서, 오직 저 일신의 안전을 도모하는 데까지밖에는 궁리가 뚫리지 못한 것은 적실히 나의 약하고 용렬한 사람 됨됨이의 시킴이었음엔 틀림이 없었다. 그러나 나는 나 혼자만이 유독 그렇게 약하고 용렬하였는지, 혹은 대체가 개인적이며 소극적이요 퇴영적이기가 쉬운 망국 민족의 본성의 소치였는지 그 분간은 혹시 모르되, 하여간에 그처럼 약하고 용렬하였던 것이 사실이요, 겸하여 무가내한 노릇이었다. 그렇다고 시방은 제법 굳세고 용맹스러워졌다는 자랑이냐 하면 물론 아니었다. 지금도 여전히 나는 약하고 용렬한 지아비였다.

일본의 패전 그다음에 오는 혼란과 무질서에 대한 불안과 공포 이것 말고서 그 이전에 또 한 가지의 절박한 위협이 있었다.

나는 서울 시내에서 동쪽으로 30리나 나간 경충가도(京忠街道)의 한강 기슭 광나루(廣津)에 우거하고 있었다.

광나루는 서울 시내로부터 소개를 하여 나오는 곳이지, 그래서 소개령이 내리자 집값이 연방 오르던 곳이지, 이곳으로부터 다른 곳으로 소개를 가도록 마련인 곳은 아니었다. 이것만 하여도 나는 실상 소개를 간다고 나설 터무니없는 사람이었다.

B29가 처음으로 서울 하늘에 나타나던 날이었다.

이날 나는 마침 시내에 들어가지 않고 집에 있다가 언덕의 솔숲을 거닐던 중에 공습 사이렌이 울었다.

산이라고 하기보다는 강가에 가 바투 오뚝이 솟은 조그마한 구릉이었다. 그 깎아지른 낭떠러지 바로 아래로는 시퍼런 강물이 바위를 스치고 흘러 흡사 평양의 청류벽을 연상함직한 곳이었다. 그뿐 아니라 강을 건너서는 편한 벌판이요, 벌판이 다한 곳에 먼 산이 암암히 그려져 있는 것일랑은 "대야동두점점산(大野東頭點點山)"이라고 읊어낸 그것과 많이 비슷한 것이 있었다.

꼭대기에는 당집이 있고 주위로 솔과 참나무가 울창하여 그늘이 짙었다. 잔디도 좋았다. 그런 그늘 아래 앉아서 장강을 굽어보고 먼 산을 바라보면서 혹은 잔디에 누워 창공을 올려다보면서 끝없는 시간을 지우기란 울적하고 삭막한 나의 생활 가운데 만만치 아니한 위안의 하나였다.

그때 나는 마침 이조사(李朝史)를 읽다가 병자호란(丙子胡亂)의 대문에 이르렀던 참이라, 병자란 당시에 조선군이 국왕과 함께 최후의 농성을 하던 남한산성(南漢山城)이며, 그러다 국왕이 마침내 청병의 군문에 무릎을 꿇어 항복을 한 삼전도(三田渡)며, 그리고 양방의 수없는 장졸이 화살과 창끝에 고혼으로 스러진 풍남리의 토성(風南里土城)이며를 멀리 바라보기가 이날따라 감개적이 깊은 것이 없지 못하였다.

그러한 흥폐의 모양을 보았으면서 못 본 체 이날이 한결같이 유유히 흐르기만 하였으며 앞으로도 얼마든지 되풀이할 세상과 인사의 변천을 보면서, 그러나 못 본 체 몇천 년 몇만 년이고 유유히 흐르고만 있을 저 강 무심타고 할까 부럽다고 할까…… 이런 생각에 잠겨 있는 참인데 그 몸서리가 치이는 공습 사이렌이 별안간 울리던 것이었다.

나는 꿈에서 깨어난 것처럼 퍼뜩 정신이 들었다.

보나 마나 아내는 물통을 들고 쫓아나갔어야 했을 것. 어린것들이 걱정이 되어 집으로 달려갈 생각은 급하나 가던 중로에서 경방단 서방님네들한테 붙잡혀 부역을 하지 않으면 대피호로 끌려들어가기가 십상일 판이었다.

초조하다 보니 잠자리보다도 더 적게 비행기(B29) 한 대가 흰 가스로 꼬리를 길게 쌍으로 끌면서 유유히 까마득한 창공을 날고 있었다.
 그 호젓하고 초연함이라니. 그 고요하고 점잖스럼이라니.
 좋은 완상(玩賞)거리일지언정 그가 털끝만치도 적의(敵意)를 발산하는 것이 있다거나 항차 비행기의 폭격의 전주(前奏)인 바 야흐로 강렬한 위협과 공포감 같은 것은 전혀 느낄 수가 없었다.
 덕분에 마음을 갈앉히고 기다리는 동안 이윽고 공습 경보는 해제가 되었다. 나는 일종 섭섭한 마음이면서 한길로 내려왔다. 그러자 군용 화물차 한 대가 기운차게 달려오더니 동네 한복판인 한길 가운데에 가 멈추어 서면서 경기관총을 가지고 잔뜩 긴장한 이삼십 명의 길병이 차로부터 뛰어내렸다.
 공습 경보를 듣고 강 건너 송파(松坡)의 병영으로부터 이 광나루 지구를 경계하러 온 일대였다. 그러나 그 경계라는 것은 그들이 가지고 온 무기가 하다못해 고사기관총도 아니요 보통 산병전에 쓰는 경기관총인 것과 그것을 동네 복판에다 맞추어놓고서 대기를 하는 것과로 미루어 적기를 쏘자는 것이 아니고서 폭격의 혼란을 틈타 폭동이라도 일으킬 염려가 있는 주민—조선 사람을 약차하면 쏘아대자는 것임은 말하지 않아도 번연하였다.
 나는 지휘하는 자를 비롯하여 병정들의 눈을 똑똑히 보았다. 곧 사람을 살상하여 마지않겠는 독기가 뻗쳐 나오는 눈들이었다. 나는 소름이 쭉쭉 끼쳤다.
 공습을 당하면서 적기를 쏠 방비를 하여주기보다는 센징을 쏘아 죽일 채비를 차리는 그들의 앙심과 살기를 머금은 그 눈 눈 눈…… 앞에(B29)의 폭격이 있다면 등 뒤에는 일병의 기관총 부리가 있는 그 기관총을 또한 피하기 위하여서도 나는 하루바삐 비교적 안전한 곳으로 자리를 옮아앉아야 하였다.

나는 1945년 4월 마침내 집을 팔고——게딱지 같은 초가집이었으나 설리⁷ 장만한 집이었다——그것을 헐값으로 팔아넘기고 세간도 대부분 팔고서 짐 가벼운 것만 꾸려가지고 고향으로 소개랍시고 하여 오고 말았다.

나에게는 그러나 일본의 패전 그다음에 오는 것의 불안과 공포랄지, 눈에 살기를 머금은 일본 병정들의 등덜미를 겨누는 기관총 부리의 위협이랄지 이런 것 외에도 멀찍이 궁벽한 시골로 낙향을 하여야만 할 사정이 따로이 또 있는 것이 있었다.

1943년 2월 황해도로 강연을 간 것이 나로서는 아마 대일 협력의 첫걸음이라고도 할 만한 것이었다.

총독부와 총력연맹이 설두를 하여 경향의 종교·사상·예술·언론·조고·교육 등 각계의 사람 2백여 명을 그러모아 전 조선 각 군(郡)의 면(面)으로 하여금 제각기 면 단위(面單位)로 열게 한 소위 미영격멸국민총궐기대회에 몇 개 면씩을 찢어 맡겨 보내어 전쟁 기세를 돋우는, 그중에도 미영에 대한 적개심을 조발하는——강연을 하게 한 그 강사의 하나로 나도 뽑혔던 것이었다.

대일 협력도 첫걸음이려니와 사십 평생에 여러 사람을 모아놓고 강연이라고 하는 것을 하여본 적이 도대체 없었다.

일어가 서툴러 못 나가겠다고 하였더니 조선말도 무방하다고, 실상은 상대들이 시골 농민들인 만큼 '국어 상용'의 본의에는 어그러지나 조선말이 더 효과적일 것인즉 이번만은 되도록 조선말로 하게 하기로 이미 방침을 세웠노라고 하였다.

생후에 한 번도 연단에 서본 경험이 없어, 강연이 하여질 것 같지 않다고 하였더니, 경험은 없더라도 열(熱) 하나면 되는 것이라고, 생전에 한 번도 연단에 서보지 아니한 사람이 이 기회에 분연히 일어서서 강연을 하게 되었다는 그 사실이 벌써 청중을 감격케 할 사실이 아니냐고, 그러니 너야말로 빠져서는 아니 될 사람이라고 하였다.

그러거나 말거나 누웠고 나아가지 아니하였으면 그만일 것이었다. 나중이야 앙화가 와 닿겠지만 그 당장은 새끼로 목을 얽어 끌어내지는 못하였을 것이었다. 그러나 나는 내 발로 걸어 나갔다. 영을 어기지 아니하여야만 미움을 받지 않고 일신이 안전하고 한 것을 알기 때문이었다.

개성서 살고 있을 때요 태평양전쟁이 일던 전전해인 1938년이었던 듯싶다.

삼월 그믐인데 볼일로 서울에 왔다 삼사 일 만에 내려갔더니 가족들이 초상난 집처럼 근심에 싸여 있었다. 조금 전에 개성경찰서의 형사 두 명이 와서 내가 거처하는 방을 수색을 하고 서신과 몇 가지의 원고와 잡지 얼러 몇 가지의 서적을 가져갔고, 그러면서 물어볼 말이 있으니 돌아오는 대로 곧 고등계로 오도록 이르라는 부탁을 하더라는 것이었다.

그리고 그날 아침 ○○○군과 ×××군이 붙들려 갔다는 말을 하였다. ○○○군과 ×××군은 나한테를 종종 다니는 이십 안팎의 문학청년들이었다.

신경이 과민한 정비례로 무식하고 그와 반비례로 일거리는 없어 상관 앞이 민망하고 한 시골 경찰의 고등계 형사들이 정히 무료하다 못하면 더러 그런 짓을 하는 행투를 짐작지 못하지 않는 터라 치안유지법에 걸릴 아무 내력이 없는 것은 번연한 노릇이요, 하여 설마 어떠랴고쯤 심상히 여기고 선 길에 경찰서로 가보았다.

보기만 하여도 마치 뱀을 쭈쩍⁸ 만난 것처럼 섬뜩한 것이 경찰서의 사람들이었다. 들어서기가 무엇인지 모를 무시무시한 것이 경찰서였다. 아무렇지도 않은 신고서 한 장을 들이러 가기에도 들어서면 벌써 눈부라림과 호통과 따귀가 올라붙거니만 싶어 덮어놓고 공포증과 불안을 주는 것이 경찰서요 그곳의 사람들이었다.

그런지라 비록 치안유지법에 걸릴 아무 내력이 없다고는 하여도, 그래서 심상히 여겼다고는 하여도 노상 태연한 마음일 수가 없었음은 물론이었다.

이윽히 기다리게 한 후에 일인 형사가—빼빼 야윈 몸과 얼굴과 눈과 심지어 수족에서까지 사나움이 졸졸 흐르는 자로 얼굴만은 진작부터 앎이 있었다—그자가 별실로 데리고 들어가더니 ○군과 ×군과 나와의 상종에 대한 것을 묻는 것이었다. 언제부터 어떤 반연으로 알았으며, 한 달이면 몇 번씩이나 찾아오며, 만나서 하는 이야기와 하는 일은 무엇이며 하냐고.

만나기는 한 반년 전에 그들이 찾아와서 비로소 처음 만났고, 하는 이야기나 하는 일은 문학을 공부하는 초보에 관한 것으로 쓰는 공부는 어떻게 하며, 읽기는 어떠한 책을 읽어야 하며, 어떤 작가는 어떤 작품을 썼고 어찌해서 그것이 좋은 작품인 것이며, 또 그들이 책을 읽다가 이해치 못하는 대문이 있어 가지고 와 묻는 것이 있으면 설명을 하여주기도 하고 하노라고 말썽 아니 될 범위에서 대답을 하였다.

"그것뿐인가?"

마지막 형사는 딱 어르면서 표독한 눈매로 눈을 부라렸다.

나는 속으로는 떨리나 태연히

"대강 그렇습니다."

"더 생각해봐."

"더 생각하나 마나 그렇습니다."

"정녕?"

"네."

"이 자식."

소리와 함께 따귀를 따악 거푸 따악 따악 따악 따악……

"꿇어앉어 이 자식아."

걸상으로부터 내려가 꿇어앉았다.

"바른 대로 대지 못해?"

"바른 대로 댔습니다."

"너 이번 지나사변에 대해서 한 이야기두 있잖어?"

"지나사변의 어떤 이야기 말입니까?"

"너 일본이 아무리 무력으루는 한때 지나를 정복을 한다더래두 결국은 가서 실패를 하구 만다구 그런 말을 했잖었어?"

"그건 일본을 두고 한 말이 아니라 한민족(漢民族)은 이상한 동화력(同化力)을 가진 민족이 되어놔서 그동안 누차 변방 족속한테 무력 정복을 당했으면서도 그런 족족 정복자를 문화적으로 사회적으로 동화·흡수를 하군 해서 어느 시간이 경과한 후에 가선 정복자요 지배자였던 변방 족속이 피정복자요 피지배자였던 한민족한테 먹히어버리고서 존재가 없어지고 존재가 없어지고 했느니라구 단순히 역사적 사실을 이야기한 일밖에 없습니다."

"그러니깐 이번 지나사변두 결국은 일본이 실패를 한다는 그 뜻으루다 한 소리가 아냐?"

"그렇게 억지루 가져다 댄다면 못 댈 것은 없지만서두 내 본의는……"

"요 앙뚱스런 자식 같으니로고. 네 따위가 어따 대구 고따위루…… 이 자식아 대일본제국의 흥망이 달린 앞에서 너이 조선놈 몇 마리쯤 땅바닥으루 기는 버러지만치나 명색이 있을 줄 알아? 그런 것들이 어따 대구 감히 그런 발칙한 소릴."

이번에는 구둣발이 내 몸뚱이를 함부로 짓이긴다.

매는 미상불 아픈 것이었다.

"너 이 자식 좀 곯아봐."

인하여 나는 생후 두 번째로 유치장이라는 것을 들어가보았다.

집어 처넣어놓고는 달포를 아무 소리 없이 저의 말대로 곯리기만 하였다.

그동안 ○군과 ×군과 그리고 또 한 사람 붙잡혀 들어와 있는 △군과 이 세 사람만은 가끔가다 하나씩 끌어내다가는 노글노글

하게 매질을 하여 들여보내곤 하였다.
 아무 소리도 없이 처박아두기만 하는 것은 당하는 사람으로는 무위한 유치장의 하루씩을 지우기의 답답하고 고통스러움과 일이 장차 어찌 되려는가의 불안 초조와 이런 것으로 하여 악형이야 당할 값이라도 차라리 자주 끌려나가기만 못한 노릇이었다.
 정복자와 밑 그의 수족 노릇을 하는 일부 원주민으로 이루어진 지배자가 피정복자를 닦달함에 있어서 인간으로서 인간을 학대하기에 경찰서의 유치장 이상 가는 것은 아마도 없을 것이었다.
 물통에다 냉수를 한 통씩 길어다 놓고 국자를 담가놓고 그 물을 떠 간수들이 저희들의 차도 달여 먹고 죄인들이 물을 청하면 한 국자씩 떠주고 하되 죄인들은 방방이 한 개씩 두어둔 양재기에다 물을 받아서 마시도록 마련이었다.
 1전내기 투전을 하다 붙잡혀 들어온 촌 농부 하나가 있었다. 지극히 가벼운 죄인이요 또 생김새도 어수룩하게 생긴 젊은 친구였다.
 가벼운 죄인이면 감방으로부터 불러내어 유치장 바닥의 비질도 시키고 죄인들의 잔시중——물을 떠준다거나 휴지를 들여준다거나 하는 심부름을 간수들 저네의 대신 시키기도 하였다.
 1전내기 투전꾼은 유치장 바닥을 다 쓸고 나서 마침 목이 말랐던지 물통에서 국자로 물을 떠 벌컥벌컥 시원히 마시고 있었다.
 그러자 별안간,
 "고라. 이놈우 자식이!"
 하고 벽력같은 고함과 더불어 간수가 저의 자리로부터 쫓아 내려오더니 뺨을 치고 구둣발길로 걷어차고 하였다.

죄인은 국자를 놓치고 회삼물 바닥에 가 쓰러져 미처 다 못 삼킨 물과 볼이 터져 나오는 피를 함께 흘리면서 연방 아이구머니 소리만 질렀다.

간수는 죄인의 몸뚱이를 옆구리고 머리고 상관없이 퍽퍽 걷어지르기를 그치지 않았다. 그러면서 꾸짖는 것이었다. 국자에다 왜 더러운 주둥이를 대느냐고. 요보'는 도야지보다 더 더러운 놈들이라고.

도야지보다 더 더러운지 어쩐지 그것은 막시 모르나 정복자란 것이 피정복자의 앞에서는 도야지만치도 명색이 없는 것만은 이 한 가지로 미루어서도 분명하였다.

나는 유치장에 들어가던 날의 첫번 식사인 저녁밥을 먹지 않았다. 흥분이 되어 식욕이 없는 것도 없는 것이었지만 그다지 입이 호강스럽지는 못한 나로서도 차마 그것을 밥이라고 입에 떠 넣을 뜻이 나지 아니하였다. 찌그러지고 오그라지고 시꺼멓게 때꼽재기가 끼고 한 양은 벤또에다 골싹하게 담은 밥이라는 것은 쌀 알갱이는 눈 씻고 잘 보아야 하나씩 둘씩 섞였을 뿐의 노오란 조밥이요, 찬이라는 것은 산에 가서 되는대로 그럴싸한 풀잎을 뜯어다 슬쩍 데쳐서 소금을 뿌려 주물럭주물럭한 두어 젓갈의 소위 산나물 한 가지로 하였다. 밥에는 그러나마 만주 좁쌀에 고유한 그 세모지고 얄따란 다갈색의 잔모래가 얼마든지 그대로 섞여 있고.

내 밥이 젓갈도 대지 않은 채 그냥 도로 나가게 된 것을 알자 옆

에 있던 절도범이 혼잣말처럼
"그럼 내가 먹을까."
하고 슬며시 집어가더니 볼퉁이가 미어지도록 퍼넣는 것이었다. 그것을 여남은이나 되는 동방(同房)의 죄인 대부분이 너도나도 하고 덤벼들어 단 한 젓갈이라도 빼앗아 먹으려고 다투고 불뚝거리고 욕질을 하고, 거기에 밥에 대한 인간의 동물적인 싸움이 잠시 동안 벌어지고 있었다.

이튿날도 나는 온종일 먹지 아니하였다.

두툼한 솜바지 저고리에다 솜버선에다 차입한 담요까지 지니고 지내고 사식(私食)을 차입받아 먹고 하는 사기죄인——그가 이 5호 방에서는 제일 고참으로 열여섯 달째 되는 사람이었다. 그가 점심때에는 나더러 간수한테 말을 하면 사식을 들여주니 이따 저녁부터라도 받아먹도록 하라고 권고하였다.

나는 글쎄…… 하고 애매히 대답하고 말았다. 나는 한 끼에 1원 50전씩 하루에 4원 50전이나 드는 사식을 들여 먹을 형편이 되질 못했다.

저녁 역시 나는 관식 벤또를 동방엣 사람들에게 그대로 내주었다.

사기죄인이 저의 사식에서 부연 쌀밥을 절반이나 덜고 굴비랑 군고기랑 곁들여 내 앞으로 밀어놓으면서,

"이거라두 좀 자시우. 보아허니 그렇게 함부로 지나든 아녀시든 분네 같은데, 그렇다구 사뭇 저렇게 굶기로만 들어서야 쓰겠수."

하고 권을 하는 것이었다.

미상불 나는 현기증이 나도록 시장하였다.

보드라운 흰밥과 맛있는 반찬이 어금니에서 신 침이 흐르고 회가 동하였다. 그러나 나는 세 번 네 번 권하여서야 겨우 두어 젓갈 밥을 뜨는 시늉하고 말았다.

사식은 들여 먹을 터수[10]가 못 되면서 입만 가져가지고 관식을 먹지 않고 앉아서 남이 덜어주는 사식 덩이를 멀쩡히 얻어먹다니 염치가 아니요 양반 거지의 주접이었지 갈데없는 짓이었다.

"그래두 자셔야지 별수 없습넨다. 노형두 지끔은 첨이라 다 심사두 편안치 않구 해서 그렇겠지만서두 인제 두구 보시우. 배고픈 걱정 외에 더 걱정이 없을 테니. 어서 나가구픈 생각 집안일 죄다 잊어버리구 거저 먹을 것 생각밖엔 나는 게 없는걸."

사기죄인은 이런 말을 하였다.

나는 설마 그러랴 하였으나 이레가 못 가서 그의 말이 옳았음을 나는 깨닫지 아니치 못하였다.

쌀 알갱이라야 눈 씻고 보아야 하나씩 둘씩 섞였을 뿐의 불면 알알이 다 날아갈 듯 퍼슬퍼슬한 노란 조밥, 씹으면 모래와 흙이 지금지금하는 그 알뜰한 조밥과 쓰디쓴 산나물이 아니면 시꺼멓게 썩은 세 조각의 짠무 조각 반찬이 어떡하면 그렇게도 입에 회회 감기고 맛이 나는지 삼십오 년의 반생을 두고 나는 일찍이 그런 맛있는 밥을 먹어본 적이라고는 없었다.

납작한 양은 벤또에다 골싹하니 푼 그 밥이 아무리 양이 적은 나에겔망정 양에 찰 이치가 없었다. 가에 붙은 좁쌀 한 알갱이까지 깨끗이 다 씻어 먹고 나쁜 젓갈을 놓으면 젓갈을 놓으면서 바로 배가 고프고 다음 끼니가 기다려졌다.

아침 7시면 밥 구루마가 떨걱거리면서 온다.

아침을 먹고 나서는 12시 점심이 올 때까지 간수의 앉았는 등 뒤에 걸린 시계를 백 번도 더 내다보면서 떨걱거리는 밥 구루마 소리를 기다린다.

가까스로 점심을 먹고 나서는 이내 또 백 번도 더 시계를 내다보면서 6시 저녁을 기다린다.

이렇게 오직 밥을 기다리기를 일삼으면서 하루하루를 지우곤 하던 것이었다.

내가 나를 생각하여도 천박하기 짝이 없었다. 하루 종일 먹을 것만 탐하는 도야지나 다름이 없는 성싶었다.

모처럼의 기회는 기회겠다, 가만히 앉아서 정신을 집중시켜 사색 같은 것이라도 하염직한 것이 아니냐고 스스로를 책망은 하여보나 첫째는 본시가 그런 유유스런 성격이 되질 못하였고 겸하여 형(刑)이 결정된 감옥의 죄수가 아니어놓아서 도저히 안존할 수가 없었다.

아무튼 조금은 자제력(自制力)이 있다고 할 내가 그러할 제 여느 잡범(雜犯)들이야 말할 나위가 없었다.

누가 밥을 남기든지 통째로 안 먹는 것이 있든지 하면 서로들 먹으려고 다투는 양이란 차마 보기에 민망한 것이 있었다.

규칙이 남는 밥은 도로 내보내되 아무도 함부로 먹지 못하도록 마련이었고, 그래서 그 규칙을 범하였다 발각이 나면 죽을 매를 맞고라야 말았다. 그러므로 남는 밥은 몰래 먹어야 하였고 큰 모험이 아닐 수 없었다. 하건만 그들은 감히 모험하기를 주저치 아니하였다.

제3호 방에 밥 하나가 더 들어간 것이 드러났다.

4월이라지만 유치장의 감방은 겨울 진배없이 추웠다. 간수는 제3호 방에다 밥 하나를 더 먹은 벌로 물을 세 통이나 끼얹었다. 그리고 밥을 노나 먹은 네 사람은 창살 밖으로 손목을 묶어 매달아놓고 한나절이나 격검채로 두들겨 팼다.

해방 후의 경찰서와 그 유치장의 범절이 어떠한지는 막시 모르나 일본식 경찰은 피의자에서부터 이렇게 잔학하고 동물적인 대우를 하였다.

저네의 소위 '도야지울'에서 과연 도야지의 대우를 받으면서 나 자신 역시 도야지 이상이질 못하는 채 한 달을 무료히 썩였고 한 달 만에 비로소 취조실로 불려나갔다.

그 몸과 얼굴과 눈과 심지어 수족까지 사나움이 질질 흐르는 일인 형사였다.

"독서회를 조직한 사실을 ○○○이가 자백을 했는데 너는 그래도 모른다고 버틸 테냐?"

형사는 쩡쩡 울리는 목소리로 이렇게 다잡았다.

"독서회를 조직했다구요?"

나는 섬뻑 무어라고 대답할 말이 없어 뚜렛거리다 반문하였다.

"그래 자백을 했어."

"나는 없습니다."

사실로 없었다.

모르면 몰라도 ○군이 매에 부대끼다 못해 허위의 자백을 하였거나 그렇지 않으면 그들의 상투 수단인 넘겨짚기일 것이었다.

이날의 문초에서 나는 그들이 무엇을 꾀하고 있는가를 비로소 알아채었다.

여기에 좀 반지빨라¹¹⁾ 보이는 녀석이 있어 그 주위에 역시 주의거리의 젊은 아이놈들이 모여 문학을 공부한답시고서 책도 노나 읽고 의견도 교환하고 시국에 대하여 방자스런 방담을 더러 하는 모양이어…… 이만한 건덕지면 혹시 잘만 날뛰면 독서회쯤 사건 하나를 뚜드려 만들 수가 있을는지도 모르는 것이었다. 마치 대장장이의 마치가 뚜드리는 곳에 아무것도 아니던 녹슨 헌 쇳덩이가 빼젓이 도끼며 식칼이 되어 나오듯이 저 전라북도 경찰부가 뚜드려 만든 카프 사건도 그런 솜씨의 요술이었을 것이었다.

한 열흘 후에 나는 두 번째 끌려나갔다. 그동안 ○군은
"독서회 일건은 절대 부인하시오. 그들은 저더러 선생님이 벌써 자백을 하였다고 하지만 저는 믿지 않습니다. 일기책을 뺏겼는데 거기에 더러 선생님한테 불리한 것을 쓴 것이 있어서 저는 그것만이 걱정입니다."
하는 쪽지를 연필로 감방 휴지에 적어 보낸 것을 받았고 그것으로 나의 추측이 한편치¹²⁾가 틀리지 않았음을 알았다.

이번에는 그는 일인 형사의 짝패인 머리통이 엄청나게 크고 짧은 다리로 여덟팔자걸음을 아기작아기작 걷는 김(金)가라는 조선 형사였다. 사납고 가혹하기로 개성 일판에서 이름이 난 형사

였다.

그런 김가가 뜻밖에 부드러운 얼굴로 공대하는 말까지 쓰면서 문초를 하였다.

"그 왜 고집을 부리구 생고생을 하슈?"

"고집이 아니라 없는 사실을 부르라니 어떡헙니까."

"독서회라는 이름은 짓지 않았드래두 독서회의 행동을 했으면 사건은 성립이 되게 마련인 법인 줄 알면서 그러슈?"

"무얼 독서회의 행동을 한 것이 있어야지요?"

"가사[13] 또 사건은 성립이 아니 된다구 치더래두 당신이 시방 미움을 받구 있는 것만은 사실인데 미움을 주기루 들면 한정이 없는 걸 모르슈? 일 년이구 이태 삼 년이구 처가둬두구서 곯리면 곯았지 별수 있나?"

고문보다도 또는 감옥으로 가서 징역을 살기보다도 가장 두려운 악형은 민두름히 그대로 경찰서 유치장에다 가두어두고 생으로 사람을 썩이는 것이었다.

사상 관계자로 붙잡혀 들어갔다 이렇다 할 사건도 없는 사람이면서 몇 해씩을 현재 그렇게 생으로 썩고 있는 사람이 전 조선의 경찰서 유치장을 턴다면 얼마든지 나올 수 있는 사실이었다.

또 사상 관계자만이 아니요 멀리 다른 곳에 실례를 찾을 것이 없이 당장 내가 갇혀 있는 한방에도 사기 횡령으로 몰리어 붙잡혀 들어와가지고 일 년과 넉 달이 되는 사람이 있지 않은가.

나는 무쇠의 탈을 쓰지 아니한 '무쇠탈'을 연상하고 속으로 전율하였다.

김가는 짐짓 부드러운 얼굴과 공순한 말로써 회유를 하는 한편 무형의 '무쇠탈'로써 은근히 위협을 하자는 심담인 모양이었다.

나는 없는 죄를 자백하고 가서 징역을 사느냐 경찰서 유치장에서 장차 얼마일지를 모를 세월을 썩느냐 두 가지 중에서 하나를 택하여야 하였다.

이때에 나를 구원하여준 것이 생각지도 아니한 한 장의 엽서였다.

다시 열 며칠인가 지나서였다.

일인 형사가 끌어내 가더니 어인 셈인지 빈들빈들 웃으면서,

"나가구푼가?"

하고 물었다.

나는 섬뻑 무어라고 대답을 못하고 눈치만 보았고 했더니 재차

"나가구퍼?"

그제야 나도

"있구퍼서 있나요?"

"음……"

그러고는 한참이나 내 얼굴을 여새겨보고[14] 나서

"조선문인협회라구 하는 것이 있나?"

"있습니다."

"무엇 하는 단첸구?"

"조선 사람 문인들이 모여서 문학으루 나랏일을 도웁자는 것입니다."

"어떤 반연으루 생긴 단첸가?"

"총독부와 민간의 유력한 내지인들이 서둘러주었습니다."
"회원은 전부 센징이겠지?"
"찬조회원이나 명예회원은 내지인이 많습니다."
"조선문인협회에서 북지 방면으루 황군위문대를 파견한다구?"
"그렇습니다."
"이것이 그 통첩인가?"
그러면서 한 장의 엽서 편지를 내놓았다.

문인협회로부터 북지 방면으로 황군위문대를 회원 중에서 파견하고자 하는데 그 구체적 협의회를 아무 날 아무 곳에서 열겠으니 참석하라는 엽서가 지난번 서울을 가기 조금 전에 온 것이 있었다. 바로 그 엽서였다. 나중 놓여나가서 알았지만 내가 놓여나가던 십여 일 전에 두 번째 와서 수색을 하였고, 그때에 잡지 틈사구니[15]에 끼었다 떨어지는 이 엽서를 가져가더라고 집안 사람이 말하였다.

"거기 보면 3월 28일인가 위문대 파견하는 협의회를 열겠다고 했는데 참석했는가?"
"했습니다. 실상 지난번에 서울 간 것도 그 때문이었습니다."
"어떤 결정을 했는가?"
"회원 중에서 명망이 있는 사람으로 몇 사람을 뽑아 파견하기로 했습니다."
"누구누구가 뽑혔는가?"
"그것은 전형위원에서 맡아 하기로 했습니다."
"비용은?"

"당국의 보조로 쓰기로 했습니다."

"음……"

자는 이윽고 얼굴과 음성을 준절히 하여가지고

"이번 사건이 그대들은 암만 그렇게 부인을 해도 증거가 역력히 있고 하니깐 성립을 시키자면 충분히 시킬 수가 있단 말야 응?"

"네."

"그렇지만 첫째는 고의로 그런 것이 아니라 무의식중에 그렇게 된 모양 같고, 또 일변 조사를 한 결과 그대는 조선문인협회의 회원으로 대단히 열심이 있는 사람이 판명이 되었고 해서 이번 일은 특별히 용서를 하는 것이니 응?"

"네."

나는 실상 서울에 가 있었으면서도 그 협의회는 참석을 아니하였다. 회의 경과도 그래서 노상에서 우연히 ㅇㅇㅇ를 만나서 이야기로 들었을 따름이었다.

또 형사는 조사를 해본 결과 어쩌고 하였지만 내가 그 뒤에 서울로 가서 알아본 것에는 개성경찰서로부터 문인협회서 나에 대한 신분의 조회 같은 것은 온 것이 전혀 없었던 모양이었다.

"또 다른 세 사람은 나이알라 아직들 어리고 한데 전과자의 신분을 가져서는 정상이 가긍할 뿐 아니라 장차 나라를 위해 일을 할 때에도 상처가 될 것이요 해서 십분 용서를 하는 것이니 응?"

"네."

"이훌랑 각별히 주의를 하고 더욱더욱 나랏일에 충성을 해야

해."

"네."

"이다음 만일 무슨 불미한 일이 있으면 그때는 일호 용서 없다?"

"네."

돈의 힘으로 경찰서를 쥐락펴락하고 형사나 순사 나부랭이를 하인 부리듯 하는 개성 제일 갑부의 젊은 자제가 나의 가형과 친구의 청을 받고 그 두 형사를 불러 술을 먹이는 길에 이 꺽지 같은 자식들아 할 일이 없거든 발바닥이나 긁고 앉았지 그 사람이 무슨 죄가 있다고 때려 가두어놓고는 지랄들이냐고 시퍼렇게 지청구를 해주더라는 소식을 놓여나와서 들었다.

그것이 보람이 있기도 하였겠지만 결정적인 것은 역시 문인협회의 한 장 엽서였던 듯싶었다.

문인협회에 대한 대답 가운데 요긴한 것은 임시로 그 자리에서 나에게 유리하도록 꾸며댄 대문이 많았으나 아무튼 대일 협력이라는 주권(株券)의 이윤(利潤)이 어떠하다는 것을 실지로 배운 것이 이 개성 사건이었다.

나중 가서야 어찌 되었든 우선 당장은 나아가지 않더라도 새끼로 목을 얽어 끌어내지는 아니할 것이며 누워서 배길 수가 없잖아 있는 소위 미영격멸국민총궐기대회의 강연을 피하려 않고서 내 발로 걸어 나갔던 것은 그처럼 대일 협력의 이윤이 어떻다는 것을 안 것이 있었기 때문이었다.

많은 수효의 영리한 사람들이 저의 이익과 안전을 도모하기 위하여 진심으로 일본 사람을 따랐다.

역시 적지 아니한 수효의 사람이 핍박을 받을 용기가 없어 일본 사람에게 복종을 하였다.

복종이 싫고 용기가 있는 사람은 외국으로 달리어 민족 해방의 투쟁을 하였다. 더 용맹한 사람들은 외국으로 망명도 않고 지하로 숨어 다니면서 꾸준히 투쟁을 하였다.

용맹하지도 못한 동시에 영리하지도 못한 나는 결국 본심도 아니면서 겉으로 복종이나 하는 용렬하고 나약한 지아비의 부류에 들고 만 것이었다.

3

눈이 쌓이고, 한참 춘 이월 초생이었다.

송화군(松禾郡)에서 맡은 곳을 다 마치고 마지막 풍천읍(豊川邑)에서의 길이었다.

강연을 마치고 나니, 다음 예정지로 가는 버스가 두 시간 후에 떠나는 것이 있었다.

주인 편의 여러 사람과 점심을 먹고 있는데, 밖에서 손님이 찾는다는 전갈이 들어왔다.

이 고장에 알 사람이라고는 없는데 하고 의아해하면서 나가보았더니, 초면의 두 청년이었다. 하나는 건장하고, 하나는 그와 정반대로 얼굴이 병적으로 창백하고 몸이 파리한 대조적인 두 사람이었다.

나는 그들이 모르는 사람인 것을 발견하는 순간 가슴이 더럭하였다. 그러나 한편으로는 반가웠다.

그동안 다섯 차례를 강연을 하였는데, 청중 가운데 밀끔밀끔하니 떳물이 벗고, 표정이 다부진 청년들이 한 패씩 들어와 있지 않은 자리가 없었건만, 내가 강연이랍시고 맨 멀쩡한 소리를 지껄이고 섰어도, 단 한 번인들

"개수작 집어치워라."

하고 고함치는 사람이 있는 것을 보지 못하였다.

황차,[16] 밤 같은 때 사처로 달려들어 몰매질을 하고 하는 따위는 싹도 볼 수가 없었다.

안전과 무사가 물론 다행치 아니한 것은 아니었다. 그러나 젊은 사람들까지가 이다지도 기운이 죽었는가 하면 적막하고 슬펐다.

그러던 차라, 미지의 젊은 사람네의 찾음을 만나니, 가슴 더럭한 것과는 따로이, 여기는 그래도 기개 있는 젊은이가 있는 것이나 아닌가, 노백린(盧伯麟)씨의 생지가 그래도 다른가 보다 싶어, 그래 반가운 생각이 들던 것이었다.

그러나 나는 그들이 너무도 적의가 없어 보이고, 말이랑이 공순한 것이며, 또 몰매질을 하러 온 것으로는 단둘이라는 것이 과히 단출한 것이며에 이내 도로 안심과 실망을 함께 느꼈다.

건장한 편이 노(盧)군, 창백하고 파리한 편이 이(李)군이었다.

수인사가 끝난 후 노군이 물었다.

"선생님, 언제 떠나시죠?"

"이따, 오후 버스로 떠나기루 했습니다."

나의 대답에 둘은 문득 절망을 하면서 다시 노군이

"웬만하시면 낼 아침 버스로 떠나시게 하시구서, 오늘 저녁 저희들허구 좀 만나주셨으면……"

"예정이 있어놔서 그럽니다."

둘이는 서로 보면서 못내 섭섭해하다가, 이군이 이번엔 묻는다.

"정 그러시다면 단 한 시간이나 삼십 분이라두 여기서 점심이 끝나시는 대루 저희허구 좀."

"그럭허십시오."

주먹이 나올지 팥죽이 나올지 그것은 나중 보아야 할 일이요, 나는 나로서 지방의 젊은이들이 이 판국에 바야흐로 무엇을 생각하며 무엇을 바라며 하는지를 아는 것도 일종의 의무처럼 생색 있는 일이었다.

첩경 그러기가 쉽듯이, 점심자리가 술자리로 벌어지는 것을 속히 속히 끝내게 하느라고 하기는 하였지만, 워낙 시간의 여유가 많지 못했던 소치로 젊은이들이 기다리는 자리는 가 앉았다 그대로 일어서야 할 만큼 시간은 촉박하였다.

사과와 과실과 차를 준비하여 놓은 자리에, 노군과 이군 외에 한 또래의 청년이 두어 사람과, 하나는 음악을 하나는 문학을 각기 좋아한다는 소녀도 둘이 와서 있었다.

다시 초면 인사를 하고, 둘러앉아서 한 잔씩의 차를 마시기가 바쁘게, 버스는 떠날 시간이 되었다.

노군과 이군이 서로가람,[17] 내일 아침에 떠나도록 하고, 하룻밤 자기들과 이야기를 하여주어 달라고, 지방에서는 선배들을 항상 그리워하는데 모처럼 기회를 그냥 놓치기가 여간 섭섭지 않다고 간곡히 만류를 하였다.

나는 그날 풍천읍을 떠나 송화온천까지 가 거기서 장연(長淵) 으로부터 나를 맞으러 오는 사람과 만나, 다음날 장연으로 가서 준비를 하여가지고 그 다음날부터 강연을 하기로 다 배비[18]가 되어 있었다. 그러나 나는 장연 편과 연락에 어긋이 나고, 가사 그래서 장연에서의 예정에 상치가 생기는 한이 있다더라도 이 젊은 이들의 만류를 뿌리치고 일어설 수는 없었다.

밤에는 열둘인가로 사람이 더 불었다.

20으로부터 24, 5세까지의 대개는 중등 이상의 학력을 가진 모두가 준수한 젊은이들이었다.

한 청년이 말하였다.

"우리는 시방 앞날이 깜깜합니다. 자꾸만 비관이 됩니다. 어떻게 하면 좋을지 모르겠어요."

나는 단박에 대답이 막혔다.

그야 대답을 하기로 들면, 시원히 하여줄 말이 없는 것은 아니었다. 그러나 이 10여 명 이상이나 모인 사람들이, 그 사람들은 막상 다 미더운 사람들이라고 하더라도, 내가 이 자리에서 한 말이 한 집 건너고 두 입 건너 필경엔 경찰의 귀에까지 들어가지 말란 법이 없다는 것을 어떻게 보장할 것인고.

명색이 선배라고 믿고서 그들은 진심엣 호소를 하던 것이었다.

모인 전부가 낮에 강연회에도 와서 들었다고 한다. 그러니 낮에 강연회에서 지껄인 소리는 본의가 아니고 할 수 없이 그런 것이요, 진심은 그렇지 않거니 이렇게 나를 믿고서 자기네도 진심을 토로함이었다.

소문이 퍼질까 저어하여, 경찰의 형벌이 두려워, 이 나를 믿고서 와 안기어 고민을 호소하는 젊은이들의 진심에 대하여, 한가지로 진심이지 못하는 나의 비겁함 그 용렬스러움.

나는 나 자신이 야속하고 또한 슬펐다.

"너무 범위가 막연한데⋯⋯ 가령 어떤 방면으루 말이지요?"

나는 아무려나 우선 이렇게 반문을 하였다.

"여기 모인 우린 태반이, 증병이나 학병으루 끌려나가야 할 사람입니다. 끌려나가서 개주검을 해야 합니까?"

나는 등에 찬물을 끼얹는 것 같았다.

여럿은 먹기를 멈추고, 긴장하여 나의 대답을 기다렸다.

"우리가 앞으로 살아나가는 데 일본 사람과 꼭같은 권리를 주장하자면, 피도 좀 흘려야 아니할까요? 피를 흘리면 흘린 피의 대가를 요구할 권리가 생기지 아니합니까?"

"네⋯⋯ 그렇지만⋯⋯"

그는 불만한 눈치였다.

그 불만이어 하는 것이 만족해하느니보다 얼마나 다행스러운지 몰랐다.

이어서 다른 사람이 말을 하였다.

"도무지 차별 대우가 아니꺼워서 못 견데겠어요."

"차별 대우를 받지 않도록 우리두 실력을 가저야 하겠지요. 문화적으로나 경제적으로나, 그 사람네보다 떨어지지 않는 수준에 도달해야 하겠지요. 우리 전체가 노력을 해서, 그만한 실력을 가지는 다음에야 언감히 우리를 하시하겠습니까?"

"같은 학교를 같은 해에 일본 아이는 꼴찌루, 조선 사람은 첫찌루 졸업을 했는데, 한날 한시에 들어간 회사에서 월급이 우선 다르지요. 일본 아이는 조금 있으면 승차를 하는데, 조선 사람은 만날 그 자리지요. 실력두 별수가 없잖아요?"

"개인으로는 우리가 일본 사람보다 나을 사람이 있다지만, 전체로야 어디 그렇습니까? 우리 전체가 일본 사람 전체보다 나은, 적어도 같은 수준에 이르도록 실력을 가져야 하고, 그때를 기대려야 하겠지요."

이 실력론이나 먼저의 피의 대가의 주장론, 친일파 가운데에서도 제 소위 진보적이라고 하고, 내선일체주의자라는 이름으로 불리는 극단파에서 하는 주장이었다. 그러기 때문에 그들은, 친일파는 친일파이면서도 총독부와 군부의 미움과 주목을 받는 패들이었다.

나는 목마른 젊은이들이 바라는 한 그릇의 시원한 냉수를 주는 대신, 그런 친일파의 괴설을 빌려 결국 한 숟갈의 쓰디쓴 소태를 주고 만 셈이었다.

뼈다귀가 부러지거나 골병이 들도록 늑신 몰매를 맞느니보다도 더 아픈 마음을 안고 사관으로 돌아가 누웠다.

잠을 이루지 못해하는데 이군이 혼자 찾아왔다.

"사람을, 이 사람 저 사람 너무 여럿을 오게 해서 선생님 퍽 거

북하셨을 줄 압니다. 그러나 사람들은 다 안심할 수 있는 사람들입니다."

이군은 두 무릎을 단정히 꿇고 앉아서 사과 겸 변명을 한 후에
"어떡허면 좋겠습니까 선생님?"
하고 침통히 묻는 것이었다. 징병이며 학병에 대한 것이었다.

나는 서슴지 않고 대답하였다.
"되도록 나가지 말라고 권하고 싶습니다. 무슨 수단을 써서든지."

"……"

말없이 나를 보는 이군의 그 창백한 얼굴은 빛났다. 눈에는 눈물이 고였다. 고인 눈물이 인하여 넘쳐흘렀다.

나도 눈가가 뜨거웠다.

"이왕 한마디 부탁이 있소이다. 꿋꿋한 정신을 길르구 지켜주십시오. 강한 자에게 굽혀 목전의 구차한 안전을 도모하는 타협생활보다, 핍박을 받을지언정 굽히지 않고 도리어 그와 싸워 물리치겠다는 꿋꿋한 정신을 길르구 이겨주십시오. 우리가 과거 수천 년래 대륙 민족의 압제를 받은 것이나 오늘날 일본의 종노릇을 하게 된 것이나, 우리를 침해하고 우리를 억누르는 외적과 마조 싸워내는 꿋꿋한 정신이 모자랐기 때문입니다. 강한 자에게 굽히고 아첨하여 구차한 일시일시의 안전만을 도모하는 타협주의 이것이 우리 민족성의 큰 결함입니다. 오늘의 우리의 불행은 이 민족성의 결함에서 온 것이요, 그 결함을 고치지 않는 이상 우리는 민족적으로 멸망을 당하거나, 내일도 오늘처럼 영원히 불행할

것입니다. 시방 우리한테 특별히 젊은이들한테 절절하게 필요한 것은, 굴치 않고 싸워내는 꿋꿋한 정신입니다. 그렇지만 그것도 한 사람 한 사람이 따로따로이만 꿋꿋했자 아모 소용도 닿지 않습니다. 여럿이 모이는 데서 비로소 힘이 생기는 것입니다."

"……"

이군은 머리를 수굿하고 듣고만 있었다.

나는 음성을 고치어 그다음 말을 하였다.

"그러나, 조심하십시오. 첫째 서로 친하다는 것과 믿고서 속을 줄 수 있는 사람이라는 것과는 다른 것입니다. 둘째 혈기를 삼가시오. 혈기는 경솔과 상거가 항상 가차운 것이니까요."

"……"

"그리고 또 한 가지 내 소견을 말하라면, 시방 이 야만된 폭력주의가 아무래두 인류 역사의 노말한 현상은 아닐 것입니다. 정녕 한때의 변조 같습니다. 과히 암담해하거나 실망들은 할라 마십시오. 수히 정상 상태로 돌아갈 날이 올 듯두 합니다."

"고맙습니다, 선생님. 하신 말씀 명심하겠습니다. 믿겠습니다."

이군은 고개를 들고, 아직도 흐르는 눈물을 주먹으로 씻으면서 목멘 소리로 숨 가쁘게 그러던 것이었다.

이 밤에 나는 조금은 속이 후련하고 짐이 덜리는 것 같았다. 그러나 계속하여 뭇사람을 모아놓고 미국 영국은 나쁜 놈들이요, 일본이 옳고, 전쟁은 시방이 한 고패요, 조선 사람들은 어서 바삐 증산을 하고 저축을 많이 하고 하여 이 전쟁을 일본의 승리로써 빨리 끝내도록 협력해야 한다는 강연을 하고 다니는 사람—보기 싫은 양서동물(兩棲動物)이 아니 되지 못하였다.

그 뒤 1944년 5월에는 작가 다섯 사람과 화가 다섯 사람을 추려 소설가 하나에다 화가 하나를 껴 다섯 패를 만들어가지고, 전라남도 목포의 목조조선소(木造造船所), 강원도 영월 무연탄광, 평안북도 강계의 무수 알코올(無水酒精) 공장, 같은 평안북도 용천의 불이농장, 역시 평안북도 양시의 알루미늄 공장 이 다섯 곳 생산 현장으로 그 한 패씩을 파견하는 한 패에 뽑히어, 나는 양시의 알루미늄 공장으로 갔다. 할 일이라는 것은, 가서 한 일 주일 가량씩 묵으면서 생산 현장의 실지 견문을 얻어가지고 돌아와 화가는 증산하는 그림을, 소설가는 증산소설을 각각 쓰는 것이요, 주최와 발안은 총력연맹 문화과였다.

나는 다녀와서, 2백 자 스무 장인가를 써 내놓았고, 일어로 번역을 누구에겐지 맡겨서 시킨다고 하더니, 그대로 우물쭈물 발표는 되지 않았다.

다시 그해 가을에는 강원도 김화(金化)로 전년의 황해도 적과 비슷한 강연을 갔다.

이보다 조금 앞서 매일신보에다 연재소설을 쓰기 시작한 것이 있었다.

검열이, 신문사의 편집자를 시켜 작자에게 다짐을 요구하였다. 반드시 시국적인 소설이어야 할 것과, 소설의 경개를 미리 제출할 것과, 그 경개대로 충실히 써나갈 것 등속의 다짐이었다.

유일한 생화(生貨)가 그때나 지금이나 매문(賣文)이요, 매문을 아니하고는 2합 2작의 배급쌀조차 팔 길이 없는 철빈[19]…… 요구

대로 다짐을 두고 쓰기를 시작하였다.

쓰면서 가끔 배신을 하다가, 두어 차례나 불려 들어가 검열관
──퇴직 순검한테 꾸지람도 듣고, 문학 강의도 듣고 하였다. 잘하
나 못하나 이십 년 소설을 썼다는 자가 늙마에 와서 순검한테 문
학 강의의 일석을 듣고……

그러나 일변 생각하면 받아 싼 욕이었다.

바이런인지는 자다가 아침에 깨어보니 제가 그렇게 유명해져
있더라고 하였다지만, 나는 하루아침 잠이 깨어 수렁(無底沼) 가
운데에 들어섰는 나 자신을 발견하였다. 한정 없이 술술 자꾸만
미끄러져 들어가는 대일협력자라는 수렁.

정강이까지는 벌써 미끄러져 들어가 있었다. 그러나 시방이라
면 빠져나올 수 없는 것도 아니었다.

만일 이때에 빠져나오지 않는다면, 정강이에서 그다음 너벅다
리[20]로, 너벅다리에서 배꼽으로, 배꼽에서 가슴패기로, 모가지로
이마로, 그러고는 영영 퐁당…… 하고 마는 것이었다.

몸의 터럭이 있는 대로 죄다 곤두설 노릇이었다.

서울서 떠나 궁벽한 시골로 가 있기만 한다면 강연 같은 것을
하라고 불러내는 '곶감'의 미끼에 반겨 응하고 나설 기회가 태반
봉쇄될 것이었다.

시골로 가서 있으면 한 가락의 호미가 보리밥의 반량이나마 채
워주어, 창녀 못지않은 그 매문질은 아니할 수가 있을 것이었다.

일본의 패전, 그다음에 오는 것의 불안과 공포랄지, 눈에 살기
를 머금은 일본 병정들의 등덜미를 겨누는 기관총 부리의 위협이

랄지, 이런 것 외에도 멀찍이 궁벽한 시골로 낙향을 하여야만 할 또 한 가지의 다른 사정이란, 곧 이 대일 협력의 수렁으로부터의 도피행 그것이었다.

그리고 그렇게 하였다.

그러나 결코 용감히 뿌리치고서 일어서고 하였던 바는 아니었다. 역시 나답게 용렬스런 가만한 도피행일 따름이었다.

새삼스럽게 무슨 지조가 우러나는 것이 있었음도 아니었다.

후일에 혹시 문죄(問罪)라도 당하는 날이 있을까 보아 그날에 벌을 가볍게 하자는 계책인 것도 아니었다.

지금까지의 행적을 사는 고장을 옮김으로써 남에게 숨기기라도 하는 것은 더욱이 아니었다. 그런 점으로는 차라리 객지인 광나루가 더 유리하였다.

오직 그 대일 협력이라는 사실에서 풍겨나오는 악취 그것이 못 견디게 불쾌하였고, 목전에 그것을 면하고 싶은 지극히 당면적인 간단한 욕망으로서일 뿐이었다.

아무리 정강이께서 도피하여 나왔다고 하더라도, 한번 살에 묻은 대일 협력의 불결한 진흙은 나의 두 다리에 신겨진 불멸의 고무장화였다. 씻어도 깎아도 지워지지 않는 영원한 '죄의 표지(標識)'였다. 창녀가 가정으로 돌아왔다고 그의 생리(生理)가 숫처녀로 환원되어지는 법은 절대로 없듯이.

또, 정강이께서 미리 도피를 하여 나왔다고 배꼽이나 가슴패기까지 찼던 이보다 자랑스럴 것도 없는 것이었다. 가사 발목께서 도피를 하여 나오고 말았다고 하더라도 대일 협력이라는 불결한 진흙이 살에 가 묻었기는 일반인 것이었다. 그러므로 정강이까지 들어갔으나 발목까지만 들어갔으나 훨씬 가슴패기까지 들어갔으나 죄상의 양에 다소는 있을지언정 죄의 표지에 농담(濃淡)이 유난히 두드러질 것은 없는 것이었다.

4

소개랍시고 고향으로 내려오기는 하였으나 막막하기 다시없었다.

사월이면 여느 때에도 춘궁이니, 보릿고개니 하여 넘기가 어려운 고패인데, 지나간 해가 연사[21]가 좋지 못하였다. 그런 데다 거두지도 못한 벼를 공출로 닥닥 긁어갔다.

그러고는 명색이 배급입네 환원미입네 하고 한 달이면 한 집에 쌀 한두 되에다 썩은 강냉이 몇 되씩을 약 주듯이 주고 있었다.

백성들은 태반이 하루 한때 풀잎죽으로 아사를 면할락 말락 하면서 누렇게들 떠가지고 춘경이 돌아왔건만 파종할 기운을 내지 못하고 있었다. 우환 중에 보리가 흉년이었다. 백성들은 장차 시월까지 이 봄과 여름을 살아나갈 방도가 막연했다. 나의 고향집에는 팔십 넘은 노모와 육십의 장형 내외가 있었다. 거기에다 나에게 딸린 가솔이 넷.

이 여덟 식구를 나는 내가 책임을 져야만 하였다.

쌀은 사기도 어려웠거니와 내가 뭉뚱그려가지고 내려간 3천 원의 돈으로 쌀을 사서 먹자면, 한 달을 지탱할까 말까 한 것이었다. 그러나마 나는 그 돈 3천 원으로 농자(農資)를 삼아 금년 농사를 지어야 하였다. 붓을 꺾어버린 이상, 서울서처럼 원고료의 수입은 전혀 없을 터였다. 죽으나 사나 농사 한 가지에다 생도(生途)를 의탁하는밖에 없고, 그리하자면 그 돈 3천 원을 당장 아쉽다고 먹어 없애는 수는 없었다. 나는 하릴없이 팔십 넘은 노모를 그림자 보이는 나물죽을 드렸다.

배탈이 난 네 살배기 어린 놈을, 썩은 배급 강냉이밥을 먹였다.

논(水田)농사는 숙련된 기술과 나로서는 감당치 못할 울력이 드는 것이라 부득이 비싼 삯꾼을 사 대어야만 하였지만, 밭농사는 아내와 함께 둘이서 하기로 하였다.

가을에 논의 신곡이 날 때까지 보태어 먹을 것으로 서속[22]도 심고 감자도 심었다. 밭벼(陸稻)도 심었다. 채마도 가꾸었다.

그런 중에도 제일 빨리, 제일 손쉽게 먹을 수 있는 것으로 강냉이와 호박을 구석구석이 돌아가면서 많이 심어놓았다.

아내나 나나 일찍이 하여보지 못한 노릇이라 대단히 힘에 겨웠다. 일쑤 코피를 쏟았다. 가끔 몸살이 나 앓기도 하였다.

몸 고단한 것보다도 더 어려운 것은 시장이었다.

조반은 뜨는 둥 마는 둥, 점심은 없는 날이 많았다. 사오월 기나긴 해를 허리띠 졸라매어가면서 땅을 파고 풀을 뽑고 하노라면 석양 때에는 깜박 현기증이 나곤 하였다.

그렇지만 편안히 있다 굶어 죽느냐, 밭고랑에 쓰러져가면서라도 심고 가꾸어 먹고 살아가느냐 하는 단판씨름인지라, 괴로움을 상관할 계제가 아니었다.

오월로 들어 일이 조금 너끔한[23] 틈을 타 서울 걸음을 하였다. 짐을 꾸리어 남의 집에다 맡겨둔 채 내려오지 못한 것을 가 운송 편으로 띄우고자 함이었다.

매일신보에 들렀더니, 사회부원이 마침 잘 만났다면서 소개를 가서 지내는 형편을 말하라고 하였다.

무엇보다도 식량 사정이 핍절하노라고, 내 손으로 강냉이를 삼사백 포기, 호박을 오륙십 포기 심어놓고, 그것이 자라서 열매가 열어서 익어서 마침내 시장한 배를 채워줄 날을 침 삼키며 기대면서 일심으로 매가꾸노라고 이런 의미의 대답을 하였다.

그 다음날 지면엔 '소개의 변(疏開의 辯)' 제2회째던가로 나의 사진과 함께 내가 소개를 가 붓을 드는 여가에 괭이를 들고 땅을 파며 강냉이를 삼사백 포기나, 호박을 오륙십 포기나 심고 하여, 시국 하 식량 증산 운동에 크게 이바지를 하는 동시에, 농민들에게도 모범을 보이고 있다는 요령의 기사가 잘 씌었다. 고마웠다. 그것으로 징용도 면하고, 주재소의 주목 대신 '존경'도 받고 하였다. 윤의 그

"호박이랑 옥수수랑 많이 수확하겠습디까?"

하고, 빙긋 웃기까지 하면서 하던 노골한 경멸과 조롱은, 이 매일신보의 기사 '소개의 변'에다 두고 한 것이었다.

그러므로 그것은,

"이놈아, 이 민족반역자야."

타매(唾罵)와도 다름이 없는 것이었다.

5

주인 김군이 돌아왔다.

그는 출판을 하자면 선전 소용으로도 부득불 잡지를 조그맣게나마 하나 가져야 하겠다는 것과, 그 첫 호를 쉬이 내고자 하니 누구보다도 자네들 두 사람이 편집 방침으로든지 원고로든지 적극적으로 도와주어야 하겠다는 것을 간단히 이야기한 후에 나더러 먼저

"우선 자넬랑은 소설을 한 편 짤막하구두 썩 이쁘장스런 걸루다 한 편. 기한은 이 주일 안으루…… 이건 '명령적 성질을 가진' 것야. 위반을 했단 괜히."

"어떻게 생긴 소설이 그 이쁘장스런 소설인구?"

나는 농 삼아서라도 이렇게 반문할밖에.

"가령 옐 든다면, 자네가 이번에 ××에다 쓴 「맹순사」 같은 소설은 도저히 이쁘장스런 소설이 아니니깐."

"그렇다면, 다른 사람더러 부탁하는 게 술걸."

"이왕 말이 났으니 말이지, 8·15 이후 여지껏 침묵하고 있다 첫 작품이 그런 거라군 좀 섭섭하데이."

"재조가 그뿐인 걸 어떡허나?"

나는 차라리 그 자리에 윤이 있지 않았다면

"대작을 쓰느라구 침묵했던 줄 알았던감?"

하였을 것이었다.

"인전 소설두들 쓰기 편허죠?"
윤이 거들고 묻는 말이었다.
"노상 그렇지두 않은 것 같습디다. 검열이 없어지구 보니깐, 인력거꾼이 마라송은 잘 못하듯기."
"아, 내선일체 소설들두 썼을랴드냐 지금야."
"……"
검열이 없어지기 때문에 긴장이 풀려서 도리어 쓰기가 헛심이 쓰인다는 말에 대한 반박이
'내선일체 소설도 썼을랴드냐.'
라니 당치도 아니한 소리였다.
자못 탈선이었다.
나를 욕하고 싶어 생트집을 잡는 노릇이었다.
나는 속에서 뭉클하고 가슴으로 치닫는 것을 삼키고 참았다. 아니 참고 대들었자 무엇 뀐 놈이 성낸다는 꼴이요, 치소나 더할 따름이었다.
험해지는 공기를 눈치 채고, 김군이 얼른 말머리를 돌려놓는다.
"소설은 아무턴 그럭허기루 허구. 윤군 자넬랑은 이걸 좀 써주겠나? 패전을 통해 본 일본인의 민족 기질."
"내 영역두 아니지만, 그런 게 무슨 제목거리가 되나?"
"삼기루 들면 크지. 난 그래 좌담회라두 열까 했지만 그럴 것꺼진 없구. 아 학생들이 심지어 중학생꺼지두 십 년 후에 보자면서 요새 여간 긴장과 열심들이 아니래잖아? 그런데 한편으루 재밌는 모순은 딱 전쟁에 지구 나니깐 그 흘개 빠지구 비굴하던 꼬락사

닐 좀 보란 말야. 세상 앙칼지구 기승스럽구 도고허구 하던 거, 그거 일조에 다 어디루 가구서들, 그따위루 비굴하구 반편스럽구 겁 많구 하느냔 말야. 난 사실 일본이 전쟁에 져 항복을 하는 날이면 굉장히 자살들을 하구 나가자빠지려니 했었는데, 웬걸⋯⋯ 더구나 지도자놈들, 고런 얌체 빠지구 뻔뻔스럽다군. 그중에서두 조선 나와 있던 놈들, 그 기강(氣焰), 그 교만, 다 어떡허구서⋯⋯ 무엇이냐 고천(古川) 이놈은 함북지사루 갔다 게서 붙잽힌 채 경찰서 고쓰까이²⁴질을 하구 있더라구?"

"흥, 남 말을 왜 해."

윤은 그러면서 입을 삐쭉

"명색이 지도자놈들이 얌체 빠지구 뻔뻔스런 건 하필 왜놈들뿐이던가? 조선놈들은 어떻길래?"

"조선 사람 문젠 그 제목엔 관계가 없으니깐 잠깐 보류하구⋯⋯"

김군이 나의 낯꽃²⁵을 살피면서 그러던 것이나, 윤은 묵살하고 그대로 계속하여

"왜놈들의 주구(走狗)가 돼가지구 온갖 아첨 다하구, 비윌 맞추구 하면서 순진한 청년 어리석은 백성을 모아놓군 구린내 나는 아굴지²⁶루다 지껄인닷 소리가, 소위 예술가니 평론가니 하는 놈들은 썩어빠진 붓토막으루 끼적거려 낸닷 소리가, 황국신민이 되라 하기, 내선일체를 하라 하기. 미국 영국은 도둑놈이요 불의하구 전쟁에는 반드시 지구 멸망할 운명에 있구, 일본은 위대하구 정의요 전쟁엔 반드시 이기구 영원투룩 번영할 터이구 하다면서.

그러니 지원병에 나가구 학병에 나가구 증병에 나가 일본을 위해 개주검을 하라구 꼬이구 조르기. 굶어 죽더라두 농사한 건 있는 대루 죄다 공출에 바치라구 꼬이구 조르기. 가족은 유리하구 집안은 망하더라두 증용에 나가라구 꼬이구 조르기……"

"너무 과격해. 너무 과격해. 잡지 편집 회의룬 탈선야."

"개중에두 제 소위 소설가니 시인이니 하는 놈들……"

그러다 윤은 나를 힐끗 돌려다 보면서―그것은 차마 정시하기 어려운, 적의와 증오로 찬 얼굴이었다―그런 얼굴로 나를 돌려다 보면서

"비단 당신 하나를 두구서 하는 말이 아니니, 어찌 생각은 마슈."

하고는 도로 김군더러

"잘하나 못하나 소설이니 시니 해서 예술일 것 같으면 양심의 활동이요, 진리의 탐구와 그 표현이 아니냐 말야. 물론 소설가나 시인두 사람인 이상 입으룬 거짓말을 한다구 하겠지만, 붓으룬 거짓말을 하길 싫여하는 법인데, 또 해필 아니 되는 법인데, 그래 멀쩡한 거짓말루다 황국신민 소설, 내선일체 소설을 쓰구, 조선 청년이 강제 모병에 끌려나가 우리의 해방에 방해되는 희생을 하구 한 걸 감격하구 영웅화하는 걸 쓰구 했으니 그게 예술가야? 예술과 예술가의 이름을 똥칠한 놈들이요, 뱃속에 가 진실과 선과 미를 찾아 마지않는 양심 대신, 구더기만 움덕거리는 놈들이 아니구 무어야?"

"대관절 이 사람, 패전을 통해 본 일본인의 민족 기질을 써줄

심인가 말 심인가?"

"그랬거들랑 저윽히 인간적 양심의 반 조각이라두 남은 놈들이라면, 8·15를 당해 조금이라두 뉘우치는, 부꾸러하는 무엇이 있어야 할 거 아냐? 제법 보꾹에다 목을 매구 늘어지던 못한다구 할 값이라두, 죽은 듯기 아뭇 소리 말구 처박혀 있기나 했어야 할 게 아냐? 그런데 글쎄, 그러기는커녕 8·15 소리가 울리기가 무섭게 정말 나서야 할 사람보담두 저이가 먼점 나서가지구——진소위 선가(船價) 없는 놈이 배 먼점 오른다는 격이었다——그래가지군, 바루 그 전날꺼지, 그 전날꺼지가 무어야, 그날 아침꺼지두 총독부루 군부루 총력연맹으로 쫓어댕기구 일본을 상전처럼 어미 아비처럼 떠받치구 미국 영국을 불공대천지 원수루 저주 공격하구, 백성들더러 어째서 황국신민이 아니 되느냐구, 어째서 증병이며 증용을 꺼려하느냐구, 어째서 공출을 잘 아니 내느냐구 꾸짖구 호령하구 하던 그 아굴지, 그 붓토막으루다, 온 아무리 낯바닥이 쇠가죽같이 두껍기루소니 몇 시간이 못 돼 그 아굴지 그 붓토막 으루다 눌러 그대루, 악독한 우리의 원수 왜놈은 굴복했다, 우리를 피 빨아먹던 강도 왜놈은 물러갔다, 우리의 민족정신을 말살하려 황국신민이니 내선일체니 하던 기만의 통치와 지배는 무너졌다. 강제 모병 강제 증용 강제 증발의 온갖 압박과 착취의 쇠사슬은 끊어졌다. 자 해방이다. 사천 년의 유구한 역사와 찬란한 문화와 독자한 전통으로 빚어진 삼천만 겨레의 민족혼은 제국주의 일본과 삼십육년 꾸준히 싸워왔다. 그리고 지금이야 삼천리강산에 해방이 왔다. 자 건국이다. 너두나두 다토아 건국에 몸을 바치

자. 그러나 친일파와 민족반역자를 처단하라. 그놈들은 왜놈에게 민족을 팔아먹은 놈들이다. 왜놈들이다. 왜놈보다 더 악독하게 우리를 괴롭힌 놈들이다. 오오, 우리의 해방의 은인이 온다. 위대한 정의의 사도 연합군을 맞이하자. 이런 소리가 아무려면 그래 제 얼굴이 간지라워서라두, 제 계집 자식이 면괴스러워서라두 차마 지껄여지며 써지느냐 말야. 오늘은 이(李)가의 내일은 김(金)가의 품으로 굴러댕기는 매춘부는 차라리 동정할 여지나 있지. 고따위루 비루하구 얌체 빠지구 뻔뻔스런 것들이 그게 사람야? 개도야지만두 못한 것들이지. 도둑놈의 개두 제 주인은 섬길 줄은 안다구 아니해?"

"자, 인전 엔간치 막설하는 게 어때? 그만하면 자네란 사람이 얼마나 박절한 사람이란 건 넉넉히 설명이 됐으니."

김군은 조금 아까부터 신문을 오려 스크랩에 붙이고 있었다.

김군의 음성은 자못 준절하였다. 얼굴도 그러하였다.

김군은 졸연히 흥분을 하거나 분노를 겉으로 드러내거나 하는 사람이 아니었다. 그러므로 시방 그만 정도의 준절한 음성과 얼굴은 다른 사람의 웬만치 성이 난 것이나 일반으로 보아도 무방하였다.

윤은 상관 않고 하던 말을 최후까지 계속한다.

"난 그러니깐, 그런 개도야지만 못한 것들이 숙청이 되기 전엔 건국 사업이구 무엇이구 나서구 싶질 않아. 도저히 그런 더러운 무리들과 동석은 할 생각이 없어."

"사람이 자네처럼 그렇게 하찮은 자랑을 가지구 분수 이상으루 남한테 가혹해선 자네 일신상두 이릅지가 못하구 세상에두 용납을 못하구……"

"무어? 하찮은 자랑이라구? 분수 이상이라구?"

윤은 퍼르등해서 대든다.

김군은 일하던 것을 놓고, 두 팔로 턱을 고이고 탁자 너머로 윤을 마주 보면서 응한다.

"윤군 자네, 나를 대일 협력을 했다구 보나? 아니했다구 보나?"

"했지, 그럼 아니해?"

"적실히 했다구 보지? 그런데 자네 일찍이 조선 사람 지도자나 지식층에 대한 일본의 공세——총독부의 소위 고등 정책이라는 거 말일세. 거기 대해서 반격을 해본 일이 있는가?"

"……"

"손쉽게, 총력연맹이나 시굴 경찰서에서 자네더러 시국 강연을 해달라는 교섭 받은 적 있었나?"

"없지."

"원고는?"

"없지. 신문사 고만두면서 이내 시굴루 내려가 있었으니깐."

"몰라 물은 게 아닐세. 그러니 첫째 왈 자넨 자네의 지조의 경도(硬度)를 시험받을 적극적 기획 가저보지 못한 사람. 합격품인지 불합격품인지 아직 그 판이 나서지 않은 미시험품. 알아들어?"

"그래서?"

"남구루 치면, 단 한 번이래두 도끼루 찍힘을 당해본 적이 없는 남구야. 한 번 찍어 넘어갔을는지 다섯 번 열 번에 넘어갔을는지 혹은 백 번 천 번을 찍혀두 영영 넘어가지 않었을는지, 걸 알 수가 없지 않은가?"

"그래서?"

"그러니깐 자네의 지조의 경도란 미지수여든. 자네가 혹시 그동안 꾸준히 투쟁을 계속해온 좌익 운동의 투사들이나 민족주의 진영의 몇몇 지도자들처럼, 백 번 천 번의 찍음에 넘어가지 않구서 오늘날의 온전을 지탱한 그런 지조란다면, 그야 자랑두 하자면 하염즉하겠지. 그러지 못한 남을 나무랠 계제두 있자면 있겠지. 그러나 어린아이한테 맡기기두 조심되는 한 개의 계란일는지, 소가 밟아두 깨지지 않을 자라등일는지 하여튼 미시험의 지조를 가지구 함부루 자랑을 삼구 남을 멸시하구 한다는 건, 매양 분수에 벗는 노릇이 아닐까?"

"내가 무슨 자랑으루 그런대나?"

"의식적이건 무의식적이건…… 그리구 둘째루 자넨 자네의 결백을 횡재한 사람."

"결백을 횡재하다께?"

"자네와 나와 한 신문사의 같은 자리에 있다가 자넨 사직을 하구 나가는데 난 머물러 있지 않었던가?"

"그래서?"

"그것이 난 신문기자의 직업을 버리구 나면 이튿날버틈 목구멍을 보전치 못할 테니깐, 그대루 머물러 있으면서 신문을 맨들어냈구, 그 신문을 맨드는 데에 종사한 것이 자네의 이른바 나의 대일 협력이 아닌가?"

"그렇지."

"그런데 자넨 월급봉투에다 목구멍을 틀었지 않드래두 자네 어룬이 부자니깐, 먹구 사는 걱정은 없는 사람이라 선뜻 신문기자의 직업을 버리구 말았기 때문에 자넨 신문을 맨든다는 대일 협력을 아니한 사람, 그렇지 않은가?"

"그래서?"

"그렇다면, 걸 재산적 운명이라구나 할는지, 내가 결백할 수가 없다는 건 가난했기 때문이요, 자네가 결백할 수가 있었다는 건 부잣집 아들이었기 때문이요 그것밖엔 더 있나? 자네와 나와를 비교·대조해서 볼 땐 적어두 그렇잖아? 물론 가난하다구서 절개를 팔아먹었다는 것이 부꾸런 노릇이야 부꾸런 노릇이지. 또 오늘이라두 민족의 심판을 받는다면, 지은 죄만치 복죄(伏罪)할 각오가 없는 배두 아니구. 그렇지만 자네같이 단지 부자 아버질 둔 덕분에 팔아먹지 아니할 수가 있었다는 절개두 와락 자랑거린 아닐 상부르이."

"그건 진부한 형식 논리요 결국은 억담. 월급쟁이가 반드시 신문사 밥만 먹어야 한다는 법은 있던가? 신문기자 말구 달리 얼마던지 월급쟁이질을 할 자리가 있지 않아?"

"가령? 은행원?"

"은행이던지, 보통 영리 회사던지."

"은행은 대일 협력 아니하구서 초연했던가?"

"하다못해 땅은 못 파먹어?"

"……"

김군은 어처구니가 없다고 뻔히 윤을 바라보다가

"철이 안직 덜 났단 말인가? 일부러 우김질을 하자는 심인가?"

"말을 좀 삼가는 게 어때?"

"진정이라면 나두 묻거니와 나랄지 혹은 그 밖에 자네와 가차운 친구루 불쾌한 세상을 버리구 시굴루 가 땅이라두 파먹을까 하구서 자네더러 얼마간의 토지를 빌리라구 했을 경우에, 선뜻 그것을 받아줄 마음의 준비가 있었던가?"

"누가 그런 계획은 했으며, 나더러 와 토질 달라구 한 사람은 있어?"

"옳아. 달란 말을 아니했으니깐 주지 아니했다. 그럼 그건 불문에 넘기구. 자네 말대루 시골루 가 땅을 파…… 농민이 되는 거였다?"

"그렇지."

"신문기자가 신문을 맨드는 건 대일 협력이구, 농민이 농사해서 벌 공출해서 왜놈과 왜놈의 병정이 배불리 먹구 전쟁을 하게 한 건 대일 협력이 아닌가?"

"지도자와 피지도자라는 차이가 있지 않아? 신문은 대일 협력을 시키구 농민은 따라가구 한 그 차이가 적은 차일까?"

"농민들이 벼 공출을 한 것이나, 젊은 사람들이 지원병과 학병에 나간 것이나 완전히 조선 사람 선배랄지 지도자의 말만을 듣구서 비로소 공출을 하구 병정에 나가구 한 거라면, 지식칭의 대일협력자만은 백이면 백, 천이면 천 죄다 목을 잘라야지. 그렇지만 여보게 윤군. 농민 만 명더러 일일이 물어본다구 하세. 구장과 면직원의 등쌀에, 순사들이 들끓어 나와 뒤져가구 숨겨둔 걸 내놓으라구 유치장에다 가두구서 때리구 하는 바람에 공출을 했느냐. 모모한 사람들이 연설루, 소설루 신문에서 공출을 해야 한다구 하는 말을 듣구 그런가 보다 여기구서 자진해 공출을 했느냐. 아주 곧이곧대루 대답을 하라구. 한다면 모르면 모르되, 나는 구장이나 면직원의 등쌀에, 순사와 형벌이 무서워서 억지루 공출을 낸 것이 아니라 어떤 조선 양반의 강연을 듣구 옳게 여겨서, 어떤 소설을 읽구 감동이 돼서, 아모 때의 신문을 보구 좋게 생각이 들어서, 그래 우러나는 마음으루 공출을 했소 대답할 농민은 만 명에 한 명두 어려우리. 지원병이나 학병두 역시 같은 대답일 것이구…… 도대체가 당년의 조선 사람들이, 더욱이 청년들이 대일 협력을 하구 댕기는 지도자란 위인들이 하는 소릴 신용을 한 줄 아나? 신용은 고사요, 자네 말따나 개도야지만두 못 알았더라네. 그런 지도자 명색들의 말을 듣구서 공출을 했을 게 어딨으며, 지원병이니 학병이니 나갔을 게 어딨어? 왜놈이나 공관리들의 강제에 못 이겨 했기 아니면, 저이는 저이대루 호신지책으루 한 거지."

"자네 논법대루 하자면, 그럼 친일파나 민족반역잔 한 놈두 없구 말겠네나그려?"

"지끔 이 방 안에만 해두 사람이 셋이 모인 가운데 둘이 민족반역잔데 없어?"

"처단할 놈 말야."

"많지. 그렇지만 벌이라는 건 그 범죄가 끼친 영향을 참작하구 범죄자의 정상을 참작하구, 그리구 범죄 이후의 심리와 행동을 참작하구, 그래가지구 처단에 경중이 있어야 하는 법이지, 자네 같을래서야 삼천만 가운데 장정의 태반은 죽이자구 할 테니, 그야말루 뿔을 바루잡으려다가 솔 죽이는 격이 아니겠는가?"

"웬만한 놈은 죄다 쓸어 숙청은 해야지, 관대했다간 건국에 큰 방해야. 삼팔 이북에서 하듯기 해야만 해. 그리구 난 누가 무슨 말을 하거나, 그 비루하구 얌체 빠지구 뻔뻔스럽구 한 인간성 그게 싫여. 소름이 끼치두룩 싫구 얄미워. 그런 것들과 조선 사람이라는 이름을 같이한다는 것꺼지두 욕스럽고 불쾌해."

김군은 노상 김군 자신의, 일제 시대에 신문이나 만들었다는 실상 문제 이하의 대일 협력 사실을 구구히 발명하자는 의사라느니보다도, 하도 민망하던 나머지, 그의 두루춘풍[27]식의 처세법을 잠시 훼절을 하고, 나를 위해 윤에게 싸움을 걸었던 것이었다.

그러나 김군의 대일협력자에 대한 변호는 윤의 말이 아니라도, 억지에 형식 논리에 기울어진, 그래서 대체가 모두 옹색스럽고 공극[28]투성이였다.

가사, 완전히 변호가 되었다고 하더라도 피고 격인 내가 우선

"아니, 검사의 논고가 옳고, 변호인의 주장은 아모 소용도 없어."

이런 심리 상태인 데야 더욱 말할 나위도 없었다.

또, 윤의 지조나 결백 문젠데, 이것은 더구나 문제가 아니었다. 윤의 지조가 아무리 미시험의 것이기로니, 결백이 재산의 덕분이

기로니, 죄인을 공격할 자격이 없으란 법은 없는 것이었다.
 이윽히 기다려도, 윤은 더는 말이 없었다.
 나는 이 자리에서의 나의 의무를 다한 것으로 알고 김군과 윤을 작별한 후 P사를 나왔다.
 나의 얼굴의 한 점의 핏기도 없어지고 만 것을 나는 거울은 보지 아니하고도 진작부터 알 수가 있었다.
 김군이 뒤미처 따라 나와 아래층까지 배웅을 하여주었다.
 "일수가 나빴나 보이."
 김군이 작별로 잡았던 손을 풀고 웃으면서 하는 말이었다.
 나도 웃으면서 한마디 하였다. 그러나 김군에게는 울음같이 보였을는지도 몰랐다.
 "죽기만 많이 못한가 보이."
 그랬더니 김군은 고개를 가로 여러 번 저으면서
 "이왕 깨끗했을 제 분사(憤死)를 못했을 바엔 때가 묻어가지구 괴사(愧死)[29]라니 더욱 치사스러이."
 듣고 보니 적절하였다. 빈틈없이 적절하였다.
 그 빈틈없이 적절한 말을 해버리는 김군이 나는 문득 원망스러웠다.
 "자네가 오히려 시어미로세."
 거리에 나서니 가벼운 현기가 났다.
 흐렸던 하늘에서는 어느덧 심란스런 비가 내리고 있었다.
 사람과 건물과, 거리로 된 세상이, P사를 들르던 한 시간 전과는 어디인지 달라져 보였다.

6

집으로 돌아와, 병난 사람처럼 오늘까지 꼬박 보름을 누워 있었다.

조반보다도 점심에 가까운 나 혼자의 밥상을 받고 앉아서 아내더러 밑도 끝도 없이 말을 내었다.

"도루 시굴루 내려갑시다."

"……"

아내는 놀라지 않는다.

아무렇지도 않게 출입을 나갔던 사람이, 별안간 죽을상이 되어 가지고 돌아와, 처음엔 병인가 하였으나 보아하니 병은 아니어. 그러면서도 여러 날을 앓는 사람처럼 누워 있어.

정녕 밖에서 무슨 사단이 있었거니 하였다. 그러자 불쑥 그런 말을 내어. 일변 해방 후로부터 더럭 동요가 된 심경을 모르지 않는 터이라, 그 사단이라는 것이 어떠한 성질의 것이었음을 짐작할 수 있었을 것이었다.

아내는 한참 만에야 대답이다. 그는 언제고 나보다는 침착하고 현실적인 사람이었다.

"내려가얄 사정이면 내려가는 것이지만서두…… 내려가니, 가서 살 도리가 있어야 말이죠."

"……"

"낯모르구 아무 반연 없는 고장으룬 갈 수가 없구, 가자면 매양 고향 아녜요? 그 벽강궁촌에서 취직 같은 거래두 할 기관이 있어요? 천생 농사밖엔 없는데, 작년 일 년 지나본 배, 어디⋯⋯"
　작년 일 년 가 있으면서 농사라고 하여본 경험의 결론은, 우리 같은 사람은 도저히 농사를 해먹고 살 수 있는 사람이 아니라는 것이었다. 우리의 체력이 우리의 가족을 먹일 만한 농사를 해내기엔 너무도 빈약한 것이기 때문이었다.
　우리 내외가 밭을 기를 쓰고 가꾸어도, 밭농사로 5백 평을 벗지 못한다. 밭농사 5백 평이면, 채마와 마늘, 고추, 호박 따위의 울안 농사에 불과한 것이다.
　채마 등속의 울안 농사 외에, 보리니 콩이니 고구마니 하는 것은 순전히 농군을 사 대어야만 한다.
　칠팔 명의 한 가족이 소작농으로서 일 년 계량의 벼를 확보하자면 적어도 3천 평의 논을 소작하여야 한다.
　이 3천 평의 논농사와 보리며 콩 같은 밭농사를 하자면, 줄잡아 연인원(延人員) 2백 명의 농군을 사 대어야 한다.
　바로 최근 시세로 나의 고향에서 농군 한 명에 대하여 점심 저녁 두 때와 술 한 차례 먹이고, 무사히 하루 육칠십 원이다.
　먹이는 것과 품삯을 치면 2백 명 삯군을 대는 데 2만 5천 원이 든다.
　그 2만 5천 원이 있어야 나는 시골로 가서 농사를 하고 사는 것이다. 옛날 돈으로 250원이라고 하지만, 나에게는 2만 5천 원이 결코 쉬운 돈이 아니다.
　그러나마 금년에 2만 5천 원의 농자를 들여놓으면 언제까지고 그것이 밑천으로 살아 있느냐 하면, 아니다. 명년 가서는 또다시 그만한 농자를 들여야 하는 것이다.

농사란 결국 제 가족이 먹을 것을 제 손발로 농사할 수 있는 사람—농민만이 하기로만 마련인 것이었다.

따스한 햇빛이 드리운 마루에서 다섯 살배기 세 살배기의 두 어린것이 재깔거리면서 무심히 놀고 있다.

오래도록 어린것들에 가 눈이 멎었던 아내는 한숨을 내쉬면서 말한다.

"정히 서울이 싫구 하시다면, 가 살다 못 살 값이라두 가기가 어려우리까만, 저 어린것들이 가엾잖아요? 젤에 교육을 어떡허겠어요? 내명년이면 우선 하날 소학꼴 보내야 하는데 학교꺼지 10리 아녜요? 일곱 살배기가 매일 10리 왕복이 무리두 무리지만, 그렇게라두 해서 소학꼴 마쳐준다구. 중학 이상은 가량이 없잖아요? 무슨 수에 학잘 대서, 서울루던 공불 보내게 되진 못할 것이구……"

"……"

"시굴서 길러 소학교나 마쳐주구 만다면 천생 농민인데, 농민이 구태라 나쁠 며리야 없지만, 그래두 천품을 보아 예술 방면으루던 과학 방면으루던 재조가 있는 게 있다면, 그 방면으루 발전을 시켜주는 것이 어미 아비 도리가 아녜요?"

"……"

"여보?"

"……"

"우린 다 죽은 심 칩시다."

"……"

"죽은 심 치면 못 참을 건 있으며 못 견델 건 있어요?"

"……"

"당신, 죄지셨잖아요? 그 죄, 지신 채 그대루, 저생 가시구퍼요?"

아내가 나를 죄인이라 부르기는 처음이었다. 그는 울면서 그 말을 하였다.

나를 죄인이 아니라 여기려고 아니하는 이 낡아빠진 아내가, 나는 존경스럽고 고마웠다.

"당신야 존재가 미미하니깐 이댐에 민족의 심판을 받지두 못하실는진 몰라두, 가사 받아서 벌을 당한다구 하더래두, 형벌이 죌 속량해주는 건 아니잖아요?"

"……"

"이를 악물구, 다른 것 다 돌아볼랴 말구서 저것들 남매 잘 길러 잘 교육시키구, 잘 지도하구 해서 바른 사람 노릇 하두룩, 남의 앞에 떳떳한 사람 노릇 하두룩 해줍시다. 아버지루서 자식한테 대한 애정으루나, 죄인으루서 민족의 다음 세대에 다 속죌 하는 정성으루나."

"……"

"어미 애비의 허물루, 그 어린 자식한테까지 미처가서야 어린 것들을 위해 너무두 슬픈 일이 아녜요?"

"……"

"원고 쓰실랴 마세요. 차라리 영리 회사 같은 데 취직이래두 하세요. 것두 싫으시거든 얼마 동안 집 안에 들앉어 기세요. 내가 박물 보통이래두 이구 나서리다."

"……"

"……"

"그런 것 저런 것을 모르는 배 아니오마는, 하두 인생이 구차스러 못하겠구려. 구차스럽구, 울분이 도무지 어따 대구 풀 길이 없는 울분이 가슴속에 가 뭉처가지구 무시루 치달아 오르구."

막 이러고 있을 즈음에 조카아이가 퍼뜩 당도하였다. ××서 중학 상급 학년에 다니는 넷째형의 아들이었다. 조카라지만 정이 자별하여 친자식이나 다름없는 조카였다.

일요일도 아닌데 올라온 연유를 물었더니, 주저하다가 대답이었다.

"아이들이 동맹 휴학을 했대요. 전 그래 거기 들기두 싫구 해서 일 해결될 때꺼정 여기서 공부나 할 영으루……"

"동맹 휴학은 어째?"

"선생 배척이래요."

"선생이 어쨌길래?"

"선생 하나가 새루 왔는데, 일정 시대 서울 어떤 학교에 있을 적버틈 유명한 친일패였드래요."

"어떻게?"

"창씨 아니한 학생 낙제시키기. 사알살 뒤밟다 조선말 하는 거 붙잡다 두들겨주기. 저이 학교루 와서두 연성 일본말루다 지껄이구, 머 여간만 건방진 거 아녜요."
"그 선생이 적실히 친일파요, 그런 나쁜 짓을 했다는 건 어떻게 알았어?"
"그 학교 댕기던 아이가 몇이 전학을 해 왔어요."
"그 애들 말만 듣구?"
"그 애들 말 듣구서 다시 조살 했대나 바요."
"그러면…… 너두 인전 나이 이십이요 중학 졸업반이니, 그런 시비곡직은 혼자서 판단할 힘이 있어야 할 거야. 없다면 천치구."
"……"
"그래, 그런 선생을 배척하는 학생 편이 옳으냐? 잘못이냐?"
"학생이 옳아요."
"옳은 줄 알면서 어째 넌 빠지구 아니 들어?"
"……"
"응?"
"낼모레가 졸업인데, 공불 해야 상급학교 입학 시험을 치죠. 조행에두 관계가 될걸요."
"이놈아!"
아이 저는 물론이요, 옆에 앉았던 아내까지도 질겁해 놀라도록 나의 목청은 높았다. 가슴에 뭉친 그 울분의 애꿎은 폭발이었으리라.
"동무들이 동맹 휴학이란 비상수단까지 써가면서, 옳은 것을 주장하는데, 넌 그것이 번연히 옳은 줄 알면서두 빠져? 공부 좀 밑진다구? 조행에 관계된다구?"

"……"

"저 한 사람 조그만한 이익이나 구차한 안전을 얻자구, 옳은 일 못하는 거 그거 사람 아냐. 너 명색이 상급생이지?"

"네."

"반장이지?"

"네."

"아이들이 널 어려워하구, 네가 하는 말을 믿구 잘 듣구 그랬드라면서?"

"네."

"그래, 더구나 그런 놈이, 네가 나서서 주동을 해야 옳지, 뒤루 실며시 빠저? 넌 그러니깐 반역 행월 한 놈야. 그따위루 못날 테거든 진작 죽어 이놈아."

"……"

"옳은 일을 위해 나서서 싸우는 대신, 편안하구 무사하자구 옳지 못한 길루 가는 놈은, 공부 아나 뱃속에 육졸 배포했어두 아무 짝에두 못쓰는 법야."

"……"

"학문은 영웅지여사(學問英雄之餘事)란 말이 있어. 사람이 잘 나야 하구, 학문은 그댐이니라. 인격이 제일이요, 지식은 둘째니라 이 뜻야. 공부보다두 위선 사람이 돼야 해. 옳은 일을 하기 위해선 불 가운데라두 뛰어 들어갈 용기. 옳지 못한 길에는 칼을 겨누면서 핍박을 하더래두 굽히지 않는 절개. 단체를 위한 일이면 개인을 돌아보지 않는 의협. 그런 것이 인격야. 그러구서야 학문도 필요한 법야. 알았어, 이놈아."

"네."

"당장 가. 가서 같이 해. 퇴학 맞아두 좋다, 금년에 상급학교 들지 못해두 상관없어."

"네."

"비단 동맹 휴학뿐 아니라, 어델 가 무슨 일에던지 용렬히 굴진 마라. 알았어?"

"네."

기회가 다른 기회요, 단순히 훈계를 하기 위한 훈계였다면 형식과 방법이 매양 이렇지도 않았을 것이었다.

내가 생각을 하여도 중뿔난 것이었고, 빤히 속을 아는 아내를 보기가 쑥스럽다.

그러나, 그러면서도 한편으로 무엇인지 모를, 속 후련하고 겸하여 안심되는 것 같은 것이 문득 느껴지고 있음을, 나는 스스로 거역할 수가 없었다.

치숙 痴叔

 우리 아저씨 말이지요? 아따 저 거시키, 한참 당년에 무엇이냐 그놈의 것, 사회주의라더냐 막덕¹이라더냐, 그걸 하다 징역 살고 나와서 폐병으로 시방 앓고 누웠는 우리 오촌 고모부 그 양반……

 머, 말도 마시오. 대체 사람이 어쩌면, 글쎄…… 내 원!

 신세 간데없지요.

 자, 십 년 적공, 대학교까지 공부한 것 풀어먹지도 못했지요. 좋은 청춘 어영부영 다 보냈지요. 신분에는 전과자라는 붉은 도장 찍혔지요. 몸에는 몹쓸 병까지 들었지요.

 이 신세를 해가지굴랑은 굴속 같은 오두막집 단칸 셋방 구석에서 사시장철 밤이나 낮이나 눈 따악 감고 드러누웠군요.

 재산이 어디 집 터전인들 있을 턱이 있나요. 서발막대² 내저어야 짚 검불 하나 걸리는 것 없는 철빈인데.

우리 아주머니가, 그래도 그 아주머니가, 어질고 얌전해서 그 알량한 남편 양반 받드느라 삯바느질이야 남의 집 품빨래야 화장품 장사야, 그 칙살스런³ 벌이를 해다가 겨우겨우 목구멍에 풀칠을 하지요.

어디루 대나 그 양반은 죽는 게 두루 좋은 일인데 죽지도 아니해요.

우리 아주머니가 불쌍해요. 아, 진작 한 나이라도 젊어서 팔자를 고치는 게 아니라 무슨 놈의 우난⁴ 후분⁵을 바라고 있다가 끝끝내 고생을 하는지.

근 이십 년 소박을 당했지요.

이십 년을 설운 청춘 한숨으로 보내고서 다 늦게야 송장 여대치게⁶ 생긴 그 양반을 그래도 남편이라고 모셔다가는 병 수발 들랴 먹고 살랴, 애자진하고⁷ 다니는 걸 보면 참말 가엾어요.

그게 무슨 죄다짐⁸이람? 팔자 팔자 하지만 왜 팔자를 고치지를 못하고서 그래요. 우리 죄선 구식 부인네들은 다 문명을 못하고 깨지를 못해서 그러지.

그 양반이 한시바삐 죽기나 했으면 우리 아주머니는 차라리 신세 편하리다.

심덕 좋겠다 솜씨 얌전하겠다 하니, 어디 가선들 자기⁹ 일신 몸 가누고 편안히 못 지내요?

가만있자, 열여섯 살에 아저씨네 집으로 시집을 갔다니깐 그게 내가 세 살 적이니 꼬박 열여덟 해로군. 열여덟 해면 이십 년 아니오.

그때 우리 아저씨 양반은 나이 어리기도 했지만, 공부를 한답시고 서울로 동경으로 십여 년이나 돌아다녔고, 조금 자라서 색시 재미를 알 만하니까는 누가 이쁘달까 봐 이혼하자고 아주머니를 친정으로 쫓고는 통히[10] 불고[11]를 하고……

공부를 다 마치고 오더니만, 그담에는 그놈의 짓에 들입다 발광해 다니면서 명색 학생 출신이라는 딴 여편네를 얻어 살았지요. 그 여편네는 나도 몇 번 보았지만 쌍판대기라고 별반 출 수도 없이 생겼습디다. 그 인물로 남의 첩이야? 일색 소박은 있어도 박색 소박은 없다더니, 사실 소박맞은 우리 아주머니가 그 여편네게다 대면 월등 이뻤다우.

그래 그 뒤에, 그 양반은 필경 붙들려가서 오 년이나 전중이[12]를 살았지요. 그동안에 아주머니는 시집이고 친정이고 모두 폭 망해서 의지가지없이 됐지요.

그러니 어떻게 해요? 자칫하면 굶어 죽을 판인데.

할 수 없이 얻어먹고 살기도 해야 하려니와, 또 아저씨 나오는 것도 기다려야 한다고 나를 반연 삼아 서울로 올라왔더군요. 그게 그러니까 아저씨가 나오던 그 전해로군.

그때 내가 나이는 어려도 두루 날뛴 보람이 있어서 이내 구라다 상네 식모로 들어갔지요.

그 무렵에 참 내가 아주머니더러 여러 번 권면을 했지요. 그러지 말고 개가(改嫁)를 가라고. 글쎄 어린 소견에도 보기에 퍽 딱하고 민망합디다.

계제에 마침 또 좋은 자리가 있었고요. 미네상이라고 미쓰꼬시[13]

안에서 바나나 다다끼우리[14]를 하는 인데 사람이 퍽 좋아요.
　우리 집 다이쇼(主人)[15]도 잘 알고 하는데, 그이가 늘 나더러 죄선 오깜상[16]하구 살았으면 좋겠다고, 중매 서달라고 그래쌓어요.
　돈은 모아둔 게 없어도 다 벌어먹고 살 만하니까 그런 사람 만나서 살면 아주머니도 신세 편할 게 아니라구요?
　그런 걸 글쎄 몇 번 말해도 숭헌 소리 말라고 듣질 않는 걸 어떡하나요.
　아무튼 그런 것 말고라도 참, 흰말이 아니라 이날 이때까지 내가 그 아주머니 뒤도 많이 보아주었다우. 또 나도 그럴 만한 은공이 없잖아 있구요.
　내가 일곱 살에 부모를 잃었지요. 그러고 나서 의탁할 곳이 없이 됐는데 그때 마침 소박을 맞고 친정살이를 하는 그 아주머니가 나를 데려다가 길러주었지요.
　그때만 해도 그 집이 그다지 군색하게 지내진 않았으니깐요. 아주머니도 아주머니지만 증조할머니며 할아버지도 슬하에 딴 자손이 없어서 나를 퍽 귀애하겠지요.
　열두 살까지 그 집에서 자랐군요.
　사 년이나마 보통학교도 다녔고.
　아마 모르면 몰라도 그 집안이 그렇게 치패[17]하지만 안 했으면 나도 그냥 붙어 있어서 시방쯤은 전문학교까지는 다녔으리다.
　이런 은공이 있으니까 나도 그걸 저버리지 않고 그래서 내 깜냥에는 갚을 만치 갚노라고 갚은 셈이지요.
　하기야 요새도 간혹 아주머니가 찾아와서 양식 없다는 사정을 더러 하곤 하는데 실토정 말이지 좀 성가시기는 해요.

그러는 족족 그 수응[18]을 하자면 내 일을 못하겠는걸. 그래 대개 잘라 떼기는 하지요.

그렇지만 그 밖에, 가령 양 명절 때면 고깃근이라도 사 보낸다든지, 또 오면가면 들러 이야기 낱이라도 한다든지 그런 건 결단코 범연히 하진 않으니까요.

아무튼 그래서 아주머니는 꼬박 일 년 동안 구라다상네 집 오마니로 있으면서 월급 5원씩 받는 걸 그대로 고스란히 저금을 하고, 또 틈틈이 삯바느질을 맡아다가 조금씩 벌어 보태고 또 나올 무렵에 구라다상네 양주가 퍽 기특하다고 돈 7원을 상급으로 주고 그런 게 이럭저럭 돈 백 원이나 존존히 됐지요.

그 돈으로 방 한 칸 얻고 살림 나부랭이도 조금 장만하고 그래 놓고서 마침 그 알량꼴량한 서방님이 놓여나오니까 그리로 모셔 들였지요.

놓여나오는 날 나도 가서 보았지만 가막소 문 앞에 막 나서자 아주머니가 기다리고 있으니까 그래도 눈물이 핑 돌던데요.

전에 그렇게도 죽을 동 살 동 모르고 좋아하던 첩년은 꼴도 안 뵈구요. 남의 첩년이란 건 다 그런 거지요 뭐.

우리 아저씨 양반은 혹시 그 여편네가 오지 않았나 하고 사방을 휘휘 둘러보던데요. 속이 그렇게 없다니까. 여편네는커녕 아주머니하고 나하고 그 외는 어리친 개새끼 한 마리 없더라.[19]

그래 막 자동차에 올라타려다가 피를 토했지요. 나중에 들었지만 가막소 안에서 달포 전부터 토혈을 했다나 봐요.

그래 다 죽어가는 반송장을 업어오다시피 해다가 뉘어놓고. 그 날부터 아주머니는 불철주야로 할 짓 못할 짓 다 해가면서 부스대고 날뛴 덕에 병도 차차로 차도가 있고 그러더니 인제는 완구히[20] 살아는 났지요. 뭐 참 시방은 용 꼴인걸요, 용 꼴.

부인네 정성이 무서운 겝디다.

꼬박 삼 년이군. 나 같으면 돌아가신 부모가 살아 오신대도 그 짓 못해요.

자, 그러니 말이지요. 우리 아저씨라는 양반이 작히나[21] 양심이 있고 다 그럴 양이면, 어허 내가 어서 바삐 몸이 충실해져서, 어서 바삐 돈을 벌어다가 저 아내를 편안히 거느리고 이 은공과 전날의 죄를 갚아야 하겠구나…… 이런 맘을 먹어야 할 게 아니라구요?

아주머니의 은공을 갚자면 발에 흙이 묻을세라 업고 다녀도 참 못다 갚지요.

그러고저러고 간에 자기도 인제는 속 차려야지요. 하기야 속을 차려서 무얼 하재도 전과자니까 관리나 또 회사 같은 데는 들어가지 못하겠지만 그야 자기가 저지른 일인 걸 누구를 원망할 일도 아니고, 그러니 막 벗어부치고 노동이라도 해야지요.

대학교 출신이 막벌이 노동이란 게 꼴 가관이지만 그래도 할 수 없지, 뭐.

그런 걸 보고 가만히 나를 생각하면, 만약 우리 종조할아버지네 집안이 그렇게 치패를 안 해서 나도 전문학교를 졸업을 했으면 혹시 우리 아저씨 모양이 됐을지도 모를 테니, 차라리 공부 많이 않고서 이 길로 들어선 게 다행이다…… 이런 생각이 들어요.

사실 우리 아저씨 양반은 대학교까지 졸업하고도 인제는 기껏 해먹을 거란 막벌이 노동밖에 없는데, 보통학교 사 년 겨우 다니고서도 시방 앞길이 환히 트인 내게다 대면 고쓰까이만도 못하지요.

아, 그런데 글쎄 막벌이 노동을 하고 어쩌고 하기는커녕 조금 바시시 살아날 만하니까 이 주책꾸러기 양반이 무슨 맘보를 먹는고 하니, 내 참 기가 막혀!

아니, 그놈의 것하고는 무슨 대천지원수²²가 졌단 말인지, 어쨌다고 그걸 끝끝내 하지 못해서 그 발광인고?

그러나마 그게 밥이 생기는 노릇이란 말인지? 명예를 얻는 노릇이란 말인지. 필경은, 붙잡혀 가서 징역 사는 놀음?

아마 그놈의 것이 아편하고 꼭 같은가 봐요. 그렇길래 한번 맛을 들이면 끊지를 못하지요?

그렇지만 실상 알고 보면 그게 그다지 재미가 난다거나 맛이 있다거나 그런 것도 아니더군 그래요. 부랑당패²³던데요. 하릴없이 부랑당팹니다.

저, 서양 어디선가, 일하기 싫어하는 게으름뱅이 몇 놈이 양지쪽에 모여 앉아서 놀고 먹을 궁리를 했더라나요. 우리 집 다이쇼가 다 자상하게 이야기를 해줍디다.

게, 그 녀석들이 서로 구누²⁴를 하기를, 자 이 세상에는 부자가 있고 가난한 사람이 있고 하니 그건 도무지 공평한 일이 아니다. 사람이란 건 이목구비하며 사지육신을 꼭같이 타고났는데 누구는 부자로 잘살고 누구는 가난하다니 그게 될 말이냐. 그러니 부자가 가진 것을 우리 가난한 사람들하고 다 같이 고르게 노나 먹어야 경우가 옳다.

야, 그거 옳은 말이다. 야, 그 말 좋다. 자, 노나 먹자.

아, 이렇게 설도를 해가지고 우 하니 들고일어났다는군요.

아니, 그러니 그게 생 날부랑당놈의 짓이 아니고 무어요?

사람이란 것은 제가끔 분지복[25]이 있어서 기수[26]를 잘 타고나든지 부지런하면 부자가 되는 법이요, 복록을 못 타고나든지 게으른 놈은 가난하게 사는 법이요, 다 이렇게 마련인데, 그거야말로 공평한 천리인 것을, 됩다 불공평하다니 될 말이오? 그러고서 억지로 남의 것을 뺏어먹자고 들다니 그놈들이 부랑당이지 무어요.

짓이 부랑당 짓일 뿐 아니라, 또 만약에 그러기로 들면 게으른 놈은 점점 더 게으름만 부리고 쫓아다니면서 부자 사람네가 가진 것만 뺏어먹을 테니 이 세상은 통으로 도적놈의 판이 될 게 아니오? 그나마, 부자 사람네가 모아둔 걸 다 뺏기고 더는 못 먹여내는 날이면 그때는 이 세상 망하는 날이 아니오?

저마다 남이 농사지어놓으면 그걸 뺏어먹으려고 일 않고 번둥번둥 놀 것이고 남이 옷감 짜놓으면 그걸 뺏어다가 입으려고 번둥번둥 놀 것이고 그럴 테니 대체 곡식이며 옷감이며 그런 것이 다 어디서 나올 데가 있어야지요. 세상 망할밖에!

글쎄 그놈의 짓이 그렇게 세상 망쳐놀 장본인 줄은 모르고서 가난한 놈들, 그중에도 일하기 싫은 게으름뱅이들이 위선 당장 부자 사람네 것을 뺏어먹는다니까 거기 혹해가지굴랑 너도나도 와

하니 참섭을 했다는구려.

바로 저 아라사[27]가 그랬대요.

그래서 아니나 다를까 농군들이 곡식을 안 만들기 때문에 사람이 수만 명씩 굶어 죽는다는구려. 빤한 이치지 뭐.

위선 먹기는 곶감이 달다고 그 지랄들을 했다가 잘코사니[28]야!

아 그런데 그 못된 놈의 풍습이 삽시간에 동서양 각국 안 간 데 없이 퍼져가지굴랑 한동안 내지에도 마구 굉장히 드세게 돌아다녔고 내지가 그러니까 멋도 모르는 죄선 영감상들도 덩달아서 그 숭내를 냈다나요.

그렇지만 시방은 그새 나라에서 엄하게 밝히고 금하고 한 덕에 많이 너끔해졌고 그런 마음 먹는 사람은 별반 없다나 봐요.

그럴 게지 글쎄. 아 해서 좋을 양이면야 나라에선들 왜 금하며 무슨 원수가 졌다고 붙잡아다가 징역을 살리나요.

좋고 유익한 것이면 나라에서 도리어 장려하고, 잘할라치면 상급도 주고 그러잖아요.

활동사진이며 스모[29]며 만자이[30]며 또 왓쇼왓쇼[31]랄지 세이레이 낭아시[32]랄지 라디오 체조랄지 이런 건 다 유익한 일이니까 나라에서 설도도 하고 그러잖아요.

나라라는 게 무언데? 그런 걸 다 잘 분간해서 이럴 건 이러고 저럴 건 저러라고 지시하고, 그 덕에 백성들은 제각기 제 분수대로 편안히 살도록 애써주는 게 나라 아니오?

그놈의 것 사회주의만 하더라도 나라에서 금하질 않고 저희가 하는 대로 둬두었어 보아? 시방쯤 세상이 무엇이 됐을지……

다른 사람들도 낭패 본 사람이 많았겠지만, 위선 나만 하더라도 글쎄 어쩔 뻔했어! 아무 일도 다 틀리고 뒤죽박죽이지.

내 이상과 계획은 이렇거든요.

우리 집 다이쇼가 나를 자별히 귀애하고 신용을 하니깐 인제 한 십 년만 더 있으면 한밑천 들여서 따로 장사를 시켜줄 그런 눈치거든요.

그러거들랑 그것을 언덕 삼아가지고 나는 삼십 년 동안 예순 살 환갑까지만 장사를 해서 꼭 10만 원을 모을 작정이지요. 10만 원이면 죠선 부자로 쳐도 천석꾼이니 머, 떵떵거리고 살 게 아니라구요?

그리고 우리 다이쇼도 한 말이 있고 하니까 나는 내지인 규수한테로 장가를 들래요. 다이쇼가 다 알아서 얌전한 자리를 골라 중매까지 서준다고 그랬어요.

내지 여자가 참 좋지요.

나는 죠선 여자는 거저 주어도 싫어요.

구식 여자는 얌전은 해도 무식해서 내지인하고 교제하는 데 안 됐고, 신식 여자는 식자나 들었다는 게 건방져서 못쓰고, 도무지 그래서 죠선 여자는 신식이고 구식이고 다 제바리여요.

내지 여자가 참 좋지 뭐. 인물이 개개 일자로 이쁘겠다, 얌전하겠다, 상냥하겠다, 지식이 있어도 건방지지 않겠다, 좀이나 좋아!

그리고 내지 여자한테 장가만 드는 게 아니라 성명도 내지인 성명으로 갈고 집도 내지인 집에서 살고 옷도 내지 옷을 입고 밥도 내지식으로 먹고 아이들도 내지인 이름을 지어서 내지인 학교에 보내고……

 내지인 학교라야지 죄선 학교는 너절해서 아이들 버려놓기나 꼭 알맞지요.

 그리고 나도 죄선말은 싹 걷어치우고 국어만 쓰고요.

 이렇게 다 생활 법식부터도 내지인처럼 해야만 돈도 내지인처럼 잘 모으게 되거든요.

 내 이상이며 계획은 이래서, 그 10만 원짜리 큰 부자가 바로 내 다뵈고 그리로 난 길이 환하게 트이고 해서 나는 시방 열심으로 길을 가고 있는데, 글쎄 그 미쳐살미[33] 든 놈들이 세상 망쳐버릴 사회주의를 하려 드니, 내가 소름이 끼칠 게 아니라구요? 말만 들어도 끔찍하지!

 세상이 망해서 뒤집히면 그래 나는 어쩌란 말인구? 아무것도 다 허사가 될 테니 그런 억울할 데가 있더람?

 머 참 우리 집 다이쇼 말이 일일이 지당해요.

 여느 절도나 강도나 사기나 그런 죄는 도적이면 도적을 해가는 그 당장, 그 돈만 축을 내니까 오히려 죄가 가볍지만, 그놈의 것 사회주의인지 지랄인지는 온 세상을 뒤죽박죽을 만들어놓고 나라를 통째로 소란하게 하니까 도저히 용서할 수가 없대요.

 용서라니! 나 같으면 그런 놈들은 모조리 쓸어다가 마구 그저 그냥……

 그런 일을 생각하면 털어놓고 말이지 우리 아저씬가 그 양반도 여간 불측[34]스러 뵈질 안 해요. 사실 아주머니만 아니면 내가 무슨 천주학이라고, 나쁜 병까지 앓는 그 양반을 찾아다니나요. 죽는 대도 코도 안 풀어 붙일걸.

 그러나마 전자의 죄상을 다 회개를 하고 못된 마음을 씻어버렸을 새 말이지, 머 흰 개 꼬리 삼 년이라더냐, 종시 그 모양일걸요.

 그러니깐 그게 밉살머리스러워서, 더러 들렀다가 혹시 마주 앉아도 위정³⁵ 뼈끝 저린 소리나 내쏘아주고, 말을 따잡아가지굴랑 꼼짝 못하게시리 몰아세주곤 하지요.

 저번에도 한번 혼을 단단히 내주었지요. 아, 그랬더니 아주머니더러 한다는 소리가 그 녀석 사람 버렸더라고, 아무짝에도 못쓰게 길이 들었더라고 그러더라나요.

 내 원, 그 소리를 듣고 하도 어처구니가 없어서!

 대체 사람도 유만부동이지, 그 아저씨가 나더러 사람 버렸느니 아무짝에도 못쓰게 길이 들었느니 하더라니, 원 입이 몇 개나 되면 그런 소리가 나오는 구멍도 있누?

 죄선 벙어리가 다 말을 해도 나 같으면 할 말 없겠더구먼서도, 하면 다 말인 줄 아나 봐?

 이를테면 그게 명색 훈계 비슷한 거렸다? 내게다가 맞대놓고 그런 소리를 하다가는 되잡혀서 혼이 날 테니까 슬며시 아주머니더러 이르란 요량이든 게지?

 기가 막혀서…… 하느님이 사람의 콧구멍 두 개로 마련하기 참 다행이야.

 글쎄 아무려면 내가 자기처럼 다 공부는 못하고 남의 집 고소(小僧)³⁶ 노릇으로, 반또(番頭)³⁷ 노릇으로, 이렇게 굴러먹을 값이 이래 보여도 표창을 두 번이나 받은 모범 점원이요, 남들이 똑똑

하고 재주 있고 얌전하다고 칭찬이 놀랍고 앞길이 환히 트인 유망한 청년인데, 그래 자기 눈에는 내가 버린 놈이고 아무짝에도 못쓰게 길이 든 놈으로 보였단 말이지?

하하, 오옳지! 거 참 그렇겠군. 자기는 자기 하는 짓이 옳으니까, 남이 하는 짓은 다 글렀단 말이렷다?

그러니까 나도 자기처럼 그놈의 것 사회주읜지 급살 맞을 것인지나 하다가 징역이나 살고 전과자나 되고 폐병이나 앓고 다 그랬더라면 사람 버리지도 않고 아무짝에도 못쓰게 길든 놈도 아니고 그럴 뻔했군그래!

흥! 참……

제 밑 구린 줄 모르고서 남더러 어쩌구저쩌구 한다는 게 꼭 우리 아저씨 그 양반을 두고 이른 말인가 봐.

그날도 실상 이랬더라우. 혼을 내주었더니 아주머니더러 그런 소리를 하더란 그날 말이오.

그날이 마침 내가 쉬는 날이길래 아주머니더러 할 이야기도 있고 해서 아침결에 좀 들렀더니, 아주머니는 남의 혼인집으로 바느질을 해주러 갔다고 없고, 아저씨 양반만 여전히 아랫목에 가서 드러누웠어요.

그런데 보니깐 어디서 모두 뒤져냈는지, 머리맡에다가 헌 언문 잡지를 수북이 쌓아놓고는 그걸 뒤져요.

그래 나도 심심 삼아 한 권 집어 들고 떠들어보았더니, 머 읽을 맛이 나야지요.

대체 죄선 사람들은 잡지 하나를 해도 어찌 모두 그 꼬락서니로

해놓는지.

사진도 없지요, 망가도 없지요.

그러고는 맨판 까탈스런 한문 글자로다가 처박아놓으니 그걸 누구더러 보란 말인고?

더구나 우리 같은 놈은 언문도 그런대로 뜯어보기는 보아도 읽기에 여간만 폐롭지가 않아요.

그러니 어려운 언문하고 까다로운 한문하고를 섞어서 쓴 글은 뜻을 몰라 못 보지요. 언문으로만 쓴 것은 소설 나부랭인데, 읽기가 힘이 들 뿐 아니라 또 죄선 사람이 쓴 소설이란 건 재미가 있어야죠. 나는 죄선 신문이나 죄선 잡지하고는 담쌓고 남 된 지 오랜걸요.

잡지야 머 『낑구』[38]나 『쇼넹구라부』[39] 덮어먹을 잡지가 있나요. 참 좋아요.

한문 글자마다 가나[40]를 달아놓았으니 어떤 대문을 척 펴 들어도 술술 내리읽고 뜻을 횅하니 알 수가 있지요.

그리고 어떤 대문을 읽어도 유익한 교훈이나 재미나는 소설이지요.

소설 참 재미있어요. 그중에도 기꾸지깡[41] 소설!…… 어쩌면 그렇게도 아기자기하고도 달콤하고도 재미가 있는지. 그리고 요시까와 에이찌, 그이 소설은 진쩐바라바라[42]하는 지다이모노[時代物]인데 마구 어깻바람이 나구요.

소설이 모두 그렇게 재미가 있지요. 망가가 많지요. 사진이 많지요. 그러고도 값은 좀 헐하나요. 15전이면 바로 그 전달 치를 사 볼 수 있고 보고 나서는 5전에 도로 파는데요.

　잡지도 기왕 하려거든 그렇게나 해야지, 죄선 사람들은 제엔장 큰소리는 곧잘 하더구면서도, 잡지 하나 반반한 거 못 만들어 내니!

　그날도 글쎄 잡지가 그 꼴이라, 아예 글은 볼 멋도 없고 해서 혹시 망가나 사진이라도 있을까 하고 책장을 후르르 넘기노라니깐 마침 아저씨 이름이 있겠나요! 하도 신통해서 쓰윽 펴 들고 보았더니 제목이 첫 줄은 경제, 사회…… 무엇 어쩌구 잔주를 달아놨겠지요.

　그것만 보아도 벌써 그럴듯해요. 경제는 아저씨가 대학교에서 경제를 배웠다니까 경제 속은 잘 알 것이고 또 사회는, 그것 역시 사회주의를 했으니까, 그 속도 잘 알 것이고 그러니까 경제하고 사회주의하고 어떻게 서로 관계가 되는 것이며 어느 편이 옳다는 것이며 그런 소리를 썼을 게 분명해요.

　머, 보나 안 보나 속이야 빤하지요. 대학교까지 가설랑 경제를 배우고도 돈 모을 생각은 않고서 사회주의만 하고 다닌 양반이라 경제가 그르고 사회주의가 옳다고 우겨댔을 거니까요.

　아무렇든 아저씨가 쓴 글이라는 게 신기해서 좀 보아볼 양으로 쓰윽 훑어봤지요. 그러나 웬걸 읽어먹을 재주가 있나요.

　글자는 아주 어려운 자만 아니면 대강 알기는 알겠는데, 붙여보아야 대체 무슨 뜻인지를 알 수가 있어야지요.

　속이 상하길래 읽어보자던 건 작파하고서 아저씨를 좀 따잡고 몰아셀 양으로 그 대목을 착 펴놨지요.

"아저씨?"

"왜 그러니?"

"아저씨가 여기다가 경제 무어라구 쓰구 또, 사회 무어라구 썼는데, 그러면 그게 경제를 하란 뜻이요? 사회주의를 하란 뜻이요?"

"뭐?"

못 알아듣고 뚜렛뚜렛해요. 자기가 쓰고도 오래돼서 다 잊어버렸거나, 혹시 내가 말을 너무 까다롭게 내기 때문에 섬뻑 대답이 안 나왔거나 그랬겠지요. 그래, 다시 조곤조곤 따졌지요.

"아저씨…… 경제란 것은 돈 모아서 부자 되라는 것 아니요? 그런데, 사회주의란 것은 모아둔 부자 사람의 돈을 뺏어 쓰는 거 아니요?"

"이 애가 시방!"

"아니, 들어보세요."

"너, 그런 경제학, 그런 사회주의 어디서 배웠니?"

"배우나마나, 경제란 건 돈 많이 벌어서 애껴 쓰구, 나머지 모아두는 게 경제 아니요?"

"그건 보통, 경제한다는 뜻으루 쓰는 경제고, 경제학이니 경제적이니 하는 건 또 다르다."

"다를 게 무어요? 경제는 돈 모으는 것이고, 그러니까 경제학이면 돈 모으는 학문이지요."

"아니란다. 혹시 이재학(理財學)이라면 돈 모으는 학문이라고 해도 근리할지 모르지만 경제학은 그런 게 아니란다."

"아니, 그렇다면 아저씨 대학교 잘못 다녔소. 경제 못하는 경제학 공부를 오 년이나 했으니 그게 무어란 말이요? 아저씨가 대학교까지 다니면서 경제 공부를 하구두 왜 돈을 못 모으나 했더니, 인제 보니깐 공부를 잘못해서 그랬군요!"

"공부를 잘못했다? 허허. 그랬을는지도 모르겠다. 옳다, 네 말이 옳아!"

이거 봐요 글쎄. 단박 꼼짝 못하잖나. 암만 대학교를 다니고, 속에는 육조를 배포했어도 그렇다니깐 글쎄……

"아저씨?"

"왜 그러니?"

"그러면 아저씨는 대학교를 다니면서 돈 모아 부자 되는 경제 공부를 한 게 아니라 모아둔 부자 사람의 돈 뺏어 쓰는 사회주의 공부를 했으니 말이지요……"

"너는 사회주의가 무얼루 알구서 그러니?"

"내가 그까짓 걸 몰라요?"

한바탕 죽 설명을 했지요.

내 얼굴만 물끄러미 올려다보고 누웠더니 피쓱 한 번 웃어요. 그러고는 그 양반이 하는 소리겠다요.

"그게 사회주의냐? 부랑당이지."

"아니, 그럼 아저씨두 사회주의가 부랑당인 줄은 아시는구려?"

"내가 언제 사회주의가 부랑당이랬니?"

"방금 그리잖었어요?"

"글쎄, 그건 사회주의가 아니라 부랑당이란 그 말이다."

"거 보시우! 사회주의란 것은 그렇게 날부랑당이어요. 아저씨두 그렇다구 하면서 아니래시요?"

"이 애가 시방 입심 겨룸을 하재나!"

이거 봐요. 또 꼼짝 못하지요? 다아 이래요 글쎄……

"아저씨?"

"왜 그러니?"

"아저씨두 맘 달리 잡수시요."

"건 어떻게 하는 말이냐?"

"걱정 안 되시우?"

"날 같은 사람이 걱정이 무슨 걱정이냐? 나는 네가 걱정이더라."

"나는 뭐 버젓하게 요량이 있는걸요."

"어떻게?"

"이만저만한가요!"

또 한바탕 죽 설명을 했지요. 이야기를 다 듣더니 그 양반 한다는 소리 좀 보아요.

"너두 딱한 사람이다!"

"왜요?"

"……"

"아니, 어째서 딱하다구 그리시우?"

"……"

"네? 아저씨."

"……"

"아저씨?"

"왜 그래?"

"내가 딱하다구 그러셨지요?"

"아니다 나 혼자 한 말이다."

"그래두……"

"이 애?"

"네?"

"사람이란 것은 누구를 물론허구 말이다, 아첨하는 것같이 더러운 게 없느니라."

"아첨이요?"

"저 위로는 제왕, 밑으로는 걸인, 그 모든 사람이 위선 시방 이 제도의 이 세상에서 말이다, 제가끔 제 분수대루 살아가는 데 있어서 말이다, 제 개성을 속여가면서꺼정 생활에다가 아첨하는 것같이 더러운 것이 없고, 그런 사람같이 가련한 사람은 없느니라. 사람이란 건 밥 두 그릇이 하필 밥 한 그릇보다 더 배가 부른 건 아니니까."

"그건 무슨 뜻인데요?"

"네가 일본인 여자와 결혼을 해서 성명까지 갈고 모든 생활 법도를 일본화하겠다는 것이 말이다."

"네, 그게 좋잖어요?"

"그것이 말이다. 진실로 깊은 교양이나 어진 지혜의 판단에서 우러나온 것이라면 그도 모를 노릇이겠지. 그렇지만 나는 보매, 네가 그런다는 것은 다른 뜻으로 그러는 것 같다."

"다른 뜻이라니요?"

"네 주인의 비위를 맞추고, 이웃의 비위를 맞추고 하자고……"

"그야 물론이지요! 다이쇼의 신용을 받아야 하고, 이웃 내지인들하구도 좋게 지내야지요. 그래야 할 게 아니겠어요?"

"……"

"아저씨는 아직두 세상 물정을 모르시우. 나이는 나보담 많구 대학교 공부까지 했어도 일찌감치 고생살이를 한 나만큼 세상 물정은 모릅니다. 시방이 어느 세상인데 그러시우?"

"이 애?"

"네?"

"네가 방금 세상 물정이랬지?"

"네."

"앞길이 환하니 트였다구 그랬지?"

"네."

"환갑까지 10만 원 모은다구 그랬지?"

"네."

"네가 말하는 세상 물정하구 내가 말하려는 세상 물정하구 내용이 다르기도 하지만, 세상 물정이란 건 그야말로 그리 만만한 게 아니다."

"네?"

"사람이란 건 제아무리 날구 뛰어도 이 세상에 형적 없이 그러나 세차게 주욱 흘러가는 힘, 그게 말하자면 세상 물정이겠는데, 결국 그것의 지배 하에서 그것을 따라가지 별수가 없는 거다."

"네?"

"쉽게 말하면 계획이나 기회를 아무리 억지루 만들어놓아도 결과가 뜻대루는 안 된단 말이다."

"젠장, 아저씨두…… 요전 『낑구』라는 잡지에두 보니까, 나뽀레옹이라는 서양 영웅이 그랬답디다. 기회는 제가 만든다구. 그리고 불가능이란 말은 바보의 사전에서나 찾을 글자라구요. 아 자꾸자꾸 계획하구 기회를 만들구 해서 분투 노력해나가면 이 세상일 안 되는 일이 어디 있나요? 한 번 실패하거든 갑절 용기를 내가지구 다시 일어서지요. 칠전팔기 모르시요?"

"나폴레옹도 세상 물정에 순응할 때는 성공했어도 그것에 거슬리다가 실패를 했더란다. 너는 칠전팔기해서 성공한 몇 사람만 보았지, 여덟 번 일어섰다가 아홉 번째 가서 영영 쓰러지구는 다시 일지 못한 숱한 사람이 있는 건 모르는구나?"

"그래두 두구 보시우. 나는 천하 없어두 성공하구 말 테니…… 아저씨는 그래서 더구나 못써요? 일 해보기두 전에 안 될 줄로 낙심 먼저 하구……"

"하늘은 꼭 올라가 보구래야만 높은 줄 아니?"

원 마지막 가서는 할 소리가 없으니 동에도 닿지[43] 않는 비유를 가져다 둘러대는 걸 보아. 그게 어디 당한 말인구? 안 올라가 보면 뭐 하늘 높은 줄 모를 천하 멍텅구리도 있을까? 그만 해두려다가 심심하길래 또 말을 시켰지요.

"아저씨?"

"왜 그래?"

"아저씨는 인제 몸 다아 충실해지면 어떡허실려우?"
"무얼?"
"장차……"
"장차?"
"어떡허실 작정이세요?"
"작정이 새삼스럽게 무슨 작정이냐?"
"그럼 아저씨는 아무 작정 없이 살어가시우?"
"없기는?"
"있어요?"
"있잖구?"
"무언데요?"
"그새 지내오던 대루……"
"그러면 저 거시키 무엇이냐 도루 또 그걸……?"
"그렇겠지."
"아저씨?"
"……"
"아저씨?"
"왜 그래?"
"인젠 그만두시우."
"그만두라구?"
"네."
"누가 심심소일루 그리는 줄 아느냐?"
"그렇잖구요?"

"……"

"아저씨?"

"……"

"아저씨?"

"왜 그래?"

"아저씨 올에 몇이지요?"

"서른셋."

"그러니 인제는 그만큼 해두고, 맘잡어서 집안일 할 나이두 아니요?"

"집안일은 해서 무얼 하나?"

"그렇기루 들면 그 짓은 해서 또 무얼 하나요?"

"무얼 하려구 하는 게 아니란다."

"그럼, 아무 희망이나 목적이 없으면서 그래요?"

"목적? 희망?"

"네."

"개인의 목적이나 희망은 문제가 다르니까…… 문제가 안 되니까……"

"원, 그런 법도 있나요?"

"법?"

"그럼요!"

"법이라!……"

"아저씨?"

"……"

"아저씨?"

"왜 그래?"

"아주머니가 고맙잖습디까?"

"고맙지."

"불쌍하지요?"

"불쌍? 그렇지 불쌍하다면 불쌍한 사람이지!"

"그런 줄은 아시느만?"

"알지."

"알면서 그러시우?"

"고생을 낙으로, 그놈 쓰라린 맛을 씹고 씹고 하면서 그것에서 단맛을 알아내는 사람도 있느니라. 사람도 있는 게 아니라. 사람마다 무슨 일에고 진정과 정신을 꼬박 거기다가만 쓰면 그렇게 되는 법이니라.⁴⁴ 그러니까 그쯤 되면 그때는 고생이 낙이지. 너의 아주머니만 두고 보더래도 고생이 고생이면서 고생이 아니고 고생하는 게 낙이란다."

"그렇다고 아저씨는 그걸 다행히만 여기시우?"

"아니."

"그러거들랑 아저씨두 아주머니한테 그 은공을 더러는 갚어야 옳을 게 아니요?"

"글쎄, 은공을 모르는 건 아니지만……"

"그러니 인제 병이나 확실히 다아 나신 뒤엘라컨……"

"바뻐서 원……"

글쎄 이 한다는 소리 좀 보지요? 시치미 뚝 따고 누워서 바쁘다는군요!

 사람 속 차릴 여망 없어요. 그저 어디로 대나 손톱만치도 쓸모는 없고 남한테 사폐만 끼치고, 세상에 해독만 끼칠 사람이니, 머 하루바삐 죽어야 해요. 죽어야 하고 또 죽어서 마땅해요. 그런데 글쎄 죽지를 않고 꼼지락꼼지락, 도로 살아나니 성화라구는, 내……

낙조 落照

1

　모처럼 별식으로 닭 국물에 칼국수를 해서 식구가 땀을 흘려가며 먹고 있는 참이었다.
　"이런 때 느이 황주 아주머니나 오셨다 한 그릇 훌훌 자셨드라면 좋았을걸 그랬구나…… 맘이야 없겠느냐마는, 그 마나님두 인저 전과 달라 여름 삼복에 병아리라두 몇 마리 삶아 소복이라두 하구 할 엄두를 낼 사세가 되들 못하구. ……내남적없이 모두 살기가 이렇게 하루하루 쪼들려만 가니……"
　어머니가 생각이 나 걸려해 하는 말이었다.
　어머니는 의가 좋고 해서 그러던 것이지마는 아버지는 어머니와 달라, 황주 아주머니가 별반 직성이 맞지를 않는 편이었다.
　"그래두 그 마나님넨 느는 게 있어 좋습다."

"온 영감두. 지금 사는 그 일본 집두 30만 환에 내놨다는데 그래요? 한 30만 환 받아, 사글세 집을 얻든지, 문밖으루다 조그만 한 걸 한 채 장만하든지 하구서, 남겨진 가지구 얼마 동안 가용이라두 쓰구 할 영으루다……"

"느는 게 조음 많으우? ……자아, 몸집이 늘지. 희떠운 거 늘지. 시끄런 거 늘지. 말 능란한 거 늘지. 따님 양개화(洋開化) 늘지. 아마 그 마나님은, 한때 그 국회의원이라드냐 하는 걸 선거하는 데 내세우구서, 누굴 추천하는 연설 같은 걸 시켰으면 아주 일등으루 잘했을 거야."

"난 또 무슨 말씀이라구……"

어머니는 그만 웃고 만다.

아버지도 따라 웃으면서

"난 정말이지, 그 생철동이, 하두 시끄러 골치가 아파 못하겠습디다."

"아따, 생철동인 생철동이루 씨어먹게스리 마련 아니우? 세상 사람이나 세상일이 다 그렇게 제제끔이요, 제 곬이 있는 법 아니우?"

어머니는 이렇게 원만하였다.

어머니가 만일 원만치 못한 어른이었다면 그런 대답이 나오는 대신

"영감두 말씀 마시우. 황주 마나님더러 느느니 몸집이네, 희떰이네, 시끄럼이네, 말 능란해가는 거네 하시지만 영감은 느느니 괴벽과 편성입디다. 난 영감, 그 남 비꼬아대기 잘하는 거, 미운

소리 잘하는 거, 하두 박절해 골치가 아파 못하겠습디다."
하고 오금을 박았을 것이었다. 그리고 그 끝에, 말이 오고가고, 티격태격하다 필경 싸움이 되고. 결과는 불화가 일고.

 생각하면 어머니의 그렇듯 원만함은 우리 집의 고마운 보배였다. 솔성이 심히 박절하고 옹색한 아버지를 모시어 규각이 나지 않고, 잘 평화가 지탱되어 나가기는, 오로지 어머니의 그렇듯 남의 흠점이나 과실을 탄하지 않고 너그러이 보는 원만함의 덕이었다.

 아버지는 나를 가리켜 어머니의 성정을 닮아 세상만사를 좋도록만 보려 들고, 그래서 사나이 자식이 소견이(視野가) 좁고 진취성(積極性)이 적으니라고 하였다.

 미상불 나는 내가 생각하여도, 아버지의 편협하고 박절한 성품보다 어머니의 너그럽고 원만한 성품을 물려받은 것 같고, 따라서 모든 사물을 호의적으로만 보며, 인하여 시야가 좁고 진취성이 적음도 사실인 성싶었다. 그러나 나는 아버지보다는 차라리 어머니를 닮았음을 복되게 여기기를 꺼려하지 않는다.

 아버지의 편협하고 박절함은 유난한 것이 있었다.

 아무 이해 상관이 없는 일이건만, 당신의 비위에 맞지 않는다든가 눈에 거슬린다든가 한다는 것으로, 미운 소리를 하고 비꼬아대고 하여 남에게 실인심을 하고 경원을 당하고 하였다.

 아버지는 크고 작은 일에 있어, 당신이 보기에 그른 것에 대하여 둘러 생각을 한다거나 관용이라는 것이 전혀 없었다.

 그르다⋯⋯ 혹은 보기 싫다⋯⋯ 여기까지는 그래도 상관이 없었다.
 아버지는 그른 것을 그르다고 단정하는 데 그치고 말거나, 보기 싫은 것을 보기 싫어하는 데 그치고 말거나 하는 것이 아니라, 반드시 미운 소리를 하고 비꼬아대고 하기를 좋아하였다. 일종의 악취미랄 것이 있었다.

 해방까지는 아무려나 그것이 타고난 천품에서 오는 단순한 성격적인 것이요 악취미나마 취미적인 것이요 함에 불과하였으나, 해방을 고패로, 아버지의 그 비꼬는 솔성은 경제적인 이해관계에서 우러나는 바로 육체적인 것으로 변하게 되었다.
 3백 석 추수거리와 계동(桂洞) 복판에 있던 터전 넓고 고래 등 같이 큰 상하채의 기와집과 이것이 해방 전의 우리 집의 재산이었다.
 이 집을 지니고 3백 석 추수를 받아 식량을 하고, 가용을 쓰고 하면서 우리는 넉넉지는 못하나마 남에게 옹색한 거동을 보이거나 황차 빚 같은 것은 통히 모르고 편안하고도 만족한 세상을 살아왔다.
 별안간 해방이 되었다.
 소작료를 전 수확의 3분지 1만 받도록 마련이 나, 3백 석 추수가 2백 석으로 줄었다. 기본 수입이 3분지 2로 줄어, 우리 집에서는 2백 석 추수를 가지고 1년 가계를 삼아야 하였다.
 추수는 3분지 2, 2백 석으로 줄었는데 다른 물가는 다락같이 올라만 갔다. 3분지 2로 준 2백 석의 추수를 가지고, 옛 가용의 3분지 2조차 대기가 까마득하게 어려웠다. 추수한 벼 2백 석은 소위 공정 가격으로 고스란히 공출을 하고서, 그 대금을 받아가지고, 용은 소위 야미 값으로 사 대어야 하기 때문이었다.

하기야 일제 말기에도 소작료 받는 벼를 죄다 공출에 바치고, 한 섬 10원씩의 공정 가격으로 받지 아니한 바는 아니었으나, 그때의 야미 시세는 시방처럼은 공정 가격과 사이에 엄청난 차이가 없었기 때문에, 겨우겨우 제 털 뽑아 제 구멍을 메울 수가 있었다.

해방 후에는 그러나 도저히 안 될 말이었다.

지난해 가을에 2백 석에서 소작료 공출 대금으로 도합 25만 몇천 원인가를 받았다. 그중에서 토지 그것에 따르는 지세니 무어니를 까고 나면, 20만 원 남짓이 옹근 수입이었다.

식량 그 밖에 모든 비용을 줄이고 줄여도 1948년 현재의 화폐로 매달 4만 원의 가용이 든다. 20만 원이다 치면 다섯 달 치 가용이었다.

그 나머지 일곱 달은?……

내가 국민학교의 교원으로, 다달이 받는 월급이 한 7, 8천 원은 된다. 그러나 그 월급을 가지고 나의 일신에 관한 용, 가령 담배를 사 피운다든가, 책을 산다든가, 술은 먹지 않아서 그 방면엔 낭비는 없다지만, 가다 오다 친구 만나 점심 낱 먹고 찻잔 마시고 양말 켤레 사 신고 한다든가 하노라면 오히려 부족이 나서 옹색한 일을 당하는 적이 있을 지경이니, 단돈 백 원이라도 집안에 들여놓질 못하는 형편이었다.

아버지는 드러내놓고 말을 아니하나, 이왕 월급벌이를 할 바이면, 아무 변통성 없는 초등학교의 교원질보다도 종종 가다 뒷길로 딴 수입이 있고, 배급 물자 같은 것도 동떨어지게 후하고, 그리고 권도(權力)도 부릴 수가 있고, 그 권도를 묘리 있이 잘 부리거드면 큰 수를 잡아 일조에 팔자를 고치는 수가 있고…… 이런 관리 방면으로 터를 바꾸어 앉았으면 하는 눈치가 없지 않았다.

나는 그러나 아버지의 그런 뜻을 받들 생각이 없었다.

관리 그것이 나쁠 며리는 없었다. 그렇지만 관리를 다니면서, 사를 써주고서 뒷길로 딴 수입을 보고 하는 것은 마땅히 군자의 할 도리가 아니었다.

더욱이 지체를 이용하여 아닌 권세를 부린다든가, 황차 권세를 부리어 불의한 재물을 긁어들인다는 것은, 남이야 어떠했든 나로서는 감히 범하고 싶지 아니한 불의였다.

의 아닌 부와 귀는 나에게 뜬구름과 같으니라…… 이 공자님의 말씀은 정히 나의 변할 수 없는 심경이요 태도였다.

관리가 됨으로써 그러한 불의를 범하고 하기가 뜻에 없을 뿐만 아니라, 반면 나는 현재의 교원이라는 직업을 천직으로 여기고 있는 자였다.

천진난만한 어린이들을 데리고 그들을 가르치며 잘 지도한다는 것, 이것이 내가 사람으로서 할 바의 다시없는 사명이었다.

지금은 나라를 새로이 세우는 아침이었다. 앞으로 새로운 우리나라를 두 어깨에 메고 나갈 사람은, 시방 내가 가르치고 지도하는 어린 사람들인 것이었다. 그런 새로운 우리나라의 일꾼을 가르치고 지도하고 한다는 것은 한결이나 기쁘고 자랑스러운 노릇이었다.

나는 장차에 우리 집안이 더욱더 몰락이 되어, 가사 조석이 어려운 지경에 이른다고 하더라도, 나는 끼니를 주리고 누더기를 걸치면서라도 이 천직을 지키되 버리지 아니할 터였다.

우리 집은 빚을 지기 시작하였다. 1946년 봄부터 1948년(금년) 봄까지 만 이 년 동안에 진 빚이 30만 원이 넘었다.

토지는 팔자 하니, 작인들이 장차에 토지 분배가 있을 것을 생각하고서 값만 잔뜩 깎고 앉아 사려고를 아니하였다. 작인들로는 당연한 타산이었다.

할 수 없이 계동 집을 팔아, 지금 사는 가회동의 이 방 세 개의 단채 집을 사고 빚을 대강 갈무리하였다.

큰 집을 팔아먹고 작은 집으로 옮아앉아, 빚을 갚고 하였다고 그것으로써 전과 같이 수지의 균형이 도로 맞고, 생활이 안정이 되었느냐 하면 아니었다.

수입보다 지출은 여전히 컸다. 금년 일 년을 지나고 나면, 또다시 몇십만 원의 빚이 앞채일² 참이었다.

다시 집을 팔거나 아주 헐값으로 토지를 팔거나 하는 수밖에 없었다. 우리 집은 앞으로 삼 년이 못하여, 토지는 물론이요 집도 터도 없는 철빈이 되고 말 번연한 운명의 선 위에 당시랗게³ 놓여 있는 것이었다.

일반 가용은 말할 것도 없거니와 아버지는 당신의 모든 씀씀이를 줄이고 갈기었다.

　봄과 가을 두 철, 친구들과 작반하여 승지로 유람 다니는 것을 뚝 끊어버렸다.

　다달이 한 번씩 모여 놀고 하는 시회(詩會)를 한 달 혹은 두 달씩 거르곤 하였다.

　정월과 8월의 양 명절 때를 비롯하여 한식, 단오, 9월 9일, 동지, 그리고 시월 초사흗날인 당신의 생신날, 이렇게 일 년이면 대여섯 차례를 좋은 술과 안주 많이 장만하여 더러는 기생까지 곁들여 친한 친구 청하여다 대접하면서 풍월(風月: 詩) 읊어가며 흥그롭게[4] 놀던 것을 처음에는 양 때 명절과 시월 초사흗날의 당신 생신날과의 세 차례로, 그다음엔 당신 생신날의 한 차례로 줄였다. 그러나마 음식 차림새도 극히 간소하게 하고 기생은 일체로 부르지 아니하였다.

　간구한 친구가 출출해서 찾아왔을 때, 석양배 한잔 내기에도 두루 주저를 하지 아니치 못하였다.

　친구와 술과 풍월과 승지 찾아 유람 다니기와, 이것이 아버지에게서 일시에 전부 혹은 태반이 없어진 셈이었다.

　친구와 술과 풍월과 승지 찾아 유람 다니기와, 이것이 있음으로 해서 아버지는 노래(老來)의 인생이 즐거웠다. 그리고 그것이 없어짐으로 해서 아버지는 위안과 낙을 잃어버리고 만 것이었다.

　집안 살림은 나날이 졸아들어, 끝장이 눈앞에 내다보이고…… 친구도 술도 풍월도, 승지 찾아 유람도 죄다 잃어버린, 그래서 세상 살아가는 재미라고는 하나도 없이 다 없어진 만년…… 아버지는 이른바 앙앙불락(怏怏不樂)이었다.

아버지는 세상의 크고 작은 모든 일이 당신에게 직접 이해 상관이 있는 일이고 없는 일이고 간에 하나도 정당하거나 당연한 것이 없고, 모두가 옳지 못한 일이요, 사리에 어그러지는 일이요 하였다.

아는 사람이고 모르는 사람이고 간에 남이 하는 일, 하는 말치고 하나도 마음에 맞거나 비위에 거슬리지 않는 것이 없었다.

아버지는 그래서 불평이요 불만인 것이었다.

이 앙앙한 심사라든지 불평과 불만은, 그러나 어디다 대고 어떻게 부르댈 바가 없는 울분이요 불평과 불만이었다.

천품으로 이미 좁고 비꼬인 것이 있는 아버지였다. 가뜩이나 거기에 당신의 허물이라고 생각되지 않는 외부적인 원인으로 하여 당하는 몰락과, 불여의(不如意)에서 오는 울분과 불평불만이—그러나마 풀 길도, 부르댈 대상도 마땅히 없는 울분과 불평불만이, 앞채이고 보매, 비꼬인 솔성이 더욱 심각하여질 것은 차라리 당연한 노릇이었다.

친한 여러 친구 중에서도 유난히 더 친하고, 아버지를 잘 알고 하는 윤씨라는 이가 있었다.

"용 못 된 이무기가 심술만 남드라구…… 가사 세상이 좀 불여의하기로소니, 장부가 마음을 좀 활달히 가지는 게 아니라 복닥복닥 속을 고이구, 사람이 그 왜 그렇드람? 그리군 무단히 남더러 미운 소리나 하구…… 그게 그대지 쾌할 건 무어람."

그 윤씨라는 이가 핀잔 삼아 권고 삼아 아버지더러 한 말이었었다.
 아무튼 아버지가 그런 어른이고 보매, 황주 아주머니만 하더라도 도무지 여자답지 못하게 시끄럽고 실속 없이 말이 많고도 능하고, 그리고 번잡스럽고 한 것이 작히 아버지의 눈에 벗음직도 하기는 한 것이었다.

2

 호랑이도 제 말을 하면 오더라고, 막 그렇게 이야기를 하고 있는데, 당자 황주 아주머니가 거기에 당도를 하였다.
 "아유, 아우님은 그래, 어쩌면 그렇게두 꼼짝두 아녀신단 말씀요?⋯⋯ 난 하두우 고만 궁금해서⋯⋯"
 일본 씨름꾼이 생각날 만큼 거창한 몸집으로 대문 안을 들어서면서, 그 동네가 울리도록 큰 목소리로 우선 인사가 이쯤 요란하였다.
 황주 아주머니는 한 달이면 적어도 세 번 좋은 우리 집엘 오곤 하였다. 반드시 와야 할 볼일이 있어서 온다느니보다도, 황주 아주머니의 말대로, 그 아우님이 보고가 싶어서 자주 그렇게 다니곤 하던 것이었다.
 어머니가 출입이 없네 없네 하여도, 한 달에 한 번 좋은 역시 황주 아주먼네 집을 가곤 하였다.
 두 분은 그래서, 멀어야 열흘, 잦으면 대엿새에 한 번은 으레 만

나는 터였다. 그 대엿새에 한 번, 열흘에 한 번이 황주 아주머니는 하도 그만 궁금하였고, 그것을 아버지의 말을 빌리면, 황주 아주머니는 그쯤 엄살이 대단한 것이 있는 마나님이었다.

"형님 어서 오시요, 그리 않어두 지끔 형님 이야길 하든 참이드라우."

어머니가 반겨 일어서면서 이렇게 맞이를 하고.

황주 아주머니는 뒤우뚱거리고 마당을 걸어 들어오면서 일변 분주히

"온 어쩐지, 귀가 가렵드라니. ……아재두 마침 기시군. 아잰 요새 이 더위에 어떻게나 지나시죠? 날두 하두우 극성으루 더우니깐…… 오오, 조카님두 집에 나와 있군. 참, 요새 방학을 해서 한가하겠군. ……오냐, 새아기, 잘 있었드냐? 난 널 보면 꼭 귀여 죽겠드라! ……뫼시구, 더위에 얼마나 앨 쓰느냐?…… 어멈은 여전히 부지런하군. 아무렴, 나야 늘 태평이지. ……그래, 아우님은…… 아니, 신관이 좀 못하셨구려? 사람들이 너나없이 더위에 부대껴 그래."

식구라는 식구는 있는 대로 깡그리 흠선하고도⁵ 붙임성 있이 인사를 건네고 받고 하면서 황주 아주머니는 마루로 올라왔다.

어머니와는 두 분이 연방 아우님, 형님 해쌓는데, 남이 듣기엔 퍽 가까운 집안간인 듯도 하겠으나, 실상 촌수를 따진다면 훨씬 먼 일가끼리였다.

어머니와 열두촌인가, 열네촌인가 된다고 하였다. 나와는 그래서 외가로 열세촌이나 열다섯촌뻘의 아주머니였다. 그러니 일가

를 내어도 그만 아니 내어도 그만일 일가요, 혼인도 하여 무방한 집안끼리였다.

일가란 그러나 대체가 촌수야 좀 멀고 하더라도, 가까이 살면서 상종이 서로 잦고, 일변 뜻이 맞는 데가 있고 하거드면, 사이도 자연 가까워지고 하는 것이어서, 이 황주 아주먼네와 우리가 정히 그러하였다.

황주 아주머니가 지나간 기사년(己巳年: 1929년) 아이들을 데리고 서울로 올라와 살다, 맏아들 박부장 재춘(朴部長 在春)을 뒤쫓아 황해도 황주로 내려가던 경진년(庚辰年: 1940년)까지의 열두 해 동안과, 그리고 황주에서 살기 칠 년 만인 병술년(丙戌年: 1946년), 그 전해의 8·15 해방으로 생겨진 방해선(妨害線) 삼팔선을 넘어 서울로 다시 온 이후 오늘날까지, 우리 두 집안은 한 서울 안에서 살면서, 남의 사촌이나 친숙질 부럽지 않게, 서로 왕래가 잦고 가까이 지냈다.

황주 아주머니는 황주로 내려가 사는 동안에도 일 년에 두세 차례는 아우님——우리 어머니가 보고 싶어서(더 많이는 서울서 출가하여 서울서 살고 있는 맏딸 송자가 보고 싶어서) 이름난 황주 사과를 몇 상자씩 가지고 서울을 다니러 오기를 즐겨서 하였다. 출입이 어려운 어머니도, 두 번인가 세 번인가 황주로 그 형님을 찾아갔었고.

어머니와 황주 아주머니는 성품으로나 외양 생김새로나 전연 딴판으로, 두 분이 서로 공통된 점이라곤 별로 없었다.

황주 아주머니는 몸이 크고 뚱뚱하고 얼굴도 우툴두툴한 것이

낙조 197

수염만 났다면 여자보다도 남자에 더 가까운 양반이었다.

어머니는 몸이 가냘프고 여자답게 곱살한 얼굴이었다. 올에 쉰두 살인데 아직도 젊었을 적의 고운 태가 가시지 않고 많이 그대로 남아 있었다.

생김새가 그러한 것과 같이 성질도 하나는 남성적으로 괄괄하고, 적극적이요 활동적이요 하고, 하나는 여성적으로 차분하고 소극적이요 내면적이요 하였다.

이렇게 서로 공통된 점이 없고 상극진 성격과 생김새의 두 분 마나님이었으면서, 그러나 잘 직성이 맞고 의가 좋고 하였다.

두 분이 의가 좋은 것에는 단순히 직성이 서로 맞는다는 것 외에, 어머니가 성품이 너그러워 남을 잘 포용을 한다는 것과, 황주 아주머니가 우리 집——특히 어머니에게서 받은 바 조그마한 경제상의 원조에 대하여 은혜를 저버리지 않는 의리와, 이것의 영향이 일변 작지가 아니하였다.

황주 아주머니가 서른네 살의 늙도 젊도 못한 나이에 남편을 여의고, 열여섯 살을 맨 맏이로, 열한 살, 여섯 살, 갓에 첫돌이 지난 젖먹이, 이렇게 바구니에 주워 담게 생긴 네 아이를 데리고, 아이들을 잘 기르고 교육하고 하겠다는 열망은 크나, 당장 살아갈 길은 막연하고 하여, 시집(媤家) 황주로 좇아 서울로, 그 네 어린아이를 올망졸망 거느리고 올라왔을 때에, 만일 어머니의 알뜰한 돌봄이 아니었더라면 황주 아주머니는 각다분한 중에도 더욱 각다분한 경우를 겪게 되었을는지를 몰랐다.

황주 아주머니는 아버지의 폄(貶)이 아니라도, 그야 흠이 없는 바가 아니었다. 무단히 시끄럽고 희떱고 번잡스럽고 다변하고……

그러나 그런 반면 족히 취할 점도 없는 것이 아니었다.

여장부라는 말이 있거니와, 가사 여장부토록은 몰라도 대단히 씩씩하고 용감한 것이 있었다.

좋은 조건 밑에서건 절박한 조건 밑에서건 생활과 맞겯고 서서 굽힐 줄을 모르고, 퇴각이라는 걸 모르는 황주 아주머니였다.

소도 언덕이 있어야 비빈다고 하거니와, 그러나 아무리 언덕이 있기로니, 소가 대들어서 비비지 않는다면 언덕은 소용이 없는 것이었다.

어머니가 아버지의 양해를 얻어 계동 복판의 우리 집 가까이, 방이 안방 말고 다섯 개가 있는 집 한 채를 전세로 얻어준 것이 기사년, 그해 봄에 상부를 하고 이어서 가을에 젖먹이를 등에 업고 세 아이를 손목 잡고 서울로 올라온 황주 아주머니를 위하여 우선 조그마한 언덕이었다.

황주 아주머니는 당신이 꽁꽁 허리춤에 매어 가지고 온 2백 원을 풀어, 그릇과 밥상과 수저를 장만하여가지고 학생 하숙을 시작하였다.

방이 다섯이면 다 제대로 차야 열 명의 학생을 쳐, 너덧 식구가 겨우 목구멍을 얻어먹을까 말까 한, 영세한 벌이었다.

황주 아주머니는 겨우 목구멍이나 얻어먹자는 데에 만족하려고 아니하였다.

목구멍을 얻어먹어가면서 한옆으로 자녀를 교육시켜야 한다는 더 큰 대망이랄 것이 있었다. 황주 아주머니는 허리띠 졸라매고 대들었다.

학생들이 먹다 남기는 찬밥덩이를 마다 아니하였다.

옷은 겨우 살을 가릴 정도로써 만족을 하였다.

물 한 지게 1전 하는 물을, 물장사를 대지 않고 손수 머리로 여날랐다.

젖먹이 영춘을 밤이나 낮이나 등에 매달고 밥 짓고, 밥상 나르고, 설거지하고, 다섯 아궁이에 군불 지피고, 물 긷고 빨래하고 하였다.

세탁장이를 거절하고, 열 명 학생의 빨래를 죄다 맡아 빨아줌으로써 아이들의 월사금이며 학자를 벌었다.

기사년(1929년)으로부터 경진년(1940년), 시집 고향 황주로 다시 내려가기까지, 열두 해 동안을 그렇게 약삭빠르고도 부라퀴로 날뛰었고, 날뛴 보람이 역력히 있었다.

갑술년(甲戌年: 1934년)에는 맏아들 재춘이 좋은 성적으로 중학을 졸업하였다.

재춘은 재주도 있고 영리하기도 하였고, 겸해서 모친의 격려와 열성에 감동이 되고 하여 부지런히 공부를 하였다.

스물한 살에 중학을 마친 재춘은 이어서 전문학교로 올라갈 수가 있기는 있었으나, 모친이 그런 희망이요, 그럴 각오였으며, 재춘 자신도 마음이 당기지 아니함은 아니었으나, 영리한 그는 집안의 형편이며 모친의 고생을 생각하여 일찌감치 실생활 방면으로 나아가기로 하였다.

졸업하던 그해 바로 순사 시험을 보아 교습을 마친 후 서울 본정경찰서에 근무를 하였고, 다음다음해 병자년(丙子年: 1936년)에는 백 주(白株)짜리 사과밭이 딸린 고향의 황주 규수와 결혼을 하였다.

무인년(戊寅年: 1938년)에는 마침 재춘의 칠촌숙(七寸叔) 되는 사람이 해주(海州)에서 경부를 다니며 서둘러준 덕에 재춘은 고향 황주로 전근이 되어 젊은 내외가 우선 환고향을 하였고. 재주가 있고 영리하고, 그리고 뒷줄 좋은 칠촌숙이 있고 하여, 이듬해 기묘년(己卯年: 1939년)에는 부장으로 승차를 하여 이웃 고을 중화(中和)경찰서에서 근무를 하였다.

황주 아주머니의 맏딸 송자(松子)는 오라비 재춘이 황주로 내려가던 무인년(1938년)에 고등여학교를 마쳤고, 이듬해 기묘년(1939년)에는 은행에 다니는 전문학교 출신과 결혼을 하여 지금까지 서울서 잘 살고 있고.

황주 아주머니가 맏아들 재춘을 뒤따라 황주로 내려가던 경진년(1940년) 현재로 둘째딸 춘자(春子)는 고등여학교 2년급이요, 막내둥이 ― 젖 먹으면서 어머니의 등에 업혀 고달프게 서울로 올라오던 그 막내둥이 영춘은 나이 이미 열세 살에 국민학교 5년급이었고.

이만하면 황주 아주머니는 거의 맨손이다시피, 올망졸망 동서불변의 4남매를 데리고, 막막히 서울로 올라와 그 먹지 않고 입지 않고 자지 않고 쉬지 않고 그러면서 부라퀴로 날뛰며, 열두 해 동안 고생을 한 보람은 넉넉히 났다.

동시에 혼자엣 남의 어머니로서 인생으로서, 팔구 분 성공이었다고 하여도 무방하였다.
오로지 황주 아주머니의 그 생활과 맞부딪쳐 굽히지 않고 씩씩하게 싸워 마지않는 기개의 덕이었다.

3

몸집이 부대한 사람은 추위를 덜 타는 혜택이 있는 반면, 여름이면 남달리 더위를 타고 땀을 많이 흘리는 대갚음을 치르게 마련이어서, 황주 아주머니도 아버지와 나만 아니더면 적삼 치마 단속곳 다 벗어던지고, 속곳 바람으로 앉았고 싶어할 만큼 더워하면서 부채질이 바빴다.
아내가 칼국수를 한 대접, 딴 상에 김치 등속과 함께 놓아 올리는 것을 어머니가 받아 황주 아주머니의 앞으로 놓으면서 권을 한다.
"형님 어여 좀 드시우…… 혼자 먹으려니깐 걸려, 뫼시러래두 보낼까 하든 참인데."
"발이 효자야, 허어허허허."
황주 아주머니는 웃음 웃는 것도 남자처럼 걸걸하고 너털스러웠다.
한바탕 너털웃음을 웃고는 수저를 들면서
"여름엔 이게 젤이지…… 더운 국물 해서 먹구 난다 치면, 먹을 땐 더워두 속이 후련하구 더위가 가시구."

"자시구 더 자시우, 형님. 많이 있으니."

"양대루 먹죠. 내가 언제 이 댁에 와 먹는 거 사양합디까?"

마침 아버지가 수저를 놓고 상을 물렸다.

황주 아주머니가 건너다보면서

"아재는 벌써 다 자셌수?"

한다.

혹시 당신이 와 자시기 때문에 식구의 차지가 덜린 것이나 아닌가 싶어 하는 말이었다.

아버지는 트림을 길게 하고 나서

"내야 이걸 어디 질겨 하나요? 전엔 젓갈두 아니 댄걸…… 지끔은 마참, 궁졸해지니깐, 입두 궁기가 들어 그런지 이런 것두 곧잘 걸어들이군 하지만서두."

"아따 가만 기시우. 아재네두 인전 도루 옛날처럼 기 펴구 힘 펴구 사실 날이 가차웠으니."

황주 아주머니는 자신 있이 그러다 문득 기쁨이 얼굴에 넘치면서

"참 이승만 박사루 대통령 난 거들 아시죠?"

"?……"

"아, 이승만 박사가 대통령으루 올라앉으셨다구, 나지오루 곧장 방송두 하구, 신문사선 호외 들입다 박아 돌리구 했는데, 여태들 모르구 기셨어? 알뜰두 하시지들."

오늘 국회에서 대통령 선거를 한다는 것은 미리서 알았으나, 라

디오의 스위치를 꽂지 않고 있었다는 것은, 미상불 책망을 들어 싼 일이었다.

아버지야 범연한 어른이라지만 적어도 나만은 적지 아니한 등한이 아닐 수 없었다.

"아무튼 그러면, 아주머니의 그 예언이 영락없이 들어맞인 심이군요?"

이윽고 아버지가 하는 말이었다.

빈정대는 말씨가 역력하였으나, 황주 아주머니는 그런 눈치를 채기보다는 신이 나서

"아, 영락없이 들어맞구말구요. 내가 그날두 무어랍디까?"

유래가 있는 말이었다.

한참 선거로 사람이 둘만 모여도 그 이야기로 판을 짜던, 지나간 4월 그믐께의 어느 날이었다.

석양 때, 그날도 역시 아버지도 계시고 나도 학교로부터 돌아왔고 한자린데, 그 자리에 황주 아주머니가 와 참석을 하여 역시 선거 이야기가 벌어졌다.

"거저, 덮어놓구 이승만 박사한테 투표해야 합넨다. 이승만 박사한테 투표해서, 그 으른을 대통령으루 뫼셔 앉혀야 우리 죄선 사람 살길 나서지, 그렇잖구는……"

그러면서, 황주 아주머니는 그야말로 덮어놓고 이승만 박사에게 대통령 투표를 해야만 한다는 것이었다.

아버지는 어처구니가 없어서 물끄러미 앉아 듣다가

"난, 이번 선거가 국회의원을 뽑는 선거루 알았드니, 이승만 박

사 대통령 뽑는 선거로군요?"

"글쎄, 인제 두구 보시우. 한 열흘 남았으니 두구 보시우마는, 삼팔 이남의 죄선 사람은, 열에 아홉까지는 이승만 박사한테루 투표해서, 당장 그 자리서 대통령으루 뽑힐 테니 두구 보세요."

그날 저녁, 황주 아주머니가 저녁을 자시고 돌아간 뒤에 아버지는 혼잣말처럼

"허! 반식자 우환이라드니, 섣불리 조끔 아는 게 탈야. ……그런 우김 속, 그런 떡심, 그런 어거지. ……병중에 만일 그 마나님 같은 사자 귀신을 만났단, 한 시간 못 배겨나구, 끌려가구 말 게야."

하고 짐짓 고개를 내저었다.

삼팔 이남의 조선 사람이, 열에 아홉까지가 5월 10일의 선거에 이승만 박사에게 대통령 투표를 하였거나, 그런 것이 아니요, 그 뒤에 국회에서 국회의원끼리 이승만 박사로 대통령을 선거하였거나, 아무렇든 이승만 박사가 대통령으로 뽑히기는 뽑혔은즉, 황주 아주머니는 장담을 쳐도 좋은 것이었다.

황주 아주머니는 땀을 물 쏟듯 흘려가며 후루룩후루룩 먹성 좋게 칼국수를 자시면서 어깨가 으쓱하였고, 아버지는 담뱃대에 담배를 붙여 물고 앉아

"그래 이승만 박사가 아주머니 예언대루 대통령이 되구 했으니깐, 인전 그럼 우리 조선 사람이 살길두 생기겠군요?"

"살길이 생기구말구요."

"아주머니, 오시는 길에 싸전이랑 나뭇장이랑 들러보셨습디

까?"

"싸전엘요? 나뭇장엘요?"

"쌀 금새가 천 원 넘든 것이 한 5백 원으루 떨어지구, 남구두 한 마차 한 2천 원으루 떨어지구, 광목두 한 자 5, 60원으루 떨어지구, 다 그랬어야 할 게 아녜요?"

"무슨 물건 금새가 별안간 그렇게 떨어지구 합니까?"

"이린 답답한. ……이박사가 대통령으로 뽑혀야만 조선 사람은 살게 되느니라구 접때두 그리셨죠? 오늘두 방금 이박사가 대통령으루 뽑혔으니깐, 인전 살 길이 생겼느니라구 하시구."

"그야 그렇죠."

"그동안 백성이 못 살구 죽을 지경을 한 것이 달리 그랬나요? 쌀은 한 말 천 원이 넘구, 남군 한 마차 6, 7천 원이죠. 광목 한 자에 4백 원이요, 설렁탕 한 그릇이 백 원이요, 다 이래, 백성들이 살기가 어려웠든 게여든요. 그러니깐 아주머니 말씀대루, 이박사가 대통령으루 뽑혀 백성이 살길이 나서자면, 제일 첫째 백반 물가가 뚝뚝 떨어져야 할 게 아니겠다구요?"

"오온 우물에 가서 숭늉 달래시겠수. 오늘 겨우 대통령이 났는데, 오늘루 당장 물건 금새가 떨어지는 수야 있나요?"

"들은다치면 외국선 나라가 어지럽구, 물가가 비싸 백성들이 살기가 어렵다가두, 훌륭한 사람이 임금이든 대통령이든 될다치면, 그 시각 그 당장에 물가가 떨어진다구 하길래 하는 말이죠."

"정부나 생기구 그래야죠. 지끔은 아직두 미국 사람이 자기네 맘대루 이럭저럭하는 군정 아녜요."

"옳아, 정부가 생기면이라…… 정부만 생기면 그땐 쌀 금새두 내리구, 장작이랑 광목두 금새가 내리구 해서 백성들이 살게 되는 판이군요?"

"그럼은요."

"작히나 고마운 노릇이겠소…… 저 거시키, 그 멀쩡한 도둑놈들—탐관오리, 그것들두 죄다 엮어 감옥소루 보낼 테죠?"

"엮어 보내구말구요. ……지끔두 연방 붙잡히잖어요? 여니 관리들은 새려 이번 참엔 즉참,[7] 헌다헌 경찰관이 다 들려났나 봅디다. 노(盧) 무엇이라구, 수도경찰청 무슨 과장이라드냐……"

"노덕술이 말씀인감? 그 사람은 독직 사건은 독직 사건이라두, 뇌물 먹은 독직이 아니라, 사람을 붙들어다 고문을 해 죽인 사건이랍디다."

"그래요? ……그렇지만 그것두 죈 죄죠. 뇌물 먹은 거허군 좀 달라두."

"공산당을 고문해 죽였대지, 아마?"

"공산당을요? 그렇다면 잘했죠. 잘했죠. 죽여예죠. 고문 아냐 찢어라두 죽여예죠. 그리구 노씨 그인 상금을 줘서 당장 놔줘예죠. 공산당 때려 죽인 게 죄가 무슨 죕니까?"

닿으면 썩둑 베어질 만큼 졸지에 황주 아주머니의 기세는 맹렬한 것이 있었다.

"과히 염려하실랸 마시우. 본다 치면 대갠 앞문으루 묶어들여 뒷문으루 풀어놔주군 하니깐."

아버지는 그러고 나서 잠깐 사이를 떼었다 다시

"이왕 그 공산당 말이 났으니 말이지만, 나는 실상 금년허구 명년허구 이태만 지나구 나서 내명년쯤일랑 거, 공산당을 좀 해볼까 하는 참인데……"

"오온 말씀만이래두."

황주 아주머니는 기급을 하게 놀란다. 입에 국수를 듬뿍 문 채 야단스럽게 고갯짓, 눈짓, 손짓을 갖추 하며 아버지를 가로막으면서

"제발 덕분, 제발 덕분, 말씀이래두 그런 끔찍하구 숭헌 말씀일랑 애야 입 밖에 내지두 마시우. 오온 글쎄, 어떡허시자구 세상에 그런. 세상에 그런."

"그야 낸들 어디 그, 내 토지 약간 조금 있는 걸 거저 뺏어설랑 촌 무지랭이 농사꾼눔들한테 노나주자구 드는, 멀쩡한 불한당패 엘, 하 그리 탑탑해 참엘 하자구 들겠소만."

"그럼! 그러시다뿐이겠에요? 불한당허구두 그런 불한당이 어딨에요!"

"내가 금년엔, 이 집, 이걸 마저 팔아먹구. 명년엔 토지 2백 석거리 그걸 안 팔아먹구. ……할 수 있나요. 집이래두 팔구, 논이래두 팔아 위선 당장 입에 풀칠을 해야죠. ……그래, 그렇게 다 팔아먹구 난다 치면, 내명년쯤 가선, 한 푼 껀지 없는 가난방이가 될 판이어든요. 뺏길래 뺏길 거 없는 사람이니 공산당 두럴 거 없잖아요?"

"공산당, 좌익, 빨강이, 그눔들 말만 들어두 난 치가 떨려요! 에이 불공대천지 원수. ……그눔들은 내가 갈아먹어두 분이 아니

풀려."

 황주 아주머니는 과연 몸을 푸르르 떨었다.
 눈에서는 곧 불이 튀어나오는 것 같았다.
 아버지는 그냥 못 본 체
 "그런데, 듣자니깐 공산당은 가난방이끼리 모여 부잣눔의 걸 우격으루 뺏어설랑 고루 노나먹잔 노름이라구요. 집 팔아먹구 논 팔아먹구, 한 푼 껀지 없이 된 가난방이가 게라두 들어서 부잣눔의 걸 뺏어 노나먹는 축에 끼면 조음 좋아요? 목구멍이 포도청이라구 않습디까?"
 "거짓말예요. 새빨간 거짓말예요. 속임수루 마련해낸 새빨간 거짓말예요. 그눔들이 빨강이가 돼놔서, 새빨간 거짓말을 잘 지어내거든요. ……아무렴 뺏기야 뺏지요. 있는 사람의 걸, 들이 뺏구말구요. 그렇지만 고루 노나먹는닷 소린 멀쩡한 거짓말예요. 노나먹을 게 어딨에요. 저이끼리, 저이들 두목 서는 눔들끼리만 노나 가지구 저이눔들이 새루 부자질을 해요. 새루 부자질을…… 그러니깐 고루 노나먹는다는 바람에, 속구 들어간 진짜 가난방이들은 그만 헷대릴 짚구 나가떨어지죠."
 황주 아주머니는 단숨에 그리고 불을 뿜는 듯 죽 그렇게 이야기를 한다기보다도 고함을 치고 나더니, 조금 사이를 두었다 별안간 목소리를 뚝 떨어뜨려 지성스럽게
 "아잰 그런 생각 저런 생각 하실랴 마시구 한국민주당이나 독립촉성회에 드시우. 그게 젤 숩넨다."
 "허어 낼모레 집두 터두 없는 가난방이가 될 사람이, 부잣 양반

들끼리 모여 수군덕거리는 한국민주당이나, 독립촉성엔 들어 무얼 하나요? 가, 청지기나 살련다면 몰라두. ……난 그 한 푼 껀지 없는 녀석들이, 한국민주당에 들어 어쩌구어쩌구 하는 년석들, 천하 시러베 개아들 년석들입데다. 없는 놈 한국민주당 하는 건 부잣놈이 공산당 하는 거보담두 더 소갈머리 빠진 짓야."

"아재네야 어쩨 가난방이우? 집이 있구, 전답이 있구."

"한국민주당두 소위 그 강령이란 걸 본다 치면, 토진 분배한다구 그랬습디다. 독립촉성은 별거겠소?"

"거저 뺏나요? 처억척 값을 주구 사서 농민한테 값을 받구 노나 준다는데요."

"땅값으루다 돈이나 몇십만 원 받으면, 그걸 가지구 평생 먹구 살아가나요? 원체 큰 부자루, 땅값이라두 몇천만 원 받는다면 몰라두."

"아따, 걱정 마시구 이승만 박사만 믿구 기세요. 오늘 그 으런이 대통령으루 들어앉으셌으니깐, 다 사는 길이 생깁니다."

"이승만 박사가, 소작률 3분지 1만 받든 걸, 3분지 2루 올려받으란 영이나 내리기 전엔, 날 같은 사람은 온 살길이 트일까 싶지두 않습디다."

"그래두 인제 두구 보시우, 아재. ……이승만 박사루 대통령이 났으니깐, 이내 곧 정부가 생기구. 이어서 독립이 되구. 그리군 국방경비대가 쏟아져 나가서 삼팔선을 뚜드려 부시구. ……우리 영춘인, 이박사께서 쳐랏, 호령만 내리시면 지금 당장이래두 뛰어가, 삼팔선을 무찌를 테라구. 저이 동간들허구두 늘 얘기하느니 그 얘기라구 비번날 집일 다니러 오는 족족 그리면서 벼른답니다. 아유, 난 그 원수의 공산당 그놈들 잡아 죽일 일을 생각하면, 사흘 아니 먹어두 배가 부르니."

다른 일에는 엄살과 허풍이 노상 없다고는 할 수가 없었으나, 황주 아주머니의 공산당——좌익에 대한 증오와 반감은 지금 보이는 분노 그대로였지, 조금치도 에누리가 없는 것이었다.

1945년 8·15의 해방 바로 전 7월달에, 나는 은율(殷栗)의 처가엘 다녀오던 길에 황주에도 들러, 이틀이나 묵으면서 눈으로 보고 하였지만, 황주 아주먼네는 소리치게 잘하고 살고 있었다. 그 전해 가을에도 어머니가 다녀와 잘하고 살더란 이야기를 하여 대강 짐작을 하기는 하였었으나 실지로 보고는 깜짝 놀랐다.

넓은 터전에다 기와집을 상하채로 날아갈 듯 지어놓았다.

물자가 극도로 귀할 그 무렵에 그 좋은 재목하며 유리하며 고급의 도배지와 장판지며, 어디서 골고루 그렇게 구해다 썼는지 몰랐다.

방방이 들여논 조선식 서양식 일본식의 각종 가구며, 벽에 붙이고 걸리고 한 고전 미술이며 모두가 귀하고 값진 것이었다.

마침 붉은 벽돌로 빙 둘러 담을 쌓고 있는데, 흙 파다 쓰듯 흔하게 쓰는 시멘트를 보고, 나는 시멘트 한 됫박을 구하지 못해 부뚜막을 맨흙으로 바르고 지내는 우리 집을 생각하였다.

설탕, 상품의 왜간장, 옥 같은 입쌀밥, 생선, 고기, 맥주, 일본주, 나라 상감님이 구해 바치라고 하여도 구하기 어려운 물건만 물건만, 마치 예사엣것처럼, 그리고 풍부히 있었다.

고무신, 광당목, 순모의 양복천, 각종의 비단, 양말, 고급의 화장품, 또한 없는 것이 없었다.
이런 의복감이야, 아무려면 장롱 속을 열고 보았을까마는, 황주 아주머니가 자랑삼아선지 모두 구경을 시켜주었다.
그 끝에, 안주 항라로 아버지의 두루마기 한 감, 어머니의 치마 적삼 한 감, 나에게는 옥양목으로 와이셔츠 두 감, 이렇게를 선사로 주었다.
그 옥양목으로 만든 와이셔츠는 아끼고 아껴 지금까지도 나는 입고 있다.
아무튼 그렇게 황주 아주먼네는 일반으로 하여금은 양말 한 켤레 제대로 얻어 신지 못하고, 비웃 한 꽁댕이 반반히 얻어먹지 못하게 할 만큼 물자의 바닥을 내다시피 하는 그 전쟁이, 대체 어느 구석에서 전쟁 바람이 부느냐 할 지경이었다.
사과밭이, 박재춘이 결혼 때에 처재(妻財)로 탄 백 주짜리 말고도, 8백 주짜리가 또 하나 있었다.
결실이 잘되었고, 모두 봉지를 지었고, 이른 종자는 오래잖아 딸 것도 있었다.
사과밭 외에 논이 고래실 상답으로 4천 평 가량이나 되는 것이 있었다.
황주 아주머니의 설명을 들으면, 집과 새로 샀다는 사과밭과 논과 이런 것이 모두가 재춘이 처재로 탄 사과밭에서 나온 수입과, 재춘이 연말 상여금이니 출장 여비니 임시 수당이니 하는 월급 이외의 수입을 저축한 것과, 그리고 황주 아주머니가 서울서 내려오면서 뭉뚱그려 가지고 온 2천 원과 이렇게를 가지고 장만한 것이라고 하였다.

박재춘은 계미년(癸未年: 1943년)에는 다시 경부보로 승차를 하는 동시에 중화경찰서로부터 겸이포경찰서로 전근하여, 햇수로 삼 년째 경제계 주임의 요직에 앉아 있었다.

창씨(創氏)를 박촌(朴村)이라 하였다.

박촌 경부보는 황주에다 집을 짓고 사과밭과 논을 사고 하여 영주의 근거를 장만하면서, 근무하는 겸이포에는 간단한 세간을 가지고 내외 양주만 가서 관사에 들어 살고 있었다.

박촌 주임은 내가 당도하던 날 소식을 듣고 석양에 자동차를 몰고 와 나를 데리고 겸이포로 가서, 큰 일본 요릿집에다 일본 기생, 조선 기생 많이 불러 크게 잔치를 배설하고 나를 환대하였다.

그 자리에서 술이 거나하니 취한 박촌 주임은, 이 몇 가지를 몇 번이고 강경하게 주장하고 맹세하고 하였다.

조선 사람은 일본과 떨어져 살지는 못한다는 것. 그러므로 조선 사람은 하루바삐 진심으로 일본 사람이 되어야만 그는 하루바삐 행복할 수가 있다는 것. 그리고 박촌 주임 자신은 서른세 살까지엔 기어코 경부가 되고 서른아홉 살까지엔 기어코 경시가 되고 한다는 것. 이런 것이었다.

때의 그의 나이 겨우 서른한 살이요 나보다 두 살이나 아래였다.

가을에는 전검 시험(專門學校檢定試驗)을, 명춘 일찍이는 고문 시험(高等文官試驗)을 칠 터이고, 준비는 다 되어 있노라는 말도 하였다.

그의 발랄한 재기와 영리함과 그리고 민첩한 수완과 넘치는 패기와에 나는 경복치 아니치 못하였다.

나이 두 살이나 위요, 명색이 전문학교까지 나왔으면서 아무런 광채도 야심도 패기도 없이 한낱 국민학교의 교원 자리에 만족하고 있는 나를 생각할 때에 한편으로는 부끄럽기도 했고, 그에게 비하여 어린아이 같기도 하였다.

잔치가 파하고 나서는 밉지 않게 생긴 일본 기생 하나를 자꾸만 나에게 떠안기려고 갖은 수를 부려쌓았다.

술은 먹기로 들면 쑬쑬히 먹는 편이나, 서른세 살의 나이가 되기까지 남의 계집이라고는 손목 한번 본 좋게 붙잡아본 일이 없는 나였다.

팔자에 없는 오입 대접을 모면하기에 한동안 땀을 빼었다.

둘째딸 춘자는 스물두 살이요, 그 전해에 고등여학교를 마치고 시방 결혼 준비를 하는 참이라고 황주 아주머니가 말하였다.

춘자는 다른 남매와 달라, 어머니를 닮지 않고 아버지 편을 닮아 본시도 예쁘장스런 얼굴이었다.

황주로 내려오던 열일곱 살 적에 갈리고 이번이 처음인데, 그동안 활짝 피어 좋은 신부감이었다.

그러나 무슨 일인지 몹시 침울한 기색을 드리우고 있었다.

나는 이 춘자가 무척 반가웠다.

그렇도록 춘자가 반가우리라고는 나 스스로도 생각지 못한 노릇이었다.

짧은 동안이었지만, 제일 많이 춘자와 사과밭을 거닐면서 이야기하고 놀고 하였다.

춘자도 나를 깜빡 반가워하였고, 나와 함께 있는 시간만은 그 침울한 기색이 가시고 명랑하게 웃으면서 이야기하고 놀고 하였다.

막내둥이 영춘은 그동안 벌써 나이 열일곱에 몰라볼 만큼 자랐고, 겸이포의 일본 사람 중학엘 통학하고 있었다.

영춘은 일본 사람 중학엘 다니게 하는 형 박촌 경부보에 대하여 나더러 불평 이야기를 하였다.

일본 아이들한테 갖은 구박을 받는 설움을 갖추 호소하면서……

하여커나 그런 사소한 것은 말고, 이렇게 황주 아주머니는 네 남매가 다 잘 자라났고, 공부도 하고 하여 남의 축에 빠지지 아니할 만큼 성장을 하였다.

그중에서도 맏아들 재춘은 겨우 서른에 그만한 지체에 올랐고, 앞으로 더욱 대성할 길이 환히 트여 있었다.

재산이 이루어졌다.

이 판국에 백만금을 누리는 부자로도 감히 생의치 못할 풍족한 생활을 하였다.

열여섯 해 전 기사년(1929년) 가을의 어느 날, 젖먹이 등에 업고, 세 아이 걸려가지고, 막막히 서울 거리에 서던 날의 일을 생각하면, 참으로 감개 없을 수 없는 노릇이었다.

오늘의 이 기초는, 그날로부터 시작하여 먹지 않고, 입지 않고, 자지 않고, 쉬지 않고, 심지어 한 지게 1전 하는 물까지도, 등에다

아이 업은 머리로 여다 먹으면서 열 명이나 되는 남의 집 선머슴 아이들의 밥 심부름을 열두 해 동안 두고 하루같이 하여온 거기에 있는 것이었다.

그러한 노력과 고초°를 기초로 하여 이루어진 바가 오늘이었음을 생각할 때에 황주 아주머니로서는, 오늘의 안정과 성취가 남달리 더 뜻이 깊고 소중하였을 것은 당연한 일이었다.

따라서 그것을 하루아침 꿈결같이 잃어버렸음에 대한 안타까움과 노염이 한결이나 컸을 것도 또한 당연한 인정일 것이었다.

황주에 최라고 하는 국민학교 적의 제자 하나가 있었다.

보통학교를 5학년부터 6학년까지 내가 맡아 가르쳤고, 중학이 내가 다닌 ××중학이요, 하여서 최군은 나의 제자인 동시에 중학 후배 동창이기도 하였다.

그런 관계도 있고 하여 의가 서로 자별한 것이 있었다.

최군은 본시 서울 태생이었으나, 최군의 말로써 하면 일본 제국의 기만적인 폭압 정치──불합리하고 추악한 세상과 타협·굴종하기가 싫어 특히 학병(學兵)을 기피하기 위하여 병을 칭탈하고 전문학교를 중도에 폐한 후, 동무의 반연으로 황주에다 조그마한 사과밭을 마련해가지고 홀어머니와 함께 과수나 가꾸면서 죽은 듯 엎드려 독서와 사색으로 때를 기다리고 있는 청년이었다.

사과밭 가운데의 모종에서, 최군은 뜻하지 아니한 나를 반가이 맞이해주었다.

조촐한 술상이 나오고, 손 닿는 사과나무에서 아직 맛이 덜 든 대로 사과를 따 소주잔을 주고받고 하면서, 오래 적조한 이야기로, 먼 소학교 시절의 회고담으로, 때의 시국에 대한 비판으로, 둘이는 시간 가는 줄을 몰랐다.

최군은 독일이 패전을 하여 일본과의 동서 호응 작전(東西呼應作戰)의 전열로부터 떨어져나간 것과, 그 영향 말고도 일본이 독자적으로도 지칠 대로 지친 여러 가지의 구체적인 실증과, 소비에트 러시아가 대일 작전에 참가할 것과, 이런 여러 가지의 사실을 기초로 일본이 머지 않아 항복을 하고 말 것을 자신 있이 단언하였다.

최군은 또 단지 소극적으로 세상을 피하여 과수 재배나 하면서 독서와 사색으로 무료히 세월을 보내고만 있거니 여겼던 것은 나의 잘못 짐작이었고, 실상은 그러한 카무플라주 밑에서 적극적으로 무엇인가를 일하고 있는 눈치가 보이는 것 같았다.

중국 연안(延安)에 독립동맹(獨立同盟)이라는 조선 사람의 적색 해방 투쟁단체가 있고, 조선 안에서는 여운형이 그와 기맥을 통하고 있다는 꿈같은 이야기를 나는 얼마 전에 서울서 들은 것이 있었다.

당시의 나에게는 별을 따려고 드는 사람들의 일같이 허황하고 부질없는 이야기였다.

최군이 그런데, 역시 그 독립동맹에 대한 이야기를 하였다.

이야기를 하되, 들은 풍월로, 제3자적인 처지에서 이야기 삼아 옮기는 그런 것이 아니라, 어디라 없이 그 자신이 일맥의 간여가 없고는 그토록 절절하게 이야기를 할 수가 없을 아주 육체적인 것이 엿보였다.

나는 어젯밤 겸이포의 요정에서 이름 드날리는 경부보 박재춘의 앞에서와는 한 다른 의미에서, 이 최군의 앞에서도 나 자신이 하잘것없는 위인임을 또한 뼈아프게 느끼지 아니치 못하였다.

최군은 나의 제자요 후배요, 나이 십 년이나 어린 사람이건만, 시국과 세계 대세에 대하여 세밀하고도 예리한 관찰을 하는 밝음이 있고, 그것을 명석하게 판단 결론하는 정확한 판단력이 갖추어져 있었다.

거기에 대면 나는 맹추였다.

적의 군함을 몇 척을 깨트리고, 비행기를 몇십 대를 쏘아 떨어트리고, 몇백 명을 죽이고, 몇천 명을 사로잡고 하였고, 그리고 '아방의 피해 근소하다'고 하는 소위 대본영 발표를 그대로 곧이 듣는 멍텅구리였다.

최군은 침략자 일본에 대하여 어떠한 정도의 힘인지는 모르겠으되, 가사 그것이 지극히 미약한 것이라고 하더라도 종시 부질없고 허황한 노릇이어서 성과에 기대를 둘 것이 못 되는 것이라고 하더라도, 그러나 아무튼 그는 민족의 해방을 위하여 한몫을 거들고 있는 사람인 것만은 사실이었다.

반대로 나는 조선의 어린 사람들에게 일본이 조선을 침략 정복한 것이 옳은 짓이라는 것을 가르치고, 조선말을 금하며 일본말을 쓰도록 나무라고, 조선 사람이기를 버리고서 일본 사람이 되기를 강요 혹은 유인하고, 매일같이 고고꾸신민노세이시(皇國臣民の誓詞)를 외우게 하고, 덴노헤이까반사이(天皇陛下萬歲)를 부르게 하지 아니치 못하는 한 비루하고 무력한 인간에 지나지 못하였다.

조선의 어린 사람들을 잘 가르치고 지도하고 하겠다는 그 관념은, 역사의 앞에 이미 그 내용의 발전을 구속하는 방해물로 전화가 되었건만, 그것을 뿌리치고 일어서지 못하는 것이 나의 타성적(惰性的)[10]인 용렬스런 지아비임을 말하는 것이었다.

날이 어느덧 저물었고, 최군의 집으로 들어가 저녁을 같이 하면서였다.

최군은 지날 말처럼
"그 박씨네완 가차운 일가신가요?"
하고 물었다.

나도 심상히
"두 집 마나님끼리 사이가 가차워 그렇지 나완 외가루 열 오륙 촌이라니깐 무어……"
"그럼, 남이나 다름없군요?"
"그렇겠지."
"……"
최군은 무엇을 생각하면서 잠깐 말이 없다가
"여러 날 묵으시나요?"
"내일 아침 차루 떠날 예정은 예정인데, 그 집에서 자꾸만 더 놀다 가라구 만를 해싸서……"
"선생님?"
"응."
"눈칫밥 잡숫지 마시구 내일 아침 차루 떠나시죠."

최군의 말에는 자못 단정적인 것이 있었다.

나는 뻔히 최군을 건너다보다가 물었다.

"눈칫밥이라니? 설마 그 집에서……"

"설마 그 집에서 눈칠 할 리야 없을 테죠. ……남들이 눈칠 합니다."

"남?"

"며누리가 미우면 발굼치가 달걀 같은 것두 숭이라구 아니합니까? 이 황주, 중화, 겸이포 세 고장 사람들치구, 그 박씨네가 밉지 아니한 사람이 없답니다. 박씨네가 미우니깐, 그 집 일가나 손님으루 온 사람두 밉구요."

"오오!"

나는 비로소 깨칠 수가 있었다.

"아모리나 일가간이요, 큰사모님과는 사이가 가찹다시는 선생님 면전에서 차마 박절합니다만서두, 박재춘이 그 사람, 잘못하다 인제 와석종신하기 어려울 겝니다. 옛날 민××가 평양감사루와 하든 갈퀴질이, 어데 박재춘일 따릅니까? 신랄하구 악착하구 광범위하구, 그리고 단작스럽구. ……오죽해 순사 적엔 정거장 앞에서 채밀[1] 팔구 있는 채미장사 껄 다 갚아먹었대잖습니까?"

"……"

"그 집 사과밭, 큰 거 있는 것 보셨을 겝니다. 겸이포 사람의 것인데, 그 사람을 옭아넣군, 거저 빼앗다시피 했죠. 이 황주 바닥에서두 젤 치는 좋은 사과밭이죠. 정당한 매매라면 10만 원에두 내놓지 아녈 사과밭입니다. ……대체, 매달 40 몇 원의 월급이나 받구 처재루 탄 백 주짜리 사과밭, 그러나마 3급 4급밖에 아니 되는 그 백 주짜리 사과밭에서 나는 걸 가지구, 대관절 그런 홀란스런 집이 지어지며, 10만 원짜리 사과밭이 사지며, 1등 옥답으루 4천 평의 논이 사지며 합니까? 또, 제왕두 어려운 그런 호화로운 식생활을 하며, 옷치레를 합니까?"

"……"

듣고 생각하니 미상불 그러하였다. 박재춘의 월급 수입과 처재로 탄 사과밭에서의 수입과 황주 아주머니의 2천 원과, 이것만으로는 도저히 흉내도 내지 못할 노릇인 것을 알겠었다.

"황주, 중화, 겸이포 세 고장 사람으루 박재춘이 좋다는 인간 녀석이 없습니다. 가슴에 칼을 머금구, 북북 이를 갈아대는 사람이 얼만지를 모릅니다. ……겉으룬 다들 흔연하구 내색을 아니합니다. 잘못하다 애꿎인 봉변을 할 테니깐요. 저두 실상, 종종 만나, 바둑두 두구 술두 먹구 보비위두 해주구, 명절 땐 잊지 않구 두둑히 선살 하구 하면서, 절친히 지나는 척합니다. 그리구 그 덕분에, 아직껏 증용두 아니 가구, 주목두 아니 받구 무사히 지나긴 합니다. 그렇지만, 박재춘이가 만일 그 집 그 전장을 지니구 늙두룩 편안히 살다 와석종신을 한다면, 그야말루 천도가 무심하죠. ……박재춘이 별명이 이완용이 서잡(庶子)입니다. 이완용이 똥방자라구두 부르구요. 역적놈 이완용이가 일본다 나라 팔아먹은 뒷추릴 하는 녀석이래서 생긴 별명이죠. 조선말 절대루 아니 씁니다. 심지어 제 계집허구두 일본말루다 곧잘 지껄이는걸요. 일본이라면 덮어놓구 위대하구 좋구, 조선놈은 다 도둑놈이요, 나

낙조 221

쁜 놈입니다."

"……"

"이십여 일 전에, 평양 있는 친구한테서 편지가 왔어요. 박춘자의 집안에 관한 것을 정확 세밀히 알려달라구. 박춘자가 평양으루 혼인이 얼린다구 하더니, 아마 그 친구의 집안 누구던가 봐요. 처지가 퍽 곤란하겠죠. 해두, 거짓말을 했다, 남의 일생의 큰일을 그르쳐주어선 아니 되겠어서 사실대루 편질 했죠. 아마 그 혼인 깨졌기 쉴 겝니다. 별양 큰 죄두 없는 박춘자 그 당자한테야 미안한 노릇이지만, 어떡헙니까?"

"연앨 했던가?"

나는 춘자가 결혼할 준비를 한다면서 몹시 침울하던 것을 생각하고 그렇게 물어보았다.

"연애나 했다면, 저두 차라리 덜 미안하죠. 연애하는 남녀 사이라면야 가정이 좀 무엇하더래두, 그래서 반대가 있더래두 저이끼리 우겨 혼인이 그런대루 얼리는 수두 있으니깐요. ……양편 집안에서 서둘러서 하는 혼인이던가 봐요. 맞선은 보았다드군요."

이튿날 아침, 나는 황주 아주머니가 못내 섭섭해하는 것을 겨우 뿌리치고 예정대로 황주를 떠났다.

춘자와 동행이 되었다.

내가 행장을 수습하여 가지고 나서려니까, 춘자가 저도 마침 챙겨놓았었던 모양으로, 보스턴백을 들고 양장으로 차리고서 따라나섰다.

황주 아주머니는 잠깐 저마를 하더니, 데리고 가 집에 두어두고 한 달만 있다 내려보내라면서, 춘자의 가방에다 여비를 두둑이 넣어주었다.
 춘자는 한 보름 우리 집에서 있다 나와의 그 편지 사단이 있던 날 우리 집을 나가 어디론지 가버렸다.
 가슴에 울화를 품은 처녀를 함부로 지향 없이 나가게 하기가 조심이 되고 황주 아주머니한테 민망한 노릇이었으나, 그렇다고 부둥부둥[12] 나가는 사람을 허리 매어두는 수도 없었다.
 며칠 있다 8·15의 해방이 오고, 38 '방해선'이 생기고 하였다.
 서울서 사는 송자가 하루 걸러큼씩 와서 고향집 소식을 몰라—모른다기보다도 어떤 불길한 예감에 울며불며 조바심을 쳤다.
 이윽고 소식이 들려오기 시작하였다.
 정확성도 없고, 겸해서 먼저 소식과 나중 소식 사이에 공통성이나 연락성도 없고 한 것은 한 것이었으나, 심히 상서롭지가 못하다는 한 점에는 일치가 되었다.
 나는 아무에게도 입 밖에 내지는 아니하였으나 무시로 최군이 하던 말
 "박재춘이가 와석종신을 한다면……"
하던 그 말이 머리에 떠오르면서 참담한 광경이 눈에 선히 밟히곤 하였다.
 박재춘은 양주가 겸이포에서는 요행 무사히 몸을 빠져나왔으나 황주로 오기가 잘못이어서, 황주 경내의 어떤 동네에서 형체를 분간키 어려울 만큼 참혹한 죽음을 당하였다는 구체적이요 자상

한 경위는 이듬해 봄 황주 아주머니가 영춘을 데리고 서울로 올라와 직접 이야기를 하여서야 비로소 알았다.

황주 아주머니는 산산이 부서진 바 된 집에서 그래도 집과 전장을 부둥켜 잡고 늘었으나, 재산을 몰수하고 추방을 시킨다는 강제 명령의 앞에서는 어떻게 하는 도리가 없어, 집에다 두었던 현금 10만 원만 지니고 영춘과 함께 월남(越南)을 해 온 것이었다.

사람이란 대개가 자신이 저지른 바 원인으로 하여 그 필연적인 보과(報果)를 받음에 있어서, 그 저지른 바 원인일랑 고려에 넣지를 아니하고, 받는 바 보과만을 억울타 하는 약점을 가지도록 마련인 듯싶어, 황주 아주머니도 그 테를 벗어나지 못하는 이였다.

황주 아주머니는 어찌해서 박재춘이 양주가 함께 그처럼 참혹한 죽음을 당하였으며, 어찌해서 재산을 적몰을 당하고 쫓기어 왔으며 하였다는 그 원인에 대하여는 전혀 참작함이 없었다.

다만 생때같은[13] 아들이, 애탄가탄[14] 길러 그만큼이나 성장을 하였고, 앞으로 더욱 발신이 될 훌륭한 아들이 난민의 손에 참살을 당한 것이, 이것만이 원통하고 분할 따름이었다.

평생 두고 잘살고 대대손손 물려가며 잘살 수 있는 재산을, 온갖 신고를 다 하던 끝에 겨우 그만큼이나 이루어논 재산을, 하루아침 꿈결같이 빼앗겨버린 것이, 그것만이 미련겨웁고 안타깝고 절통하고 한 것이었다.

그리고, 그리하여 공산당은, 좌익은, 빨강이는 황주 아주머니와는 하늘을 더불어 일 수 없는 원수요, 갈아먹어도 분이 풀리지 않는 원한의 과녁이요 한 것이었다.

4

 사흘인가 지나서였다.
 점심 후 진고개(舊本町通)의 헌 책사를 들러 명동 거리를 내려오다 국방경비대의 소위의 복장으로 차린 영춘을 퍼뜩 만났다.
 반가워하면서, 그러지 않아도 상의할 말이 있어 일간 나를 한번 찾아오려던 참이라고 하여, 골목 안의 조용한 다방으로 데리고 들어갔다.
 손위로 형도 없거니와 손아래로 동생이 없는 나는 이 영춘을 친 동생처럼 귀애하였고, 영춘도 나를 잘 따르고 신뢰를 하고 하였다. 더러 복잡한 일이 있든지 하면, 나를 찾아와 상의를 하곤 하였다.
 탁자를 사이에 두고 마주 앉아 나는 곰곰이 영춘을 바라다보았다.
 키가 후릿하고 살이 알맞추 있고 표정은 분명하였다.
 이 알맞은 살과 분명스런 표정은 삼 년 동안의 군대적인 강력한 훈련으로 다져진 것이었으리라.
 체격과 기상은 그렇게 좋고, 국방경비대의 소위에 나이는 이십...... 거동은 그러나 나이보다 훨씬 어른스러웠다.
 이렇게 어느덧 헌헌장부가 된 영춘이, 지금으로부터 열아홉 해 전 겨우 첫돌이 지난 젖먹이의 유아로 뻬악뻬악 울면서 어머니인 황주 아주머니의 등에 업혀 고향 황주로부터 살길을 찾아 막막히 서울 거리에 나타나던 그 영춘이던가 하면, 희한도 하려니와 일변 감회 깊은 것이 없지 못하였다.

이십이라는 어린 나이로는 흔치 못한 곡절의 연속이었다.

첫돌에 아버지를 여의고, 홀어머니의 등에 업혀 막막하고 고달픈 생애를 출발하였다는 것이 벌써 심상치 아니한 운명이었다.

열두 해를 가난과 고로(苦勞)와 싸우는 어머니 밑에서 찬밥덩이를 먹고 누더기를 걸치고 함께 고초를 겪으면서 자랐다.

고향 황주로 돌아가 살던 해방까지의 다섯 해 동안은 경제적으로는 매우 윤택하게 지낼 수 있는 시절이었다.

그러나 우울하고 늘 불안한 날을 보내야 하던 시절이었다.

형 박재춘이 일본인 소학교에다 전학을 시켰고, 중학도 일본인 중학에 입학을 시켰고 하였기 때문이었다.

일본 아이들은 '센징' '요보'를 텃세하고 구박하였다. 함께 휩쓸려 놀아주지를 않고 돌려놓았다.

마늘 냄새가 난다고 '센징구사이'[15]하다면서, 옆에 가까이 오지도 못하게 하는 아이까지 있었다.

숙제 같은 것을 잘하여 선생의 칭찬을 받는다 치면 시새워 한결 더 구박을 하였다.

한 아이와 시비가 나면, 먼저 잘못이야 어느 편에 있든지 동족인 일본 아이의 편역을 들어 여러 놈이 몰매를 때리곤 하였다.

해방되던 해요, 중학 3년급에서 4년급으로 진급하던 무렵이었다.

그날 치 한 학과에 예습이 미흡한 것이 있어 통학하는 차중에서 노트에 적기를 하다 연필심이 분질러졌다.

둘러보는데 마침 저편짝 구석 자리에서 역시 통학생인 일본인 고등여학교 생도 하나가 연필을 깎고 있었다.

열 서너 살이나 되었을까 한 소녀였다.

영춘은 가 칼을 빌려다 연필을 깎고는 이내 돌려주었다.

이날 학교가 파하여 정거장으로 오는 길에서, 영춘은 여남은이나 되는 일본인 생도들에게 으슥한 곳으로 끌려가 늑신 매를 맞았다.

표방하는 죄목은, 중학생 녀석이, 더구나 주둥이가 새파란 녀석이 벌써부터 그런 풍기 아름답지 못한 거동을 하니 괘씸하다는 것이었다.

저희들은 아주 노골하고 심각한 장난을 여생도들과 하면서…… 그러므로, 풍기 어쩌고 하는 수작은 억지엣 구실일 따름이었다.

두들겨 패면서 그들은 연방 "센진노 구세니, 나이찌진노 죠세이도니 모송오 가께루난떼 나마이끼"라고. "요보노 구세니, 붕기오 시라나이 야쓰"[16]라고 하였다.

정히 민족적인 집단성(集團性)을 띤 성적(性的) 질투였다.

영춘은 억울한 매를 맞고도 분함을 꿀꺽꿀꺽 삼켜야 하였다.

형 재춘더러 말을 하면 그야 분풀이를 하여주기는 할 것이었다. 그러나 그 대신 영춘은 형에게 못생긴 녀석이라는 가혹한 꾸지람과 무서운 매를 맞아야 할 것이매, 차라리 혼자 꿍꿍 참고 말기만 못한 노릇이었다.

처음 입학하던 1년급 때에 일본 아이들한테 몰매를 맞고 돌아와 형에게 일렀다 사정없는 꾸지람과 매를 맞은 전감[17]이 있었기 때문이었다.

아무튼 그리하여 소년 영춘은 학업이 싫은 바는 아니면서도 학교가 싫어 우울하고 늘 불안한 마음을 놓지 못하였다.

8·15의 해방이 왔다.

영춘은 해방의 고마움을 살이 아프도록 느낀 사람 가운데 한 사람이었다.

그 기승스럽고 야속히 굴던 일본 아이들이 그만 풀이 꺾여버리는 것이며, 죽은 소리도 못하고 봇짐을 싸는 것이며…… 주먹덩이 같은 것이 여러 해 동안 뭉쳤던 가슴이 단박에 후련히 씻겨 내려가는 것 같았다.

해방의 기쁨은 그러나 순간이었다. 형 박재춘이 형수와 함께 참살을 당하였다.

현장에 가 시체를 거두어 올 엄두조차 못하고 있는데 군중이 집을 습격하였다.

모자가 피하여 산에서 이틀을 지내고 내려왔을 때는 집은 지붕과 기둥만 앙상하니 남아 있었다.

사람은 없고 맹수만 시글시글한 고장에 있는 듯싶은 공포와 불안 속에서 해가 바뀌고, 이듬해 2월에는 재산의 몰수와 추방 명령이 내렸다.

모자는 꿈에도 뜻하지 아니한 고달픈 남행(南行)을 다시 한 번 해야만 하였다.

영춘은 타고난 천품도 천품이었지만, 아울러 일찍부터 그러한 생활상의 신고와 곡절을 유난히 치른 것으로 하여, 그는 이십이라는 나이보다 훨씬 어른스러워진 것이 있던 것이었다.

영춘은 월남하여 와서 이내 국방경비대에 들었다.

돈이나 조금 가지고 왔다곤 하지만, 그것을 장대고[18] 배포 유하게 공부나 하고 앉았을 수도 없고, 그렇다고 취직을 하자 하니 중학도 미처 마치지 못한 이력이매 우난 직업 자리가 얻어질 리가 없고, 그래서 차라리 군인이라도 될까 하는데, 형님은 의견이 어떠시오 하고 나에게 상의를 하였다.

나는 그렇더라도 학업을 계속하는 편이 옳겠다고 하였으나, 고쳐 생각하겠노라고 하더니, 역시 경비대엘 들어가고 말았다.

삼 년 반이나마 중학을 다닌 기초가 있고, 체격이 좋고, 다부진 구석도 있고 한 것으로 연해 술술 승차를 하더니, 오늘은 본즉 소위였다.

시원한 차를 마시면서 피차의 집안 안부를 묻고 그러고는 시국 돌아가는 이야기도 하고, 훨씬 그런 뒤에 영춘은 비로소 애틋한 황해도 사투리와 악센트가 섞이는 말로

"형님을 좀 뵙자든 것은 다름이 아니구요······"

하고 상의엣 말이라는 것을 꺼내었다.

"전 아무래두 집에서 나와야 할 거 겉애요."

"······"

모친 황주 아주머니와 뜻이 와락 맞지를 않아 가끔 의견의 충돌이 있고 한 줄은 나도 알고 있었다.

나는 잠자코 다음 말을 기다렸다.

"첨에 제가 경비대에 들어간 것은, 형님두 아시다시피 뚜렷한 목적이나 어떤 신념이 있어가지구 그랬던 거가 아니라, 막연히 그저 들어가보았던 게 아니나요?…… 했던 것이 지끔 와선 저두 조금은 철두 들구, 또 군인이라는 것에 대한 인식이라던지 자각이라던지가 그동안 서진 것이 있구 해서, 전 제 한 몸을 군인으루써 나라에 바치겠다는 굳은 각오가 생기구 말았어요. 그런데 오마인 글쎄 자꾸만 절더러 경비댈 고만두구 나오라구 조르구 성활대시느만요."

"어머니가?"

나는 부지중 이마를 찡그리면서 되물었다. 엊그저께 황주 아주머니가 와 칼국수를 자시면서

"……이승만 박사루 대통령이 났으니깐, 이내 곧 정부가 생기구, 이어서 독립이 되구, 그리군 국방경비대가 쏟아져 나가서 삼팔선을 뚜드려부시구. ……우리 영춘인, 이박사께서, 쳐랏 호령만 내리시면 지끔 당장이래두 뛰어가서 삼팔선을 무찌를 테라구. 저이 동간들허구두 늘 얘기라느니 그 얘기라구, 비번날 집일 다니러 오는 족족, 그리면서 벼른답니다……"

하던 말로 미루어 아들 영춘이 국방경비대로 있는 것을 은연중 자랑도 스러워하는 눈치였지, 마땅치 않아하는 기색은 전혀 없지 않았던가.

"오마이 말씀은 이거야요. 오래잖아 인제 국방경비대가 북조선을 치게 될 텐데, 네가 만일 나갔다 죽기나 한다면 나는 누구를

바라구 살더란 말이냐? 그러니 일찌감치 지끔 나오구 말게 해라, 이거야요."

"어머니의 처지루 생각한다면 그럭허시는 것두……"

"형님……"

영춘은 급히 말을 가로막으면서

"전 오마이 생각과 태도가 대단히 불순하다구 보아요. 오마인 늘 말씀이, 어서 바삐 이승만 박사께서 북조선을 쳐라 하는 영을 내리서야 우리 국방경비대가 삼팔선을 직쳐 넘어가서 그놈들 공산당——살인강도놈들을 모주리 쳐 죽여, 형의 원술 갚구 우리 재산을 도루 찾구 하느니라구, 머 노래 부르듯 하신답니다. 그리시면서두 절더런 북조선을 치다 죽으면 안 되겠으니, 슬며시 지끔 빠져나오라구 졸라대시니, 말씀이죠, 형님. 나는 위험한 데서 빠지구, 남이 피 흘려가면서 일해놓는다 치면, 가만히 앉았다 그 덕이나 보자는 교활한 타산이 아냐요? 그렇잖아요 형님?"

"……"

"그것이 우리 오마이뿐만 아니라, 우리 조선 사람들의 아주 나쁜 버릇이야요. 나는 안전한 곳에 편안히 앉어 구경이나 하다, 나중 가서 떡이나 얻어먹자구 드는 심보. 그거가 나랄 망해먹은 장본예요. 조선 사람이, 그 버릇 그 심보, 내다 버리기 전엔 독립이 돼두 이내 또 망하죠. 대체, 희생 정신과 민족 관념이 없는 민족이 어떻게 자주 독립을 길게 지탕하나요?"

"……"

"오마인 불순한 것이 또 있어요. 오마인, 남조선이 북조선을 치게 되면, 공산당을 모조리 잡아 죽이구, 그래서 죽은 형의 원술 갚구, 그리구 뺏긴 집이랑 사과밭이랑, 논이랑 다 도루 찾구 할 테니깐, 그래 오마인 밤이나 낮이나 앉아서 어서 바삐 북조선을 들이처야지 하구, 노래 부르듯 하는 거야요. 그러니깐 오마인, 남조선이 북조선을 친 그 결과를 관심하는 거지, 아들의 원술 갚구, 뺏긴 재산을 도루 찾구 한다는 것이 문제의 중심이지, 남조선이 북조선을 치는 사실 그 자체에 대해선 아무런 관심두 흥미두 없거든요. 또 남조선이 북조선을 치는 것이 옳으냐, 옳지 못하냐 하는 것두 전혀 오마이한텐 문제가 아니구요…… 그러니깐 오마인 결국 남의 불에 겔(蟹) 잡자는, 아조 게으르구 이기적인 그런 타산이 아냐요? 내 아들은 죽을까 무서니깐 슬며시 빼돌리구, 남이 필 흘려주길 기대려 가만히 앉았다 원술 갚구, 재산을 도루 찾구 하는, 덕만 보자는 교활하구 이기적인…… 그렇잖아요, 형님? 형님은 오마이의 그런 맘상과 행동에서, 조선 사람 전체에 배 있는 망국 민족의 기질을 발견하신다구 생각지 않으시나요?"

"……"

"물론 전 명령 일하에 총을 잡구 나설 테야요. 삼팔선을 무찌르구, 북조선을 치구 할 테야요. 그렇지만 지가 북조선을 치는 데에 흔연히 참가하는 건, 그것이 통일 독립이라는 우리 조선 민족의 지상 명령, 그 지상 명을 실현하는 수단이라는 걸 잘 알구 있기 때문야요. 다른 건 없어요. 형의 원술 갚는다던가, 그런 건 저한텐 문제가 아냐요…… 그야 저두 사람인 이상……"

영춘은 부지중 흥분하였던 음성을 착 가라앉히면서, 곰곰이

"필 노눈 형이 그런 악착스런 죽엄을 당한 것이 분하기두 하구 애처로운 맘두 없지 않아 있구 하긴 해요. 해두, 전 복술 할 생각은 없어요. 도대체 형이 잘못을 했으니까요. 너무 무도한 짓을 했으니까요. 방법이 좀 잔인했을 따름이지, 형은 자기가 저지른 죄과의 당연한 대가를 치른 거야요. 제가 그 고장 사람들이라구 하더래두, 도저히 박재춘일 용서하구픈 도량까지는 나질 않았을 거야요. 재산은 더구나 말할 것두 없어요. 정당한 재산이라구 한다면, 형이 처가에서 탄 백 주짜리 사과밭 한 뙈기허구, 오마이가 서울서 가지구 내려가신 돈 2천 원허구 그것뿐야요. 월남할 때 현금 10만 원 가지구 왔으니깐, 그 두 가지만큼은 넉넉히 찾은 심이 아냐요? 그 밖에 집이라든지 논이라든지 큰 사과밭이라든지는 다시 찾구퍼 하는 맘부터가 벌써 죄야요. 이다음 그것이 우리 것으루 돌아올 기회가 있다구 하드래두 전 절대루 그걸 받지 않을 테야요. 절대루……"

"으음……"

나는 저절로 이런 탄성이 흘러나오면서 몇 번이고 고개를 끄덕였다. 영춘을 좋게 본 나의 눈이 무디지 않았음이 기뻤다.

일변, 그러나 나는 마음이 문득 어두워지는 것이 있었다.

'남조선이 북조선을 치는 날이면?'

혹은 북조선에서 남조선을 먼저 칠는지도 모르는 것인데, 한번 사단이 이는 날 우리는 남북을 헤아리지 않고 대규모의 동족상잔, 골육상식이라는 피의 비극 속에 휩쓸려 들고라야 말 것이었다. 제주도의 사태가 전 조선적인 규모로 확대가 되는 것이었다.

"영춘아?"

"네?"

"너허구 나허구쯤 백날 앉아서 그런 걱정을 한댔자 아무 소용두 없는 노릇은 노릇이지만서두, 그 남조선이 북조선을 친다는 것 말이다. 그런 수단이 아니군 달리 남북 통일을 할 도리가 없을 거나? 동족 동포끼리 서루 죽이구 필 흘리구 하질 말구서 말이야."

"그야 슬픈 일이죠. 허지만 그 밖엔 아무 도리가 없을 땐 그렇게라두 해서 남북은 통일을 해놓아야 할 게 아니겠어요?"

"남북이 반드시 통일이 돼야만 한다는 건 나두 절대 주장이지만, 아무래두 필 흘려야만 된다?"

"전, 최고지도잘 믿습니다. 이승만 박살 믿습니다. 평화적인 방법으루다 하다 하다 못하는 날이면, 그때 비로소 비상수단을 취한다는 어짐과 총명이 있을 줄 믿습니다. 그리구, 그러니깐 전 명령이 나리는 날이면, 이건 어쩔 수 없는 최후의 수단, 피치 못할 막다른 수단인 걸루 전적 신뢰를 하구서 총 잡구 삼팔선으루 달려간다는 것뿐입니다. 핀 흘리드래두, 통일을 하는 편이 차라리 나을 테니깐요."

"……"

"형님은 어떻게 생각하시나요?"

"영춘아?"

"네?"

"남조선이 북조선을 치다 만약 불행해서 실팰 하는 날이면?"

"글쎄요. 전 그럴 리가 없다구 생각합니다만……"

"무슨 근거루?…… 미군이 남조선에 그대루 주둔해 있을 테란 걸루?"

"형님?"

부르는 영춘의 기색은 문득 강경한 것이 있었다.

"형님은 우리 남조선에 미군이 앞으루 언제까지구 주둔해 있길 희망하십니까? 정부가 서구, 독립이 되구, 국제적으루 승인을 받구, 그런 독립국가 조선에 말씀야요. 형님은 미군이 그대루 주둔해 있길 희망하십니까?"

"희망토록은 아니지만…… 희망이라느니보다두, 지끔 형편 돌아가는 눈치가 어쩐지……"

"외국 군대가 주둔해 있는 독립두 그것두 독립이나요? 보호국이지, 독립국은 아닌 거 아냐요?"

"그야 물론……"

"이승만 박사께서, 미국 신문기자한테 남조선에 독립정부가 서드래두, 미군은 눌러 그대루 주둔해 있어달라구 할 테라구 말씀을 하셨다는 신문 기살, 허긴 저두 보긴 봤습니다. 그렇지만, 전 이승만 박살 믿는 만침, 그 으런이 절대루 그런 말씀을 하셨으리라군 믿구 싶질 않어요. 그 으런이 그런 생각을 가지구 기실 이치가 없어요. 아마 미국 자신이 어떤 정치적 필요에서, 의식적으루 꾸며낸 정치적 제스추어기 쉴 겁니다."

"그럴까?"

"소위 북조선 인민해방군이 남조선을 친다는 걸 가상하구서 난

낙조 235

말인 것이 분명한데 말씀이죠. ······형님, 가사 그런다구 합시다. 그런다구 하드래두 우린 사상이나 정치 노선은 상극이라두, 다 같은 우리 조선 사람한테 압박이면 압박, 창피면 창피 받구 살아야 합니까? 내 땅을 외국 군대가 차지하구 있는 총칼 밑에서, 이름만 독립이요, 실상은 보호국 노릇을 하구 살아야 합니까?······ 전 노골한 말이지, 요새두 연방 북조선에서 남조선으루 오구 있는 사람들더러, 저 독도 사건(獨島事件)을 비롯해서 개인적인 살인, 강도질, 강간, 천시, 모욕, 비방, 중상, 이런 갖추갖추의 우릴 개도야지만큼도 못 여기는 그런 밑에서 살기와, 북조선에서 노동자 농민에 의한 독재 밑에서 핍박받구 살기와 그 어느 편이 더 괴롭구 원통하구 섧구 하느냐구, 전 그 월남해 오는 북조선 동포들더러 한번 물어보구파요."

"······"

나는 영춘의 말이 노상 편협한 감정인 것이라고만 볼 수는 없었다.

"그러니깐 이상적으루야 외국 군대가 물러가구, 남조선이 자력으루 북조선을 쳐 뻐젓하게 남북 통일을 해치우구 하는 게 이상적이긴 이상적인데 말이다. 그러니깐 우선 그럼, 미국 군대가 물러갔다구 가정을 하자꾸나. 하구서, 남조선이 북조선을 치는데······ 치다, 그만 불행해서 실팰 하는 날이면 어떡헌다?"

"그런 것두 한 번은 생각을 해봄직한 일은 일이죠만, 전 자신이 있습니다."

"넌 군인이니까 신념이 그래야 할 것이지만, 전쟁이란 실력으루 승패가 결정나는 거지, 감정이나 희망으루 되는 건 아니니깐. 너나 나나 남조선이 북조선을 쳐 승릴 하길 바라구 또 그래야만 하긴 하지만, 지끔 남조선의 실력두 미지수, 북조선의 실력두 미지수, 따라서 승패두 미지수가 아닌가? 그러니 불행히 북조선을 쳤다 실팰 하는 날이면…… 이것두 한 번은 생각해볼 문제가 아니냔 말야?"
"남조선이 승릴 하면, 남조선 정부의 호령이 압록강 두만강까지 미칠 테구, 실팰 하는 날이면 북조선 정권이 제주도까지 미치구 할 테죠. ……남북 사이에 전단이 이는 날이면 그날루 삼팔선이란 건 아무튼지 없어지구서, 다신 유지되진 못할 테니깐요. 미국의 남북전쟁이 그랬구, 신라의 백제에 대한 통일 전쟁이 그랬구 한 것처럼, 이번의 남북 통일 전쟁두 둘 중에 하나가 결정적으루 쓰러지구 마는 그날까지 계속이 될 것이지, 그래서 남조선이 없어지거나 북조선이 없어지거나 하구서, 단지 조선이 남구 말 것이지, 절대루 둘이 다시 남아 있겐 아니 될 게 아니겠어요?"
"당연히, 북조선이 없어질 것이오, 그러길 우리는 희망하구 있지만, 아차 해서 북조선의 정권이 제주도에까지 미친다면?…… 생각만 해두 안타까운 노릇이 아냐?"
"그렇드래두 통일은 된 거 아뇨?"
그러면서 영춘은 딴 속 있이 벌쭉 웃는 것이었다.
그러고는 내가 퍼뜩 놀라 짯짯이 저의 얼굴을 건너다보는 것을 보고는 또 한 번 벌쭉 웃으면서
"염려하실 거 없어요. 빨갱이가 된 건 아니니깐요. 전 공산주읜

절대루 싫어요."

하고 잠깐 말을 끊었다가 다시

"그렇지만, 형님. 제가 공산주의가 싫다는 것과 대세(大勢)완 다르지 않어요? 가령 여름날이 더워서 더운 것이 육체상으루 고통이요 싫다는 것과, 그러나 여름이란 더웁기루 마련이라는 것과 즉 더운 것이 대세라는 것과는 다르드끼 말씀야요. 저 한 사람이 공산주의가 아무리 싫다구 하드래두 북조선 정권이 제주도까지 오는 것이 모든 조건에서 대세란다면 전 그것을 적어두 이론상으룬 승인을 해야 하는 거라구 생각해요."

"……"

나는 그것을 부인할 아무런 조건도 가진 것이 없었다.

"그러니깐 형님. 전 불행히 북조선 정권이 제주도까지 온다면, 감정상으룬 싫겠지만 이론상으룬 승인을 하긴 하겠지만 한 가지 조건이 있어요. ……소련의 위성국가루써의 조선인민공화국이 아니라, 어떤 방면에 있어서두 소련방의 간섭이나 그 제압을 받지 않는 완전 자주 독립의 조선인민공화국이란 조건에서 승인을 하겠어요."

"……"

"그리구 말씀예요, 형님. 전 비단 북조선 정권에 대해서만 그리는 것이 아니라, 이 남조선, 대한민국에 대해서두 마찬가지야요. 옛날 비율빈처럼, 실권은 여전히 미국 재벌이 쥐구 앉었는 그런 독립은 일없어요. 일제 시대의 만주국 독립 같은 그런 독립은 일없어요. ……만일 어떤 놈이구 간에 그따위 정불 만들어가지구 내용으룬 외국에다 나라와 민족을 팔아먹으면서 수염을 쓰다듬구 앉어선 독립을 했습네 하구 국민을 호령하는 놈이 있다면, 전 그런 놈 먼점 때려 죽이구서 북조선을 치러 갈 테야요, 단연코 용설 안 해요."

 탁자 위에 놓였던 주먹을 하마 터질 듯 불끈 쥐면서 푸르르 떨었다. 눈은 불이 활활 타는 것 같았다. 그러면서 덧붙여 하는 말이었다.

 "제가 만일 일한 합병 때 나서 있었다면, 이완용이, 이용구, 송병준이 그런 놈들을 살려두질 않아요."

 차를 다시 가져오게 하여 마시면서 오래도록 서로 말이 없었다. 나는 여기서도 '무서운' 후진을 봄과 아울러 범속하고 용렬한 나 자신을 다시금 발견하였다.

 훨씬 만에 영춘은 조용한 음성으로 새로운 말을 꺼내었다.

 "춘자 누나를, 걸 어떻게 했으면 좋아요?"

 "……"

 춘자라면 나는 여러 가지 착잡한 감정이 일지 아니할 수가 없었다.

 "동기간 의리에 불쌍하다군 생각을 해요. 그렇지만 차라리 전 청산가리 같은 거라두 앵겨주구파요."

 "……"

 "인전 도저히 헤어날 수 없는 데까지 타락이 되구 말았어요."

 "……"

 "해방되든 해 형님이 황주 오셨을 때, 제가 왜놈의 학교엘 다니면서 온갖 구박과 설움받는 이애기하지 않았어요? 그리구 통학 열차에서 일본 계집아이한테 칼을 빌려 쓰군, 왜놈의 아이들한테 무리맬(몰매) 맞인 이애길 했죠? 들으셨죠?"

나는 잠자코 고개를 끄덕였다.

"전 그때, 왜놈의 아이들이 절 그렇게 몹시 때린 심정이 지금야 이해가 되는 것 같아요. ……대체 연애면 연애, 유희면 유희, 조선놈허구나 한다면 구태라 누가 무어래겠어요?…… 어째서 그 ××놈들허구……"

춘자가 바람이 나기는 재작년 겨울부터였다.

미국 사람과 팔을 끼고 거리를 걸어오는 춘자와 딱 마주친 일이 있었다. 나는 알은체를 해야 옳을지, 모른 체해야 옳을지를 몰라 주춤주춤하는데, 춘자는 보아란 듯이 고개를 꼿꼿이 쳐들고 지나가버렸다.

미국 사람과 지프차에 앉아 달리는 것도 두세 차례 보았다.

춘자네 집 아래 지프차가 놓여 있는 것을 보았다는 사람이 종종 있었다.

마침내 지나간 유월인가는 춘자가 아이를 뱄다는 소문이 좍 퍼졌다.

그 소문이 퍼지면서, 춘자의 그림자는 거리에서 보이지 아니하였다. 나도 그 뒤로는 만나지 못하였다.

춘자가 타락이 되고 만 데는 그 책임이 한 부분은 나에게 있다면 있을 수가 없지 아니할 내력이 있었다.

황주서 맞선까지 보았다는 그 평양 청년과의 혼인이 깨어진 것은 춘자에게 커다란 타격이었음일시 분명하였다.

 연애는 없었다고 하더라도 맞선까지 보았고, 저편은 모르겠으나 적어도 춘자만은 그 사람이 마음에 들었던 모양이고, 혼담이 상당히 익었고 했던 것을, 남자 편에서 파혼을 선언하였으니, 셈들 대로 다 든 숫처녀로서 당하기엔 견딜 수 없는 실망이 아닐 수 없을 것이었다.

 나를 따라 서울로 올라와 한 보름 동안 우리 집에 있으면서 차차로 나에게 하는 태도가 매우 자연스럽지 아니한 것이 있었다. 생각컨댄 한 잠자던 감정이 문득 파혼의 앙앙한 반감과 절망에서 오는 하나의 자포적이며 의식적인 반동으로 인하여, 그것이 비로소 불붙어오른 것일는지도 몰랐다.

 우리 집에서 나가던 바로 그날 아침이었다.

 아내는 여느 때대로 부엌에서 어멈과 함께 조반 분별을 하였고, 나만 건넌방에서 혼자서 책을 읽고 있는데, 그러자 앞문 밖에서 춘자의 음성으로

 "오빠, 나 어제 신문 좀 주세요."

하였다. 그러면서 앞 미닫이가 손 하나 드날 만큼 바깃이[19] 열렸다. 그 열린 사이로, 툇마루에 가 모로 걸터앉았는 춘자의 소매 짧은 폴로셔츠 소매 아래로 포동포동 드러난 팔이 내다보였다.

 처음 보는 바도 아니었으면서, 그렇게 보는 춘자의 팔은 그날 아침따라 심히 매혹적인 것이 있었다.

 책상 위에서 신문을 집어 열린 문 사이로 내밀어주는 신문과 바뀌어 무엇이 문턱 안으로 사풋 떨어졌다.

배 볼록한 하얀 각봉투였다.

나는 가슴이 울렁거리고 피가 와락 얼굴로 쏟혀 올랐다.

얼른 미닫이는 닫혔으나, 편지——각봉투는, 기쁘면서도, 일변 방바닥에 흘린 숯불덩이같이 뜨거울 것이 무서워 손이 옴츠러들었다.

아까 춘자의 폴로셔츠를 입은 드러난 팔이 매혹적이어 보인 것이나, 시방 그 편지를 바라다보면서 기뻐하는 것이나, 그것은 한 가지로 나의 가슴 속에서 진작부터 움터가지고 있던 어떤 특수한 한 개의 감정 상태에서 우러나는 것이었다. 일컬어 연애라고 하는 것이었다.

세상에 난 지 33년에 처음이었다.

나는, 그리고 춘자보다도 내가 먼저 춘자에게 연애를 하고 있었던 것이 속일 수 없는 사실이었다.

1945년 여름, 황주에 갔을 때 그때부터였던지 모른다. 아니, 그보다도 더 멀리 춘자가 서울서 황주로 내려가던 열일곱 살 적, 햇물의 은어처럼 발랄하고 귀염성스럽고, 나를 따르고 하던 그 춘자 적부터였을는지 모른다.

나는 떨리는 손으로 편지를 집어 들었다. 앞에다 '송선생님' 뒤에다 '춘' 이렇게 썼다.

나는 편지를 뜯을 용기를 문득 내지 못하였다.

그 속에는 내가 일찍이 들어가본 적이 없는 화려한 세계가 담겨 있을 터였다. 그러나 그것은 동시에 무서운 세계이기도 한 것이었다.

나는 눈을 감았다.

나는 나 스스로가 몸을 단정히 가져, 나의 어린 사람들에게 본받이가 되어야 할 직책에 있는 사람이었다. 의 아닌 행동을 하면서 어린 사람들을 가르친다는 것은 양심의 자살이었다.

나는 아내가 있는 사람이었다.

나의 아내는 연애를 한 것도 아니요, 도타운 애정이 서로간 있는 바도 아니었다. 보통학교를 겨우 마쳤을 뿐이니, 속에 든 것도 없고 인물도 별반 보잘 것이 없었다.

그렇지만 그는 나의 아내임에 틀림이 없고, 나는 그의 남편임에 역시 틀림이 없었다. 좋으나 낮으나, 아내가 있는 사람이 한 다른 여자와 연애를 하고 어쩌고 한다는 것은, 나의 윤리로는 허락할 수 없는 패덕(悖德)이었다.

고운 장미꽃을 완상하기 위하여, 꽃에 달린 가시에 살을 찔려야 하느냐, 꽃을 내다버려야 하느냐 하는 것을 가지고, 비록 30분에 지나지 못하는 시간이었으나 심각하기로는 다시없이 심각한 암투를 치러야 하였다.

나는 편지를 종이에 싸가지고 춘자가 거처하는 뜰 아랫방으로 내려갔다.

춘자는 내가 대뜰에 서는 것을 보더니 고개를 폭 숙이고 들지 못하였다. 옆 볼때기로, 귀로 부끄럼이 새빨갛게 달아올라 있었다.

나는 그 고개를 폭 숙이고, 볼때기와 귀밑이 새빨개서 앉았는 이때처럼 춘자가 어여뻐 보인 적이 없던 것 같았다.

"왜, 쓰잘데없는 장난을 하는 거야?"

낮은[20] 음성으로 나무라면서 나는 종이에 싼 편지를 들여뜨리고 돌아섰다.

나는 나의 음성과 말씨가 내가 들어도 몹시 매섭고 얼음같이 찬 데에 스스로 놀랐다. 결코 그다지 냉혹하게 말을 할 생각인 것은 아니었는데 말이었다.

남들도 그런지는 몰라도 연애란 이상한 물건이었다. 그렇게 드는 칼로 베듯 선 자리에서 잘라버렸으면서도, 그날 그 시각 이후로 춘자의 영상은 나의 가슴에 지진 듯 박혀지고 말았다.

나 혼자서 나 자신도 모르게 연애를 하고 있던 연애에다 춘자가 비로소 그런 모션을 보인 것으로 하여 불에다 기름을 부은 소치라고나 할 것인지.

잊으려고 하나 잊혀지지가 아니하였다. 무시로 불현듯 생각이 나고, 심한 때는 좌우간 얼굴이라도 좀 보았으면 싶을 적도 있었다.

늘 거취가 궁금하고 행동이 염려스럽고 하였다.

타락한 줄을 알았을 때는, 나는 울기까지 하면서 일변 가슴 아프게 책임도 느꼈다.

조반을 먹었는지 아니 먹었는지, 춘자는 행장을 챙겨가지고 우리 집을 나갔다. 우리 집에서 나간 춘자는 일자로 발걸음을 끊었다.

그 뒤, 황주 아주머니가 월남하여 와 살면서부터는 종종 만날 기회가 저절로 있고 하기는 하였다.

춘자는 가족이나 아는 이가 있는 자리에서는 인사도 하고 이야기도 하면서 내색을 아니하였으나, 혹시 나와 단둘이 만나는 때는 뾰로통해가지고 인사도 변변히 하지 않았다. 겨우 마음 내켜야 한단 소리가, 피 도덕군자님 행차시군이었다.

5

이승만 박사로 대통령이 선거가 되고, 황주 아주머니가 마침 왔다 칼국수를 자시면서 믿고 기다렸던 대로, 이승만 박사가 대통령으로 들어앉았은즉, 인제는 조선이 독립이 되는 정부나 조직이 되고 하면, 그때는 조선 사람도 살길이 나서느니라고 말만 들어도 갈증이 개는 푸짐한 이야기를 한바탕 늘어놓고 간 것이 7월 스무날.

이어서 며칠 있다 국무총리가 나고, 달이 바뀌어 8월이자 바로 이틀 사흘날에는 조각이 발표되었고.

13일은 미국과 중국이 우리 대한민국 정부를 승인하였고.

그리고, 해방 기념일인 8월 15일의 복날을 날 받아, 일본 동경으로부터 온 맥아더 장군까지 참석한 자리에서, 대한민국 정부는 국민과 외국에 대하여 정식으로 한국의 독립을 선포하는 성대한 식전을 거행하였다.

이로써 우리 조선은 위선 남쪽 한 토막이나마 우리의 정부를 가진 독립국이 된 것이었다.

한편 북조선에서는, 거기서도 8월 25일날 총선거를 할 것을 선포하였다. 이 북조선의 총선거는 북조선에만 실시하는 것이 아니다. 남북 조선의 전체적인 선거로 하기 위하여 남조선에서는 소위 지하 선거(地下選擧)라는 비밀 선거를 한다고 하였다.

그러는가 하면, 삼남 지방에서는 큰비가 와 논밭이 휩쓸리고, 집이 떠내려가고 사람이 많이 상하고 하였다. 범위의 넓고 또한 큰 품이 근년에 드문 재앙이었다.

그리하여 이래저래 세상과 감격과 아울러 인심은 겉으로 혹은 속으로, 한결 더 심각한 갈등과 긴장과 소란과 초조와 불안 가운데서 용솟음치고 있었다.

나는 8월 15일날 일찌감치 학교의 아이들께 태극기를 들려 데리고 기념식장에 나아가 해방과 대한민국의 탄생을 함께 축하하는 축하를 진심으로 축하하였다.

누가 무어라고 하건 나에게는 뜻 깊고 감격의 날이었다.

석양녘에는 어머니의 전갈을 가지고 황주 아주먼네 집엘 갔다.

장충단공원을 가까이 끼고, 조촐한 정원을 가진 아담스런 일산 주택이었다.

위치, 정원, 집 재목과 모든 꾸밈새, 이런 것들에 고비샅샅이 집을 지은 주인의 알뜰한 마음성이 깃들어 있는 주택이었다.

누구였던지는 모르겠으나 정복한 이 땅에서 이 집을 지니고 백년 천년 살 마음으로 집도 이렇게 정성을 들여 오밀조밀 잘 지어 놓았던 것이거니 하면, 인사의 영고(榮枯)가 문득 감회스럽기도 하였다.

황주 아주머니는 재작년 봄, 이 집을 권리금으로 3만 원을 주고 물려받았다.

10만 원 지니고 온 것에서 3만 원으로는 집을 장만하고 한 7만 원 남은 걸 가지고 금년 봄까지 그럭저럭 살아나왔다.

황주 아주머니쯤의 규모와 억척으로 하다못해 야미 보따리라도 싸 들고 나섬직한 노릇이지, 수중에 있는 돈을 곶감 빼먹듯 빼먹고만 앉았다니 모를 소리라고 하겠으나, 첫째로 황주 아주머니는 믿고 기다리는 것이 있었다.

오래지 않아 곧, 오래지 않아 곧, 삼팔선이 터지고 황주로 돌아가 빼앗긴 집과 전장을 찾아가지고 산다⋯⋯ 이렇게 믿으면서 날이 날마다 그것만 기다리고 있었다. 그러하기 때문에 황주 아주머니는 가진 돈이 하루하루 졸아드는 것도 그다지 마음에 시장스런 줄을 몰랐다.

황주 아주머니는 일변 또 늙기도 하였다. 올해 쉰 셋.

일찍이 네 아이들 데리고 맨손 쥐다시피 하고서 서울로 올라와 학생 하숙을 하면서 생활과 단판씨름을 하던 서른넷으로부터 마흔너덧, 그때와는 이미 다른 것이 있었다. 좀처럼 시방은 그럴 체력도 용기도 낼 기력이 없었다.

오늘 내일, 이달 새달 하고 금년 봄까지 만 이태 동안을 기다리는 동안에 수중의 돈은 다 밭아[21]버렸다.

금년 봄부터는 큰딸 송자의 도움, 그리고 춘자의 소위 노린내 나는 수입으로 입에 풀칠을 하였다.

춘자는 그동안까지는 단순히 방탕을 위한 방탕이었다.

파혼과 뒤미처 다시 실연, 이 거듭하는 타격의 반동으로 생긴 실망과 자포자기, 그리고 천품의 불량성, 거기에다 호기심, 이런 것으로 인한 장난이요 방종이요 오입에 불과한 것이었다.

그러다 춘자는 생활이 절박하여지자 장난과 오입을 손쉽게 직업으로 바꾸었다.

미군의 옷, 피륙, 화장품, 담배, 설탕, 과자, 만년필, 약품, 이런 것들을 버터제(物物交換制)로 받아, 남대문 옆댕이와 배오개 장터의 소위 사설 피엑스(私設 PX)꾼들을 불러 조선은행권으로 바꾸고 하였다.

이 노린내 나는 춘자의 수입은, 그러나 지나간 유월부터는 배가 너무 불러올랐음으로 하여 일단 수입이 막히지 아니치 못하였다.

황주 아주머니는 오로지 큰딸 송자의 가느다란 도움으로 겨우 연명을 해야 하였다. 막상 어려운 노릇이었다.

이런 군색한 사정이며 춘자에 대한 이야기는, 앞서 번 명동의 다방에서 영춘에게서 자상히 들어 안 것이었다.

황주 아주머니는 여전히 희망을 버리지 아니하였다. 여전히 오래지 않아 곧, 오래지 않아 곧, 삼팔선이 트이고, 트이는 그날로 공산당이 몰살을 당한 이북 땅 황주로 달려가, 집과 전장을 도로 찾아가지고 편안히 다시 살 것을 믿으며 기다리기를 마지아니하였다. 그것은 눈앞의 생활이 궁하여짐에 반비례하여 더욱 조급성을 띠고 강화되었다.

거기에다 겹쳐서, 객관적으로 남조선에 5·10 선거가 실시되어 국회가 생기고, 이승만 박사가 의장이 되어 헌법을 마련하고, 마침내 이승만 박사가 대통령으로 들어앉고 하는 것으로써 황주 아주머니의 희망과 기대는 드디어 움직여지지 않는 일종의 신앙이 되었다.

그러나 내일 황주로 가 떵떵거리고 살망정이라도 오늘을 굶을 수는 없었다.

그리하여 아쉬운 대로 우선 집을 팔아 작은 것으로 줄이든지, 이왕 오래지 않아 곧 서울은 뜨게 될 터인즉, 조그마한 사글세 집을 얻든지 하고서, 처지는 돈으로 한동안 생활을 지탱할 마련을 하기로 한 것이었다.

가회동 우리 집에서 한참 올라가 조그마한 집이 한 채가 사글세로 난 것이 있었다. 안방 간반, 부엌 간반, 마루와 건넌방이 각 한 칸, 도합 다섯 칸짜리의 소꿉 같은 집으로, 6만 원 보증금에 월세가 3천 원이었다.

납작한 고가에 마당은 손바닥만 하고, 수통은 멀고, 두루 마음에 어설프기는 하나 단출한 식구니 구태여 큰 집이라야 할 며리도 없고, 겸하여 전세나 아주 사는 것이 아니니, 아무 때라도 서울을 홀 떠나기에 집 처분으로 붙잡혀 앉히울 까닭도 없고 해 황주 아주머니한테는 차라리 제격이었다.

어제 오후에 어머니는 나를 데리고 가 집을 둘러보고 돌아오는 길에 이만한 자리도 쉽기가 어려우니 속히 서둘러 놓치지 말고 붙잡도록 하라고, 내일 부디 가서 전갈을 하여주라고 하였다.

시방 사는 집은 30만 원은 몰라도 25만 원이면 당장이라도 살 사람이 있다고 하였다.

25만 원 받아 한 3만 원 들여 명의 변경시켜주고, 6만 원 보증금 주고, 이사 비발[22]이 돈 만 원이나 날 것이고, 15만 원은 고스란히 떨어질 것이다.

15만 원 가졌으면 1년은 견딜 터.

그 안에 삼팔선이 트이면 돈으로 가지고 가서 해로울 까닭 없는 것이고.

나는 황주 아주머니가 대한민국이 탄생하는 오늘을 누구보다도 희망과 기쁨으로써 맞이하였을 것이려니 하는 생각을 하면서 현관문을 열었다.

내가 현관을 열고 무심코 한 걸음 들어서는 것과, 안의 열려 있는 장지문 뒤로 좇아 알락달락한 원피스 안에다 둥근 청둥호박을 한 덩이 밀어넣은 것 같은 무서운 배가 불쑥 나오는 것과가 거의 동시였다.

배는 다음 순간 질겁을 하여 나오던 장지문 뒤로 도로 들어가버리고.

나는 그 괴물 같은 배가 불쾌하기보다는 눈시울이 매우면서 가슴이 뿌듯하여 오름을 어찌하지 못하였다.

잠깐 진정을 하여

"아주머니."

하고 불렀다.

황주 아주머니의 대답 대신 춘자의 히스테릭한 음성이

"멋 허러 오는 거예요? 당장 가요!"

하였다.

망설이다가 나는 또 한 번 아주머니 하고 불렀다. 종시 황주 아주머니의 대답은 없고 일단 더 높은 춘자의 음성이
"괜히, 물 끼얹을 테니깐 알아 해요."
하였다.
 황주 아주머니는 집에 있지 않은 모양이었다.
 나는 저마를 하다가 구두를 벗고 올라갔다. 기다려서 황주 아주머니를 만나자 함이 아니었다. 춘자를 만나자 함이었다. 그러나 만나서 어떻게 한다는 것은 없었다.
 내가 방으로 들어오는 것을 본 춘자는, 아까처럼 질겁하여 피하는 대신 똑바로 서서 나를 쏘아보면서 쌔근쌔근하였다.
 춘자는 만삭 된 임부가 대개 그러하듯이 부석부석하고 광택을 잃은 얼굴은 삐뚤어지고, 눈시울은 틀어지고 하였다. 그 이쁘장스럽던 모양을 찾을 길이 없었다.
 저 뱃속에서 시방 눈 새파랗고 머리터럭 노랗고 코 오뚝하고 한 것이 수만 리 태평양 저편짝을 향수(鄕愁)하면서 꼼틀거리고 있거니 할 때에 비로소 나는 견딜 수 없는 혐오와 추악감(醜惡感)이 솟아오르고, 하마 구역이 넘어오려고 하였다.
 나는 전후를 생각지 않고 제풀에 말이 흘러나왔다.
"차라리 죽어버리구 말지!……"
 탄식조의 착 갈앉은 구슬픈 음성이었다. 나는 의식하고서 그런 구슬픈 말로써 말을 한 것은 아니었다.
 나의 눈에서는 눈물이 글썽거렸다.
 춘자의 표정은 암상으로부터 잔뜩 시니컬한 것으로 돌변을 하

였다.

"흥! 도덕군자님, 장하십니다. ……××놈한테 ××했다구? ××놈의 자식 애 뱄다구? 그래 더럽다구?…… 흥, 더러우니 어쩔단 말씀이신구, 말씀이. 박춘자년이 더러운 양갈보면, 어떤 양반 출세 못하실 일 났나? 정가 맥히실 일 났나?"

"……"

"흥! 나더러 죽으라구? 더럽다구 죽으라구?…… 왜? 어째서 죽어? 더러울 게 어딨어? 이 세상 깨끗한 사람 별루 없습디다. 별루 없어."

"……"

"외국놈한테 정줄 팔아먹는 년이 더러면, 외국놈한테 절갤 팔아먹는 서방님네들은 무엇일꾸? 외국놈의 자식을 애 밴 년이 더러운 년이면, 제 뱃속으루 난 제 자식을, 외국놈을 만들 영으루 하는 서방님네들은 무엇일꾸? ……말을 해봐요. 바루 터진 입으루 말을 해봐요."

춘자는 어느덧 다시 한 번 변하여 눈은 분노로 불타고, 사납게 들이 육박이었다.

"흥, 할 말이 없기두 할 테지. 그럼 내가 대신 말을 하지. ……자기가 데리구 가르치는 철없는 어린아이들더러 왜놈이 되라구 시킨 건 누구신구? 조선말을 내다 버리구 왜말을 쓰라구 딱딱거린 건 누구신구? 하루두 몇 번씩 황국신민서살 외우게 하구, 걸핏하면 덴노헤이까 반사일 불러준 건 누구신구? ……그뿐인감? 왜놈이 물러가니깐 이번엔 왜놈 대신 온 ××놈한테 붙어서, 조선

아이들을 ××놈의 노예를 만드느라구 온갖 짓 다 하구 있는 건 누구신구?"

"……"

"난 양갈보야. 난 ××놈한테 정줄 팔아먹었어. ××놈의 자식 애 뺐어. 그러니깐 난 더런 년야. ……그렇지만서두 난 누구들처럼 정신적 매음은 한 일 없어. 민족을 팔아먹구, 민족의 자손까지 팔아먹는 민족적 정신 매음은 아니했어. 더럽기루 들면 누가 정말 더럴꾸? 이 얌체 빠진 서방님네들아!"

생각하면 춘자의 공박도 노상 억지엣 공박은 아니었다. 차라리 지당한 말일 수가 있었다.

이조 초(李朝 初)에 고려의 유신으로서 이씨 조정에 벼슬을 한 한 사람이, 말을 아니 듣는 기녀(妓女)더러, 동가식서가숙(東家食西家宿)하는 몸으로, 사람을 가릴까 보냐고 꾸짖었더니, 계집이 천연히 대답하기를, 왕씨를 섬겼다 이씨를 섬겼다 하기와 다를 거냐고 하여서, 그만 무렴을 당하였다는 이야기를 나는 생각하고 있었다.

"내가 잘못했으니 노염 풀구려."

진작부터 떨어뜨리고 섰던 고개를 들고 겨우, 폭 죽은 목소리로 이 한마디를 하고는 나는 돌아섰다.

춘자가 우르르 앞을 가로막았다.

눈과 눈이 마주친 채 한참 서 있었다.

춘자의 얼굴에서는 분노가 물 쓰이듯 가시면서 대신 조용히 슬픔이 퍼져 올랐다.

"무슨 원수라구, 두구두구 날 이다지 모욕이세요? 두구두구."
 음성은 힘없이 착 갈앉은 음성이었다.
 "편지 뜯어보지두 않구서 도루 집어 내던져주는 거, 숫기집애루 그런 부꾸럼이 또 있어요? 모욕이면 이만저만한 모욕예요?"
 그것이 모욕이었으리라고는 나는 꿈밖이었다. 그러나 듣고 보니 또한 지당한 말인 것도 같았다.
 눈물 글썽글썽한 눈으로, 똑바로 나의 눈을 보면서 넋두리하듯 말을 이었다.
 "이 배만은 당신한테만은 보이구 싶잖었어요. 당신한테만은, 이 배만은. 당신은 더럽다구 죽으라구 했지만, 난 부꾸러서 죽어야 해요, 당신이 부꾸러서."
 목이 메더니, 울음이 터지면서 두 손으로 얼굴을 싸고 그대로 접질려 쓰러지면서 흐느껴 울었다.
 창자가 끊이는 듯 애달픈 울음이었다.
 나는 울기조차도 못하여 등신처럼 망연히 선 채 있었다. 망연히 서서 열린 유리창 밖으로 보는 데 없이 눈이 가는 곳, 정원의 해당화 가지에 매달린 두어 송이의 시들고 퇴색한 월계꽃이 눈에 들어왔다. 넘어가는 햇살이 힘없이 그 위에 드리웠고.
 우연한 일치였지만 심술스러운 부합이었다.
 드르릉 현관문이 열렸다.
 이어서 시끄럽게
 "아유 더워, 사람이 곧 미치겠구나!…… 작은아이, 나와, 이거 좀 받아라. ……대체 쌀 한 말에 1천 5백 원이니, 이런 무도한 녀석에 세상이 있단 말이냐? 쌀장산 죄다 공상당인 게야, 분명……"
하고 떠드는 소리는 묻지 않아도 황주 아주머니였다.

　매정스런 까마귀가 까옥까옥 지붕 위로 울고 지나간다. 시든 월계꽃에는 낙조가 마지막 가물거리고.

쑥국새

1

왼편은 나무 한 그루 없이 보이느니 무덤들만 다닥다닥 박혀 있는 잔디 벌판이, 빗밋이[1] 산발을 타고 올라간 공동묘지.

바른편은 누르붉은 사석이 흉하게 드러난 못생긴 왜송이 듬성듬성 눌어붙은 산비탈.

이 사이를 좁다란 산협 소로가 고불고불 깔끄막져서 높다랗게 고개를 넘어갔다.

소복이 자란 길옆의 풀숲으로 입하(立夏) 지난 햇빛이 맑게 드리웠다.

풀포기 군데군데 간드러진 제비꽃이 고개를 들고 섰다. 제비꽃은 자주빛, 눈곱만씩 한 괭이밥꽃은 노랗다. 하얀 무릇꽃도 한창이다. 대황도 꽃만은 곱다.

할미꽃은 다 늦게야 허리를 펴고 흰 머리털을 날린다.

구름이 지나가느라고 그늘이 한때 덮였다가 도로 밝아진다. 솔 푸덕²에서 놀란 꿩이 잘겁하게 울고 날아간다.

미럭쇠는 이 경사 급한 깔끄막길³을 무거운 나뭇짐에 눌려, 끙 끙 어렵사리 올라가고 있다.

꾀는 없고 욕심만 많아, 마침 또 지난 장에 새로 벼려온 곡괭이 가 알심⁴있이 손에 맞겠다, 한데 산림간수한테 오기는 있어, 들키 면 경을 치기는 매일반이라서 들이닥치는 대로 철쭉 등걸이야 진 달래 등걸이야 소나무 등걸이야 더러는 멀쩡한 옹근 솔까지 마구 작살을 낸 것이, 해놓고 보니 필경 짐에 넘치는 것을 제 기운만 믿고 짊어진 것까지는 좋았으나, 산에서 내려오면서는 몇 번이고 앞으로 꼬꾸라질 뻔했고 시방 이 길을 올라가는 데도 여간만 된 게 아니다.

게다가 사월의 긴긴 해에 한낮이 훨씬 겨워 거진 새때나 되었으 니 안 먹은 점심이 시장하기까지 하다.

끙끙 힘을 쓰는 소리에 지게가 삐이득삐이득, 지게 밑에 매달린 밥 바구니가 다그락다그락 서로 궁상맞게 대답을 한다.

중간에 한 번이나 두 번은 쉬었어야 할 것이지만, 고집이 그대 로 떠받고 올라간다. 지게 밑으로 통통하니 알이 밴 새까만 두 다 리가 퇴육살⁵이 불끈불끈 터지기라도 할 것 같다.

고개 마루턱에 겨우겨우 올라서자 휘유 휙 쟁그랍게 숨을 몰아 내쉬면서 한옆으로 나뭇지게를 받쳐놓고 일어선다.

"작것이! 나는 저 때문에 이렇기……"

미럭쇠는 공동묘지께를 힐끔 돌려다 보고는 두런두런, 허리의 수건을 뽑아 땀 흐르는 얼굴을 쓱쓱 씻는다.
"……존 질루(길로) 편허게 갈 것두 이렇기 고생허는디…… 작것이!"
시원한 바람이 한 아름 고개 너머로 몰려든다. 바라다보이는 고개 밑은 또 하나 산이 가렸고 그놈을 넘어서 오릿길을 가야 집이다.
미럭쇠는 웬만큼 땀을 들인 뒤에 지게 밑에서 밥 바구니를 떼어, 뒷짐 져 들고 어슬렁어슬렁 공동묘지로 걸어간다. 할미꽃 터럭이 눈 날리듯 허옇게 덮여 날린다.
공동묘지는 풀도 바스락 소리 않고 대낮이 밤처럼 조용하다.
여새겨 찾지 않아도 저편 산 밑으로 치우쳐 외따로 있는 게 아내의 무덤이다. 아직 잔디가 뿌리를 못 잡아 까칠하고, 뗏장과 뗏장 사이로는 검붉은 황토가 비죽비죽 비어져 나온다.
무덤 한옆으로 먹 자죽이 선명하게

密陽 朴氏之墓

라고 쓴 말뚝이 섰다. 한편 짝에는 다시

戊寅 四月二日

이라는 날짜를 썼다.
미럭쇠는 읽을 줄도 모르면서 말뚝을 한참이나 들여다보다가 그담에는 무덤을 한 바퀴 돈다.
뗏장도 벗겨진 데는 없고 구멍도 나지 않고 별일 없다.

한 바퀴 둘러보고 나서는 무덤 앞에다가 밥 바구니를 열고 숟갈을 꽂아 고여놓는다. 밥이래야 뉘와 피가 절반이나 섞인 현미 싸라기밥, 한옆으로 짠무김치를 몇 쪽 덧들인 것뿐이다.

"처먹어라…… 너 생각허구서 배고푼 것두 안 먹구 애꼈다가 갖구 왔다!"

마치 산 사람한테 이야기하듯 중얼거린다.

밥 바구니를 고여 놓아주고, 운감하기를 기다리면서 멀거니 앞을 바라보고 앉아 한눈을 판다.

앞은 산 밑에서부터 훤하니 퍼져나간 들판, 들판이 다다른 곳에는 암암한 먼 산이 그림 같다. 들 가운데 조그마한 산모퉁이를 지나 기차가 장난감같이 아물아물 기어간다.

미럭쇠는 넋을 잃은 듯 손으로 잔디풀을 똑똑 뜯고 앉았는 동안 어느 결에 눈에는 눈물이 글썽글썽한다.

"작것이 왜 죽어뻬맀어!…… 가만히 있으면 갠찮얼 틴디…… 방정맞게 왜 죽어뻬리여!…… 작것이!"

목멘 소리로 두런두런, 주먹을 들어다가 눈물을 씻는다.

2

바로 지나간 삼월 초생이었다.

미럭쇠가 논에 두엄을 져내다가 점심을 먹으러 오는 길인데, 동리 우물의 동청나무 울타리 뒤에서 점례가 해뜩해뜩, 무슨 말을 하고 싶은 눈치로 웃고 섰다.

"너 이 가시내, 왜 날 보구 웃냐?"

"망할 년의 자식이네! 이년의 자식아, 내 이름이 가시내냐?"

"너 이 가시내, 날만 보머넌 중둥이 시어서 해룽해룽허지?"

"애개개! 참 내 벨꼴 다 보겄네!……"

말로는 시뻐해도 속으로는 분명 아픈 자리를 건드렸던 것이다.

"……이년의 자식아, 내가 저 화상이 그리 좋아서?…… 아나 옛다!"

"이 가시내야, 너 암만 그리두 네까짓 건 일읎단다!"

"흥! 누구는 일 있다는디? 아이구 귀역질이 마구 나오네!……저 꼴에 그리두 새말 납순이한티 반히였다지? 참 똥싼 주제에 매화타령 허네!"

"이년의 가시내, 주둥이를 찢어놀라! 내가 납순이한티 반했으니 네게 무슨 상관이여? 이년의 가시내!"

미력쇠는 슬그머니 골이 나서 커다란 눈방울을 부라린다. 그러나 점례는 조금도 무서워하질 않는다.

"이년의 자식아, 누가 상관헌다냐?…… 그렇지만 되렌님! 속 좀 채리세유! 납순이한티는 암만 반히서 침을 지일질 흘리구 댕겨두 헛다방입니다요."

"걱정 말어, 이 가시내야……"

"닭 쫓던 강아지는 지붕이나 치어다보지! 종수허구 죽자 사자 허는 납순이한티 저 혼자 반헌 저 화상은 무얼 치어다볼랑고?"

"이 가시내야, 그짓말허면 호랭이가 물어간다!"

"미안허시겠네! 오널두 납순이는 취 뜯으러 간다구 건너와서 뒷산으루 올라가구, 종수는 나무허러 가는 체 어실렁어실렁 뒤따러갔답니다요…… 어떠냐? 헤쩍허지? 미이."

"참말이냐?"

"홍! 인제는 아슙지?…… 몰라 몰라!"

점례는 싹 돌아서서 두레박질을 시이시한다.[6]

"빌어먹을 놈의 가시내! 샘에나 풍당 빠져 죽어라!"

미럭쇠는 내뱉으면서 흐느적흐느적 걸어간다. 걸어가면서 생각이다.

점례 가시내가 노상 거짓말은 아니구 종수 자식이 워너니[7] 눈치가 수상하기는 수상했어!

그러니 그놈의 새끼한테 납순이를 뺏기구 만담?

내가 요만할 적부터 내 걸로 맏아두었는데 다 자란 뒤에 뺏겨!

사람이 화가 나서 살 수가 있나!

하기는 종수 자식이 나보다 얼굴이 밴조고롬하니 이쁘기는 이쁘겠다?

그거 원 참!……

미럭쇠는 귀주머니에서 동강난 거울 조각을 꺼내 들고 제 얼굴을 들여다본다.

넉가래[8]로 푹 찌른 것처럼 가로 째진 입, 길바닥에 떨어진 쇠똥같이 지질편편한 코, 왕방울 같은 눈, 좁디좁은 이마, 부룩송아지[9] 대가리처럼 노란 머리터럭이 곱슬곱슬 자지러붙은 대가리…… 등속.

미상불 제가 보아도 그다지 출 수는 없는 인물이다.
제엔장맞을! 워너니 이 화상을 누가 좋아한담! 눈깔이 뻰 점례 가시내나 진짜로 반해서 그 지랄이지.
원 어쩌면 요렇게 빌어먹게 갖다가 만들어놓더람!
가만있자. 이게 우리 어머니 아버지 잘못이겠다? 옳아! 아버지는 죽었으니 할 수 없고, 어머니를 졸라야지.
아 그래도 내가 기운은 세고, 또 사내자식이 머 인물 뜯어먹고 사나?
빌어먹을 것, 들이대본다⋯⋯ 눈 멀뚱멀뚱 뜨고서 뺏겨?⋯⋯
미럭쇠는 허둥지둥 집으로 달려들더니 저의 모친더러, 시방 얼른 새말 납순네 집에 건너가서 혼인하자는 말을 하라고, 만일 납순이한테 장가를 못 가는 날이면 목을 매달고 죽는다고, 어머니가 나를 이렇게 못나게 낳아놓았으니까 그 대신 꼭 납순이한테 장가를 들여주어야 한다고, 마치 미친놈 날뛰듯 주워섬기고서는 도로 부리나케 뒷산으로 올라간다.
온 산을 다 매고 다니던 끝에 으슥한 골짜구니의 양지바른 언덕 밑에서 둘이 나란히 누워 있는 종수와 납순이를 찾아냈다.
납순이는 질겁하게 놀라 달아나고, 그러나 저만치 가 서서 거취를 보고 있고, 종수는 여느 때 같으면 눈만 부릅떠도 비실비실 피하던 것이, 오늘은 눈살이 팽팽해가지고 아기똥하니[10] 버티고 서서 있다. 미럭쇠는 그놈에 비위가 더 상했다.
"너 이놈의 새끼!"
미럭쇠는 눈을 불근불근 그 잘난 코를 벌씸벌씸, 내리 으깨어버릴 듯이 바싹 다가선다.

"그리서?"

말소리며 몸은 떨려도 종수의 대답은 다구지다.[11]

"아, 요것 보게!"

"왜? 어찌서 그리여? 늬가 무슨 상관이여?"

"왜 상관이 읎어? 내가 맡어논 지집애를 늬가 왜 건디려? 그리두 상관이 읎어?"

"머 밭두덕의 개똥참외더냐? 맡어놓구 어쩌구 허게? 그녀러 자식, 생긴 것허구 넉살두 좋네!"

"아, 요년의 새끼가!……"

말로는 암만해야 달리고, 미럭쇠는 종수의 멱살을 움켜쥔다. 실상 진작에 그럴 것이었다.

종수도 마주 멱살을 잡는다.

"그리여? 어찌여?"

"요, 싹둥머리 읎는 놈의 새끼! 사알살 돌아댕기면서 남의 집 지집애나 바람맞히구!…… 죽어봐!"

와락 잡아낚는데 종수는 휘둘리면서도

"웬 상관이여? 내가 늬미를 후려냈더냐? 늬 할미를 후려냈더냐?"

고 입은 끄은히[12] 놀린다.

그러나 그 말이 떨어지기 전에 둘이는 어우러져 뒹군다.

말은 없고 잠시 동안 식식거리면서 엎치락뒤치락했지만, 악으로 덤빈 종수는 다 같은 스물한 살배기 장정이라도 미럭쇠의 황소 같은 힘을 당해내는 수가 없었다.

 미럭쇠는 종수의 배를 타고 앉아서 주먹으로 가슴패기를 짓찧는다.

 "요놈의 새끼, 다시두?"

 "오냐, 헐 대루 히여라!"

 "요것이 그리두 산소리[13]여!"

 미럭쇠는 종수의 목을 내리누른다. 종수는 캑캑, 눈을 헤번덕헤번덕 얼굴에 푸른 핏대가 선다.

 그러자 마침 그때다. 등 뒤에서 작대기가 딱 하더니 미럭쇠의 정수리를 보기 좋게 후려갈긴다.

 "아이쿠!"

 미럭쇠는 정신이 아찔해서 앞으로 넙치려고[14] 하는데 재우쳐 한 번 더 딱 내리갈긴다.

 미럭쇠는 그대로 정신을 놓고 쓰러지고 납순이는 달려들어 종수의 손목을 잡아 일으켜가지고 달아난다.

3

 납순네는 계집애가 못된 종수 녀석과 좋잖은 소문을 퍼뜨리고 다니는 참이라 걱정을 하던 판에, 청혼을 하니까 마침 좋다고 납채[15] 30원에 선뜻 혼인을 승낙했다.

 미럭쇠네는 작년에 저의 부친이 제 장가 밑천으로 장만해놓고 죽은 송아지가 중소나 된 것을 50원에 팔고, 또 양 돼지 새끼 여섯 마리를 30원에 팔고 해서 납채 30원을 보내고 나머지 50원으로 혼인을 치렀다.

그게 바로 미럭쇠가 납순이한테 작대기를 맞던 날부터 겨우 열흘 만이다.

혼인을 한 첫날밤.

미럭쇠는 달리느라고 맞은 발바닥이 아파 절름절름 신방으로 들어온다.

생전 처음으로 촛불이 환하니 켜져 있는 신방에는 불보다 더 환하게 연지 찍고 곤지 찍고 분단장한 신부 납순이가 소곳하니 앉아 있다.

미럭쇠는 가뜩이나 큰 입이 귀밑까지 째져, 느긋해라고 한참이나 웃고 섰다가 신부 앞에 가서 털썩 주저앉는다.

"히히, 작것, 늬가 작대기루 날 때렸지?"

납순이는 마치 눈이 오려는 겨울날처럼 새촘해서 눈을 아래로 내리깔고 눈썹 한 개도 까딱 않는다.

"그때 혼났다 야!…… 원 그렇기두 사정읎이 때린단 말이냐? 히히."

"……"

"그리두 나는 늬가 이뻐서 이렇기 네한티루 장개를 가잖었냐? 그렇지? 히히히히."

"……"

"그러닝개루……"

미럭쇠는 납순이의 두 손을 덥석 쥔다.

그 손은 얼음같이 찼다.

"……너두 그전 일을 죄다 잊어뻬리구서 인제버텀은 우리 각시 닝개루, 응? 내 말 잘 듣구 그리라, 응?"

이렇게 첫날밤은 지냈다.

미럭쇠는 노염이 다 풀려서 이제는 종수를 죽이지 않는다고 말을 냈고, 그래서 종수는 며칠 만에 도로 동네로 돌아왔고, 납순이는 그대로 까딱없이 눈 오려는 겨울날처럼 새촘한 채 그날그날을 보내고.

그리한 지 보름이 되는 어느 날 석양.

미럭쇠가 등 너머 봄보리밭에 소매(小便肥料)를 져내고 있노라니까, 난데없이 점례가 미럭쇠, 미럭쇠, 불러대면서 헐레벌떡 달려오고 있었다.

미럭쇠는 웬일인지 가슴이 서늘해서 밭두둑으로 나오는데 점례는 가빠하는 체하고 쓰러질 듯 팔에 가 매달린다.

"저어……"

"왜 그리여?"

"저어, 시방 오다가 어머니더러두 일러주었어……"

"무얼?"

"저어, 납순이가아……"

"납순이가……"

"내가 망을 보닝개루우……"

"그리서?"

"종수가아……?"

"종수가!……"

"응, 종수허구우, 납순이허구우, 방으루우……"

"멋?"

미럭쇠는 점례를 떠다박지르고 소처럼 내리뛴다.

등을 넘어서자 이녀언 이년, 모친의 게목 지르는 소리가 들린다.

단걸음[16]에 사립문 안으로 들어서는데, 모친은 납순이의 머리채를 감아쥐고 마당 가운데서 이리저리 개 끌듯 끌어 동댕이를 치고 있다. 조그마한 보따리가 한편으로 굴러져 있다.

"어서 오니라……"

노파는 더욱 기광이 나서 허덕허덕 들렌다.[17]

"……이년이, 이년이 대낮에 응…… 대낮에 그러구서…… 그러구서두 그놈허구 도망을 갈라구 보따리를 싸구…… 이년! 이 찢어 죽일 년!"

미럭쇠는 잡아먹을 듯 험한 얼굴을 휘휘 두르다가 토방으로 우르르, 절굿공이를 집어 들고 납순이에게로 달려든다.

"이년을!"

방아 찧듯 절굿공이를 번쩍 쳐들어, 단번에 골통을 칵 내리 바수려는 순간, 납순이와 딱 눈이 마주친다. 그것은 미럭쇠 제가 이뻐하는 납순이의 얼굴, 마주 말끄러미 올려다보는 그 눈이 어떻게도 액색한지[18] 그만 눈물이 날 것 같았다.

"퍽."

내리치는 절굿공이에 애매하게시리 굳은 마당 바닥이 움푹 팬다.

쑥국새

"이년을 이렇게 쳐 죽일 참인디…… 가만있자……"

미럭쇠는 절굿공이를 내던지고 허둥지둥 둘러본다.

"이놈은? 이놈허구 한티다가 묶어놓구서 한꺼번에 놈년을 쳐죽여야 헐 틴디이…… 놈을 잡어와야지, 이놈을…… 어머니! 그년 놓치지 말구 꼭 붙들구 있수…… 내 이놈 마저 잡어갖구 올 티닝개루……"

이르고는 쭈르르 사립문께로 달려 나간다. 사립문 밖에서는 동리 아이들이 진을 치고 구경을 하다가 양편으로 쫙 길을 터준다.

점례가 마침 배슥이 웃고 서서 눈을 찌긋찌긋한다.

미럭쇠는 짐짓 제 몸뚱이로 점례를 칵 떠받아—그것은 방금 납순이를 절굿공이로 내리찧으려던 그 옹심과 꼭같았다—그렇게 죽어라고 떠받아 나동그라뜨리고서 횡하니 뛰어간다.

종수를 잡는다고 선불 맞은 범처럼 뛰어나간 미럭쇠는 그 길로 용머리의 술집으로 가서 밤이 늦도록 술을 먹고, 그대로 쓰러져 잤다.

이튿날 새벽에야 철럭거리고 집으로 돌아온 미럭쇠는, 납순이가 부엌 서까래에 목을 매고 늘어진 시체를 제 손으로 풀어 내려놓아야 했다.

노파가 밤새도록 붙들고 지키다가 새벽녘에 잠깐 잠이 든 사이에 납순이는 빠져나가서 그 거조를 냈던[19] 것이다.

서방 미럭쇠가 돌아오는 날이면 맞아 죽고 말 것, 가령 죽지 않는다고 하더라도 병신이 될 만치 얻어맞을 것(아까 내리치던 그 무서운 절굿공이!), 그러고서도 평생을 맘 없이 매달려 살아야 할 테니 차라리 진작 죽는 것만 못하다고, 그래 자결을 하고 만 것이다.

"그년을 꼭 내 손으루 쳐 죽일랬더니, 에잉 분히여!"

미럭쇠는 동리 사람들이 모여 섰는 데서 이렇게 장담을 하고 못내 분해하는 체했다.

눈물까지 쏟아졌다. 모두들 분해서 그러는 줄만 알았지, 미럭쇠의 정말 슬픈 심정은 알아채지 못했다.

4

아내 납순이의 무덤 옆에 넋을 놓고 앉았던 미럭쇠는 이윽고 정신이 들어 무덤으로 고개를 돌린다.

숟갈을 꽂아 고여논 밥 바구니에는 어디서 날아왔는지 파리가 서너 마리나 엉기었다.

"쪼깨 먹었냐?"

미럭쇠는 중얼거리면서 밥 바구니를 집어 든다.

"물이 없는디, 목 마쳐서 어쩌꺼나!"

마디지게 한숨을 내쉰다.

"작것이 왜 죽어뻬리여!…… 가만히 있으면 갠찮얼 턴디…… 방정맞게 왜 죽어뻬리여!…… 작것이!"

두런두런, 눈물을 찔끔찔끔, 밥 바구니를 차고 앉아서 숟갈을 뽑아 든다.

"꼬시레."
조금 떠서 앞으로 던지고, 또 한 번은 뒤로 던지면서
"꼬시레."
양편 옆으로 한 번씩
"꼬시레."
"꼬시레."
골고루 고사를 한다.
할 때에 마침 등 뒤의 산허리께서
"쑥꾸욱."
"쑥꾸욱."
쑥국새(뻐꾹새) 우는 소리가 들린다.
미럭쇠는 막 밥을 먹으려던 숟갈을 멈추고 끌리듯 고개를 돌린다.
"쑥꾸욱."
"쑥꾸욱."
형체는 안 보이고 울음소리만 들린다.
"쑥꾸욱."
"쑥 쑥꾸욱."
산을 돌아 넘어가는지 소리가 감감하니 멀어간다.
미럭쇠는 옛이야기가 생각이 났다.
며느리가 해산을 했는데 야속한 시어미가 미역국을 안 끓여주고 쑥국만 끓여주었다.
며느리는 피가 걷히지 않고 속이 쓰리다 못해 삼칠일 만에 그만 죽었다.

 그 며느리가 죽어 혼이 새가 되었는데 쑥국에 원한이 잦아져 그래서 밤낮 쑥꾸욱 쑥꾸욱 운다고 한다.

 "우리 납순이는 죽어서 무엇이 되었으꼬? ……쑥국새가 되었으머는 우는 소리나 듣지!"

 미럭쇠는 우두커니 쑥국새 우는 곳을 바라보다가 소스라쳐 한숨을 내쉰다.

 "쑥꾸욱."

 "쑥 쑥꾸욱."

 마지막 소리가 아스란히 들리더니 그다음은 잠잠하다.

 미럭쇠는 밥 먹기도 잊고 도로 넋이 나가서 우두커니 앉아 있다.

당랑螳螂의 전설傳說
(3막)

인물

박진사(朴進士)　자작 영농을 겸한 소지주, 60세가량
고씨(高氏)　박진사의 처
원석(元錫)　장자, 40세가량
최씨(崔氏)　원석의 처
　　인원(仁源) ⎫
　　윤원(允源) ⎬ 원석의 소생 ⎰ 18세가량
　　옥순(玉順) ⎭　　　　　　　⎱ 15세가량
　　　　　　　　　　　　　　　　 12세가량
형석(亨錫)　차자, 35세가량
김씨(金氏)　형석의 처
　　대원(大源) ⎫
　　재원(在源) ⎬ 형석의 소생 ⎰ 16세가량
　　　　　　　　　　　　　　　　⎱ 11세가량
정석(貞錫)　삼자, 27세가량

오씨(吳氏)　정석의 처

내원(來源)　⎫
　　　　　　⎬ 정석의 소생　⎧ 8세가량
은순(銀順)　⎭　　　　　　　⎩ 3세가량

소저(小姐)　딸, 19세가량, 처녀

꼬마둥이, 머슴, 마부

집달리, 집달리를 따라다니는 형식상의 경매인(고물상) 갑·을, 인부 2, 3인

미두취인중매점(米豆取引仲買店) 마루상의 사무원 갑·을, 동(同) 바다지, 동 미두 손님 갑·을

다수한 미두꾼, 하바꾼, 옥관(玉觀), 바다지, 구경꾼 등으로 된 미두장 중심의 군중

연대
지금으로부터 약 20년 전, 즉 대정(大正) 10년대(1921) 8월 하순.

장소
남방의 어느 원벽(遠僻)한 작은 농읍(農邑)과 인천(仁川)

제1막

무대

초가로되, 칸살이 넓고 드높아 원래는 중후한 느낌이 났어야 할 것이었으나, 너무도 낡고 그을고 추녀 등 군데군데 퇴락이 되고 해서, 그 창연(蒼然)한 황량(荒凉)으로 하여 오히려 음울한 기운이 떠도는 박진사 집의 안채. 상수(上手)로부터 부엌, 안방, 대청마루, 건넌방의 순서로 되었고, 앞에는 툇마루가 죽 연해서 달렸다. 환히 죄다 열린 위아래 앞문으로는 안방과 건넌방이 다 같이 거뭇한 장롱이며 추단이 등속이 들여다보이고.

대청마루에는 길쌈을 하던 모시베틀이, 짠 베가 꽤 많이 감기고도 북이 그대로 걸린 채, 특히 눈에 뜨이도록 가운데 한복판으로 놓여 있고, 한편 구석엔 커다란 뒤주가 한 개. 뒤주 위와 시렁에는 소반, 병풍 그 밖에 여러 가지 세간이 얹혀 있고, 열린 뒷문으로 해서는 널따란 뒷마당과 뒤채의 일부분이 내다보인다.

하수(下手)는 종(縱)으로, 전면에 광과 후면에 아랫방이 달린 옆채. 이 옆채와 안채와의 사이에는 약간의 간격이 있어서, 뒤채가 있는 뒤 울안으로의 통로가 된다.

상수의 최전면으로 다가서는 이엉으로 엮어 세운 차면이 있어, 사랑채와 사랑채에 달린 대문이 그 앞에 가서 있음을 의미한다. 그리고 무대의 용적이 허하는 껏, 되도록이면 상수에다가 다시 종으로, 전면에 외양간이 딸린 헛간 한 채를 두고, 절구와 확과 토매, 절굿대, 멍석 등이며, 쟁기, 써레, 홀태,¹ 기타 몇 가지의 농구를 적당히 배치한다.

헛간이 만일 부득이한 경우면 그 대신 광 앞과 마루 밑창 기타 알맞은 자리에 그럴듯한 농구를 한두 가지씩 채워 놓아두어, 그것으로써 농가다운 기분이 나게 한다.

석양은 아직 멀었고 새때가 넌지시 겨운 오후. 막이 열리면, 손녀 은순을 등에 업은 고씨, 실심하니 만사에 경황이 없는 얼굴로 오락가락 토방을 거닌다. 본바탕은 그러나 유복하고 덕스러우며 겸해서 고생에 찌들지 않고 곱게 늙어, 그의 특특한 광당포(廣唐布) 치마 적삼이 보기조차 민망할 만큼, 귀골태를 숨기지 못한다.

대청 앞마루에서는 만삭 가까운 형석의 아낙 김씨와 정석의 아낙 오씨 두 동서가 마주 앉아서 모시 올을 째고² 있다. 김씨는 시어머니 비슷하니 복성스런 모습이나 오씨는 날렵한 몸피와 강파른 얼굴이 완구히 히스테리를 지니어 보인다. 동서가 꼭같이 삼베 적삼에 껌정 물감을 들인, 매한가지 삼베 치마를 입었고.

건넌방 마루에서는 원석의 아낙 최씨와 소저가 누런 삼베로 크막한 고의와 적삼을 한 가지씩 차고 앉아서 바느질을 하고 있다. 최씨는 부대한 몸집하며 여럿 중에서 누구보다도 유덕한 얼굴이나 약간 우둔한 편이고, 소저는 알따란 바탕에 좁은 이마 등 성미가 몹시 박절스런 모습이다. 분홍 항라 적삼에 치마는 역시 껌정 삼베치마를 입었고, 최씨는 위아래가 제 빛깔의 삼베다.

넷이는 생김새는 그렇듯 다 각각이라도(그리고, 고씨토록은 아니나) 한결같이 걱정 있는 표정을 하고서, 깜박 잊은 듯 한동안 말들이 없이 저마다 일에만 잠착한다.

오씨 (모시 한 올을 송곳니에 물고 한참이나 성화를 먹다가 겨우 째고 나서, 퍼뜩 불평스럽게, 방백) 이건 쪼개선 다아 무얼 하자구!
김씨 (언뜻 대청마루의 베틀만 돌려다 보고는, 무언)
오씨 집행 딱진지 개화장 딱진지 붙여논 년의 베틀!
(소저와 최씨, 따로이)
소저 (바느질하던 삼베 적삼을 문득 푸석하니 치켜들고는 곰곰이 바라다보다가, 방백) 머슴 줬으믄 마침이겠네!
최씨 (고개를 숙인 채, 빙긋) 나두 허너니 시방 그 말이지!
소저 어느새 노망두 아니시구 (도로 바늘을 잡으면서) 시상의 이걸 글씨 어떻게 입으신다구!
(고씨, 따로이)
고씨 (이윽고 딴 정신이 번져, 무심결에 하늘을 올려다보가, 방백) 빈 또 머얼리 갔구나!
(오씨와 김씨, 따로이 계속하여)
오씨 낼모리믄 뭇놈들을 끌구 와서 죄다 모두 팔아넹긴다믄서!
김씨 쯧! 인제 또 장만하믄 그만 아닌가?
오씨 성님두! 장만했다가 또 남 존 일 시키라구?
김씨 오온! 집행을 또 맞어서 어떡허자구!
(소저와 최씨, 따로이 계속하여)
최씨 허기사 살림은 나날이 이렇게 쪼들려가구 (間)[3] 자손들 보는데 당신이 몸소 쥬모를 내시자구 하시는 노릇이지만.

소저 그날두 글씨 (오씨를 힐끗 돌려다 보고는 소곤소곤) 막내오빠가 군산 갔다가 심부름하란 돈에서 이백 냥이나 주구 새루 양복을 해 입구 온 걸 보시구서, 그만 화증이 나시서 그리셨다우! 다락에서 이 벨 끄내가지구 들오시더니 어머니더러, 당장 이걸루 내 고의적삼 만들어노라구.

(오씨와 김씨, 따로이 계속하여)

오씨 말두 마시우! 인제 두구 보시우만 (고씨가 들을까 봐, 돌려다 보고는 소곤소곤) 인제 한 달이 머다 허구 연해 집행 난릴 맞일 테니 두구 보시래두!

김씨 쯧! 그래두 헐 수 없는 노릇이구! 다아 집안 운수소관인걸.

(고씨, 따로이 한참 만에)

고씨 하느님마저 야숙두 하시지! 이왕이니 심은 것이나 걷어 먹게 해주시들랑 않구서! (마당으로 내려가서 상수의 차면께로 걸어 나가면서) 이 사람한테서는 어쩌자구 오늘두 여태 가암감 소식이 없는구! (간) 찾으러 나가신 으런두, 가시더니 소식이 없구!

(소저와 최씨, 따로이 계속하여)

최씨 (곰곰이 방백) 집안이 이 꼴이 되기 전에 진작 애기씨가 시집을 갔어야 할 것을! 쯧쯧!

소저 (고개를 숙이고서 말은 없어도, 누가 아니라느냔 듯이, 불평한 빛이 알아보게 얼굴로 드러난다)

최씨 둘두 없는 양념딸애기니, 다아 참, 고루기두 골라야 할 테지만 (간) 집안이 그만, 이 지경이 되었으니!

(오씨와 김씨, 따로이 계속하여)

오씨 전답은 버얼써 다아 남의 것이 되구, 집두 잽혔는데 기한이 넘었댑디다! 인전 머, 집두 터두 없구, 죄다 굶어 죽게만 생겼대나 봐요!

김씨 설마 산 사람 입에 낙거미줄이야 칠라던가?

오씨 성님두! 아, 우선 지끔만 보시우? 오늘 저녁은 보리만 곱삶어야 안 해요? 보리나 또 많으믄?

김씨 (깜박 생각이 나서) 참! 내 정신머리 좀 바라! (대견히 최씨를 돌려다 보면서) 성니임?

최씨 (마주 건너다보면서) 으응?

김씨 저어, 오늘 저녁 (고씨가 들을까 봐 돌려다 본다)

고씨 (상수의 차면 밖으로 천천히 퇴장)

김씨 오늘 저녁 양식은 어떡헌대요?

최씨 나두 허너니 시방 그 걱정이네!

김씨 머슴허구 꼬마둥이두 그렇지만, 어머님이 그 노인이 보리곱삶일 어떻게 잡수시우!

최씨 즘심에 두주는 닥닥 다아 긁었던가?

김씨 그리구서두 쌀이 모자라서 들에 나가는 밥이 그렇게 반섞이가 더 되잖었어요?

최씨 쯧! 광에 있는 독에 치라두 조금만 퍼다가 먹었으믄 좋겠다!

오씨 큰일 나라구요?

최씨 허기사 그렇다데만서두. 그러니 그게 무슨 놈의 법이 그럴꼬? 다 같이 집행 딱지는 붙었으믄서두, 두주 치는 먹으라구 허구, 광에다 둔 독에 치는 손두 못 대게 허구.

오씨 두주는 두줄 집행했으니깐 쌀은 먹어두 상관없지만, 독에 친 쌀을 집행했으니깐 안 된대나 바요.

소저 (입을 삐쭉) 벨 까달스런 법두 다 많지!

최씨 가만히, 집행 딱지를 떼구서 한 말만 덜어내구, 도루 제대루 붙이믄 안 될까?

김씨 그랬다가 말썽이나 생기믄 어떡허게요?

정석 (무대 뒤에서 머언 소리로) 은순아?

오씨 네에?

정석 냉수 한 그릇 떠와!

오씨 (부엌으로 해서 퇴장)

(최씨와 김씨, 따로이 계속하여)

최씨 밀이나 좀 갈아두었드라믄, 이런 때 더러 칼제비나 해서.

김씨 머슴은 가루것두 그리 질겨 하잖나 봅디다!

(상수의 차면 밖으로부터 윤원, 옥순, 재원, 내원의 네 아이가 빈 벤또 그릇을 달그락거리면서 요란하니 등장. 사나이 셋은 하얀 일개(日蓋)를 씌운 보통학교의 학모를 쓰고 윤원과 재원은 두루마기까지 입고 일제히 버선에다가 편리화를 신었다. 옥순은 편리화 대신 갓신을 신었고.

모두들 얼굴이 벌겋게 익고 땀이 흐르나, 저마다 씩씩하니 원기가 있다.)

최씨 오는구나, 들! 오온, 이 더운데 저것들이!

(재원과 김씨, 따로이)

재원 (김씨의 앞으로 달려가서) 어머니 어머니!

김씨 오늘두 학교 논, 김들 맸니?

재원 나, 수박 사먹게 돈!

(윤원과 최씨, 따로이)

윤원 (두루마기와 모자를 벗어 내던지면서) 할아버지 안 오셨수?

최씨 안 오셨다!

윤원 어머니, 나 밥 좀 주?

(내원, 혼자서 따로이)

내원 엄마아? (오씨를 찾느라고 둘러보다가, 하수의 옆채 사이로 해서 뒤 울안으로 달음질을 쳐서 퇴장)

(재원과 김씨, 따로이 계속하여)

김씨 도온? 넌 돈 이름을 다아 아나 보다?

재원 흐응! 저기 수박 많이 난 거!

김씨 재주 좋거들랑, 좀 사다가 나두 좀 주구, 느이두 먹구 하겠지?

(윤원과 최씨, 따로이 계속하여)

최씨 밥 먹기두 급하다! 더운데 어서들 벗어붙이구, 휘얼훨 찬물루 씻기나 하려므나!

윤원 배고파 죽겠구먼!

김씨 넌 그게, 수박 고푸닷 소릴 테지?

윤원 (히죽 웃으면서) 좀 사주우!

김씨 그래라! 날 어따가 갖다 팔구서, 수박들 사먹어라.

재원 어머닐 누가 사나, 머!

최씨 오온! 자식두!

김씨 큰일들 났다! 느일 모두 먹구퍼 하는 대루 자알 멕이구, 공부두 다아, 대학교꺼정 졸입을 시키구 하자믄 돈이 집채만침 있어두 모자랄 텐데! (가볍게 한숨) 이건 되려! (대견히 무릎을 짚고 일어선다)

(소저와 최씨와 옥순, 따로이)

소저 (기둥을 안고 섰는 옥순을 건너다보면서) 옥순인 어째 저리두 얌전했을까?

최씨 얼굴에다가 시방, 수박 좀 사주우 허구, 쓴 게 아주 선연하구먼서두!

옥순 (배시시 웃으면서) 수박이 저어, 물동이마안씩 하겠지!

소저 (문득, 방백) 올 여름은 참, 수박 한 번두 실컷 못 먹어봤다!

(김씨, 따로이)

김씨 밥이나 먹어라! 들. 보리밥에다가 고추장허구, 기름허구, 드뿍 마안히 치구, 열무김치 넣구 해설랑 착착 비벼논다 치믄, 참, 꿀맛이지! (토방으로 내려서면서) 수박이 어딜! (간) 자아, 시어언한 뒷마루루 가자들. 꿀밥 비벼주께시니. (토방을 지나 상수의 부엌으로 퇴장)

(아이들, 대청마루의 뒷문으로 해서, 혹은 하수의 옆채 사이로 해서, 뒤 울안으로 퇴장)

(소저와 최씨, 따로이)

최씨 뒤채서는 내원이놈이 수박 사달라구, 단단히 시방 성화를 멕이나 보다!

소저 아이라구 하두 어디서, 응석만 부려쌓구, 소갈찌가 사나서!

최씨 쯧! 한참 그럴 나이라!

(형석, 상수의 차면 밖으로부터 총총히 등장. 삿갓을 들고 살포를 집고 탈망 바람에 발목만 조금 걷은 채, 버선에다가 대님을 묶고, 헌 마른 신을 신었다. 삼베 고의에, 적삼만은 해어지고 등을 받고 했으나마 모시것은 모시것이고.

호인 타입으로, 모계의 두투룸한⁴ 바탕이기는 하나 사람이 좀 우둔해 보이고 겸하여 빈상이 진 얼굴이다.

최씨와 소저, 돌려다 보고는, 몸을 조금씩 고쳐 앉는다.)

형석 (누군지를 찾느라고 휘휘 둘러보다가, 최씨더러) 형님 안 오셨어요?

최씨 (약간 뚜렛거리면서) 아니요!

형석 전보두 안 오구요?

최씨 전보요?

형석 허, 참! 웬일이여! (살포를 주체 못해 하다가 삿갓만 토방에다 놓고 올라서면서) 편지두 안 왔어요?

최씨 편지(더듬는다)두, 아마 안 왔지이? (소저를 건너다본다)

소저 안 왔어요!

형석 허, 참! (마룻전에 털썩 걸터앉아 잠시 우두커니 먼 산을 바라다보다가 방백) 아버님두 안 오시구!

일동 (침묵)

소저 (마침 생각이 나서) 작은오라버니 참, 저녁 양식이 하나두 없대요! 쌀이.

형석 (버럭 걸질러) 모른다! 쌀이구 막덱이구.

소저 (무춤했다가 그다음 뾰로통해서 눈을 내리깐다)

형석 (두런두런) 남 속상하는 근경은들 모르구!

일동 (침묵)

형석 (이윽고) 두주 쌀을 그래, 벌써 다 먹었단 말이냐?

소저 (입술만 뚜우 더 나오고, 무언)

최씨 쌀이, 두주에 남은 쌀이, 한 거저, 서 말 푼수나 되었을까? (간) 그래두 애껴서 먹느라구 먹었어두, (간) 원체 식구가.

(고씨, 상수의 차면 밖으로부터, 아까 나갈 때처럼 은순을 등에 업고 거니는 걸음으로 등장)

형석 형 안 왔어요?

고씨 쯧! 안 왔나 보구나? (간) 넌 왜, 즘심 내간 것두 두어 술이나 뜨다가 말었느냐? (간) 속이 편찮은가 보구나?

형석 전보두 안 오구요?

고씨 (토방으로 올라선다) 전본지 원 무언지!

형석 허, 참! (간) 편지두 없구!

고씨 (최씨와 소저더러) 이년을 좀, 받아서 게 어디 뉘던지 제에밀 갖다가 주던지 해라. 선잠이 깨서, 생뗄 써쌓더니.

형석 아버님은 또, 웬일이시구!

고씨 그리게 말이지!

최씨 (내려와서 은순을 받는다) 떼재기년이 코가 비틀어졌구먼!

고씨 (마루로 올라가 앉아서 장죽에 담배를 붙인다)

형석 이 앤 드러눠서 또 낮잠인가?

고씨 뒤채에 있나 보더라!

형석 (은순을 안고 하수의 옆채 사이로 퇴장하는 최씨더러) 정석이 좀, 나오라구 일르시우!

최씨 예에. (퇴장)

형석 (우두커니, 방백) 참, 딱한 노릇이더라! 집안은 사뭇 이 지경이 됐어두 그저 모른 척하구서, 빙 나돌아댕기기 아니면, 밤이나 낮이나 저러구 누어서 낮잠 자기! (간) 천핫일을 도모하자면 가사를 돌아보잖는다지만, 그런 주변에 천하사가 어디 당한 거여! 성현의 말씀에두 수신, 제가, 치국, 평천하라구 하셨는데! 제 몸 하나 감장 못허구, 제 집안 하나 바루잡을 줄을 모르는 사람이 천하사를 무슨 재주루 해나가더람! 내, 원!

고씨 젠들 무슨, 속두 없을라더냐!

형석 말씀두 마시우! 속은 무슨 속이 있어요? (간) 아, 형편이 이렇게 각다분할수록 눈을 쥐어뜯어가면서, 같이 좀 납뛰기나 해줘야 답답하기나 더얼하지요! 내가 무슨, 절 갖다가 부려먹자는 노릇은 아니지만, 아, 오늘 같은 날만 하더래두, 번두웅번둥 놀면서 낮잠이나 자느니, 아, 들에라두 소풍 삼아서 나와서 서두리⁵라두 좀 해줄 일이 아니요? (간) 간신히 볼(洑) 트긴 텄다는 게 겨우 그저, 참새 눈물만치 내리는 물을, 사방 뭇놈들허구 싸워가면서, 네 군데 다섯 군데 물을 대느라구, 이리 갔다 저리 갔다, 목이 터지두룩 악다구니를 허구, 그러니 그런 때 등신이라두 하나 손대⁶가 있어주면 오죽 힘겨웁구 좋아요? (한숨) 허기야 참, 그 짓을 해서 겨우 일 년 치 더 농사라구 지여놓으면 또 그리 우난 무엇이 있으꼬마는, (간) 그러구우, 암만 납뛴대두 흉년은 들어둔 흉년이구. 아마 반타작두 어려우리라! 내남직 할 것 없이[7] 그 넓운 들이 벼포기란 벼포기는 죄다 뇌랗게 말러배틀어진걸! 시방 한참 자라구 새낄 치구 할 무렵인데, 세상에 물맛을 얻어보아야 말이지요! (한숨) 그러니, 꼼짝없이 흉년은 흉년인데, 그렇다구 글쎄, 두 손목 묶어논 배 아니구, 우두커니 바라다보구만 있어요? 싸우구 뜯구 하면서라두 내려오는 물은 내 논으루 대서 단 얼마라두 농사를 건져야 안 해요? 그렇게 해서, 막이 내일날 남의 것이 될망정이라두 우리가 물역을 들인[8] 올 농사는 지여 먹어야 안 해요? 내년은 내년이라구, 올 세안[9]을 무얼 먹구 살어요? 그거나마 가꾸잖구서. 아, 우선 당장 오늘 저녁 양식이 없답디다? 당장 오늘 저녁! (간) 그러나마 식구나 적어서요? 이십 명이나 되는 권솔 아니여요?

(꼬마둥이, 바지게[10]에다가 밥보자기를 덮은 광주리를 짊어지고 상수의 차면 밖으로부터 등장)

형석 머슴 물 잘 보더냐? 논두덕에 가 드러눠서 낮잠 안 자구?

꼬마둥이 예에, 잘 보아요!

형석 널랑은, 그것 내려놓구서, 인전 가서 꼬올 해와야겠다?

꼬마둥이 예에. (마당 가운데쯤 지게를 받쳐놓고, 광주리를 마루로 들여온다)

형석 아홉 말지기 논에 물 많이 잽혔더냐?

꼬마둥이 아직두 멀었어요!

형석 꼬올 좀 나우 해! 까치집만치 해서 짊어지구 오지 말구서?

꼬마둥이 예에. (지게를 도로 지고 돌아선다)

형석 참! 내가 깜박 잊었구나! 옹퉁이나 무엇, 하나 좀 지게다가 놓아가지구 대문간에 나가서 기대리구 있거라. 싸전에 가서 혀 짧운 소리를 해서라두 쌀을 좀 얻어와야 할까 보다!

고씨 싸전일랑 내라두 좀 가볼거나? 넌 들에 또 나갈 테면서.

형석 어딜 다 가신다구! 지가 글러루 들러서 나가요!

고씨 내 것을 내 집에다가 두어두구서두 번연히 못 먹구!

(꼬마둥이, 헛간 혹은 광에서 옹동이를 찾다가 바지게 위에 올려놓아 지고는 상수의 차면 밖으로 퇴장.

동시에 하수의 옆채 사이로부터 정석 등장. 풀대님한 모시 고의와 적삼에, 기른 머리가 터부룩하고, 낮잠을 자다가 깬 표적으로 얼굴이 부석부석하다. 모습은 형석과 한모습이라도 우둔하지가 않고 지적이요, 특히 눈에는 남을 위압하는 정채(精彩)가 들어 있다. 표정은 그러나, 정열과 타기(惰氣)의 두 상극진 그림자가 미묘하게 서로 교착되어가지고, 언뜻 포착하기 어려운 불안한 흔적이 없지 못하다)

형석 (잠시 정석의 얼굴을 여새겨 보다가, 부드럽게) 웬 낮잠을 그리 자쌓느냐? (간) 여름 사람이 낮잠을 너무 자면 병이 생기는 법인데!

(정석, 하품을 삼키면서 마룻전으로 넌지시 걸터앉는다. 일동, 한동안 침묵)

형석 (이윽고, 걱정 삼아) 오늘두 형님한테서는 여태 아무 소식두 없으니, 어떡허면 좋단 말이냐?

정석 (덤덤하니, 무언)

형석 허, 참! (간) 아버님은 또, 웬일이시며!

정석 (덤덤하니, 무언)

형석 전보라두, 또 좀, 쳐볼거나?

정석 글쎄요!

형석 한 장 좀, 치려므나?

정석 네에.

형석 큰일 났다! 큰일 났어! (간) 형님이 이번이나 일이 잘 여의해가지구 오시기만 하눌같이 믿구 있는데, 만약에, 만약이라두 참, 삐끗허구 보면!

정석 (돌려다 보면서) 소저, 뒤채 가서 담배곽 좀 가지구 오느라.

소저 (바느질을 내려놓고, 하수의 옆채 사이로 해서 퇴장)

형석 (곰곰이) 너두 다아 알다시피, 논이래야 죄다 해서 닷 섬지기, (간) 그게 말끔 다아 저당에 들어갔다가, 넉 섬지기는 벌써 다아 남의 것이 되구! (한숨) 나머지 한 섬지기는 새말 강전이한테 잽힌 것이, 양력으루 새달 그믐이 기한이라는구나! 그러니 한 달 며칠밖에 더 남었느냐?

고씨 그 논 한 섬지기는 참, 떼답으루 논두 좋으려니와 느이 징조할아버님 대버틈 물려 내려오는 논이란다!

형석 이번에 요행 돈이 다아 돼서, 도루 찾게 되면야 더할 것 없이 좋구, 그렇지 못하면 이자라두 주구서 한 일 년 더 연기라두 하는 것이구, 또오, 영영 그두 저두 안 되겠으면, 아주 뚜드려 팔어서 다만 얼마라두 건질 도리를 하구, (간) 아, 그래야 망정이지,

동동 그대루 떠내려보내다께 될 말이냐? 우리는 새려, 또오, 아버님이 당신 손수 장만하신 것두 아니요, 지끔 어머니 말씀대루, 저어 징조할아버지 적버틈 벌써 사대째나 물려 내려오는 전장을 갖다가!

(내원, 가죽으로 만든 담배 케이스를 손에 쥐고, 하수의 옆채 사이로 해서 등장)

정석 (버럭) 성냥은?

고씨 (성냥을 던져주면서) 옛다!

내원 (담배 케이스를 정석에게 주면서, 손가락을 입에 물고) 수박!

정석 저 손꾸락! (담배를 붙여 물고) 뒤껼으루 가서 놀지 못해?

고씨 지천[12]해쌓지 마라! 어린것이 먹구 싶어서 그리는걸.

형석 (내원더러) 수박 내가 이따가 사주마! 응?

내원 큰 거!

형석 오냐, 큰 걸루.

내원 큰 거, 지끔!

형석 이따가! 이따가 사줘!

정석 가아, 인전!

내원 (말끗말끗,[13] 하수의 옆채 사이로 해서 퇴장)

일동 (잠시 침묵)

형석 집은 일 년 안이면 언제든지 도루 물려준다니깐, 원 종차 서서히 어떡허든지 한다지만, (간) 허! 인전 내일 하루 더 지나서 모린다 치면 벼락같이 (얼굴로 좌우를 가리키면서) 저걸 모두 경매하러 달려들지! (간) 허기야 집안이 텃검불 하나 없이 폭 망하는 판에 세간 나부랭이가 그리 대수냐마는, 세상에 그런 망신이 어딨단 말이냐? 돈이나 아니나, 많지두 않구 겨우 이백 원에! (간) 돈 겨우 이백 원에 그래, 경매꾼놈들이 내 집 내정을 들와서, 세간을 모두 끌어내다가 놓구, 이건 암만[14]이요오, 이건 암만이요오, 하는 꼴을 당해야 옳단 말이냐?

고씨 막말이지, 느이 아버님은 사뭇 자결을 하시려 드시리라!

형석 그러니, 그러니 말이루구나! 요행 참, 내일 해전까지만 형님이 무슨 도리를 해가지구 내려오서서, 천하 못 당할 그 창피두 끄구, 논 일사두 우선이나마 무사하게 규정을 짓구 하게 된다면 모르거니와, 만약 그렇지 못하는 날이면? 응? 만약 그렇지 못하는 날이면? (길게 한숨) 어떡허면 좋으냐? 어떡허면!

정석 (덤덤하니 담배 연기만 뿜으면서, 무언)

형석 얘야! 정석아?

정석 (마주 볼 뿐, 무언)

형석 어떡허면 좋으냐? 응?

정석 글쎄요!

형석 글쎄요라니! (간) 이십 명 권솔이 장차 목숨을 들었어야 할 논 그것마저 떠내려가! 세간은 경매를 당해! 집두 터두 없이, 우리 집이란 건 폭 망해! 그렇게 돼두 넌 괜찮으냐? 상관도 없구?

정석 상관이 있구 없구가 아니라, 걸 지가 어떡허나요?

형석 그야 넨들 별수가 없지! 없지만서두, 난 이렇게 애가 밭구 간이 타는데, 넌 본다 치면 아무 걱정두 없는 것처럼 그저 태연하니, 그래서 하는 말이다!

정석 쯧! 그런 게 형님허구 저허군 다른 점이 아녜요?

형석 다른 점이라니?

정석 (무언)

형석 (노여워서) 넌 속에 신학문두 들구, 사람이 다아 참, 도저해서 그러나 보다마는, 못생기구 어리석은 형놈이라구 그렇게 괄시하질랑 마라!

정석 괄시가 아녜요!

형석 내가 이렇게 농투산이루, 꿍꿍 소처럼 일이나 하구 기우는 집안을 붙들구 싶어서 앨 써쌓구 하는 것이 무슨 내 한 몸뚱이나 내게 딸린 인간들만 위하자는 노릇이더냐? (간) 어떻게 해서든지 우리 집안을.

정석 또오, 형님 공로나 정성을 모르는 것두 아녜요! 아니구, 형님허구 저허구 다르다는 건, 형님은 인생의 목적을 갖다가 한낱 가족에다가 두구서, 그 가족의 행복만을 최선이요 궁극의 이상으루 삼구, (간) 그러자니깐 자연 온갖 정성이며 노력이 글러루만 쏠리는 것이구, (간) 전 그런데, 가족이나 집안일에 대해선 도무지 경황이라는 게 없구, 해서 말하자면 등한하달까, (간) 그게 그러니깐 형님허구 저허군, 다아 참, 동태동기간이로되 서루 다르다는 그 말씀예요! 속담에두, 한날 한시에 한 어머니 뱃속에서 나온 손꾸락두 길구 짧구 하다구 안 해요? 그렇다구서 무슨, 형님의 그런 가족 본위 이상이, 그런 포부가 구태라 나쁘다는 것두 아니구, (간) 그러니깐 우열이나 장단은 둘째 문제루 치구서 말씀예요!

형석 수신, 제가, 연후에 치국, 평천하란다!

정석 위천하자는 불고가사니라구두 일르잖었어요?

형석 그렇다구 글쎄, 집안이 당장 눈앞에서 망하는 걸 번연히 보구 있으면서두, 태평으루 눠서, 걱정 한번 하는 법 없구! (간) 그래야 옳아?

정석 걱정을 해서 면할 도리가 있다면야, 기왕 보기두 딱한 노릇이구 허니, 같이서 걱정두 해드리구 하겠지만서두, 어디, 걱정으루 일이 피나요? 차라리, 당하는 일은 당하구, 그다음 일이나 잘 조처할 도릴 궁리하는 게, 훨씬.

형석 그래? 막말루, 일을 당한다구. (간) 그다음? (간) 아니, 일을 당하구 나면 집안은 영영 망하구 마는 걸, 다시 도린 무슨 도리란 말이냐?

정석 집안이 망하면 재산이나 없어졌지, 사람까지 없어지나요?

형석 그러니 말이여!

정석 그러니 말씀예요! 사람은 없어진 게 아니구서 죄다 그대루 처졌으니깐, 그다음버틈 다시 살아나갈 도릴 마련해야 않겠어요?

형석 그래 글쎄! (간) 집안은 한 푼 껀지 없이 망했는데 우쿠를 하니[15] 이십여 명 식구가 무얼 먹구 살아가느냔 말이여?

정석 헤쳐예죠! 집안을.

고씨 집안을 헤치다니 그야 어디 될 말이냐!

정석 알구 보면, 아버님 고집으루 집안이 이 지경투룩 됐습넨다! (간) 진작에 집안을 세 포기면 세 포기, 네 포기면 네 포기를 뚜욱뚝 갈라서 헤쳐놨어만 보시우? 그랬으면야, 그중에서 한 포기나 두 포긴 망했을 값이라두 성한 포긴 성했지! 어디가 요렇게 물루 씻은 듯 말끔히 망해버리구 말아요?

고씨 느이 아버님, 노상 말씀하시는 용머리 윤선달네 집안, 못 보느냐? 그 사람네 집안은 우리 집 전장만두 못하믄서 식구는 더 많어두, 전답 잽혔다가 떠내려보내네, 집행을 맞네 한닷 소리 없더라! 외려 해마다 성세가 늘어간다는 소문은 들려두!

정석 어머니? (간) 용머리 윤선달네가 우리 살듯 한답디까? (간) 거긴 두메 골짝이구, 옌 명색이 읍이에요. 그 사람네야 들기름이나 쇠기름으루 불을 켜지, 우리처럼 남포등에다가 석유불 켠답디까? 그 사람네 여섯 부자가 누구 하나라두 우리들처럼, 양복 입구 구두 신구 다닌답디까? 서울루 군산으루 대처(大處) 출입하는 사람이 있으며, 권연 피우는 사람은 있답디까? 자질들을 둘셋씩 서울루 유학 보냈답디까? (간) 그 사람넨 명지허구 모시허굴랑은 짜서 값 많이 받구 팔구서 미명허구 삼베만 입지요? 봄버틈 가을까진 보리밥으루만 욱이지요? 식구라군 있는 대루 죄다 생일을 하지요? 논이라군 있는 대루 죄다 즈이네 손으루 농살 짓지요? 번연하잖아요? 쓰는 덴 없는데, 이리저리해서 생기는 건 있으니깐, 되려 밀려서 성세가 늘어갈밖에요!

형석 우리두, (간) 이런 말은 지금 다아 소용없는 소리지만서두, 형님이 그렇게 담이 크지만 않었어두, 이 지경투룩은 되질 않었더란다!

정석 허기야 것두, 큰형님이 무슨, 물상객줄[16] 하시구퍼서 시작했으며, 어장이니 금광이니, 필경은 막가는 길루다가 미두니, 그런 걸 하시구퍼서 호사거리나 심심소일루 시작하셨나요?

형석 나두 머, 그 으런을 원망하는 건 아니란다!

정석 세태가 전과 달라서, 농살 짓구 도질 받구 하는 것만 가지군 일 년 가용이 모자라질 않었어요? 석율 사서 써야 허구, 삼 전이나 오 전짜리 권연을 사면 하루밖엔 피우질 못허구, 구두 한 켤레면 팔구 원이요, 양복 한 벌이면 삼사십 원이구, 아이들 학빈 다달이 사십 원씩이구 (간) 그렇게 디리 물 쓰듯 쓰는 용을 무얼루 충당했는데요? 큰형님이 군에서 받는 월급 고까짓 것 삼십 원으루? 어디 어림이나 있나요! 헐 수 없이 빚을 질밖에요! 다달이 빚이요, 해마다 늘어가느니 빚 아니겠어요? 몇 해지간 그리구 나서 보니 빚이 겁나게 앞에 와서 챘지요? 이건 이래선 안 되겠다구, 담은 큰 으런이겠다, 한몫 큰 이문을 볼 영으루 물상객줄 시작했지요? 실팰 하구서 그다음엔 어장을 했지요? 또 실팰 하구서 금광을 했지요? 것두 실팰 하구서 마주막엔 미두! (간) 그렇지만 미둔 더 허황한 노름? (간) 그동안 줄곧 손만 보잖었어요? 그 사품에 논, 밭, 산장, 집 모두 저당에 들어갔지요? 들어가선 이자만 연해 늘어갔지요? 그리다간 기한이 지난다 치면 떠내려가구, 떠내려가구!

형석 (길게 한숨)
고씨

일동 (잠시 침묵)

정석 (이윽고) 소위 대가족주의라구, 많은 권솔이 한 울안에서 살기라는 게, 마치 여럿이 한 상에 둘러앉어서 밥 먹기 같습넨다!

혼자서 먹는다 치면, 가령 반 그릇밖엔 안 먹히던 밥이라두, 여럿이 같이서 먹는다 치면 훨씬 더 멕히질 않어요? (간) 삼형제나 사형제가 한집에서 살면 혹시 밥 짓는 남구나 더얼 들까? 괜헌 용, 무책임한 용 그게 은근히 여간만 나는 게 아네요! 가령, 우리 집 토지가 논만 닷 섬지긴가 그랬대지요? 그걸 그런데, 분잴 하자면 큰형님은 어머니 아버질 모셔야 하구 장자니깐 절반 이상 타시겠지. 그 나머지 두 섬지기쯤 가지구서 형님허구 저허구 나누겠지. 한다 치면 우선 저만 하더래두, 내 재산이란 건 도통 한 섬지기요것뿐이다, 하게 되거던요? 그러니깐 그놈 한 섬지기 재산을 한도로 삼아가지구서 생활 표준을 세울 게 아니겠다구요? 그 수입, 그 범위 안에서 옷두 해 입구, 담배두 오 전째릴 사서 피울 데 삼 전째리루 낮추구. (간) 그런데 분잴 하질 않구서 함께들 산다 치면 우리 집 재산이 닷 섬지기니라 하거던요! 닷 섬지기. (간) 닷 섬지기 재산이거니 생각을 하구 있으니깐, 제 앞으루 한 섬지기 재산을 타가지구 나았으니보담 맘이 우선 풍더분한[17] 것 같구, 눈두 자연이 높을 게 아네요? 식구가 그만침 많으니깐 용두 그만침 더 쓰인다는 건 요량을 대개 않구서 말이지요! 그게, 삼형제면 삼형제 죄다가 다아 그렇거던요! 허니깐 결국 가선, 삼 오 십오, 일백오십석지기 재산 정도로 실 가용은 쓰이게 되질 않겠어요?

형석 내야, 머, 요 몇 해지간 정말이지, 권연 한 곽이라두 사 피운 일이라군 없다!

정석 일테면 말이지, 해필 형님더러 낭빌 하셨대나요!

형석 작년 봄버틈, 대원이놈 학비 이십 원씩은 다달이 대오지만서두.

정석 애당초에 그러니깐, 저어 외국 사람들이 하는 법식으루, 어머니 아버지 두 분일랑 그 두 분 따루, 큰형님일랑 큰형님 따루, 형님일랑 형님 따루, 죄다 따루따루 포길 갈랐더라면 설마 오늘날 이 지경투룩은 이르질 않었으리란 그 뜻으루다가 하는 말이에요! (간) 누구보담두 형님은 성했으리다? 어머니 아버지께서두 단 얼마간이래두 띠어서 당신들이 지니구 기셨으면 십상 무사하셨을 테지만. (간) 그러니, 지금 요 모양으루 몽땅 치팰 당하느니보담 한 포기나 두 포기만 성했더래두 그게 어디요?

일동 (침묵)

정석 (일어서서 뒷짐을 지고, 토방으로 오락가락하다가) 헤쳐야지요! (간) 지끔이래두 헤쳐야지요! 우선 정릴 해가지구, 단 한 푼이 남더래두 그런대루 정릴 해가지구서 따루따루 헤쳐야지요! 그밖엔 아마 별도리가 없으리다.

형석 허기야 나두 느을 허느니 그 말이지만, 아버님이 무가내하루 안 들으시구, (간) 생각하면 또, 그게 어디 일조일석으루 쉰 일이냐?

고씨 내 밥술이나 먹구 지낼 때두 그렇지 못했는걸, 시방 더구나 이 지경이 돼가지구서 뿔뿔이 흩어지다니, 차마 할 노릇이냐! (간) 굶어두 같이 앉아서 굶구, 죽어두 같이 앉아서 죽는 것이구, 허지!

정석 전 그래서, 이렇게 아주 작정을 했어요! (간) 전, 전 떠나구요. (간) 워너니가 영영 집에 붙어 있자던 요량이 아니었으니깐요. 그리구 진작버틈 다시 일어서자구 벼루던 참이니깐요. (간) 그러니깐 이번 계제에 낼이구 모레구, 아주 떠나구 마는 것이구요.

고씨 전답이 없어지거나 집안이 망하거나, 그런 건 다아 열두째니, 제발 이 늙은 에미애비 가슴 좀 고마안 피워주려므나! 어쩌자구 또 뛰쳐나가려굴 든단 말이냐? 어쩌자구!

정석 허! 궁리가 본디 그렇게 뚫린 걸, 지끔 와서 어떡허는 수가 있나요! 팔자라게 다른 것 없습넨다!

고씨 시상의, 불효 불효 해두, 너 같은 불효가 있을라더냐? (간) 우환 중에 인제는, 전처럼 잘 먹구 잘 입구 편안히 살 적허구두 다르구, 집안은 망해, 부모 형제간은 굶어 죽기 아니믄 남의 집 문전걸식을 하게 된 이 정상을 번연히 네 눈으루 보구서두, 다시 또 가슴을 피워주자구 드니, 너두 목석이 아닌 바에야! (눈물을 씻고, 간) 삼순구식[18]을 하더래두 마음이나 편해야 며칠 남지두 않은 여생을 명대루나 살들 않느냐!

정석 자식 된 도리라든지 인정이라는 걸 생각하면 저두 그야 송구스럽기두 허구, 차마 못할 노릇이지요! 그렇지만, 그렇다구서 어디.

고씨 이 천지에 사람이 너 하나뿐이길래, 해필.

정석 이 천지에 저 같은 자손을 두구서 가슴을 태우는 부모네가 유독 우리 부모뿐이겠어요!

형석 좌우간 어서 전보나 좀 치게 하려므나?

정석 네에. (간, 여전히) 그리구, 전 떠나구요. (간) 내원이놈 즈이 세 모잘라컨 즈이 외가루 보내겠어요!

고씨 점점, 헌다는 소리가!

정석 기집자식을 친정살이 외가살이루 보낸다는 게 치사스럽기두 허구, 즈이루두 못할 노릇이구 하긴 하지만, 지끔 이 지경이 된 집안에다가 떼쳐두구서 저만 훌 떠나버리기두 무책임한 짓. (간) 전과두 달러서, 늙으신 부모 댈 심 없이 된 형님네가 어떻게 그 부담까지 하시우? (간) 요행, 끼니는 굶잖는 모양이니깐, 가서 눈칫밥 좀 얻어먹구 살래지요!

고씨 (강경하게) 넌 네 자식이래서 그렇게 다아, 함부루 거천을 해두 고만인 줄 알어두, 난 소중한 내 손자자식을, 참, 데리구 앉어서 굶길망정 천하 없어두 외가살인 안 보낼 테니, 그리 알어라!

정석: 건 또, 자랑해서 하세요! 구태라 그렇게만 한다는 건 아니니깐요. 전 머, 이래두 고만 저래두 고만, 불필히 참견하잘 것두 없는 노릇이니깐요! 실상은. (하수의 옆채 사이께로 천천히 걸어간다)

형석 지끔 곧 좀 치게 해여!

정석 네에. (퇴장)

형석 (우두커니 먼 산을 바라다보면서, 방백) 날이 이렇게 가물든지 해서 그해 농사가 잘되구 못되구 하게 되는 고팬다 치면 미두가 세월이 좋아서 더러 큰 수를 잡는 수두 있다드구먼서두! (한숨) 요행, 이 으런이.

(인원과 대원, 상수의 차면 밖으로부터 총총히, 그러나 원기 없이 등장. 둘이 다 같이 경성 어느 관립 고등보통학교의 제복 제모로 차

렸고, 손에는 바스켓 하나씩 들었다.

　　형석과 고씨, 깜짝 놀라면서 벌떡벌떡 일어선다)

　　형석 ⎫　　　　　　⎧ 웬일들이냐?
　　　　⎬　(동시)　　⎨
　　고씨 ⎭　　　　　　⎩ 온, 저것들이!

　　(형석과 고씨, 다음 순간, 놀란 기색이 물 씻듯 쓰이고 흐린 얼굴로 갈리면서, 인원과 대원이 시무룩하니 말없이 가까이 걸어 들어오고 있는 양을 바라다만 본다. 인원과 대원, 토방 앞에서 잠깐 주춤거리다가 이내 마루로 올라가, 고씨한테 우선 절을 한 자리씩 하고, 그 통에 고씨는 도로 자리에 앉고. 형석, 관객석을 향해 선 채 한 손은 허리를 짚고서 넋을 놓고.

　　인원과 대원은 형석에게 절을 하지 못해, 서서 잠깐 망설이다가 그대로 관객석을 향해 나란히 앉고. 일동, 한동안 침묵)

　　고씨 (손 바로 앉았는 대원의 머리를 어루만지면서) 쯧쯧! 시상의.

　　형석 (이윽고 돌아서서는, 또다시 한참이나 두 아이를 건너다보다가, 고개를 끄덕끄덕) 게?

　　인원 ⎫
　　　　⎬　(고개를 숙이고 앉아, 무언)
　　대원 ⎭

　　형석 그래서?

　　인원 ⎫
　　　　⎬　(저희끼리 서로 돌아보다가 도로 고개를 숙이고, 무언)
　　대원 ⎭

　　형석 응?

　　인원 하숙집 쥔이.

　　형석 못하겠다구?

인원 한 달 치두 아니구, 석 달 치씩이나 밀린 걸, 가을꺼정 기대리는 게 다아 머냐구.

형석 (한숨, 돌아선다. 침통한 얼굴)

고씨 쯧쯧! 가엾어라! 이것들이 공불 갔다가 밥값을 못 내서 도루 이렇게 쫓결 오다니! (목이 멘다) 에구 가엾어라! (눈물)

인원 (입술을 야굿이[19] 씹고 있다가, 번뜻이 고개를 쳐들고는) 작은아버지!

형석 (그대로) 오냐!

인원 (잠깐 벼르다가) 전 이따가 밤차루 도루 올라가겠어요!

대원 난두 따라갈걸! 머.

인원 대원인, 저 혼잔 안 내려올 영으루 해서, 데리구 왔으니깐, 얼마 동안 집에서 자습이나 하면서 기대리구 있게 하세요!

대원 왜 그래? 난두 같이 가서, 고학할걸!

형석 (돌아서면서) 무슨 소리들이냐?

인원 전 앞으루 일 년두 다아 못 남었으니깐, 고학이래두 해서 마저 마치겠어요!

대원 난 고학하믄 못쓰나? 머. (갑자기 주먹으로 눈물을 씻는다) 형허구 같이 할래! 난두.

인원 넌 안직 못해요! 넌, 내 인제 졸업하구 나서 취직해서, 학비 대주께시니 그동안 기두르구 있는 거야!

대원 싫여! 난두 같이 가서.

고씨 건 무슨 소리들이다냐?

형석 (길게 한숨을 내쉬면서 돌아선다. 눈엔 눈물이 글썽글썽)

고씨 으응? 무얼 어떡헌다구?

대원 난 떼놓구, 형만 도루 가서 고학한대애!

고씨 고학?

대원 약두 팔구, 호야만주두 팔구, 그렇게 해설랑 돈 벌어가믄서 공부하는 거 말유! 인력거두 끌구.

고씨 오온! 느이가 어디라구 그 짓을 하느냐? 오온! 게 어디 당한.

(머슴, 상수의 차면 밖으로부터 헐헐 숨이 차 가빠하면서 급한 걸음으로 등장)

머슴 ⎫
　　　⎬ (서로) ⎰ 작은 서방님!
형석 ⎭　　　　⎱ 웬일이여?

머슴 얼른 좀!

형석 응! (마당으로 쫓아 내려가면서) 왜?

머슴 물 다아 뺏겨유!

형석 어느 놈이? (두 주먹을 불끈, 상수의 차면께로 급히 나가면서) 하, 이놈들! 살인 나구 싶은가 보다?

(고씨, 인원, 대원 당황하여 토방으로 내려서고)

고씨 애야! 남허구 시비할세라!

인원 할머니! 나, 나가볼래여?

고씨 그래라! 어서, 좀.

대원 난두?

고씨 너두! 에여 남허구 시빌랑은 마라아?

(인원과 대원, 구두를 재빨리 집어 꿰고는, 상수의 차면 밖으로 막 퇴장하는 형석과 머슴의 뒤를 쫓아 마당을 달려 나가고. 불의의 요란한 동요에 놀란 여인들과 아이들, 대청마루와 안방의 뒷문 혹은 옆채 사이로 해서 우우하니 몰려나오고. 급히 막)

제2막

제1장

무대

포치[20]를 중심으로, 아래층 중앙 정면의 일부분만 보이는 큰 목재 양옥. 포치의 앞 기둥엔 '인천미두취인소(仁川米豆取引所)'라는 간판이 붙었다. 포치에서 좌우로는, 넓은 간격을 두고 장방형의 상하식 좁은 유리창이 각각 두 개씩.

오전 11시 반, 즉 전장지(前場止)의 바로 전각(前刻), 막이 열리면. 미두장 안으로부터는

"생고꾸(千石) 야로오!"

"산겡고햐꾸(三千五百石) 돗다!"[21]

"핫셍(八錢) 야로오!"

"고셍(五錢) 돗다!"

이러한 몇 가지의 드높은 아우성을 중심으로, 그러나 그 규성들이 실상 무슨 소린지 언뜻 분간을 할 수가 없을 만큼, 다수한 군중이 와

글와글 흥분하여 떠들고 부르짖고 하고 요란스런 둔소음(鈍騷音)이, 정신 아득하게 들려나오고.

포치 안의 활짝 열린 정문으로는, 의표(儀表)가 비교적 깨끗한 미두꾼들이, 더위와 잔뜩 긴장한 얼굴에 겸하여 바쁜 걸음으로 연락 부절 들고 나고 하고. 일변 무대에는 양복짜리, 모자 쓴 두루마기짜리, 깎은 머리에 탕건 받쳐 쓴 갓짜리, 상투 꽂은 마른신[22]짜리, 맨머리의 동저고리짜리, 감발에 짚신 신은 패랭이짜리, 게다[23] 신은 유까다[24]짜리, 이렇게 모두 형형색색이로되 그 죄다가 협수룩하니 의복은 땟국과 땀으로 휘감기고 얼굴엔 윤기가 없고 한 데에 완전히 일치가 되는 하바[25]꾼, 돈 떨어진 마바라(小資本米豆꾼),[26] 옥관(玉觀), 구경꾼의 한 떼 군중이 미리서 등장해서 있어가지고, 서로들 분주히 날뛰고 지껄이며 떠들고 하는 중에도 하바꾼들은 이 구석 저 구석, 둘씩 셋씩 모여 서서 고개를 처박고 쑥덕쑥덕하면서 간혹 돈을 서로 주고받고 하고.

돈 떨어진 미두꾼들은, 혼자서 혹은 무더기로, 넋을 놓고 우두커니 미두장을 바라다보고 섰고.

옥관은 점잖스럽게 부채질을 하면서 오락가락.

구경꾼들은 무표정하게, 어칠비칠[27]하면서 과연 구경을 하고 있고. 그리고 다시, 치열린 네 개의 유리창에는, 창마다 하바꾼이며 돈 떨어진 미두꾼 혹은 구경꾼이 삼사 인씩 사오 인씩, 죽자꾸나 매달려서 장내를 들여다보고 있고.

그들의 머리 너머로는, 장내의 한참 복작거리는 데후리[28]의 입회 광경이 약간 얼찐얼찐 보이고.

이상, 약 1분 동안 소란이 계속이 된다.

그 1분 동안이 지나고 나면 장내로부터 별안간 딱따기 소리가 모질게 울리면서, 씻은 듯 '얏다'[29] '돗다'의 아우성은 뚝 그치고, 군중의 웅성거리며 떠드는 둔소음만 한결 더하다가, 다음 순간 일군의 초라스럽지 않은 미두꾼들과, 간간이 손에 '금절표(金切票)'를 쥔 바다지[30]들이며 조쓰께[31]들이 흥분과 더위에 헉헉 숨차하면서, 포치의 정문으로 미어질 듯 와하니 몰려나온다. 하되, 그 많은 얼굴들이 만족 아니면 실망, 이 두 가지 표정으로 판연하게 갈려서 통일이 되어 있다.

뒤로 뒤로 연해 쏟아져 나오는 장내의 군중은 다시 장외에 있던 군중과 한데 합쳐가지고, 혹은 헤어져가면서 혹은 그대로 서성거리면서, 입입이 떠들고 지껄이고 불러대고 하느라고 무대는 발끈 뒤집히는 가운데

"5천 석 방(放)했네!"

"통 몇 정(丁)야?"

"긴상, 즘심 한탁 써요!"

"대판(大阪)은 8전 도메!"[32]

"전장에 도통 540정이 됐어!"

"돼지꿈두 별수 없군!"

"전라도가 김만경(金萬頃) 뻘이 적지(赤地)래!"

"이건, 어따 대구 도활 불러?"

"제엔장! 인생이 참으로 여반장이로군!"

"옥관이 제가 실상 알긴 쥐뿔이나 무얼 알어?"

등의 소리가 선후 없이, 그리고 유난히 높다.

이상, 약 20초 이내로 무대 급히 암전.

제2장

무대

미두취인점 '마루상'의 사무실. 바닥은 시멘트, 후면은 벽, 상수는 유리 반창(半窓), 유리창의 외면에는 나무 창살. 나무 창살에는 발을 쳤다. 하수는 전면으로다가, 출입하는 문, 문지방에는 염창(簾窓), 문을 들어서면 후면을 향해 이층으로 급하게 올라간 좁다란 층계.

후면의 벽 앞으로는 관객석을 향해 중앙쯤에 사무용 탁자가 한둘, 그 좌우로는 대형의 금고를 비롯하여 문서고가 두어 개 적당히 놓였다. 탁자엔 잉크, 필갑 등 문방구가 간단하고 안락의자가 딸린 걸로 보아 주인의 소용임을 알 수가 있다.

상수의 유리 반창 앞으로는 하수를 향하여 다시, 사무용 탁자가 제각기 문서고와 장부궤(帳簿櫃)를 등지고서 나란히 두 틀. 탁자 위에는 저마다 탁상 전화와, 머리가 파묻힐 만큼 장부가 그득히 꽂힌 장부대와, 기타 잡다한 문방구.

전면으로 치우쳐 중앙쯤엔 내객용의 원탁. 의자를 서너 틀 둘러놓고, 탁자 위엔 신문과 찻종들.

후면 벽에는 미두 시세의 등락을 그린 괘선(罫線)이 전면에 빈틈없이 붙고, 한가운데 기둥으로 높직이, 둥근 괘종이 걸렸고,

층계 아랫바닥에는 구두, 편리화, 그리고 혹간 짚신과 게다와 마른 신도 섞인 다수한 신발이 잡연히 놓여 있다.

무대 급히 밝아지면서, 시계는 11시 40분을 가리키고.

겉저고리와 와이셔츠까지 벗어부친 사무원 갑·을, 갑은 펼쳐 논 장부 위에 고개를 숙이고 한참 기입을 하고 있고, 을은 손에 펜을 쥔 채 전화를 받는다.

사무원 을 네에네! 5천 석이요! 알겠습니다! (빙글빙글) 간밤엔 참, 좋으시던데요? (간) 네? 아아, 아하하하! 거 참, 피차일반이 드랬군요! 하하하! (간) 네에네, 그럼. (전화를 끊고 펜을 놀리면서, 방백) 먹는 사람은 이렇게 듬쑥듬쑥 먹는데, 맨 그저 망했단 소리지, 부자 났단 소문은 없으니 어떻게 된 셈이야! 대체.

사무원 갑 영 먹질 못하구서, 그댐에 가서 도루 토하구래야 마니깐 그럴밖에! (전화벨 소리. 통화기를 집어 대고) 네에. (간) 아아! 젠상이십니까? (간) 전장도메[33] 3전입니다, 34원 53전 (간, 주인의 탁자를 돌려다 보고) 방금 아까 나가셨는데요! (간) 네에네, 그럼 안녕히. (전화를 끊고, 도로 일을 한다)

(미두 손님 갑, 사무원 갑이 전화를 받기 시작할 때 등장, 이내 이층으로 올라가려고 층계 밑에서 신발을 벗는다. 깨끗한 신수에 만족스러워하는 표정)

사무원 을 (마침 고개를 쳐들고 반겨) 여보, 김주사?

미두 손님 갑 (돌려다 보고, 의미 있이 싱글벙글 웃으면서, 무언)

사무원 을 (같이 웃으면서 눈을 흘긴다) 왜 지끔, 이층으루 실끔 올라가버릴 영으루 이래요?

미두 손님 갑 그럴 리가 있나!

사무원 을 어떡허실 테야? 이따가 저녁에.

미두 손님 갑 아므렴! 장부일언이 중천금인데! 허허허.

(바다지, 손에 금절표를 쥐고, 염창을 밀치며 들어오다가 미두 손님 갑에게 가로막혀서 그대로 멈춰 선다)

사무원 을 어디 봅시다!

바다지 (미두 손님 갑의 어깨를 떠밀면서) 비켜나요! 이건.

미두 손님 갑 (고꾸라질 뻔하다가) 여보 이, 약질 괄시 너무허구려!

바다지 (상수로 걸어오면서) 김주산지 미역주산지, 수잡는 꼴 보기 싫여, 난 이놈의 바다지 고만 해먹을 테야!

미두 손님 갑 (층계를 딛고 올라서면서) 그리지 말구, 좀 친합시다그려!

바다지 말루만?

미두 손님 갑 그리게 이따가 저녁에, 다아, 응?

바다지 혹시 그렇다면 모르거니와.

미두 손님 갑 (뒤통수에다가 주먹질을 하면서) 에구우 이 마마손님! (이층으로 퇴장)

바다지 (중앙의 원탁으로 가서 걸터앉으면서) 이, 박원석일 어떡헌다? 아신[34]데! (담배를 붙여 문다)

사무원 을 그 사람 참, 딱해 못 보겠어!

사무원 갑 사정이야 딱하지만.

사무원 을 이번이 아마 최후 결단인 모양이지이!

사무원 갑 (전화를 받는다) 네에. (간) 아아, 강참봉이세요? 네에네! (간) 3천 석이오! 네에네, 그럼. (전화를 마치고) 최후 결단이나마나, 끊어야지!

사무원 을 끊긴 끊어야지!

바다지 그리구 또오, 멋이냐 이, 전라도 광주서 왔다는 상투쟁이. (간) 거진거진 돼가는데!

사무원 을 거 참, 왜 안 와? (간) 추증금을 더 넣으라구 하던지, 끊어버리던지 해야 할 텐데!

바다지 웬 게 돈이 남었을라구? (간) 홍! 샌님이 들어단짝[35] 2천원 돈을 홀라당 불어먹었으니이!

사무원 을 축현 정거장 연못에 물이 몇 방울 또 부웃는다?

바다지 국으루 자빠져서 농사나 지여먹구 사는 게 아니라 끙! 백제 글쎄, 귀두 여태 안 뺀 샌님네들이, 버얼써 대가릴 깎은 놈의 돈을 먹어보자구 덤벼드니! 미두가 아무리 투기 사업이요 재수노름이기루손.

사무원 을 시굴놈이 서울놈 사흘을 안 속혀먹으면 배탈이 난다네!

바다지 미두가 속혀먹는 게 왕이란다면, 그 제길, 석 달 안에 한백만 원 잡겠네!

사무원 을 기껏해야, 남 잘 속혀먹을 줄 안다는 자랑이군.

(원석, 하수의 염창을 밀고 조용히 등장. 흰 리넨의 쓰메에리 양복에 맥고모자를 쓰고 검정 아사고무 구두를 신었다.

모습은 형석·정석 들과 역시 같은 모습이나, 살이 없고 강파르고 몸집과 키도 자못 단소하다. 그의 기상은 그러나, 방금 그 초췌하고 추렷한[36] 신색이며 드레고[37] 휘감기는 양복하며, 매우 초라한 행색은 행색이라도, 뚜렷하니 트인 얼굴의 윤곽, 광채 나는 안정(眼精), 꽉 다문 입초리 등 전체로 언뜻 침노하기 어려운 품격과 위엄을 갖추고 있다)

사무원 을 (바라다보고) 얼마나 더우세요? 박주사.

사무원 갑 (뒤미처, 같이) 날이 대단합니다!

원석 (원탁 앞으로 가면서, 천천히) 거 웬, 늦더위가!

바다지 남도 절러루[38] 농형이 말이 아닌 모양이죠?

원석 아마 그런 모양이죠! (의자에 앉아, 모자를 벗어놓고 부채질을 한다) 쥔장은 어디 가셨나요?

사무원 갑 네에. 손님허구 함께 나가셨는데, 아주 즘심을 잡숫구 들어오실려는지이?

원석 (시계를 올려다보고 나서, 방백) 11시 40분이라! 으음 (간) 새루 1시 차가 있겠다?

사무원 갑 어딜 가시나요?

원석 (이윽고) 네에.

바다지 (게으르게) 때가 돼오니 속은 잊어버리잖구서 허추울하구나![39]

사무원 을 즘심 좀 사겠지?

바다지 자네두 거, 꼬랑지 없어질려거든 더러 즘심이래두 사구, 다아 좀 그래보게?

사무원 을 누가 할 말인데? (전화를 건다) 네에네. (간) 아아, '분상'이세요? (간) 전장도메 3전입니다. 34원 53전. (간) 네에네, 5천 석이요? 네에네. (간) 네에네, 그럼. (전화를 끊으면서, 방백) 문뚱뚱이가 담보 늘었다!

원석 (사무원 갑더러) 그러면, 으음 (간) 퀸장은 언제 들어오실는지 조만이 없군요?

사무원 갑 글쎄요! 수이 들어오실 겝니다마는. (간) 술을 시작하면, 영영 세월이 없는 양반이 돼서, 혹시 또.

원석 그러면, 으음 (간) 내 것이 아시가 적잖이 났는데, 으음 (간) 걸, 끊어버리시구.

사무원 갑 (이윽고) 네에! (간) 미안합니다! 다아 참, 박주사루 말하면 일 년 녕겨, 단골루 기시던 손님이구 하니깐, 가개서두 어떡해서던지 좀더 편의를 보안 드려얀 하겠는데.

사무원 을 거 참, 박주사 웬일이십니까? 네에? (간) 번번이 이렇게 손만 보시구! (간) 어떡허세요?

원석 허! 천지망아요, 비전지 죄올시다! (간, 사무원 갑더러) 그리구, 내가 좌우간 고향을 좀 다녀와야겠는데, 돈두 마련을 해야 하련과 집안에 여러 가지루 각다분한 일이 생겨가지굴랑, 누누이 기별이 오구 전보가 들어닿구 해서.

바다지 진소위 화불단행[40]이란 격이시군?

원석 참 그래요! (간) 불가불 그래서 시급히 다녀는 와야겠는데 (사무원 갑더러) 허! 부끄런 말씀으루, 내가 시방 수중에 푼전이 없습니다그려! (간) 염치는 없지만, 날 30원만 좀 취해주십시요!

사무원 갑 (난처해서, 모호하게) 네에! (간) 허!

원석 귄장이 마침 기셨드라면 좋았을 것을, 공교히 출입을 하시구서 기시질 않어서.

사무원 을 좀 기둘러보시죠? 이따가 늦더래두 들르시긴 들르실 테니깐.

원석 1시 차루 떠나야겠어서. (간) 모레 오전 안으루 불가불 집엔 당도해야 할 사정인데, 중로에 또, 서울허구 어디허구 두어 군델 들러서 긴히 볼일을 보구 나서, 집으루 가긴 해야 하겠구, 그래.

바다지 (사무원 갑더러) 어떻게, 그렇게 좀 해드리슈그려? 참, 박주사야 오란 단골손님이겠지. 귄장이 안 기시더래두 가개에서 고만껏쯤야. (간) 그렇잖어요? 외려 귄장이 기셨으면, 말씀하시는 것 외에, 하다못해 애기들 모치떡이래두 사다가 주시라구, 따루이 참! 돈 10환이래두.

사무원 갑 (생각하다가 원석더러) 그럼 이럭허시지요? 찻시간까지 기둘러보시다가, 귄장이 그 안에 둘오시면 더욱 좋구. 그렇지 못하면 그땔랑은 내라두, 가개서 처릴 하는 걸루다가.

원석 건 좋두룩 하세요! 난 아무렇게 해서던지 1시 차루 떠나기만 하면 그만이니깐요.(간) 하여간 염치가 없습니다! 대다 못해서 말을 내긴 냈어두.

사무원 갑 천만에! (간) 으음, 그러면 (간) 으음, 혹시 어디 볼일이래두 기시거들랑 그동안에 잠깐 다녀오시지요? 앉어서 기대리기두 갑갑허구 하실 테니.

원석 무어 별루 볼일두 없습니다.

사무원 갑 아아, 그러시면 머. 난 또, 행구 같은 거래두 가지구 떠나시자면 사관에두 들러오서야 할 것 같구 해서.

원석 사관에선 벌써 어제 아침에 떠나는 양으루 하구 나왔지요! (곰곰이) 것두 참, 세태 인심이라, 전에 있던 사관은 일 년이나 눌러서 유하구 있었으니깐 설마 그렇던 안 했겠지만, 아, 지난번에 새루 든 집은 두어 달밖엔 안 된대서, 식대가 한 달가량 밀리니깐, 좀 좋잖은 내색을 하더군요! 허허! (간) 그래, 오늘내일 간에 아무래두 떠나기는 떠나야 하겠구 하기에, 어제 아침엔 주인자를 청해서, 며칠 고향엘 다녀오겠으니 그동안 행구나 맡아 가지구 있으라구 일르구서.

(원석의 이야기가 끝나기 조금 전, 망건 쓰고 갓 쓰고, 솜버선에 마른신에 춘포(春布) 두루마기를 떨쳐입은 미두 손님 을, 하수의 염창을 밀고 끼웃이 등장.

삼십이 넘었을까 말까, 얼굴엔 어떤 건사할 수 없는 기쁨으로 하여, 흐물흐물 웃음이 절로 자꾸만 흐물거린다)

바다지 (먼저 알아보고서, 방백) 흠! 광주 활량[41] 행차하셨군. (문득 짯짯이 바라다보다가, 미웁스럽게) 아니, 저 샌님이!

사무원 을 어서 오십시요!

바다지 (진정으로, 방백) 심상찮어! 한나절 만에 2천 원을 홀딱 날리더니!

미두 손님 을 예에! (잠깐 어릿거리다가 헤벌쭉 웃으면서, 가까이 온다) 즘심 요구나 덜 허러 나간 게라우?

바다지 (더욱) 저거 보겠지! 정말 실성했나 바!

(사무원 갑·을과 원석, 미상불 그렇다는 듯이, 차차로 의아스러워하는 눈으로 미두 손님 을의 거동을 유심히 여새겨 보아쌓는다)

사무원 을 마침 잘 오셨습니다! 그렇잖어두 시방.

미두 손님 을 예에! 저두 마침.

사무원 을 (바다지와 눈이 마주쳐, 빙긋 웃으면서) 저어, 훗장버틈은 증금을 더 넣어주서야겠습니다?

미두 손님 을 예에? (곧이를 안 듣고, 빈들빈들) 보징금을 느으라우?

사무원 을 네에.

미두 손님 을 괜히 시방, 날 놀려먹을라고! 헤헤헤!

일동 (확신한 얼굴로, 면면상고)⁴²

미두 손님 을 어서덜, 즘심 요구나 허러 나가게라우! 아 미두를 히여서 당장의 돈을 근 2천 원이나 땄넌디, 즘심 한턱 안 내서사 쓰겠어라우? 건 참, 인사불성이지!

사무원 을 (뻔히) 2천 원을 따다뇨?

미두 손님 을 (희떱게) 그럼 안 땄어라우? 2천 원 징금 내고서나 쌀 3백 석을 팔었넌디, 5원 40전이 올랐으닝께로, 삼 오 십오 1천 5백 원허고.

사무원 을 팔었으니깐 손을 했지, 어떻게 땁니까?

미두 손님 을 (비로소 일말의 불안한 빛이 드러나면서도, 자신 있이) 팔었응께로 땄지라우?

사무원 을 하, 이런 답답한!

바다지 오오! (고개를 끄덕끄덕) 인제야 알았어! (미두 손님 을더러) 여보, 이 노형?

미두 손님 을 예에?

바다지 노형네 고장에선, 돈 가지구 싸전에 가서 쌀 사오는 걸, 쌀 팔어온다구, 그리지요?

미두 손님 을 그러먼이라우! 그게 왜, 돈 갖고 싸전으 가서 쌀 사오넝 것이간디라우? 쌀 팔어오넝 것이지!

바다지 그래, 그 셈만 대구설랑 여기 와서두, 돈 2천 원 내놓으면서 쌀 3백 석 팔아주시우, 했겠다요?

미두 손님 을 그러먼이라우! 그랬응께로 내가 시방 쌀 3백 석을 갖고 있는 심이지라우!

바다지 (버럭) 갖고 있긴 쥐뿔을 갖고 있어?

미두 손님 을 왜라우?

바다지 팔어달랬으니깐 방할밖에!

미두 손님 을 방허다니라우?

바다지 팔었어! 정말 팔었어! 팔맺자(賣字)루 팔었어! 논 팔구 밭 팔구, 집 팔구 기집 팔구, 선영 뼉다구까지 팔구 하듯기, 팔었어! 팔아!

미두 손님 을 (사색이 질려오다가) 참말이라우? 참말루, 파(더듬는다) 파.

바다지 한 이삼백 원 남은 것 도루 찾아가지구서, 얼른 봇짐 싸요! 싸가지구 내려가서 타구난 팔자대루 농사나 지여먹구 살어요! 괜히, 어름어름하다간, 논 팔구 밭 팔구, 집 팔구 기집 팔구,

선영 뼉다구까지 팔어먹군, 바가지 하나 뽄새 있게 차구 나설 테니.

미두 손님 을 (퍼르르하여) 아니, 그런 경오 읎지라우! 그런 경오 읎어! 암만 그리두, 나는 쌀 3백 석 팔었응께로, 돈 내누와라우! 돈. (어쩔 줄을 모른다) 돈 내누와라우! 보징금 2천 원허고, 내가 딴 놈 1천 6백 원 각수허고, 당장 내누와라우! (와들와들 떨면서) 어서 돈 3천 7백 원 내누와라우! (이 사람한테로, 저 사람한테로) 어서 돈 내누와라우! 어서, 당장! (간) 권연시리[43] 돈을 안 내누왔다가넌, 참, 큰일 나지라우! 내가 안 받고 가만있을 종 알어라우? 안 되야라우! 어서 당장 내누와라우! 그게 어떤 돈이간디라우? 당신네 말짝으로, 논 팔고 밭 팔고 히여갖고 온 돈이라우! 왜 이리여라우? 시방 날 쫑애로 알어라우?

원석 (무연히) 허! 노형이나 내나!

바다지 인제야 옳게 미치는군!

미두 손님 을 (그대로 계속해서) 돈 내누와라우! 돈. (차차로 정신없이 날뛴다) 날 죽는 꼴 안 볼라걸랑, 당장 내누와라우! 논 팔고 밭 팔고 헌 돈이여라우! 당장 어서 내누와라우! 내 돈, 내누와라우! 내 돈!

(서서히 내리고 있던 막, 한꺼번에 급히 다 내린다.)

제3막

제1장

무대

시골 철도 연변의 간이역. 전면은 선로, 후면은 좁다란 장방형의 낡은 간이역사, 배경은 늦은 여름의 전야와 먼 산. 무대 뒤에서는 간간이 말방울 흔드는 소리와 마부의 말 달래는 소리.

아침나절이 훨씬 겨워서, 막이 열리면, 제2막 제2장 적과 같되 양복은 드렌 품이 훨씬 더한 원석이 역사 안의 쪽마루에 가서 관객석을 향해 걸터앉았고. 상수의 역사 앞 기둥엔, 수수하니 의관을 차린 형석이, 하수를 향하여 등을 기대고 섰고.

형제가 다 같이 더할 수 없이 어둡고 심각한 표정이고, 우두커니 한동안 서로 말이 없다.

원석 (이윽고 깍짓손으로, 안았던 무릎을 바꾸어 안으면서 퍼뜩) 아버님은 그래서? 어제 저물게 당도하셨어?

형석 (한눈을 파는 채) 네에.

원석 (방백) 노인이 괜히 고생을 하시구! (간) 사관에다가 말은 그렇게 하구 나왔어두, 그날두 종일 인천 있었구, 그 이튿날두 점심때가 지나서, 1시 차루 떠난 걸 갖다가!

형석 (무언)

원석 (잠시 무언) 새말 강전이게는 갔더니, 무어라구?

형석 형님을 만나겠대요. 형님이 오셔서 말씀을 하시면, 지가 돈을 더 주마구, 이번 저당일랑 할라 말라구. (간) 놈이 단단히 시방, 그 논이 욕심이 나가지구서!

원석 욕심두 날 만하지! 4천 평에서 1백 2, 30석이 항용 나는 논이니. (간) 어떻게 은행에다가 밀어넣구서 강전이게선 물러가지구, 한 이십 년이구 연부루 갚어나가게 했으면 좋으련만서두! (간) 은행에서 그걸 2천 5백 원투룩 주덜 않을 테니!

형석 (한숨, 무언)

원석 (담배를 붙여 문다)

형석 가서요! 인전 어서. 시장두 하실 텐데.

원석 괜찮다! 아직.

형석 가시면서는 말씀 못하세요? (무대 뒤로 대고) 장서방?

마부 (소리만) 예에!

원석 아직 가만 좀 있으래두!

마부 (하수로 등장, 굽실) 예에?

원석 아냐! 가서 잠깐 더 좀 기대리게!

마부 예에. (퇴장)

원석 (침음[44]하다가) 나는 이 길루 그대루 군산으루 갈 테니, 네나 집으로 가거라! (한숨)

형석 네에?

원석 (무언)

형석 일껀 내려오셨다가, 그대루.

원석 (침통히) 무면도강[45]이란다더니, 차마 얼굴을 들구 집엘 들어갈 면목이 없구나! (간) 그저끼 인천서 떠나가지구, 적이나 하면[46] 단돈 일이백 원이라두 변통이 될까 하구서, 서울루, 전주루 휘익 들러본 것이 다아 그만 낭패를 해, 그래두 집엔 와보아야겠단 맘으루 미리서 전보두 쳐, 오늘은 예까지 와서 차를 내려, 너를 또 만나! (간) 막상 앉어서 고옴곰 생각을 하자니, (한숨) 도시에 머리를 두르구 집 문전을 들어설 염치가 없구나!

형석 쯧! 남인가요!

원석 막이, 부모 제형간이며 처자식들한테야 허물이 없으니 불고염치를 한다구, 인근 동네 동네 사람들 앞에서야, 남한테야, 진정이지 무슨 면목이며 무슨 염치란 말이냐? (간) 동네서들두, 내가 오기만 오는 날이면 일 다아 무사히 모면하는 줄루 알구 있을 테지? 보나마나.

형석 (무언)

원석 또오, 내 면목두 면목이려니와, (한숨) 당장 집에서는 그 못 당할 일을 당허구들 있지를 않느냐? 세간을 끌어내가! 경매를 불러! (간) 까아맣게들 날만 바라구 기대리지를 않느냐? 돈을 해 가지구 와서 떳떳이 일을 피여놓으려니 하구서! (간) 그런데, 번연히 빈손을 쥐구서 불쑥 들어서는구나? 빈손을 쥐구서!

형석 (한숨, 무언)

원석 태산같이 믿구 있다가, 오죽이나들 낙망이 되며, 그러니, 차마 애차라서 그 낙담 실망하는 정상을 어떻게 본단 말이냐?

(간) 제일, 아버님께 죄송스런 말이야, 이루 다아 이를 것두 없는 노릇이지만.

형석 (무언)

원석 (한숨) 어채피 집안 사람들루 하더래두, 이왕 당하는 바엔 차라리 내가 있구서 당하기보담 우선 낙심이 더얼 돼두 더얼 될 것이요, 또오, 남이 보매두 내가 오덜 안해서 부득이 저렇거니 여길 텐즉, 은연중 허물이 제풀에 다아 내한테루 밀려서, 역시 더얼 창피두 한 것이요, (간, 한숨) 폐일언하구서, (몸을 일으키면서) 말, 네가 타구서, 들어가거라!

형석 (무언, 한숨)

원석 나는 예서 그대루 기대리다가 군산으루 가서, 쫏! 볼일두 있구 허니, 이삼 일 있다가, (간) 모리나 글피쯤 집으루 가마!

형석 (넋을 놓고 서서, 무언)

원석 어서, 널랑은 (문득 아우의 얼굴을 돌려다 보고는, 하도 그 절망적으로 침통한 데 차마 말을 잇지 못하고, 외면을 하면서 한숨)

형석 (훨씬 있다가, 그대로 한눈을 파는 채, 퍼뜩퍼뜩 혼잣말로 조용히 탄식) 어떻게나 하면 좋아요! 어떻게나 하면 좋아요! 집안을 장차 어떻게나 하면 좋아요! (눈물이 어린다)

원석 (한숨, 무언)

형석 (무언)

(두 사람, 제각기 넋을 잃은 듯 우두커니 먼 산을 바라다만 보고 섰고, 무대 고요히 암전)

제2장

무대

제1막과 동일.

시각은 제1장과 거진 같은 시각으로, 사건이 진행 중인 채 급히 무대가 밝아지면.

정면으로 안채의 토방에는 고씨가 인원과 대원을 데리고 섰고. 하수의 옆채 사이에는 최씨와 김씨와 은순을 업은 오씨와 소저가 모여 섰고. 상수의 차면 앞으로는 경매인 갑·을과 2, 3인의 인부가, 혹은 섰고 혹은 앉아서, 담배를 피우고 하고.

마당 가운데로는 박진사가, 가방을 멘 집달리를 데리고 섰고.

박진사는 장자 원석과 비슷하니 왜소한 몸집이나, 딸 소저가 많이 닮았듯이, 성미 괄괄하고 괴팍스러워 보이는 얼굴이다.

차림새는, 커다란 삼각관에, 모시 적삼과 도리사 고의에, 흰 마른 신을 신었고, 앞과 옆에서 털럭거리는 큰 귀주머니와 풍안(風眼)집이 유표하다.

약간 주기(酒氣)를 띠었고.

박진사 (집달리를 달래느라고) 자아, 여보시우? 이 양반?

집달리 (지르퉁하니 딴 데를 보고 서서) 말씀하세요.

박진사 예서 이럴 게 아니라, 자아, 절러루, 사랑으루, 나갑시다! 이왕 채려 내간 술상이요, 허니.

집달리 술은 글쎄, 먹을 줄 몰라요! 술 대접 받으러 온 사람두 아니구요!

박진사 허어, 사람이 어디 그렇두룩 빡빡해서야 쓰우! 젊은 친구가.

집달리 (버럭) 내가 왜 빡빡해요? 댁에서 답답하게 굴지.

박진사 거, 기왕 참던 길이니 죄끔만 더 참어주면 될 게 아니요?

집달리 아침 8시버틈 오정이 돼오두룩 여태 기대려드렸으면 고만이지, 그 위에 다시 더 어떡허란 말씀예요?

박진사 지끔 곧 와요! 하마 당도해요! (방백) 거 워너니, 무얼들 하느라구 여태들 안 온단 말이냐? (둘레둘레) 거, 누구 없느냐? 머슴 어디 갔느냐? 머슴.

고씨 머슴 들에 나갔지요!

박진사 이놈은? 이놈, 꼬마둥이는?

고씨 그애두 같이 들에 나가구요.

박진사 거 원, 오늘 같은 날은 하나나 집에 있는 게 아니라 (마침, 인원·대원을 보고서) 오오! 느이라두 뻐언히 그러구 섰지만 말구서, 저어 동구 밖으루 좀 나가보렴? 응?

인원 (선뜻) 네에! (마당으로 내려서면서 상수의 차면을 향해 급히 걸어 나간다)

박진사 저어 동구 밖까지 나가보아라? 응?

인원 네에!

박진사 애비가 말 타구 올 테니, 얼른 오라구 일러라? 손님이 시방 기대리신다구? 응?

인원 네에! (퇴장)

집달리 (박진사의 하는 양을 물끄러미 바라다보고 섰다가, 방백) 내 온!

박진사 인전 곧 오게 됐소이다. 저놈을 내보냈으니깐, 인제 오라잖아서.

집달리 누굴 어린애루 아나 베!

박진사 곧 당도해요! 얼른 데리구 오라구 일렀으니깐 머 인전.

집달리 (걷질러) 여보시우 그, 정신 빠진 수작 고만저만 해두시우!

박진사 (뻔했다가, 더럭 성이 나려다가, 얼른 눅이면서) 오온 천만에! 내가 늙은 사람이 멋 허러 젊은 친굴 데리구 실없은 말을 하겠소? 적실히 오기에 온다구 하는 거지! 노형두 아까 그 전보, 보지 않았소? 전보. (둘레둘레) 전보 어떡했느냐? 일러루 가저오느라! (역정스럽게) 전보 일러루 가저와!

고씨 (둘러보다가) 전보, 여기 없는걸!

박진사 없다니? 어디루 가구 없어?

고씨 아까 참, 당신이 쥐구 사랑으루 나가셨지요?

박진사 오오, 참! 게, 누구 없느냐? 저, 사랑에 나가서.

대원 (마당으로 내려가면서) 전보 가져와요?

박진사 전보 가져오느라! 전보.

대원 (달음질을 쳐서 상수의 차면 밖으로 퇴장)

박진사 어제 전주서 친 전본데, 오늘 적실히 온다는 거야. 오늘, 적실히! (간) 그래 아까 첫새벽에, 내 작은자식을, 말 안동시켜서

정거장으루 내보내잖었겠소! 말 안동시켜서, 삼십릿길을 보행이 어렵기두 하련과, 속히, 한시바삐 당도하게 하느라구, 응?

대원 (편 전보를 손에 들고, 상수의 차면 밖으로 해서 급히 등장. 박진사한테 두 손 받쳐 전보를 주면서) 할아버지?

박진사 건 무엇이냐?

대원 전보 가져왔어요!

박진사 오오, 참! (전보를 받아가지고) 자아 (펴서 집달리의 얼굴 바투 대주면서) 이게 아니요? 응? 전보가 이렇게 왔거든. 온단 전보가! 응?

집달리 (거들떠보지도 않는다)

박진사 문맥은 무언고오 하면, (풍안을 꺼내 쓰고 전보를 멀찍이 내대고 보면서) 문맥이 무언고오 하면, (읽는다) 명일, 오전, 귀가! (고개를 도로 돌리면서) 응? 그 뜻 알지요? 명일 오전 귀가! 이게 오늘 집으루 온다는 그 말이여든! 명일 오전 귀가! (간) 그 애가 거 과히 무식턴 않것만서두, 귀성이라구 살필성자를 쓰던지 이, 귀근이라구 보일근자를 쓰던지 하는 게 아니라, 돌아갈귀자 귀가라구 했군그래! 시하에 있는 사람은 귀근이라구 하던지, 귀성이라구 하던지 해야 호릇스럽잖은 법인데! (간) 이게 분명 아마 거, 무식한 우체사령자가 잘못 알아듣구서 이렇게 귀가루 써서 보냈어!

집달리 (방백) 내 온, 기가 맥혀서! 집달리 오 년에 별별 구경 다 했어두, 츰이네! 츰이여! (지성으로) 여보시우 영감님! 인전 내가 되려 제발 사정 좀 합시다?

박진사 온다구, 이렇게 전보가 오질 않았소?

집달리 전보가 왔으니, 글쎄 어떡헌단 말씀예요?

박진사 지끔 곧 와요! 내 큰자식, 박원석이가, 저기 와요!

집달리 오건 말건, 내겐 아랑곳없어요!

박진사 돈을 가지구 와서, 이걸, 이 집행 맞인 걸, 도루 다아 물른단 말이요!

집달리 누가 물르지 말래요? 물르세요! 그렇지만 물를 때 물를 값이라두 인전 제발 저리 좀 비껴나세요! (기색이 강경해진다) 던 지체할 수가 없어요! 단 일각두. 여기 말구두, 오늘 해전으로 세 군데나 가야 해요! 진정 말이지, 내가 받을 빚이라면 얼른 이 자리서 탕감해드리구 말겠소! (가방을 들먹거린다)

박진사 그러니 잠깐만 더 기둘러달란 말이구려!

집달리 (인부들더러) 나서! 들.

박진사 (집달리의 팔을 부여잡으면서) 여보시우!

집달리 (뿌리치면서) 못해요! (주춤주춤하는 인부들더러) 무얼들 꾸물거리구 있는 거야?

인부 1 예에, 헴.

(인부들, 슬금슬금 마당 가운데로 나서고, 경매인 갑·을도 천천히 몸을 꿈지럭거린다.

옆채 옆으로 모여 섰는 여인들, 새로이 당황하여, 가벼운 동요가 일고)

박진사 (화가 치미는 것을 누르고) 아, 여보시유!

집달리 (가방에서 서류를 꺼내다가, 볼품사납게 지청구를) 못한

대두 이래요! (서류를 훌훌 넘긴다)

박진사 (서류에 손을 얹을 듯) 잠깐만 더!

집달리 (떠밀면서) 왜 이 모양야, 이건!

박진사 (떠밀려나서는, 무춤했다가 그다음 얼굴이 붉으락푸르락, 이윽고 결기 있이) 여보!

집달리 (힐끗 고개를 쳐들었다가 도로 서류를 보면서 무언)

박진사 (한 걸음 다가서면서) 그래, 진정이요?

집달리 따잡구 대들면 어쩔 심예요?

박진사 (잔뜩 노리다가) 진정이여?

집달리 그렇단밖으!

박진사 에라끼!

집달리 멋이?

박진사 고현 손 같으니! (홱 몸을 돌이켜, 차면 밖을 향해 쿵쿵 걸어가면서) 전 세상 같었으면, 널 이놈.

집달리 (쫓을 듯) 머야?

박진사 도척이 같은 놈!

집달리 아니, 저 늙은이가 눈에 뵈는 게 없나?

박진사 이놈, (돌아서서) 네가 이놈, 자식을 기르나 보아라! (퇴장)

집달리 (씨근씨근, 한참이나 차면을 대고 눈을 흘기다가, 천천히 돌아서서는 괄괄스럽게 손짓 얼러, 인부들더러) 저 대청마루에 있는 두주허구 베틀 먼점 들어내왓!

(인부들, 비실비실 대청마루로 향해 가고, 최씨 눈물을 씻고, 소저

발을 동동 구르고, 김씨와 오씨는 보다 못해 뒤 울안으로 퇴장하고 고씨, 집달리 앞으로 내려오고)

집달리 (인부들더러) 빨리빨릿!

고씨 여보시요! 이 양반?

집달리 몰라요!

고씨 (한숨) 그까짓 것 세간이 무슨 아까서 그리는 게 아니요! 그보다두 더한 전장두 죄다 떠내려갔을라더냐! 세간 나부랭이가 값으루야 몇 푼어치나 되우? 그렇지만서두, 이걸 모두 끌어내가구, 남의 앞에다 벌려놓구서 네가 사랴, 내가 사랴, 암만에 팔아라, 암만에 사거라, 그 짓을 하구, 조옴 창피허며 망신스러우? (간) 쬐끔만 더 참어주시요! 존 일 허느라구.

집달리 (조금 부드럽게) 내가 빚을 받을 사람이라면 죄다 탕감이래두 해드리구 싶어요! 나두 그렇지만 이게 다아 윗사람 영으루 하는 노릇이구, 남의 심부림이지, 하나두 머, 내겐 이해 상관없는 일예요!

(인부들, 영치기 영치기 베틀을 마당으로 떠메고 내려오고, 대원 울면서 상수의 차면 밖으로 쫓아 나가고, 고씨 치마 고름으로 눈물을 씻는다.

인부들, 마당 가운데다가 베틀을 내려놓고는 다시 대청마루로 올라가고, 경매인 갑·을 베틀을 끼웃끼웃 들여다본다.

박진사, 대원을 데리고 두 주먹을 불끈, 노기등등하여 상수의 차면 밖으로 급히 등장)

박진사 (차면 앞으로 우뚝 멈춰 서면서 노기가 와락 더 치밀어 몸을 푸르르, 고함 소리로) 그래 이놈들! 느이가 이놈들, 정녕코 이 행패를 할 테냐? 언감히 내 집에 내정돌입[47]을 해가지구, 이 거조를 할 테냐?

(집달리 이외의 일동, 놀라서 박진사를 바라다보고 침을 삼키고. 막 뒤주를 떠메고 나오던 인부들, 얼른 도로 내려놓고는 어쩔 줄을 몰라하고)

집달리 (인부들더러) 머야? 이건!

박진사 (눈을 부릅뜨고) 못한다! (쫓아오면서) 어딜! (문득 사방을 초급히 둘러보면서 무엇인지를 찾다가, 선뜻 하수의 광을 향해 허둥지둥 달려간다) 어딜, 감히! 천하 없어두 못한다!

(고씨, 최씨, 소저, 무얼 어쩌느라고 저러나 싶어 걱정스럽게 박진사의 뒤를 몇 걸음 따르고, 김씨와 오씨, 옆채 사이로 등장하고.

박진사, 광문을 벼락 치듯 열어젖히고 쫓아 들어갔다간 순간 후에 다시 도끼를 움켜쥐고 뛰쳐나와, 마당 가운데로 베틀을 향해 맥진. 얼굴엔 가득한 살기.

일동 아연, 여인들의 비명.

집달리, 베틀에서 물씬물씬 뒤로 물러서면서, 눈살이 팽팽하여 아랫입술을 깨물고. 인부들과 경매인 갑·을, 우우하니 상수의 차면 밖으로 몰려 달아나고.

여인들의 저마다

"여보오!"

혹은

"아버님!"

하고 부르짖는 비명이 요란한 가운데, 고씨는 박진사의 앞을 가로막
다가 떠밀려서 나가동그라지고.

최씨와 소저는 부여잡으려다가 미급하고서 뒤를 쫓고.

김씨와 오씨와 대원은 마당으로 달려 나오고)

박진사 (입가엔 게거품, 눈은 뒤집히고, 미친 듯 베틀을 향해 내달
으면서) 어딜 이놈들! 어딜 감히! (베틀 앞에 다다르자, 이를 부드
득, 도끼를 번쩍 쳐들어 힘껏 내리찍는다) 이래도!

(가족들 주춤 멈춰 서서는 불의에, 안도 그러고는 통쾌한 얼굴들
이고. 경매인 갑·을과 인부들, 차면 밖에서 끼웃이 들여다보다가 슬
금슬금 들어서고)

박진사 (계속하여 베틀을 함부로 찍으면서) 이래도! 이래도 느이
가! 이래도 이놈들!

집달리 (고개를 끄덕끄덕하다가, 경매인을 돌려다 보고) 주재소!
순사, 좀!

(경매인 갑, 꾸벅하면서, 상수의 차면 밖으로 급히 퇴장하고)

집달리 (물끄러미, 방백) 박적[48]을 쓰구 벼락을 바우겠지?[49] (간)
흥! 사람꺼정 못 성하느라구!

박진사 (자폭적으로 더욱 베틀을 내리찍는다) 이래도! 자, 옛다!
자, 옛다! 자, 옛다! 자아, 옛다! (마지막 모질게 한 번 내리찍고는,
도끼를 건 채 얼굴을 번쩍 쳐들면서, 기세등등하여 집달리더러 호통
을) 이래도? 이놈! 경매해갈 테거든 경매해가거라. 이놈! 해가아,
이놈!

(서서히 내리고 있던 막, 급히 다 닫힌다)

당랑의 전설 327

작자 부기

반드시 희곡을 쓰고 싶었다느니보다는, 제재가 마침 소설로는 불편한 점이 있기로, 전험(前驗)에 따라 역시 이 형식을 빌린 것이다.

| 주 |

논 이야기

* 『잘난 사람들』(민중서관, 1948)에 수록된 작품.
1 설도 설두(設頭). 앞장을 서서 일을 주선함.
2 고패 고비. 한창 막다른 때의 상황.
3 잔주 큰 주석 아래 더 자세히 단 주석.
4 시쁘둥하다 마음에 차지 아니하며 아주 시들한 기색이 있다.
5 원문에는 '한독원'으로 표기됨. 한생원의 오식인 듯함.
6 토색질 돈이나 물건 따위를 억지로 달라고 하는 짓.
7 아미 뒷거래.
8 원문에는 '二十兩以上二十五兩=四圓以上五圓'으로 표기됨.
9 고래실논 바닥이 깊고 물길이 좋아 기름진 논.
10 원문에는 '二圓-二圓四, 五十錢'으로 표기됨.
11 토리 메마르거나 기름진 흙의 성질.
12 머리 까닭, 필요.
13 상거 서로 떨어져 있음.
14 쓰메에리 깃의 높이가 4센티미터쯤 되게 하여, 목을 둘러 바싹 여미게 지은 양

복. 학생복으로 많이 지었다.
15 차인꾼 남의 장사하는 일에 시중드는 사람.
16 풀씬 '풀썩'의 북한어.
17 장변 장에서 꾸는 돈의 이자.
18 원문에는 '질기어'로 표기됨.
19 원문에는 '괘-니'로 표기됨.
20 우죽 나무나 대나무의 우두머리에 있는 가지.
21 해거 괴상하고 얄궂은 짓.
22 원문에는 '행학야 행학이'로 표기됨.

레디메이드 인생

*『신동아』 1934년 5~7월호에 발표된 작품.
1 원문에는 '신어붓잖게'라고 표기됨. 이하 '시원찮게'는 '신어붓잖게'가 원 표기임.
2 한개 한낱.
3 두덜거리다 남이 알아듣기 어려울 정도의 낮은 목소리로 자꾸 불평을 하다.
4 원문에는 '커쓰'로 표기됨. 참고로 『채만식 선집』(창작과비평사, 1989)에는 '커틀렛'으로 표기됨.
5 갈돕회 동경 고학생 순회 연극단 이름. 갈돕: 1922. 8. 25(계간지), 경성에서 출간된 조선 고학생 갈돕회 회지.
6 원문에는 '갑오'로 표기됨. 노름에서 아홉 끗을 이르는 일본말.
7 월괘저금 매일 정해놓고 하는 저금. 월과저금.
8 안존하다 성품이 얌전하고 조용하다.
9 반연 얽히어 맺어지는 인연.
10 아유구용 남에게 구차스럽게 굶.
11 자숫물 '개숫물'의 경남 방언.
12 승벽 호승지벽. 남과 겨루어 이기기를 좋아하는 성미나 버릇.
13 적이 얼마간, 다소.
14 원문에는 '飾假'로 표기됨.
15 각수 돈을 '원' 단위로 셀 때, 원 단위 아래에 남는 몇 전이나 몇십 전을 이르는

말.
16 칭탈 무엇 때문이라고 핑계를 댐.
17 고구라 고쿠라. 두꺼운 무명 직물을 뜻하는 일본말.

미스터 방

*『잘난 사람들』(민중서관, 1948)에 수록된 작품.
1 보비위 남의 비위를 잘 맞춰줌.
2 어심 마음속.
3 막부득이하다 '부득이하다'의 힘줌말.
4 김질 기름칠.
5 다못 '다만'의 전남 방언.
6 부대하다 몸뚱이가 뚱뚱하고 크다.
7 기물스럽다 보기에 좋아 보이는 데가 있다.
8 소래기 '소리'의 속된 말.
9 노대 발코니.
10 소절수 '수표'의 일본식 말.
11 진소위 그야말로.
12 제바리 1. 막일꾼들이 자기 불만을 표시하는 욕말. 2. 고자(鼓子).
13 기급할 얕잡거나 업신여기는 말.

민족의 죄인

*『백민』1948년 10월호, 1949년 1월호에 발표된 작품.
1 원문에는 '하여커나'로 표기됨. 이하 '하여간에'는 원문에 '하여커나'로 표기된 것임.
2 섭슬리다 함께 섞여 휩쓸리다.
3 폐롭다 성가시고 귀찮다.
4 바워내다 능히 견디거나 피하다.
5 각다분하다 일을 해 나가기가 힘들고 고되다.

6 실토정 사정이나 심정을 솔직하게 말함.
7 설리 '서러이'의 전남 방언.
8 쭈쩍 뜻하지 않게 갑자기 마주친 모양.
9 요보 일본인이 한국인을 낮춰 부르던 말.
10 터수 살림살이의 형편이나 정도.
11 반지바르다 말이나 행동 따위가 어수룩한 맛이 없이 얄미울 정도로 민첩하고 약삭빠르다.
12 한편치 한편짝. 한편을 이룬 짝. 자신의 추측이 맞아 떨어졌다는 뜻.
13 가사 가령.
14 여새겨보다 넌지시 잠깐 살피다.
15 틈사구니 '틈바구니'의 전라·충청 방언.
16 황차 하물며.
17 서로가람 '서로'의 힘줌말.
18 배비 배치하여 설비함.
19 철빈 더할 수 없이 가난함.
20 너벅다리 '넓적다리'의 충청 방언.
21 연사 농형. 농사가 잘되고 못된 형편.
22 서속 기장과 조.
23 너끔하다 느긋하다. 한가하다.
24 고쓰까이 관청 등에 고용되어 잔심부름을 맡아 하는 사람을 뜻하는 일본말.
25 낯꽃 감정의 변화에 따라 얼굴에 드러나는 표시.
26 아굴지 아굴찌. 아가리(입, 주둥이).
27 두루춘풍 누구에게나 좋게 대하는 일. 또는 그런 사람.
28 공극 빈틈.
29 괴사 부끄러워서 죽음.

치숙

* 『잘난 사람들』(민중서관, 1948)에 수록된 작품.

1 막덕 마르크스주의를 믿는 사람이나 행위를 낮추어 부르는 말.
2 서발막대 매우 긴 막대를 강조하여 이르는 말(북한어).
3 칙살스럽다 하는 짓이나 말 따위가 잘고 더러운 데가 있다.
4 우나다 유별나다. 두드러지게 다르다.
5 후분 사람의 평생을 셋으로 나눈 것의 마지막 부분. 늙은 뒤의 운수나 처지를 이름.
6 여대치다 뺨치게 낫다. 능가하다.
7 애자진하다 자진하여 애를 쓰다.
8 죄다짐 죄에 대한 갚음.
9 원문에는 '재갸'로 표기됨. 이하 '자기'는 모두 원문의 '재갸'임.
10 통히 도무지. 아무리 해도.
11 불고 돌아보지 아니함.
12 전중이 징역살이하는 일을 속되게 이르는 말.
13 미쓰고시 일제 시대의 상점 이름. 지금의 신세계 백화점을 말함.
14 다다끼우리 '거리의 상인 등의 싸구려 팔기'를 뜻하는 일본말.
15 다이쇼 '주인'의 일본말.
16 오깜상 오카미상. '남의 아내, 여주인'을 뜻하는 일본말.
17 치패 살림이 아주 결딴남.
18 수응 요구에 응함.
19 어리친 개새끼 한 마리 없더라 아무도 얼씬하는 사람이 없다는 말.
20 완구히 분명하게. 확실하게.
21 작히나 오죽이나. 어찌 조금만큼만.
22 대천지원수 이 세상에서는 함께 살 수 없는 극악한 원수.
23 부랑당패 떠돌아다니거나 펀둥펀둥 놀면서 방탕한 생활을 하는 사람의 무리.
24 구누 '구농(呴噥)'의 입말. 못마땅하여 혼자 군소리를 하는 일.
25 분지복 분복. 각자 타고난 복.
26 기수 저절로 오고 가고 한다는 길흉화복의 운수.
27 아라사 러시아.

28 잘코사니 고소하게 여겨지는 일.
29 스모 일본의 씨름.
30 만자이 '만담'의 일본말. 재미있고 익살스러운 말로 세상과 인정을 풍자한 이야기.
31 왓쇼왓쇼 '어영차 어영차하고 소리지르는 함성'을 뜻하는 일본말.
32 세이레이 낭아시 '익숙한 행사'의 일본말. '나가시'가 옳은 표기임.
33 미쳐살미 미쳐삶. 미친 상태로 사는 일.
34 불측 생각이나 행동 따위가 괘씸하고 엉큼함.
35 워정 '일부러'의 함경 방언.
36 고소 중이 자신을 낮추어 이르는 일본말.
37 반또 상가의 고용인 우두머리, 상점의 지배인을 뜻하는 일본말.
38 낑구 일제 시대의 잡지 이름. 영어 'king'의 뜻.
39 쇼넹구라부 청소년을 대상으로 한 일본의 월간 종합 잡지 이름. '소년 클럽'의 뜻.
40 가나 일본 고유의 글자.
41 기꾸지깡(菊地寬) 일본 대정(大正) 시대의 유명한 작가 이름.
42 진찐바라바라 칼날이 부딪치는 소리의 일본말.
43 동(이) 닿다 앞뒤 조리가 맞다.
44 "사람마다 무슨 일에고~되는 법이니라"는 동아일보(1938. 3. 14)에는 기재가 되었지만, 『잘난 사람들』(민중서관, 1948)에는 생략되어 있는 부분이다.

낙조
*『잘난 사람들』(민중서관, 1948)에 수록된 작품.
1 규각 모나 귀퉁이의 뾰족한 곳.
2 앞채다 어떤 일이 앞으로 닥치다.
3 당시랗다 맵시 있게 덩그렇다.
4 흥그롭다 마음에 여유가 있고 흥겹다.
5 흠선하다 우러러 공경하고 부러워하다.
6 금새 물건의 값 또는 물건 값의 비싸고 싼 정도.

7 **즉참** 그 자리에서 목을 베어 죽임.
8 **비웃** '청어'를 식료품으로 이르는 말.
9 원문에는 '초고'로 표기됨.
10 원문에는 '隨性的'으로 표기됨.
11 **채미** 참외.
12 **부둥부둥** 억지를 쓰며 자꾸 우기는 모양.
13 **생때같다** 몸이 튼튼하고 병이 없다.
14 **애탄가탄** 힘에 겨운 일을 이루려고 온 힘을 쏟는 모양.
15 **센징구사이** '조선인 더러운 놈아!'란 뜻의 일본말.
16 **센진노 구세니~시라나이 야쓰** 일본말로 '조선놈 주제에 내지인(일본) 여자에게 감히 그런 행동을 하다니, 건방진 녀석아!' '조선놈 주제에 예의를 모르는 놈.'
17 **전감** 거울로 삼을 만한 지난날의 경험이나 사실.
18 **장대다** 마음속으로 기대하고 잔뜩 벼르다.
19 **바깃이** 비스듬히.
20 원문에는 '나차운'으로 표기됨.
21 **밭다** 말라붙거나 없어지다.
22 **비발** 비용.

쑥국새

* 『여성』 1938년 7월호(3권 7호)에 발표된 작품.
1 **빗밋이** 비스듬히.
2 **솔푸덕** 솔포기.
3 **깔끄막길** 몹시 비탈진 길.
4 **알심** 보기보다 야무진 힘.
5 **퇴육살** 사람의 몸에서 힘을 쓸 때 근육이 불거져 나오는 부분.
6 **시이시하다** 슬슬하다. 서두르지 않고 가만가만 움직이다.
7 **워너니** 워낙, 본디부터, 본래.
8 **넉가래** 곡식이나 눈 등을 한곳에 밀어모으는 데 쓰는 기구.

9 부룩송아지 아직 길들지 않은 송아지.
10 아기똥하다 말이나 행동 따위가 매우 거만하고 앙큼한 데가 있다.
11 다구지다 '다부지다'의 경남·전남 방언.
12 끄은히 끈히, 끈질기게.
13 산소리 어려운 가운데서도 속은 살아서 남에게 굽히지 않으려고 하는 말.
14 넙치다 넘어지다.
15 납채 신랑 집에서 신부 집에 혼인을 구하는 의례.
16 단걸음 내친걸음에 멈추지 않고 단숨에. 곧장 빨리.
17 들레다 야단스럽게 떠들다.
18 액색하다 운수가 막혀 생활이나 행색 따위가 군색하다.
19 거조를 내다 (무엇을) 처리하거나 꾸미거나 하기 위한 조치를 취하다.

당랑의 전설

*『인문평론』1940년 10월호에 발표된 작품.
1 홀태 벼훑이의 방언.
2 째다 (옷감을) 짜다.
3 이하 '(간)'으로 통일함.
4 두투룸하다 약간 통통하다.
5 서두리 일을 거두어주는 사람, 또는 그 일.
6 손대 손자(자식).
7 내남직 할 것 없이 나와 다른 사람 모두 마찬가지로.
8 물역을 들이다 애를 쓰다.
9 세안 한 해가 끝나기 이전.
10 바지게 발채를 얹은 지게.
11 옹퉁이 옹동이. 작은 질그릇의 하나.
12 지천 '지청구'의 잘못.
13 말끗말끗 (눈알이나 정신이) 생기 있게 말똥말똥한 모양.
14 암만 밝혀 말할 필요가 없는 값이나 수량을 대신하여 이르는 말.

15 우크르르하다 여럿이 한데 모여 벅적이며 떠들썩하다.
16 물상객주 장사치를 집에 머물러 묵게 하거나 그들의 물건을 소개하는 일 또는 흥정을 붙이는 일을 주로 하는 영업.
17 풍더분하다 푼더분하다. 얼굴이 두툼하고 복성스럽다.
18 삼순구식 삼십 일 동안 아홉 끼니밖에 먹지 못한다는 뜻.
19 야긋이 가만히 살짝 누르거나 힘을 가하는 모양.
20 포치 porch. 건물의 입구에 지붕을 갖추어 차를 대도록 한 곳.
21 돗다 '잡았다, 됐다' 등의 일본말.
22 마른신 기름으로 겯지 않은 가죽신.
23 게다 '나막신'을 뜻하는 일본말.
24 유까다 '목욕 후, 혹은 여름철에 입는 홑옷'을 뜻하는 일본말.
25 하바 '두 가지 사물이나 값의 차이를 내어 이문을 남기는 사람'을 홀하게 이르는 일본말.
26 마바라 '소액 거래 전문인'을 뜻하는 일본말.
27 어칠비칠 키 큰 사람들이 어슬렁어슬렁 걸어가는 모습.
28 데후리 원문에는 '手フリ'로 표기됨.
29 얏다 '했다'의 일본말.
30 바다지 '증권업자의 대리인으로서 거래소에 나와 거래하는 점원'을 뜻하는 일본말.
31 조스께 '보조원'을 뜻하는 일본말.
32 도메 원문에는 '止メ'로 표기됨.
33 전장도메 '오전 증권시장의 끝 매매'를 뜻하는 일본말.
34 아시 수량이 다한 상태.
35 들어단짝 들이단짝. 들이대고 다짜고짜.
36 추럿하다 옷차림이나 겉모양이 허술하여 보잘것없고 궁상스럽다.
37 드레고 더럽고.
38 절러루 저리로, 저쪽으로.
39 허출하다 허기가 지고 출출하다.
40 화불단행 재앙은 번번이 겹쳐 옴.

41 활량 '한량'의 변한 말. 재물 따위를 다랍지 않게 쓰는 호탕한 남자.
42 면면상고 아무 말도 없이 서로 얼굴만 물끄러미 바라봄.
43 권연시리 괜스레. 아무 까닭이나 필요가 없이.
44 침음 속으로 깊이 생각함.
45 무면도강 무면도강동. 일에 실패하여 고향에 돌아갈 면목이 없음을 이르는 말.
46 적이나 하면 어느 정도 될 수 있다면. 웬만하면.
47 내정돌입 남의 집에 허락도 없이 불쑥 들어감.
48 박적 바가지. 전라도 방언.
49 베락을 바우겠지 벼락을 맞고 견디겠지.

| 작품 해설

채만식 문학의 풍자성, 아니 비극성

한형구

1

 채만식(蔡萬植)은, 1902년——일설에는 1904년——에 태어나, 1950년 6·25 전쟁이 발발하기 직전(6월) 타계한, 한국 근대 문학의 대표 작가라 할 수 있다. 일제 강점기와 해방기가 이 작가가 살았던 삶과 문학의 무대였던 것을 알 수 있다. 따라서 20세기 전반기 한반도에서의 삶을 생각하면서 이 작가를 제쳐둘 수는 없으며, 그런 만큼 이 작가가 기록하고 관찰한 문학적 삶은 우리 민중의 삶과 밀착되어 있다. 그와 동시대를 살았던 작가들도 물론 많았지만, 그처럼 치열하게 자기 시대를 기록하며 증언하고자 한 작가는 많지 않았다고 할 수 있다. 식민지 시대를 포함한 한국 근대사 전체가 오늘의 시점에서도 여전히 역사적 정리의 과제로 남아 있고, 문제로 제기되는 요즘, 그의 문학에 대한 이해 작업 역시 또 하나의 현재적 과제로 제기된다고 할 수 있을 것이다.

일제 강점기와 함께, 그리고 해방기와 함께 발맞춰 전개되어온 그의 문학의 이 같은 특유한 역사성의 함유 문제, 곧 문학적 기록성의 함의를 우리는 '리얼리즘'의 이름으로 부를 수 있을 것이다. 따라서 리얼리즘의 문제를 떠나서 우리는 채만식 문학의 의의를 논할 수 없다. 작가 자신의 삶의 속살까지도 드러내 보임으로써 민족사의 생생한 역정을 기록하고자 한 작가, 그 역사의 부끄러운 병질을 고발하고자 한 작가, 이런 작가를 두고 '민족적 작가'라 일러 손색이 없을 것이려니와, 고난과 신고로 점철된 그의 생애를 돌아보면서 그 문학의 주요 결절점들을 짚어보는 것은 침체에 빠진 오늘의 문학 상황을 타파하고 새로운 소생의 활력을 얻는 데도 도움이 될지 모른다. 그의 문학의 특질과 생애를 우선 개괄적으로 검토해보기로 한다.

2

채만식 문학은 흔히 '풍자'로 규정된다. 널리 알려진 그의 대표작들, 가령 『태평천하』나 「레디메이드 인생」 혹은 「치숙」 등의 일제 하 시기 작품들, 혹은 해방 후의 「논 이야기」나 「미스터 방」 등을 통해서도 우리는 그의 문학의 풍자적 톤을 읽을 수 있다. 이런 풍자적 작품 경향에서 그의 오른편에 나설 작가가 거의 없다는 것 또한 분명하다. 풍자 작가 자체가 드물 뿐만 아니라, 설혹 있다 하더라도 그가 이룩한 수준, 반열에 오른 작가가 없다(후대의 작가로 최인훈이나, 최근 작가로 성석제 정도가 겨우 그에 비견할 수 있다고 할까). 이 풍자성을 분석적으로 말한다면 우리는 다음 두 가지로 나누어 말할 수 있을 것이다. 요컨대 리얼리즘의 측면과 미학적 측면.

우선 리얼리즘의 측면에서, '리얼리즘'이 무엇인가 묻는다면 이에 대한 설명이 의외로 간단치 않다는 것을 알 수 있을 것이다. 흔히 이 용어를 '사실성' 혹은 '현실성'이란 말로 번역해왔지만, '사실'이든 '현실'이든 간에 이 용어의 자명성은 이제 사라져버린 시대가 되었다. 프로이트, 혹은 자크 라캉류의 '무의식' 개념이 대두한 이래 '현실'의 자명성이란 이제 불투명한 것이 되어버렸다. 그렇다면 과거의 문학은 어떤 기준 하에서 리얼리즘의 개념을 내세웠던 것인가.

이를 해명키 위해서는 마르크스류의 정치경제학 개념이 입론했던, 물질적이고 권력적인 속성의 강제적 소여의 현실이 전제되지 않을 수 없겠다. 이른바 '생활 세계'다. 달리 말하면, 물질적이고 강제적 실체인 정치 권력적 작용으로 말미암아 우리의 생활 세계, 생활 현실이 구체적으로 규정된다고 의식하지 않을 수 없었고, 이에 따라 반응하는 문예 감각, 문예 의식이 리얼리즘 개념으로 주어졌다고 할 수 있다. 사회적 삶의 현사실성을 손에 잡힐 듯이 구체성으로 구현하고, 그것이 어떻게 전체성의 현실로 연루, 엮여 있는가를 나름의 과학적 인식으로 형상화해내는 문학 관념이 곧 리얼리즘이었다고 할 수 있는 것이다. 이 맥락에서 개별적 구체성과 사회적 전체성을 중재하는 '전형성'의 개념이 중요한 문학적 인식 개념으로 떠올랐던 것도 상기할 수 있다.

이런 관점에서 '식민지'라는 총체적 권력 관계의 현실과 일상적 삶을 아우르는 자본주의적 상품 경제의 현실이 주된 사회적·경제적 현실로 떠오르고 인식되었다는 것은 말할 나위가 없다. 이러한 시각 하에서 특히 일상적 삶을 재생산하는 자본주의적 기제가 주된 현실적 요소로 간주되고 인식된다는 것은 그제나 이제나 다름이 없다. 그런 뜻에서 자본주의적 일상 현실을 날카롭게 투시할 수 있었던 염상섭이나 이상(또는 박태원, 혹은 김유정), 혹은 채만식 같은 작가가 이 시대의 중요 작가로 떠올랐다는 것은 문학사의 당연한 귀결이라 할 수 있다. 그중에도 채만식은 자본주의적 현실 원리가 어떻게 민중의 삶 곳곳에 상흔을 남기고 그것을 재생산하는지 역사의 구비구비마다에서 관찰하고 문학적으로 시현해놓은 작가였다. 장편 『태평천하』와 해방 후의 단편 「논 이야기」가 '땅'(토지)의 이야기를 통해서 근대 한국의 경제사적 변동을 날카롭게 투시한 작품이라 하면, 지식인 실업(失業)의 현실을 통해서 자본주의 체제의 문제점을 묘파한 초기 대표작 「레디메이드 인생」, 그리고 소지주 가계의 몰락상을 통해서 같은 민중적 삶의 애환과 부침을 그린 장편 『탁류』와 같은 작품이 리얼리즘적 성취를 보여주는 채만식의 주요 작품 세계라 할 수 있다. 특히 오늘날의 증권거래소와 흡사한 장치의 '미두취인소'를 등장시켜 몰락과 재생산을 되풀이하는 자본주의적 기제의 핵심 원리를 집약적으로 수렴해 보여주었다는 것은 자본주의에 대한 이 작가의 이해 안목이 어느 수준에 있었는가를 단적으로 증거하는 대목이다. 그 자신의 가족사가 이러한 실천적·실존적 자본주의 이해의 체험적 거멀못이 되었다고 하거니와,「당랑의 전설」등의 작품이 그러한 가족사적 체험을 집약적으로 형상화해낸 작품으로 간주될 수 있다.

리얼리즘적 시각에서의 이러한 인식 안목에 보태어 고도의 풍자적 수법이 채만식 문학을 빛낸 주요 미학적 인자가 되었음을 여기서 또한 되풀이 강조할 필요는 없다. 풍자란 무엇인가. 흔히 그 미학적 실현의 방법을 두고 유머(해학), 위트(기지), 아이러니(반어) 등의 분류 방식을 취하기도 하거니와, 여기서도 '웃음'이라는 미학적 효과 이전에 '비판'의 언술 효과가 그 본래의 진술 효과로서 문학의 근저에 자리 잡고 있다는 점을 우리는 놓쳐서는 안 되겠다. 이런 점에서 '풍자'를 앞세운 채만식 문학의 리얼리즘적 색채를 '비판적 리얼리즘' 혹은 '진보적 리얼리즘'으로 명명하는 논자들이 많았거니와, 특별히 '반어'적 어법에 입각한 그의 풍자적 어상이란, 언필칭 진실과 현실이 반목하여 대립하는 세태 속에서 세계를 두루 이중적으로 투시하는 작가의 뛰어난 인식적 안목이 작용한 결과임을 새길 필요가 있는 것이다. '태평천하(太平天下)'거나 '치숙(痴叔)' 등의 제목 속에서 작가의 그런 이중적 시선이 단적으로 배어나온다고 할 수 있는데,『태평천하』속에서 예컨대 '胡'(자)로 인해 망하리라는 예언을 피해 만리장성을 축조하기도 했던 진시황이었지만, 결국 아들(호해: 胡亥)로 인해 망해갈 수밖에 없었노라고 하는 이야기를 작품의 최종부(15장 망진자

〔亡秦者〕는 호야〔胡也〕나라)에 배치하고 있는 것을 보면, 작품 제목의 표면적 어의와 달리 작가의 속 깊은 원망이 기실 어느 쪽을 향해 있었는가를 여실히 입증해준다고 할 수 있는 것이다.

한편 이와 같은 풍자적 어법이 우리의 전통 문화 양식, 즉 판소리와 같은 양식의 영향 속에서 배태된 양식임을 강조한 논자들도 많았다. 이는 『태평천하』에서 나타나는 판소리 사설 투, 곧 '아니리'의 문체를 특히 주목한 논자들의 연구 입장이라 할 수 있는데, 단편 「치숙」의 도입부만을 보아서도 그 성격이 어느 정도는 드러난다고 할 수 있다. 이처럼 채만식의 풍자는 단지 부분적인 요법에 의해서가 아니라, 풍자의 모든 방법을 궁구한, 그런 뜻에서 한국적 풍자 미학의 일대 집성이라 할 만하다. 보자.

우리 아저씨 말이지요? 아따 저 거시키, 한참 당년에 무엇이냐 그놈의 것, 사회주의라더냐 막덕이라더냐, 그걸 하다 징역 살고 나와서 폐병으로 시방 앓고 누웠는 우리 오촌 고모부(姑母夫) 그 양반……

여기에서 위의 진술태가 반드시 판소리의 아니리와 같은 투, 문체인가를 밝히는 것은 부질없는 논의가 될 것이다. 다만 그 문투, 문체 미학의 현재적 변용이라 하면 족할 터인데, 오늘날 채만식 문학의 현재적 가치를 강조하는 논자들의 논법이 한편 이런 민족 문화의 현재적 변용 가능성 속에서 그 근거를 찾고 있음을 발견하는 것은 그리 어려운 일이 아니다. 결국 채만식의 '풍자'야말로 우리가 계승할 수 있는 민족 문학적 가치의 최대 보물, 자산이라는 점에 많은 논자들의 논점, 초점이 맞춰져 있는 것을 알 수 있다.

하지만 채만식 문학을 이처럼 풍자적 특질로만 이해하고 만다면 많은 것을 놓치게 되리라는 것이 필자의 생각이다. '풍자'만으로는 채만식 문학의 모든 것을 설명하기 어렵다고 보기 때문이다. 그리고 그래서는 채만식 문학의 본질적인 문예 정신, 곧 창작의 방법적 의의를 넘어 깊이 있는 '세계관'의 차원에서 채만식 문학의 여러 양상을 두루 해명하기가 어렵다고 본다. 지금까지 살펴본 것처럼 풍자란 기껏해야 표면적인 창작 방법의 원류를 지시하는 개념이 될 터인데, 이래서는 채만식 문학의 모든 것이, 그리고 심층적 차원에서 해명되기 어렵다고 보는 것이다. 풍자와는 조금 격이 다른, 『탁류』 중심의 '여성 비극' 계열 작품들을 중심에 놓고 생각해볼 때 더욱 그렇다(졸고, 「채만식의 세계관과 창작 방법」, 서울대 대학원, 1987 참조). 그렇다면 채만식 문학의 심층을 규명키 위한 세계관 개념이란 무엇이고, 그리고 그 원류, 독자적 양태로서 채만식의 비극적 세계관이란 무엇인가.

세계관 연구자인 뤼시앵 골드만에 의하면, 절대주의 하의 고전적 세계관과 마르크스류의 혁명적·변증법적 세계관 사이에 존재했던 특정 시기(17~18세기) 서구 세계관 중 하나를 '비극적 세계관'으로 이를 수 있다고 본다. 비극적 세계관이란 이를테면 저 서양 고대의 비극 양식에 뿌리를 둔 것으로서, 가치로서의 '진실'과 세상의 '현실'이 맞부딪힘으로써 이러지도 저러지도 못하는 딜레마의 상황에 처했을 때 발현되는, 이중적이고 양가적인 형태의 중도적 세계관 유형이라 해명할 수 있다. 그렇긴 해도 이 세계관의 뿌리에는 몰락하는 (귀족) 계급의 자기 파괴적 의식이 잠재하고 있어 끝내는 세계를 부정적으로 인식할 수밖에 없게 되는 비관적 의식이 깃들어 있다고 보는 것이다. 가령「오이디푸스 왕」, 혹은「안티고네」등으로 대표되는 그리스 비극의 전형적인 세계관적 발로 양상이 그러한 것으로, 세계와의 화해할 수 없는 불화와 간극 속에서 마침내 자기 눈을 찌르고 마는「오이디푸스 왕」의 이야기는 그 비극적 구조, 그 세계관의 성격이 무엇인가를 단적으로 보여주는 전형적인 작품의 예다. 그렇다면 채만식 문학을 위와 같은 비극적 구조, 비극적 세계관의 소산으로 볼 근거는 무엇인가.

'세계관'이란 한편 주체가 기반하고 있는 사회 집단의 존재 구속적 여건으로부터 비롯된다고 하는 것이 골드만의 발생론적 구조주의가 채택하고 있는 설명법이거니와, 우선 작가 채만식이 비극적 (몰락) 의식의 소유자였다는 것은 여러모로 그 입증이 어렵지 않다. 먼저 간단한 연보(年譜) 사항으로, 중산(농)층 가정의 막내아들로 태어난 채만식은 일본 유학까지 경험하고, 잠깐 동안의 사립학교 교원과 동아일보 기자 생활을 거친 뒤, 집안의 갑작스런 몰락과 함께 반복되는 실직 생활의 전전 속에서, 한때는 무정부주의와 혁명적 마르크스주의에 심취했던 것이 사실이다. 하지만 카프(KAPF)와의 관계 속에서도 그는 기본적으로 '동정자

sympathizer-동반자'의 위치는 벗어나지 않았던 것으로 파악되며, 카프 소장파의 일원이었던 현인 이갑기와의 논쟁, '동반자(작가) 논쟁'은 바로 그것을 의미하는 것이다. 결국 이와 같은 과정을 통해 자의식에 상처를 크게 입고 고립된 위상 속에 빠져든 그는 작가 생활을 본격화해가는 1930년대 중반기를 전후하여 그의 내면에 비극적 의식이 깊이 잠재하게 되는 것으로 설명할 수 있다. 이 과정에서 그는 '여성적 삶'의 문제를 깊이 의식하게 되는데, 그가 최초 장편 『인형의 집을 나와서』(1933)를 쓰게 되는 것도 이러한 각도에서 설명할 수 있고, 여성적 삶의 문제에 관한 한 그는 일찍부터 비극적 인식, 즉 비극적 세계관의 소유자였음을 여러모로 입증할 수 있는 것이다.

우선 채만식은 '조혼'의 문제와 관련하여 일찍이 비극적 세계관, 혹은 그 맹아적 의식이라도 비극적 인식을 선보이고 있었다. 이 점을 증거하는 작품이 나중 유작으로 발표된 중편 「과도기」(1923)였다고 할 수 있는데, 여기서 주체 자신의 의지와 하등 상관없이 주어진 조혼의 봉건적 혼례, 부부 관계에 대해 그는 어떻게 대처할 것인지를 묻고 있다. 그리고 여기서 작가는 가능한 세 가지의 대응 방식을 제시하고 있다. 첫째, 과감히 이혼하고 새로운 연애 상대를 구해 찾아 떠날 것인가, 아니면 둘째로 가능한, 소극적 체념, 혹은 안주의 방식을 택할 것인가, 아니면 셋째, 이러지도 저러지도 못하는 상태에서 어중간한 '별거'의 방식을 택할 것인가. 이 중에서 작가는 그래도 셋째 유형이 가장 합리적이며 타당할 것이라는 선택 원리를 내세우고 있는 것이다. 이처럼 어느 한쪽의 극단도 채택할 수 없어 결국 (비극적인) 중도의, 중간 적인 길을 택해 가는 이런 유형, 즉 존재의 진실과 현실의 세계를 동시에 아우르고자 하는 세계관의 태도를 채만식다운 비극적 세계관의 원초적, 맹아적 발현 양상이라 볼 수 없을까.

채만식이 이처럼 중도적인 (비극적) 세계관을 선택하고 유지해 갈 수밖에 없다고 본 것은 가령 근대와 전근대의 갈등 속에서, 즉 조혼이라는 현실적 문제 상황 속에서 그 타파가 여성에게는 치명적 결과(죽음)를 야기할 수밖에 없다는 점을 인식한 데 따른 것이었다. 채만식 자신 별거의 길을 택했던 것을 이 맥락에서 유념할 수 있거니와, 입센의 『인형의 집』에서 모티프를 가져온 『인형의 집을 나와서』를 통해 당대 여성의 보편적 사회적 운명을 투시한 것도 이러한 각도에서였다. 봉건적 질곡의 운명을 떨쳐낸다고 혼자가 된 주인공(임노라)이 사회적으로 흘러드는 길은 결국 (최종적으로 공원이 되어 사회주의적 혁명 의식을 실천하는 것으로 되어 있지만) 비극적인 유전의 길일 수밖에 없다는 점을 설득력 있게 묘파하고 있기 때문이다.

결과적으로 설익은 서구적 관념에 편승하여, 그 (여성-인간) 해방의 관념을 차용하여 이룩한 첫번째의 장편 시도는 그러나 보기 좋게 실패에 그치고 말았다고 할 수 있고, 이어 쓴 「레디메이드 인생」(1934)은 그의 첫번째 평판작이 되었다. 이 작품 역시 지식인의 존재를 자기 풍자의 비극적 시야에서 논평한 작품이지만, 이 작품 이후 그는 잠시 침묵기에 빠져든다. 결국 이 시기에 그의 비극적 의식은 더욱 심화의 양상을 보인다고 할 수 있거니와, 급격해진 가계의 몰락과 별거, 그리고 그 자신의 실업 상태의 지속이 그의 내면에 어떤 의식상을 조성하였을지 짐작할 수 있다. 더하여 진보 문단과의 불화(동반자 작가 논쟁) 속에서 그래도 그의 심리적 지주의 한편이 되었던 카프 맹원들의 대량 검거 사태(2차 카프 사건)가 그의 내면을 뒤흔든 결정적인 사회적 사태의 하나로 작용했다고 할 수 있다. 그리하여 카프 2차 사건의 진행 과정(1934~35) 속에서 의식적인 절필 기간을 보냈던 그는 카프 사건의 종료와 함께 다시 창작 활동을 재개하게 되고, 이로써 그의 문학의 개화기가 되는 30년대 후반기의 문학 세계가 펼쳐진다. 즉 1936~37년의 시점에서 그는 채만식다운 세계관이라 할 수 있는 비극적 세계관의 면모를 확립하고 이로써 『탁류』(1937. 10. 12~1938. 5. 17), 『태평천하』(1938. 1~9) 등 장편들과 대표작들의 세계를 연이어 열어나갈 수 있었다. 그렇다면 이 문맥 속에서 우리는 장편 『탁류』의 세계를 조금이라도 검토해두지 않을 수 없다. 『탁류』란 무엇인가.

서양 소설 『테스』(원제 『더버빌 가의 테스』)의 이야기에 비견할 만한 『탁류』는 한마디로 여성 비극의 소설이라 하겠다. 마치 '탁류'와 같이 도도하게 흐르는 민중적 몰락의 현실을 그렸다고 할 수 있는 이 소설은, 소지주 계급에서 떨려난 무능한 '정주사'와 그의 딸 '초봉,' 그리고 '계봉'의 인생행로를 중점적으로 그림으로써 민중 세계의 향방, 혹은 가능한 전망을 그려내려 한 작품이다. 하지만 이 인물군 중에서도 진정으로 주인공의 위치를 차지한 인물은 초봉이고, 이런 뜻에서 전형적인 '여성 비극'의 소설적 요소를 머금은 작품이라고 할 수 있는 것이다. 세속적으로 타락한, 혹은 악마적 성격의 주변 인물들에 겹겹이 둘러싸여 마침내 자기 파괴 (살인과 형벌)의 비극적 결말로 끝날 수밖에 없었던 이 작품을 두고 여성 비극이라 이름 짓지 않는다면 무어라 이름 지을 것인가. 지속적인 '몰락'의 이야기라 할 수 있는 이 작품은 전반부에서 리얼리즘적 현실 세계를 다루고 있다는 점에서 민중사적 기록의 작품이라 할 수 있지만, 흔히 통속, 세태소설적 양상이라 치부되는 그 후반부의 양상을 주목한다면 구조적으로 비극적인 계열, 즉 여성 인물을 주인공으로 한 '여성 비극의 소설'이라 함이 그 전체적 규정으로 타당할 것이다.

『탁류』가 이처럼 전형적인 비극 소설의 양태를 드러내고 있다고 하면, 그와 동시적으로 쓰인 풍자적 장편 『태평천하』는 역설적 측면에서 또한 비극적 세계관의 면모를 드러낸 경우이다. 곧 '신의 사라짐,' 즉 중세적 신 관념의 실종이 '숨은 신'으로서 상실된 가치(진실) 의식의 실종 사태를 대변, 표상한 것이라면, 그에 준하는 역사적 '진보' 의식의 실종 사태, 그와 같은 시대적 현실을 두고 그는 역설적으로 '태평천하'라 명명했다고 할 수 있고, 이와 같이 이중화된 인식이자 동시에 현실과 진실을 동시에 구원하려는 그의 비극적 세계관이 『태평천하』, 혹은 「치숙」 같은 풍자적 계열의 작품들을 낳았다고 설명될 수 있겠기 때문이다. 이처럼 '몰락하는 중산(농)층'에 토대의 계급적 뿌리를 두었으면서, 하나의 지적 그룹으로서 마르크스주의에 동정하는 '동반자 그룹'을 이루었던 문학 지식인. 그리하여 자신과 당대의 역사적 현실에 대해 뚜렷한 전망을 갖지 못하고서, 단지 풍자적이고 비극적인 담화의 문학 양식으로서 세계를 인식하고 전하고자 했던 작가의 문학을 일러 우리는 '비극적 세계관'의 문학이라 이름 짓지 않으면 무엇이라 규정할 수 있을 것인가. 본질적으로 그것은 비극적 서사의 이야기 형식 속에 몰락의 주지(主旨)를 담고자 한 것이었으며, 그런 뜻에서 『태평천하』의 마지막 장이 '몰락'의 주지를 내포한 이야기(15장 망진자는 호야니라)로 구성되었다는 사실이 다시금 음미될 만한 것이다.

3

민중 세계와 지주 세계의 폭로라는 대칭적 양극화 현실의 묘사 의미로서 『탁류』 『태평천하』가 주어졌다고 하면, 그와 짝을 이루는 작품 세계로서 「치숙」(1938. 3. 7~14)과 「쑥국새」(1938. 7)가 이 시기에 연속적으로 주어졌다는 점 역시 이 맥락에서 우리가 음미할 만한 문학사적 사실의 하나가 된다. 사회주의 활동으로 감옥에 갔다 온 진보적 지식인의 행적을 일상인(경제인)의 시야에서 묘사한 것이 우선 「치숙」의 주된 경개라고 하면, 이는 당시 '내선일체'라는 구호로 회자된 총독부의 통치 자체를 역설적으로 풍자한 것이라고도 볼 수 있지만, 거꾸로는 또 자본주의적 경제인의 시각에서 이념적(진보적) 지식인의 허상 자체를 폭로한 것이라고도 볼 수 있을 것이다. 그렇다고 하여 또 이 작품을 단지 지식인 풍자의 소설로만 간주하고 말 수 있을까. 오히려 풍자하는 주체로 하여금 스스로 자기 폭로가 될 수 있도록 언어를 주도면밀하게 배치하고, 그리하여 전도된 현실이 스스로 말하게끔 역전된 풍자적 수법을 발하는 것, 여기에 이 작품의 묘미가 있고, 곧 그것이 진실과 현실 사이의 알 수 없는 배리적 간극을 추구하는 비극적 세계관의 절묘한 세계 인식과 등가의 양상이라고 할 때, 『태평천하』와 함께 그 집필 시기를 같이 하는 이 작품으로써 역설, 혹은 반어를 본질로 하는 비극적 세계관의 한 면모가 이 시기에 달성되었다고 하는 것은 어느 정도 설명의 설득력을 얻는 것이다.

이처럼 「치숙」과 『태평천하』를 동궤의 작품 계열이라고 보면, 「쑥국새」는 『탁류』와 궤를 같이하는 소설이라 할 것이다. 「쑥국새」는 그동안 문학 연구자들에 의해서 특별한 주목의 가치를 인정받지 못해온 작품이라고 할 수 있지만, 이면적으로 '여성 비극'의 면모를 간직하고 있다는 점에서 일단 『탁류』의 계열로 치부될 만한 것이다. 여성지(『女性』)에 발표된다는 지면의 요인도 고려하여 그리 됐겠지만, 채만식은 앞서도 말한 것처럼 여성적 비극의 세계에 깊은 공감과 연민의 감정을 품고 있었다. 이 작품이 『탁류』의 집필 종료와 거의 동시에 발표되었다는 점을 그런 점에서 새삼스럽게 주목할 수 있거니와, 그것이 또 『태평천하』, 「치숙」과 거의 이웃한 시점에서 쓰였다는 점에서 역설을 본질로 하는 풍자적 세계관의 몸체가 한편 비극 자체의 생산 구조와 한 몸을 이루고 있었다는 점이 이 맥락에서 입증되는 것이다.

읽어보면 누구나 알 수 있지만, 전체적으로 어긋난 사랑의 비극적 테마를 안은 것이 단편 「쑥국새」의 주요 윤곽이라고 할 수 있겠다. 납순이 사랑을 따로 두어 이룰 수 없는 그 사랑의 열정 때문에 죽고, 한편 그 죽은 아내를 못 잊어 사랑의 열병 속에 자신의 존재를 가두는 것이 미럭쇠의 비극이라고 할 수 있고, 미럭쇠의 이 표면적인 비극보다도 더 압도적인 사랑의 비극으로 나타나고 있는 것이 납순의 저 죽음을 불사한 이면적 사랑의 행각이라고 할 것이다. 이런 점에서 일종의 연애 비극(비련) 작품이라고 할 이 소설이 한편 문체 양상으로는 부유하는 희극적 문체 양상을 껴안고 있음을 우리는 주목할 수 있고, 이런 맥락에서 비극과 희극, 그리고 풍자와 비극의 관계가 그다지 먼 상극의 관계로 설정될 수 없음을 확인하게도 된다. 어쨌거나 비련의 사랑 얘기로 요약될 수 있는 단편 「쑥국새」가 앞으로는 채만식 문학 세계의 특질을 요약하는 또 하나의 작품으로 충분히 주목받을 만한 가치를 지닌다고 하겠다.

이 밖에도 채만식 문학의 비극적 색채를 증언하는 작품들은 많다. 그중에도 가장 유력하게 꼽힐 만한 작품의 하나가 희곡 「당랑의 전설」(1940. 10)임은 연구자들에 의해서 또 두루 인정되는 바이다. '당랑의 전설,' 곧 '당랑(螳螂)'이란 무엇인가. '버마재비(사마귀) 이야기'를 의미하는 이 희곡의 내용과 성격을 이해하기 위해서 먼저 작가의 육성에 의한 주석을 참조해둘 필요가 있겠다.

반드시 희곡을 쓰고 싶었다느니보다는, 제재가 마침 소설로는 불편한 점이 있기로, 전험(前驗)에 따라 역시 이 형식을 빌린 것이다.

반드시 희곡을 쓰고 싶었던 것은 아니나, 제재가 소설로 불편하여 "전험에 따라" 희곡의 형식을 빌렸다고 하는 이 설명, 여기서 우리는 그가 희곡에도 상당히 익숙하여 희극, 혹은 비극의 창작에 유경험자였다는 것을 알 수 있다. 희곡에 대한 이러한 이해력을 바탕으로, 자신의 가계 체험을 바탕으로 한 일종의 경제 드라마를 구상한 것인데, 이 구상의 와중에서 그는 버마재비인 '당랑'이 제나라 장공의 수레를 가로막았다는 '당랑거철(螳螂拒轍)'의 고사를 떠올리게 되었다고 할 수 있는 것이다. 채만식이 한편으로 한학에도 능통했음을 시사해주는 이러한 제목을 그가 끌어오게 된 연유는 분명하다. 자본주의 체제에 아무리 저항하려고 해봐야 수레에 저항하는 버마재비의 꼴밖에 되지 않는다는 뜻이 아니겠는가. 이처럼 그는 '자작영농을 겸한 소지주'로 설정된 박진사(朴進士) 집안의 몰락사를 통해서 자본제 하에서 몰락의 불가피성 속에 내몰리는 소자본가 계급의 역사적 필연성, 혹은 식민지 자본주의라는 권력적 현실 속에서 가엽게 저항하는 박진사의 시대착오적 행각을 '당랑거철'의 이야기에 빗대 풍자하고, 묘사하고자 했던 것이다.

  비극적 세계관이 이처럼 사회적 몰락의 현실로부터 주어지는 역사적 세계관의 일종임을 상기한다면, 체호프의 『벚꽃동산』과

흡사한 양상으로 주어지고 있는 이 작품의 몰락 모티프와 비극적 세계관이 구체적으로 어떤 의식적 상관관계 속에 맺어지는 것인가를 우리는 감지할 수 있을 것이다. 이 희곡「당랑의 전설」속에서 3남 1녀의 형제 관계로 묘사되고 있는 가족 구조는 어떤 점에서 5남 1녀였던 채만식 자신의 형제 관계를 그대로, 압축적으로 재현해놓은 것이라 할 수도 있고, 따라서 박진사의 여러 자제 중 셋째인 '정석(貞錫)'이야말로 채만식 자신의 성격을 그대로 투영해놓은 인물이라고도 할 수 있다. 실제로 채만식의 가형들은 '미두' 혹은 '금광 개발' 등의 투기에 나섬으로써 집안의 몰락을 재촉했다고 알려져 있으며, 채만식은 이 가족적 경험들을 바탕으로 「당랑의 전설」만이 아니라,「금(金)의 정열(情熱)」같은 소설까지도 집필하게 되었던 것으로 설명된다. 채만식이 비극(혹은 희곡)의 양식에 관심을 갖게 된 계기의 하나도 이처럼 몰락의 현실을 문학화하려는 동기에서 주어졌다고 볼 수 있고, 이런 맥락에서 사회적·역사적 현실을 극 양식으로 형상화하는 것이 문학적으로 유력한 방법의 하나임을 자의식적으로 체득한 상태에 있었다고 말할 수 있다.

  기실 채만식이 희곡 양식을 가까이 하게 된 것은 잡지『별건곤』을 편집하면서 주어진 촌극 집필의 필요성 때문이었지만, 이로부터 희곡 양식을 익혀 이후 채만식은 수많은 촌극 작품들을 양산한 끝에 본격적인 희곡 대작으로서「심봉사」와「제향날」등 한국 근대의 희곡사에 남는 작품들을 쓰고, 그 최후의 본격 리얼리즘 희곡으로서「당랑의 전설」이라는 명편을 남기게 되었던 것이다.

리얼리즘 성격이 진한「당랑의 전설」에 비해, 모더니즘의 환상성을 가미해 쓴「제향날」을 높이 평가하는 일부 희곡 전문가도 있지만, 3대의 가족사를 통해 한국 근대사의 주요 결절점들을 투영하고자 한「제향날」이 그 표현주의적 특성으로 인해 일부 어설픈 느낌을 주는 리얼리즘적 약점을 초래하고 있는 반면, 그 지나친 리얼리즘적 강박 성향으로 인해 상대적으로 딱딱하고 지루한 느낌을 줄 수 있는「당랑의 전설」쪽이 구조적인 면에서는 훨씬 단단한 강미를 풍긴다고 평가할 수 있다. 채만식의 희곡 중에서 역시「당랑의 전설」을 가장 대표작으로 밀지 않을 수 없는 이유가 이러한 맥락에서 해명된다.

4

일제 강점의 최말기까지 붓을 놓지 않았던 채만식도 드디어는 '도둑처럼 찾아온' 해방을 맞게 된다. 그가 일제 말기까지 붓을 놓지 않음으로써 어떤 추한 행적을 남기게 되었는가는 여기서 더 자세히 말하지 않기로 한다. 다만 해방 후의 작품 세계에 대해서만 조금 더 자세히 살피기로 하는데, 이런 이유로 또 우리는 일제 말기 채만식의 행적을 주마간산 격으로나마 슬며시 살피지 않을 수 없다. 해방 후 그가 쓴 첫번째 문제작이자 중후한 중편급의 자전적 명작「민족의 죄인」(1948. 10~1949. 1)을 우선 살펴두지 않을 수 없기 때문이다. 발표 시기는 1948년 말이었지만, 이 작품

말미에 집필 시기가 46년으로 기록되어 있는 것을 보아 해방 후 가장 먼저 쓴 작품의 하나인 것을 알 수 있다. 우선 일제 말기란 어떤 시대였는가.

「민족의 죄인」에서 화자(작가)가 최초로 경험한 친일에의 압력 계기를 1937년도의 '독서회' 사건으로 설명하고 있듯이, 일제 말기란 본질적으로 체제 구속적인 상황의 의미에서 1937년 '중일전쟁'으로 개시되는 시대적 상황을 뜻한다고 할 수 있다. 전쟁의 상황, 즉 일제의 군국주의화에서 비롯되는 전시 분위기는 물론 1931년 '만주사변'에서 비롯되는 것이지만, 이 또한 더 거슬러 올라가면 그 계기가 20년대 말, 혹은 30년대 초의 세계적인 대공황의 위기로부터 촉발된 것으로 설명된다. 이 대공황의 경제 위기감으로부터 군부와 재벌 중심의 만주 경영 전략이 대두되었고, '만주국' 건설의 성공적(?) 판도 확대 정책이 중일전쟁을 낳음으로써, 급기야 대동아전쟁, 태평양전쟁으로 연이어 확대되는 일본발 전 아시아 판도의 제국주의 침탈기를 맞게 되는 것이다.

채만식의 소위 친일 행위, 친일 행각이라는 것이 이 전쟁기의 서막 단계에서 이루어졌음을 우리는 우선 주목할 수 있다. 그러니까 우리가 '반민족 행위'라고 말하는 그의 친일 부역 행위가 일종의 전시 행위로서 주어졌던 것을 확인할 수 있다. 실제로 중일전쟁에 돌입하면서 일제는 강력한 군국주의적 통제 정책을 실시하게 되었는데, 이때(1936년) 부임한 육군대장 출신 미나미 지로(南次郎) 총독이 이른바 '내선일체'를 표방하면서 황국신민화 정책과 군국주의적 정책이 혼효되는 일제 말기의 문화적 암흑기가 서서히 개시되었던 것이다. 모든 발간물에 '황국신민서사'라는 것이 게재되고, '국어 상용'이라는 조선어 금압 정책이 시행되었으며, 이 밖에도 궁성요배, 창씨개명 등의 수많은 강압적 정책들이 펼쳐졌다. 『태평천하』나 「치숙」 등에서 볼 수 있는 채만식 일류의 풍자가 이 시기를 배경으로 펼쳐졌다는 것을 우리는 상기할 수 있는데, 그렇지만 벌써 다음 시기의 작품 「패배자의 무덤」(1939. 4)이나 「냉동어」(1940. 4~5) 등에 이르면 이미 친일로 넘어가는 경각의 단계에 이 작가가 위치해 있었던 것을 우리는 감지할 수 있다. 그리하여 구체적인 친일 문학, 전시 문학의 창작까지를 강요당하게 되는 것은 조선어 문자 매체가 모두 폐간되고, 오직 총독부의 기관지인 매일신보만이 살아남게 되는 1941년 태평양전쟁으로의 확대 시기부터라고 할 수 있는데, 이 시기에 이르러 모든 작가, 문인들은 절필하거나, 아니면 살아남기 위해 일본어 창작을 수용하는 반민족 행위, 혹은 조선어를 통해서나마 내용적으로 체제에 협력하는 전시 부역 행위, 혹은 최소한의 매문 행위 같은 것을 감당하지 않으면 안 되었다. 오늘날 증거로 제시되는 채만식의 친일, 부역의 글들이 모두 이 시기의 소산일 것임은 말할 나위가 없다. 그렇다면 이 시기에 그 친일, 부역에의 문자 행위 이외에 다른 선택의 길은 전혀 주어지지 않았던가.

  만약 「해방전후」라는 작품 속에서 작가 이태준(현)이 밝히고 있는 대로 깊은 산골로 들어가 낚시꾼의 강태공 노릇을 할 수 있었다면, 채만식도 저 부끄러운 '민족의 죄인' 신세는 되지 않을 수 있었을지 모른다. 그러나 작가 자신의 변명대로 채만식은 낙향하거나 시골에 은둔하는 식으로 시대의 압력을 뿌리칠 재간, 혹은 여유가 넉넉하게 주어지지 못했다는 것이고, 이 때문에 그는 마치 '수렁'에 빠져들듯 '대일 협력'이라는 늪 속에 빠져들게 되었다고 변명한다. "하루아침 잠이 깨어" "대일협력자라는 수렁" 속에 빠져들어 있음을 자각했을 때는 이미 차후 고향으로의 도피행을 감행한다 하더라도 지울 수 없는 죄인의 낙인이 찍힌 상태가 되어버렸다고 하는 설명인 것이다. 이러한 변명과 해명을 우리는 어떻게 받아들여야 할까.

독자 각자가 받아들여야 할 문제이지만, 여기서 필자는 「민족의 죄인」이라는 작품의 문체적 양상이 매우 유려하다는 점을 들어 우선 말하고 싶다. "그동안까지는 단순히 나는 하여간에 죄인이거니 하여 면목 없는 마음, 반성하는 마음이 골똘할 뿐이더니" 하고 작품의 허두는 시작하고 있거니와, 우선 작품의 전체를 통해서 시종일관 작가의 문체, 문채가 매우 유려한 양상을 내뿜고 있음을 주목할 필요가 있다. 이 점보다 채만식이 작가라는 것을 달리 증언하는 바가 따로 있을 수 있을까. 작가란 바로 글을 쓰는 자라는 것, 글 쓰는 자, 산문 쓰는 자의 자격은 무엇보다 문체의 유려함으로부터 온다는 것, 이 점보다 더 확실히 작가임을 명시하는 바로미터가 있을 수 있을까. 물론 작가 중엔 결코 더러운 글이란 쓰지 않는 순문학 작가가 있을 수도 있고, 통속소설을 일삼는 대중작가도 있을 수 있으며, 또한 민족의 교사이거나 사회의 등불 같은 존재도 얼마든지 있을 수는 있다. 그렇지만 그 각기의 차이에도 불구하고, 작가란 무엇보다 글을 쓰는 존재라는 것, 따라서 그가 쓰는 도구, 즉 언어이거나 문자라는 도구에 대해서 능란하지 않으면 안 되고, 이 능란함이란 곧 쉼 없는 연마(鍊磨) 속에서 주어질 수 있는 것이라는 것. 따라서 작가 채만식이 작가이고, 그가 계속해서 작가일 수 있었던 것은 다름 아닌 붓을 쉬지 않음, 붓을 꺾지 않음으로부터 가능했다고 할 때, 결과적으로 채만식은 '민족의 죄인'이 됨으로써 계속 작가일 수 있었다는 명제가 성립될 수 없을까. 그 문체의 유려함으로 볼 때, 채만식이 「민족의 죄인」을 썼다는 것도 결국은 한갓 작가임을 실천한 바에 지나지 않는다고 볼 여지는 없는 것일까. 그렇게 본다고 할 때, 그 화자(작가)를 통렬하게 비난하고 매도하는 자로서의 신문기자 '윤(尹)'이란 어떤 사람으로 이해되어야 할까. 기자란 또 무엇이고, 누구인가.

'기자(記者)'란 말 그대로 '기록자'임을 뜻한다고 볼 때, '대일협력'의 훼절을 피해 일찌감치 고향으로 하방(下放)해 내려갔다는 전직 기자 윤(尹)이 말의 바른 의미에서 '기자'일 수 있겠는가라는 질문에 상도(想到)해볼 필요도 있다. 기자 노릇을 그만둔다면 기자로선 파직(罷職)이라는 사태가 그로부터 주어질 수 있다. 하지만 해방의 상황이 다시 주어지고 이때에 그는 다시 기자로 복귀한다. 결국 기자로서는 그가 계속 글을 써나갔거나 그러지 않았거나 그 직분의 이동에 별반 본질적인 차등이 주어지지 않았다고 설명될 수도 있다. 바로 이 점이 기자와 작가의 본질적인 차이, 차등을 의미하게 되는 것은 아닐까. 평상적인, 일반적인 뜻에서 '기자' 역시 직업적으로 글을 쓰는 자를 의미하는 것이지만, 쉼 없는 연마를 통해서 기자 노릇을 수행하는 바는 아니라는 것. 이런 점에 비추어 작가 노릇이란 다시 어떠한가.

 결국 '글쓰기'의 원초적 의미로 환원되어 질문될 수밖에 없는 문제이지만, 작가 자신 고백하고 있는 대로 '민족의 죄인'이 됨으로써 작가 노릇의 지속성을 확보한 것이 채만식의 일제 말기 행적이라고 볼 여지는 없는 것일까. 물론 이런 시야에서 대부분의 작가, 유력한 문인들치고 대일 협력의 부역죄를 저지르지 않은 경우란 별로 없었고, 한편 채만식은 이 작품「민족의 죄인」한 편으로서 그 죗값을 충분히 치른 경우에 해당한다고 보는 문학사의 일반적 인식을 쉽사리 무시하고자 하는 것은 아니다. 다만 죄가 있다면 모든 이에게 죄가 있고, 또 면죄부가 주어져야 한다면, 특정의 누구에게만 주어질 이유는 없다는 점에서 필자는 다른 변명의 논리를 찾아보고자 했던 것이라고 할 수도 있다. 다만 이런 논지에서라도 작가 채만식이 해방 이후에 별다른 문학적 업적을 남기지 못했다면 저와 같은 변명의 논리란 한갓 무용지물이 될 것이다.

 작가란 결국 영속성과 지속성의 차원에서 그 사회적 과업과 문화적 책무가 주어지고, 어떤 시대 상황에서든 작가는 문필, 필업으로 자기의 사명을 다한다고 할 수 있다. 그렇다면 채만식이 일제 말기에 보인 그 부끄러운 친일의 훼절 행각을 대가로 해방 후에 남긴 문학적 보상, 민족 문학사적 보상의 업적이란 무엇일까. 만약 그것이 시시하고 부실한 것이라면 일제 말기의 저 부끄러운 행각, 그리고 해방이 되어서도 철면피처럼(?) 자신의 과거 죄상

고백을 빌미로 다시 붓잡기를 추구했던, 그 끈질긴 관성의 '작가' 회복 노력을 마냥 가상하게만 보아줄 수는 없을 것이다. 채만식 그는 어떻게 해방 공간을 가로질러 작가적 사업을 도모했던가. 이제 우리 앞엔 마지막 질문 하나가 놓여 있을 뿐이다.

「민족의 죄인」 이후 채만식은 결국 작가로만 살기를 다시금 결의, 결심한다. 아마도 다른 여느 작가, 문인들과 달랐던 점이 바로 이 점일 것이다(얼마나 많은 작가들이 이 시기 정치적 운동, 혹은 문화 운동에 휩쓸렸던가). 그리고 그 결의대로 그는 문학, 소설 창작에 전념하였다. 그리하여 수많은 작품들을 낳은 중에 「논 이야기」 「미스터 방」 「낙조」 등이 이 시기의 대표작들로 꼽힐 만한 소설들일 것이다. 이 작품들은 모두 채만식이 남한 단독정부 수립(1948년 8월) 후, 스스로 선정하여 출판한 작품집 『잘난 사람들』 소재의 작품들이 되었거니와, 시기적으로 1946~48년 사이의 기간에 집중적으로 산출된, 이 걸출한 단편들의 세계를 중심으로 채만식 후기의 문학적 생애가 되는 해방 후 시기를 간략히 정리해보기로 하겠다. 해방 후 가장 일찍이 쓰인 풍자적 소설의 하나로 우리는 먼저 「논 이야기」를 들 수 있다. '논 이야기'란 무엇인가. 제목 그대로, 논에 관한 이야기이며, 그래서 땅 이야기가 되며, 이런 이유로 일제 강점기 이래 '토지'의 변동 문제를 얘기하는 일종의 사회경제사 주제의 작품이 된다. 작품 전체로 그다지 분량이 많다거나, 경제사적 변동을 폭넓은 시야에서 면밀히 추적했다거나 하는 등의 의의까지는 확보하기 어려운 작품이어서 보기에 따라 소품에 불과한 작품으로 치부될 수도 있을 터인데, 여기에 국가 주권, 사적 소유권 등의 복잡한 법적 문제가 얽혀 있어 해방 후 대두한 사회경제적 핵심 과제가 무엇이었는지에 대해서는 유력한 참조의 구실을 수행할 수 있는 작품이다. 여기서 작품 내 논란의 핵심 쟁처가 되고 있는 것은 무엇인가.

'땅' 문제라고 할 때, 그 핵심 쟁처가 점유권과 소유권의 문제로 대별된다는 것은 굳이 법 상식을 동원하지 않더라도 누구나 알 수 있는 바이겠다. 문제는 해방이 되고 일제하 시기 토지 소유권의 문제를 어떻게 처리할 것이냐의 문제다. 만약 오늘날 국사학계가 쓰는 용어처럼, 단지 '강점기'에 불과한 시대였다고 본다면, 일제 하에서의 소유권 이동은 별 의미를 갖지 못하는 것으로 해석될 수도 있다. 따라서 이 작품의 주인공 한생원이 주장하는 것처럼, 이제 일인들이 쫓겨갔으니 일인 소유주에게 넘어가기 전 원래 소유자였던 자기에게 토지 소유권이 넘겨져야 하지 않느냐는 주장이 충분히 타당할 수 있다. 하지만 그런 식으로 처리될 경우 일제 하에서 조선인들 사이의 계약 체결을 어찌할 것이냐의 문제가 남게 되며, 이것이 현실적인 법 처리의 어려움을 낳게 하는 요인이 되는 것이다(가령 앞으로 북한의 토지를 처리해야 하는 상황이 도래한다고 할 때, 북한의 현 체제가 들어서기 전 원 토지 소유자들의 권리를 어떻게 할 것이냐의 법적인 분쟁의 문제가 현재 상태에서도 야기될 수 있다).

이 현실적 처리, 역사적 처리의 결과가 어떠했는지는 작품이 말해주는 바와 같다. 한생원의 기대와 달리, 한생원이 일제 시대에 일본인(吉川)에게 팔아먹은 땅들은 다시 돌아올 줄을 모르고, 벌써 그 일본인으로부터 권리를 양도받고 불하받았다고 하는 사람들에 의해 한생원의 옛 땅은 당당히 편취되는 사태가 빚어진다. 아마도 미 점령 하에서의 법적 처리 결과일 것이다. 결국 일제가 나라를 강탈, 강점했다는 추상적 의론과 달리 '땅-토지'의 문제는 고스란히 근대화 이래 소유권의 변동을 인정하는 역사주의적 입장이 취해졌다고 할 수 있는 것이다. 따라서 이와 같은 법적 현실, 법 운용의 원리를 모르고 함부로 날뛴 한생원만이 우스운 꼴이 되었다고 할 수 있거니와, 이와 같이 처리된 토지 소유, 혹은 점유의 문제 현실을 두고 그것이 조만간 파국적인 사회경제적 현실을 초래할 수 있으리라는 예감 같은 것을 일찍이 이 시기에 채만식은 육감으로 직감한 상태에 있었다고 할 수 있다. 결국 이 문제의식에서 해방 후 한국 사회가 내부적인 분단의 현실과 같은 것으로 전개되어가리라는 것을 일찍이 예감했을 것이다.

「논 이야기」를 쓴 채만식의 의도, 즉 그 처리를 둘러싼 정치적 입장 같은 것이 자세히 나타나 있지 않기에 역시 문학적 풍자로의 복귀, 풍자 문학의 회귀 정도로만 해석될 수 있는 앞의 「논 이야기」 산출 이후에 채만식은 연속해서 풍자소설의 창작에 전심하게 된다. 「맹순사」나 「미스터 방」, 그리고 조금 뒤에 5·10 선거의 타락상을 고발한 「도야지」 같은 작품이 이 계열에 속한다고 볼 수 있거니와, 이 중 현재에 이르기까지 그 의미가 퇴색하지 않고 있는 작품이라 할 「미스터 방」을 통해서 당시 채만식이 취했던 문학적 태도, 그 작가적 입지의 문제를 조금 살펴볼 수 있다.

해방 다음해에 쓰인, 비교적 이른 시기의 작품군 중 하나인「미스터 방」(1946. 7)은 그 제목만으로 벌써 알 수 있듯이, 해방이 되어서 급작스럽게 대두한 '친미파'의 인물들, 즉 일제 총독부가 물러간 자리를 미 군정이 메우게 됨으로써 득세하게 된 친미파의 군상들을 풍자한 작품이라고 하겠다. 해방된 지 채 일 년도 되지 않아서 이러한 기록적 증언의 작품이 산출된 것으로 보아서, 당시 현실이 얼마나 빠르게 진척되었나, 혹은 시대 추이를 읽는 채만식의 눈길이 얼마나 빠른 것이었는가를 알 수 있게 하는 작품이다. 일제 하에서의 친일파 군상들과도 달리 새로 대두한 친미파의 수족들은 이를테면 슈사인 보이(구두닦이)와 같은 직업적 경력을 가져서 조각난 영어나마 겨우 할 수 있는 정도의 지적 무지로 무장하고 있었다는 점이 작가에게는 더욱 위험스러운 일로 비쳤던 것인지 모른다. 어쨌거나 이 작품의 결말 역시 한갓 풍자의 마침에 불과한 것이어서 시대를 전망하는 작가의 시선, 그 시선에 어린 역사의식 같은 것을 자세히 헤아리기는 어려우나, 명색 나라를 찾고 해방이 되었다고 하는 그 시절에도 외국 점령군, 진주군에 빌붙어 이처럼 '호가호위'하는 세력의 득세 현실은 참으로 위험하고도 안타깝게 비쳤던 것이 사실이라고 하겠다.

해방 후에 "일본놈 잊지 말고, 미국놈 믿지 말고, 소련놈에 속지 말자"는 민중적 계언이 시정을 파고들었다고 하거니와, 당대 현실을 바라보는 작가의 시선이 밝지 않고 그렇다고 울 수만도 없는 사정이었던 것을 우리는 짐작해볼 수 있을 것이다.「민족의 죄인」이 보여주는 것처럼, 역사의 죄인이라는 자각 하에서 그는 서울을 떠나 고향 부근의 이리(익산)에 둥지를 틀고 들어앉아 있는 상태였고, 따라서 그는 글―소설을 쓰는 것 외에 현실에 관여할 길이 전혀 없었다. 생화(생활비)를 벌기 위해서라도 그는 창작에만 전심하지 않고서는 배길 수 없는 상태에 있었다고 하는 설명인 것이다. 따라서 벌써 병질(폐결핵)이 몸을 갉아먹는 상태에서도 그는 결코 붓만은 놓을 수 없었다. 5·10 선거를 앞둔 지방사회의 풍속도를 그가 그리게 된 것(「도야지」, 1948. 10)도 같은 맥락에서 그 사정을 짐작할 수 있거니와, 이제 그의 의식과 시선은 다시 일제 말기처럼 점차 침울해지고 어두운 색채를 더해가게 되었다.

이 시기에 그가 가장 공들여 해내고 싶었던 작업이 조선조 말 이래의 한국 근대사 해설 작업, 즉 역사 강담류의 집필 작업이었다고 할 수 있는데, 이는 민족사의 위기 상황을 다시 직감하게 됨으로써 그 타개를 위한 미력의 힘이나마 보태고자 한 의도에서였을 것이라고 짐작할 수 있다. 이 시기에 쓰인 「역로」(1946. 6)라거나 「아시아의 운명」, 「역사」(1948. 12), 「늙은 극동선수」(1949. 2~3) 등의 단편, 잡문들이 모두 그와 같은 의도에서 쓰이고, 비록 구 딱지본류의 대중소설 양식에 기댔으나마 장편 『옥랑사』 등을 통해 그가 피력해보고자 한 시대감각 또한 그러한 민족적 위기감각에 다름 아니었을 것이다. 하지만 그가 어떻게 역사의 첩첩산중을 뚫고 나가 험로를 개척할 만한 다부진 용기를 가질 수 있었겠는가. 다만 암담한 미래, 민족 현실에 대해서 비관적 전망, 예언적 설화를 소설 양식을 통해 토해놓을 수 있을 따름이었다.

결국 그는 이 시기 소설에 전념하면서, 그 본래의 비극적 세계관 자리에 어느덧 돌아와 서 있는 상태가 되었던 것이다. 그리고 원고료 한 푼도 기대하는 바가 없이, 1948년 8월 15일 남한 단독정부가 수립되리라는 역사적 예고 앞에서 혼신의 정열을 다해「낙조」라는 중편을 쓰고, 이 작품을 중심으로 해방 후에 쓴 풍자적 단편, 그리고 일제 시기의「치숙」등을 수습한 작품집『잘난 사람들』(1948)을 상재하게 된다.

중편「낙조」에 작가가 특별한 애착과 관심을 기울였다고 하는 것은 그 작품 말미에 기록되어 있는 "1948. 8. 15, 정부 수립일에"라는 한 구절로 쉽게 어림잡을 수 있거니와, '제주도 4·3 사건' 이래 역사의 격동을 거쳐온 사건들, 가령 5·10선거, 제헌의회의 성립, 그리고 마침내 남한 단독정부 수립에 이르렀던 과정이 차후 어떤 역사적 사태를 초래하게 되는가를 염두에 두고 생각해볼 때, 이 남한 단독정부 수립이라는 분단의 현실화 앞에서 그가 어떤 내적인 위기의식을 느꼈을지는 묻지 않아도 어렵지 않게 알 수 있다. 그 자괴감과 비분, 울분으로, 그러나 떨칠 수 없이 현실을 수긍하지 않을 수 없다는 현실주의적 감각으로, 그렇지만 이렇게 수긍되는 현실이 조만간 엄청난 비극으로 우리 앞에 몰려들리라는 심각한 위기의식의 감각으로 그는 민족 현실을 내다보고 있었다. 다음 작중 인물이 내뱉는 언술 앞에 그러한 예감이 이미 구체적으로, 충분히 피로되고 있었다는 것을 우리는 확인치 않을 수 없다.

남조선이 승릴 하면, 남조선 정부의 호령이 압록강 두만강까지 미칠 테구. 실팰 하는 날이면 북조선 정권이 제주도까지 미치구 할 테죠. ……남북 사이에 전단이 이는 날이면 그날루 삼팔선이란 건 아무튼지 없어지구서, [……] 이번의 남북 통일 전쟁두 둘 중에 하나가 결정적으루 쓰러지구 마는 그날까지 계속이 될 것이지, 그래서 남조선이 없어지거나 북조선이 없어지거나 하구서, 단지 조선이 남구 말 것이지 [……]

실제의 역사 전개와 비교해도, 거의 틀림없는 미래 예측, 미래 전망이 여기서 제시되고 있다는 것을 부인할 도리는 없다. 어떤 식으로든 '남북 통일 전쟁' 형태의 전쟁이 일어나리라는 것을 예감하면서 화자인 '나'와 그 대화 상대자인 국군 장교 '영춘'의 차이가 대화 문맥 속에서 조금 대비되고 있을 따름인데, 열렬한 민족주의자이자 이승만 지지자인 영춘이 어느 한쪽의 승리(남한의 승리)에 패를 걸고 논단을 전개하는 쪽이라면, 그 전쟁의 불가피성을 화자인 '나' 역시 예감하면서도 화자는 그것이 가져올 비극적 참화에 대해 우려하는 쪽에 서 있다. 여기서 어느 편의 입장과 판단이 옳고 그르다고 말하기는 어려울지 몰라도 화자와 같은 시선일 작가 편에서 일종의 중도적 입장을 취하고 있고, 그것이 결과적으로 비극적 전망을 내포한 쪽으로 기울고 있음은 우리가 충분히 감지할 수 있다고 하겠다. 이런 면모를 두고 '비극적 세계관'의 소유자라고 명명하지 않을 수 있을까.

이 작품의 제목이 '낙조(落照)'이고, 그 육필 원고의 말미에

"1948. 8. 15. 이리(裡里) 가심(假審)에서"라고 주기되어 있음도 우리는 이런 맥락에서 다시금 상기할 필요가 있겠다. "매정스런 까마귀가 까옥까옥 지붕 위로 울고 지나간다. 시든 월계꽃에는 낙조가 마지막 가물거리고"의 문장으로 작품의 마지막 단락은 채워지고 있고, 여기에서도 나타나는 것은 세계에 대한 '낙조'의 전망, 즉 이제 태양이 사라지려 하는 시점의 비극적 몰락의 세계관인 것을 알 수 있는 것이다. 이러한 작품들을 쓰고, 그는 몸을 갉아먹는 병질의 우환 속에서, 그리고 글 쓸 원고지의 마련조차도 쉽지 않은 적빈 속에서, 그리고 세상일을 다 저희들 손으로 움켜쥐고 좌지우지하는 듯한 '서울'을 멀찍이 내다보면서, 하릴없이 쓸쓸이 운명의 임종을 맞이하지 않으면 안 되었다. 병중에 차도가 있어 조금 기력이 회복되었을 때 그는 마지막으로 혼신의 힘을 다해 (그래도)「소년은 자란다」는 제목의 소설을 썼지만, 이조차도 그는 생전에 발표하지 못하고 눈을 감고 말았다. 6·25의 포성이 울려 퍼지기 전 딱 이 주일여 전쯤의 1950년 6월 중순 경이다. 그리고 문학사 속에서 그는 다시 살아남았다.

* 채만식 '작품 해설'과는 별도로, 본 선집의 판본 확정 작업에 작가의 문학을 공부하는 후학 곽상인(서울시립대 박사과정)군의 노고가 컸기에 여기에 밝혀둔다.

작가 연보

1902년(1세) 전라북도 옥구군 임피면 읍내리에서 부친 채규섭(蔡奎燮), 모친 조우섭(趙又燮) 사이에서 5남으로 태어남.
1910년(9세) 임피보통학교 입학.
1914년(13세) 임피보통학교 졸업. 이후 향리에서 서당 등을 다니며 한문 수학.
1918년(17세) 사립 중앙고등보통학교 입학.
1920년(19세) 은선흥(殷善興)과 혼인.
1922년(21세) 중앙고등보통학교 졸업. 4월, 일본 와세다(早稻田) 대학 부속 고등학원 문과 입학.
1923년(22세) 여름 방학에 귀향한 뒤 복교하지 않아 이후 학업 중단. 최초 중편 「과도기」 탈고.
1924년(23세) 강화의 사립학교 교원으로 취직. 『조선문단』에 「세 길로」 발표.

1925년(24세) 동아일보사에서 기자로 근무.

1926년(25세) 동아일보사 사직. 실업 상태로 향리에서 암중모색. 크로포트킨 등의 무정부주의와 사회주의 이론에 심취하며, 문학에의 길을 닦음.

1929년(28세) 이해 말부터 개벽사에 입사. 『별건곤』『제1선』『혜성』 등의 편집에 종사함.

1932년(31세) 1년여에 걸쳐 현인 이갑기와 동반자 작가 논쟁을 벌임.

1933년(32세) 조선일보에 장편 『인형의 집을 나와서』 발표. 이후 단편 「레디메이드 인생」(신동아, 1934)을 발표하는 등 활발한 문예 활동을 펼침. 이후 카프 2차 사건의 발생과 함께 일시적으로 작품 활동 중지.

1936년(35세) 개성으로 옮겨가 새로운 생활 환경을 마련하고 본격적인 전업작가의 생활에 돌입. 「명일」(1936)을 필두로 『탁류』(1937), 『태평천하』(1937) 등을 써내면서 당대 문단의 중진 작가로 군림.

1945년(44세) 일제 말기에 서울 근교를 떠나 고향으로 낙향하였다가 해방이 된 후 서울로 다시 거처를 옮김.

1946년(45세) 다시 재낙향(전북 익산)하는 등 우여곡절을 겪으면서도 집필 활동에 전념하여 주옥같은 해방기의 명편들을 남김. 「논 이야기」「미스터 방」 등을 발표.

1948년(47세) 「낙조」「민족의 죄인」 등을 발표.

1950년(49세) 예견하였던 민족상잔의 비극 6·25전쟁을 눈앞에 둔 시점에서 지병 악화로 타계. 전북 옥구의 선영에 안장됨.

작품 목록

1. 소설

작품명	발표지	발표 연월일
「과도기」 (중편, 1923년 작)	『문학사상』	1973. 8~9
「세 길로」	『조선문단』(3호)	1924. 12
「불효자식」	『조선문단』(2권 10호)	1925. 7
「생명의 유희」(1928년 작)	『문학사상』	1975. 1
「산적」	『별건곤』	1929. 12
「허허 망신했군」(콩트)	『신소설』	1930. 1
「그 뒤로」	『별건곤』	1930. 1
「병조와 영복이」	〃	1930. 2, 3, 5
「창백한 얼굴들」	『혜성』	1931. 10
「화물 자동차」	〃	1931. 11
「암소를 팔아서」 (1931년 작으로 추측됨)	『집』	1943
「농민의 회계 보고」	『동방평론』	1932. 7
『인형의 집을 나와서』(장편)	조선일보	1933. 5. 27~11. 14

작품명	발표지	발표 연월일
「팔려간 몸」	『신가정』	1933. 8
「레디메이드 인생」	『신동아』	1934. 5~7
『염마』(장편)	조선일보	1934. 5. 16~11. 5
「보리방아」	〃	1936. 7. 4~22
「소복 입은 영혼」	『신동아』	1936. 8
「언약」(콩트)	『여성』	1936. 9
「빈…제일장 제이과」	『신동아』	1936. 9
「명일」	『조광』	1936. 10~12
「부전딱지」(콩트)	『여성』	1936. 11
「젖」	〃	1937. 1
「얼어죽은 모나리자」	『사해공론』	1937. 3
「생명」	『백광』(3~4합집)	1937. 4
「정거장 근처」(중편)	『여성』	1937. 3~10
「어머니를 찾아서」	『소년』	1937. 4~8(5회)
「어떤 화가의 하루」(콩트)	동아일보	1937. 9. 18, 21, 22
『탁류』(장편)	조선일보	1937. 10. 12~1938. 5. 17
「황금원」(1937년 작, 유고)	『현대문학』	1956. 4
『태평천하춘』(장편, 『태평천하』로 개제)	『조광』	1938. 1~9
「동화」	『여성』	1938. 3
「치숙」	동아일보	1938. 3. 7~14
「향연」(콩트)	〃	1938. 5. 17
「두 순정」	『농업조선』	1938. 6
「쑥국새」	『여성』	1938. 7
「이런 처지」	『사해공론』	1938. 8
「용동택의 경우」	『농업조선』	1938. 8
「소망」	『조광』	1938. 10
「점경」(콩트)	조선일보	1938. 12. 28
「정자나무 있는 삽화」	『농업조선』	1939. 1
「패배자의 무덤」	『문장』	1939. 4

작품명	발표지	발표 연월일
『금의 정열』(장편)	매일신보	1939. 6. 19~11. 19
「반점」	『문장』(임시증간호)	1939. 7
「모색」	『문장』	1939. 9
「홍보씨」	『인문평론』(창간호)	1939. 10
「태풍」 (『탁류』에서 재수록)	『박문』	1939. 10
「이런 남매」	『조광』	1939. 11
「상경반절기」(1939년 작, 유고)	『신사조』	1962. 11
「차 안의 풍속」	『신세계』	1940. 1~2
「순공 있는 일요일」	『문장』	1940. 4
「냉동어」(중편)	『인문평론』	1940. 4, 5
「젊은 날의 한 구절」 (중편, 미완)	『여성』	1940. 5, 7, 8, 10, 11
「회」	『조광』	1940. 12
「근일」	『춘추』(신춘호)	1941
「사호일단」	『문장』	1941. 2
「왕치와 소새와 개미와」(동화)	『문장』(폐간호)	1941. 4
「집」	『춘추』	1941. 6
「병이 낫거든」	『조광』	1941. 7
「종로의 주민」	『제향날』	1941. 2. 20 탈고
「해후」		1941. 3. 17(음) 탈고
「차중에서」(유고)	『체신문화』	1961. 3
「덕원이 선생」		1941
「고약한 사돈」		1941
『아름다운 새벽』(장편)	매일신보	1942. 2. 10~7. 10
「향수」	『야담』	1942. 2
「삽화」	『조광』	1942. 7
『어머니』(장편, 미완, 1947년 『여자의 일생』으로 개제)	〃	1943. 3~10
『배비장』(장편, 박문서관 출판)		1943. 11. 30

작품명	발표지	발표 연월일
『여인전기』(장편)	매일신보	1944. 10. 5~1945. 5. 17
「심봉사」(중편)	『신시대』	1944. 11, 12, 1945. 1
「처자」(유고)	『자유문학』	1961. 7
「선량하고 싶던 날」(1944년 작)	약업신문	1960. 6. 18, 25
「실의 공」(1944년 작)	『가정생활』	1962. 10
「신군」(미완)	『반도の광』	1944
「유감」(콩트)	한성시보	1945. 10
「맹순사」	『백민』	1946. 3, 4
「역로」	『신문학』	1946. 6
「미스터 방」	『대조』	1946. 7
「허생전」(중편, 협동문고 4-1)		1946. 11. 15
「논 이야기」(『해방문학선집』)		1946
『옥랑사』(장편, 1948년 작)	『희망』	1955. 5~1956. 5
「도야지」	『문장』(속간호)	1948. 6
「낙조」(『잘난 사람들』)		1948
「민족의 죄인」	『백민』	1948. 10, 1949. 1
「아시아의 운명」 (1948년 작, 유고)	『야담』	1955. 10
『청류』 (장편, 1948년 작, 미완, 유고)	『현대문학』	1986. 11
「이상한 선생님」(동화)	『어린이나라』	1949. 1
「역사」	『학풍』	1949. 1
「늙은 극동선수」	『신천지』	1949. 2, 3
「소년은 자란다」 (중편, 1949년 작, 유고)	『월간문학』	1972. 9
「소」(1950년에 씀, 미완)		
「황금원」(연대 미상, 유고)	『현대문학』	1956. 6.

2. 평론

작품명	발표지	발표 연월일
「작자의 변」	조선일보	1930. 5. 31, 6. 3~6. 5
「평론가에 대한 작자로서의 불복」	동아일보	1931. 2. 14~21
「문단소어」	중앙일보	1931. 11. 30
「문예평가 함일돈군의 기극」	『비판』	1931. 12
「현인군과 카프에」	조선중앙일보	1932. 1. 30
「현인군의 몽을 계함」	『제일선』	1932. 7~8
「백 명이 한 개를 낳더라도 옳은 프로 작품을」	조선일보	1933. 1. 6
「창작의 태도와 실제」	〃	1934. 1. 11
「문예비평가론」	〃	1934. 2. 15, 16
「문예시감(1)」	조선중앙일보	1934. 5. 13~18
「한 작가로서의 항변」	조선일보	1934. 10. 3
「문예시감(2)」	동아일보	1936. 2. 13~17
「소설 안 쓰는 변명」	조선일보	1936. 5. 26~30
「문단시감」	조선중앙일보	1936. 6. 21, 24~28, 30
「현대작가 창작고심 합담회」(좌담)	『사해공론』	1937. 1
「한제 수편」	동아일보	1937. 8. 26, 29
「조선문단 근상」	조선일보	1937. 9. 30, 10. 1, 3, 5
「출판문화의 위기」	〃	1937. 10. 24, 26.
「위장의 과학평론」	〃	1937. 12. 1~6
「문학과 영화」	〃	1938. 6. 16~21
「작가의 한계」	〃	1938. 8. 4~9
「대하를 읽고서」(서평)	〃	1939. 1. 28
「연극 발전책」	『조광』	1939. 1
「모방에서 창조로」	동아일보	1939. 2. 7, 8
「이효석씨 저 해바라기」(서평)	〃	1939. 2. 21
「삼월 창작 개관」	〃	1939. 3. 7, 9, 10, 14.
「장덕조 여사의 진경」	『조광』	1939. 3
「문학 작품의 영화화 문제」	동아일보	1939. 4. 6

작품명	발표지	발표 연월일
「박태원씨 저 기방소설집」(서평)	조선일보	1939. 5. 22
「염상섭 작 이심」(서평)	〃	1939. 6. 5
「작품권의 변」	매일신보	1940. 3. 26~28
「삼월의 작품들」	『인문평론』	1940. 4
「소설가는 이렇게 생각한다」	조선일보	1940. 6. 14, 15
「소설을 잘 씁시다」	『조광』	1940. 7
「문학과 해석」	매일신보	1940. 8. 21~24, 26
「문예시평」	〃	1940. 9. 25~28, 30
「김남천 저 사랑의 수족관 평」(서평)	〃	1940. 11. 19
「시대를 배경하는 문학」	〃	1941. 1. 5, 10, 12, 14, 15
「문학과 전체주의」	『삼천리』	1941. 1
「국민문학의 공작정담회」(좌담)	매일신보	1941. 11. 7, 10, 11
「창작합평회」(좌담)	『신문학』	1946. 6
「청춘잡조를 받아 읽고」(서평)	『협동』	1949. 1

3. 희곡

작품명	발표지	발표 연월일
「가죽버선」(1927년 작)	『문학사상』	1973. 2
「낙일」	『별건곤』	1930. 6
「농촌 스케치」	〃	1930. 8
「밥」	〃	1930. 10
「그의 가정 풍경」	〃	1931. 1
「미가 대폭락」	〃	1931. 2
「스님과 새장사」	『혜성』(창간호)	1931. 2
「두부」	『혜성』	1931. 5
「야생소년군」	『동광』	1931. 5
「코 떼인 지사」	『혜성』	1931. 8
「사라지는 그림자」	『동광』	1931. 9
「간도행」	『신동아』	1931. 11

작품명	발표지	발표 연월일
「조그마한 기업가」	『신동아』	1931. 12
「행랑 들창에서 들리는 소리」	〃	1932. 2
「감독의 안해」	『동광』	1932. 3
「낚시집판의 풍파」	『혜성』	1932. 3
「목침 맞은 사또」	『신동아』	1932. 5
「부촌」	〃	1932. 7
「조조」	〃	1933. 3
「인텔리와 빈대떡」	〃	1934. 4
「영웅 모집」	『중앙』	1934. 8
「다섯 귀머거리」(동극)	『신가정』	1934. 9
「심봉사」(검열로 삭제)	『문장』	1936
「흘러간 고향」	『조광』	1937. 3
「예수나 안 믿었더면」	『조선문학』	1937. 4~5
「제향날」	『조광』	1937. 11
「당랑의 전설」	『인문평론』	1940. 10
「무장삼동」(1941년 작, 유고)	『문학사상』	1976. 2. 3
「심봉사」	『전북공론』	1947. 10, 11

4. 수필

작품명	발표지	발표 연월일
「김기전씨」	『별건곤』	1930. 3
「우애결혼의 의의」	〃	1930. 5
「칼세이지의 애국영웅 한니발」(잡문)	〃	1930. 7
「인도의 뮤니티(사병반란)」(잡문)	〃	1930. 12
「문단 제일선」(잡문)	『제일선』	1933. 3
「투르게네프와 나」(자설)	조선일보	1933. 8. 26
「『인형의 집을 나와서』를 쓰면서」(자설)	『삼천리』	1933. 9
「비평 정신과 내용의 양전에」(잡문)	조선일보	1933. 10. 5

작품명	발표지	발표 연월일
「향수에 번뇌하여서」(자설)	조선일보	1934. 5. 10, 11
「인연 맺어진 여인들」(자설)	『신동아』	1934. 7
「하일잡초」(자설)	조선일보	1935. 7. 18~21
「나의 무력한 펜 한 개」(자설)	〃	1935. 8. 31
「단장 수삼제」(자설)	〃	1935. 12. 21, 22, 25, 27, 28
「문단 의견」(잡문)	〃	1936. 1. 4
「문학인의 촉감」	〃	1936. 6. 4, 6~13
「농촌 색시와 나」(자설)	『신동아』	1936. 7
「문인 멘탈 테스트」(자설)	『백광』	1937. 3
「백마강의 뱃놀이」(기행)	『현대평론』	1937. 7
「극평에 대하여」(잡문)	동아일보	1937. 8. 6.
「박연행 회화」(기행)	〃	1937. 11. 16~21
「통곡하고 싶은 심정」(잡문)	〃	1938. 1. 14
「작가 단편 자서전」(자설)	『삼천리문학』	1938. 1
「잃어버린 10년」(자설)	조선일보	1938. 2. 18~26
「여백록」	『박문』 2집	1938. 11
「조선 문단의 황금시대」(잡문)	동아일보	1938. 7. 19
「금강창랑 굽이치는 군산항의 금일」(기행)	『조광』	1938. 7
「송도잡기」(기행)	조선일보	1938. 7. 3, 9, 10, 12
「임진강과 그 유역」(기행)	『조광』	1938. 8
「구기자 열매만 붉어 있는 고향」(기행)	〃	1938. 9
「만경평야」(기행)	『여성』	1938. 9
「먼저 지성의 획득을」(잡문)	『비판』	1938. 11
「탁류의 계봉」(잡문)	동아일보	1939. 1. 7
「속 여백록」	『박문』 3집	1939
「안회남씨에게」(잡문)	『여성』	1939. 4
「자작 안내」(자설)	『청색지』	1939. 5
「사이비 농민소설」	『조광』	1939. 7
「지충」	『박문』	1939. 8
「금과 문학」(자설)	『인문평론』	1940. 2

작품명	발표지	발표 연월일
「문학을 나처럼 해서는」(자설)	『문장』	1940. 2
「남행기」(기행)	〃	1940. 2
「등경암」(기행)	매일신보	1940. 2. 21
「안양복거기」	〃	1940. 6. 5~8, 10, 11
「외래어 사용의 단편감」	『한글』 80호	1940
「대륙 경륜의 장도, 그 세계사적 의의」(잡문)	매일신보	1940. 11. 22, 23
「자유주의를 청소」(잡문)	『삼천리』	1941. 1
「풍속시평」	매일신보	1941. 1. 25, 27, 28
「방황 이십 년」	『신시대』	1941. 2
「간도행」(기행)	매일신보	1943. 2. 17~24
「기미 삼일날」	한성일보	1946. 3. 1
「한글 교정 · 오식 · 사투리」	『민성』	1949. 3

5. 단행본

책이름	출판사	발행 연월일
『채만식 단편집』	학예사	1939. 8. 4
『탁류』	박문서관	1939. 11
『태평천하』	명성사	1940
『금의 정열』	영창서관	1941. 6. 10
『집』	조선출판사	1943. 10. 25
『배비장』	박문서관	1943. 11. 30
『조선단편문학선집』 제1집	범장각	1946. 1. 20
『허생전』	조선금융조합연합회	1946. 11. 15
『제향날』	박문출판사	1946. 12
『조선대표작가전집』 제8권	서울타임즈사	1947. 3. 10
『아름다운 새벽』	박문출판사	1947
『조선문학전집 단편집』 상	한성도서주식회사	1948. 6. 20
『잘난 사람들』	민중서관	1948, 1949 ?
『당랑의 전설』	을유문화사	1948. 10. 15

참고 문헌

　1970년대 이래 채만식 문학에 대한 연구 논저를 살피면, 학위 논문만 260여 편에 달하고, 여기에 잡지 소재의 논급을 합하면 근 500여 편에 달하는 서지 목록이 된다. 이 논급들 모두를 여기에서 일일이 적시, 소개하는 것은 불가능한 작업이 될 것이다. 따라서 1990년대 이후 최근까지 이루어진 연구 업적들만을 학위 논문 중심으로 목록을 소개하고, 그 대체적인 동향만을 여기에 간단히 적기해두기로 한다.

　연구자들의 관심 중심으로 우선 대별하고자 할 때 초기 연구자들이 주목한 제일의 관심 사항은 우선 채만식 문학의 확정 문제였다고 할 수 있다. 이를 위해서 우선 작품 확정의 사업이 중요하고 긴요했던바, 이를 수렴한 출판 성과가 1980년대 후반의 『채만식 전집(蔡萬植全集)』(창작과비평사)으로 나타났고, 이후에도 추가적인 텍스트 확정 작업이 도모됨으로써, 탐정소설 『염마(艶魔)』를 발굴한 김영민(연세대), 손정수(계명대) 교수 등의 업적이 대표적으로 나타났다고 할 수 있다.

『탁류』『태평천하』를 위시한 주요 작품들에 대해 작품론 성격의 연구가 위와 같은 텍스트 확정 작업을 발판으로 80년대 이후 봇물 터지듯 쏟아져나오게 되었다.

다음, 초기 연구자들의 관심사는 전기적인 확정, 즉 작가론에 입각한 전기 사항의 확정 문제였다고 할 수 있다. 70년대 연구자들에 의해서 이와 같은 전기적 확정 작업이 대개 완료 단계에 들어선 중에도, 특히 그가 동아일보사를 퇴사(1926)한 이후 몇 년간의 행적이 미궁의 상태에 빠져 있었다고 할 수 있는데, 이내수(동국대), 한형구(서울대) 등의 학위 논문 작업이 추가됨으로써 채만식의 전기 확정 작업은 이제 불변의 상태에 이르러 있다.

작품 확정과 함께 전기적 사실들이 대개 확정되면서 그 작가 의식의 문제가 주요 연구 과제로 떠올랐다. 이런 관심 시야에서 채만식이 리얼리즘 의식의 소유자였다는 것, 희곡 양식에도 깊은 관심을 기울였다는 것, 특히 '풍자'야말로 채만식 문학의 본체를 이루는 일류의 창작 방법이라는 점이 강조될 수 있었다. 이주형(경북대) 등의 논자에 의해서 이런 점이 특히 강조되었다.

1980년대 이후 채만식 문학 연구자가 많아지고 그 연구 작업이 심화되면서 '풍자'만이 아닌 채만식 문학의 여타 다채로운 특질들이 강조되고 주목되기에 이르렀다. 채만식 문학의 비극적 특질과 여성적 특질이 이러한 시야에서 강조되었으며(한형구), 구어체의 풍자적인 문체가 우리 전통의 판소리 투와 닮았다는 점이 주목된(김성수) 것도 80년대 중반의 이 시점부터였다. 그의 희곡 작품들이 부각됨으로써 80년대 이래 희곡 연구자들(서연호, 양승국, 김만수 등)이 채만식 희곡 작품들을 자세히, 개별적으로 연구하게 된 것도 채만식 문학 연구를 확대시킨 주요 동력의 하나가 되었다.

1990년대 들어서 채만식 문학의 연구 동향은 더욱 다채로워지고 풍요로워졌다. 페미니즘, 탈식민주의의 이론적 시각이 접착되고, 일제 말기 친일 행적에 대한 관심도 구체화되었다. 그의 해방 후 작품 성과를 새롭게 조명하는 연구 성과들도 많아졌다. 그 밖에 비교 문학적 연구, 인물 성격에 대한 연구 등 다채로운 연구 작업들이 국어 교육 연구의 차원에서도 점차 증대하고 있다.

오늘날 그 수효로만 본다면 채만식 문학 연구는 근대의 어떤 작가, 시인을 대상으로 한 연구 작업에 비해서도 활발한 편이라 할 것이다. 이를 두고 채만식 문학의 현재성(서경석)이나, 조선적 근대 문학의 기획(방민호)이라는 이름으로 그 의의를 강조하는 것은 그 문학의 살아 있음을 증거하는 바에 다름 아닐 것이다. 비극적인 생애를 살았지만 문학적으로 이제 가장 행복한 환경에 처해 있음이 채만식 문학의 현황이라 할 것이다. 물론 그가 증언한 20세기 전반기 한국인의 삶, 한국 근대의 삶은 우울하기 짝이 없는 전도된 양상일 뿐이어서 그는 풍자와 비극으로 그 불행감을 만끽하지 않고서는 견딜 수 없는 것이었다. 아마 그 자신 후대의 연구자들에 의해서 그의 문학이 이렇게까지 환영받으리라고는 미처 생각지 못했을 것이다.

마지막으로 채만식 문학과 관련된, 1990년대 이후 최근 학위 논문 사례들의 주제를 목록으로 제시한다. (1990년 이전의 연구 작업 목록은 『채만식 전집』(창작과비평사) 10권을 참조할 것.)

최근 연구 목록

이수라, 「채만식 소설 연구──식민성과 탈식민성을 중심으로」, 전북대 박사, 2004.

양현진, 「채만식 문학의 풍자성 연구」, 이화여대 박사, 2004.

정홍섭, 「채만식 문학의 풍자 양식 연구」, 서울대 박사, 2003.

박심자, 「채만식 소설에 나타난 식민지 현실 대응으로서의 여성 주체 연구」, 한국외대 박사, 2003.

정경수, 「채만식 소설의 인접 장르 수용 양상 연구」, 동아대 박사, 2003.

김연숙, 「채만식 문학의 근대 체험과 주체 구성 양상 연구」, 경희대 박사, 2002.

서경석, 「채만식 문학의 현재성」, 『현대문학』, 2002년 6월호.

손정수, 「채만식의 미발굴 소설 네 편에 대해」, 『현대문학』, 2002년 6월호.

─────, 「한국 근대 초기 소설 텍스트의 자율화 과정 연구」, 서울대 박사, 2001.

신종한, 「한국 소설의 서술 양식 연구」, 국민대 박사, 2001.

김병구, 「1930년대 리얼리즘 장편소설의 식민성 연구」, 서강대 박사, 2001.

권혁준, 「채만식 문학 연구」, 성균관대 박사, 2001.

방민호, 「채만식 문학에 나타난 식민지적 현실 대응 양상」, 서울대 박사, 2000.

이화진, 「1930년대 후반기 소설 연구: 현실 인식과 주체의 대응 논리에 관하여」, 성균관대 박사, 1999.

이정옥, 「대중소설의 시학적 연구: 1930년대를 중심으로」, 서강대 박사, 1999.

윤영옥, 「채만식 풍자소설의 서사 기법 연구」, 전북대 박사, 1999.

김동권, 「1930년대 희곡의 형상화 과정 연구」, 건국대 박사, 1998.

정봉석, 「1930년대 선전극 연구」, 동아대 박사, 1997.

김승옥, 「한국 현대 희곡의 전통 수용 연구」, 단국대 박사, 1996.

류화수, 「채만식 소설 연구: 서사 전통과의 연계 양상을 중심으로」, 전북대 박사, 1996.

신아영, 「1920~30년대 한국 희곡의 극적 구조와 수용에 관한 연구: 김우진, 채만식, 유치진의 작품을 중심으로」, 이화여대 박사, 1996.

양승국, 『한국 근대 연극비평사 연구』, 태학사, 1996.

조창환, 「채만식의 해방 전후 소설 연구」, 전주우석대 박사, 1994.

김만수, 『희곡읽기의 방법론』, 태학사, 1994.

김충실, 「채만식의 소설 연구」, 고려대 박사, 1994.

서연호, 『한국 근대 희곡사』, 고려대학교 출판부, 1994.

이대규, 「한국 근대 귀향소설 연구」, 전북대 박사, 1994.

한혜경, 「채만식 소설의 언술 구조 연구: 서술자의 존재 양상을 중심으로」, 이화여대 박사, 1993.

우찬제, 「현대 장편소설의 욕망시학적 연구: 주체의 성격에 따른 욕망 현시 유형을 중심으로」, 서강대 박사, 1993.

배봉기, 「채만식 문학 인물의 특성과 형상화에 대한 연구」, 연세대 박사, 1992.
양승국, 「1920~30년대 연극운동론 연구」, 서울대 박사, 1992.
이재명, 「1930년대 희곡 문학의 분석적 연구: 송영·채만식·유치진을 중심으로」, 연세대 박사, 1992.
우한용, 「채만식 소설의 담론 특성에 관한 연구」, 서울대 박사, 1991.
김만수, 「1930년대 연극운동 연구」, 서울대 박사, 1989.
양승국, 「1930년대 희곡에 나타난 등장인물의 기능」, 서울대 석사, 1988.
서경석, 「1920~30년대 한국 경향소설 연구」, 서울대 석사, 1987.
서연호, 「일제 하의 희곡 연구」, 고려대 석사, 1987
한형구, 「채만식의 세계관과 창작 방법 연구」, 서울대 석사, 1987.
김영민, 「1920년대 한국 문학비평 연구」, 연세대 박사, 1985.
이내수, 「채만식 소설 연구」, 동국대 박사, 1985.
김성수, 「이야기의 전통과 채만식 소설의 짜임새」, 한국정신문화연구원 한국학대학원 석사, 1984.
이주형, 「1930년대 한국 장편소설 연구」, 서울대 박사, 1983.
─── , 「채만식 연구」, 서울대 석사, 1974.

| 기획의 말

한국문학전집을 펴내며

    오늘의 한국 문학은 다양한 경험과 자산에서 비롯된 것이지만, 그중에서도 우리 앞선 세대의 문학 작품에서 가장 큰 유산을 물려받고 있다. 그럼에도 우리는 가끔 우리의 문학 유산을 잊거나 도외시한다. 마치 그것 없이는 살아갈 수 없는 소중한 물을 쉽게 잊고 사는 것처럼 그동안 우리는 우리가 이루어놓은 자산들을 너무 쉽게 잊어버리고 있었는지도 모르겠다. 인기 있는 외국 작품들이 거의 동시에 번역 출판되고, 새로운 기획과 번역으로 전 세계의 문학 작품들이 짜임새 있게 출판되고 있는 요즈음, 정작 한국 문학 작품들을 체계적으로 정리하지 못하고 있었다는 점을 최근에 우리는 깊이 반성하게 되었다. 그리고 이러한 때늦은 반성을 곧바로 '한국문학전집'을 기획하는 힘으로 전환하였다.

    오늘의 시점에서 '한국문학전집'을 기획한다는 것은, 우선 그동안 양적으로나 질적으로 괄목할 만한 수준에 이른 한국 문학 연구 수준을 반영하는 새로운 시각이 전제되어야 할 것이다. 그리고 '우리 것을 지키자'는 순진한 의도에서가 아니라, 한국 문학이 바로 세계 문학이 되는 질적 확장을 위해, 세계 문학 속에서의 한국 문학의 정체성을 찾는 일을 간과해서는 안 될 것이다.

이번 기획에서 우리가 가장 크게 신경 썼던 점은 크게 두 가지이다. 하나는, 그동안 거의 관습적으로 굳어져왔던 작품에 대한 천편일률적인 평가를 피하고 그동안의 평가에 대한 비판적 평가와 더불어 새로운 평가로 인한 숨은 작품의 발굴이었다. 그리하여 한국 문학사를 시기별로 구분하여 축적된 연구 성과들 위에서 나름대로 중요한 작품들을 선별하는 목록 작업에 가장 큰 공을 들였다. 나머지 하나는, 그동안 여러 상이한 판본의 난립으로 인해 원전 텍스트가 침해되고 있는 심각한 상황을 고려하여 각각의 작가에게 가장 뛰어난 연구자들을 초빙하여 혼신을 다해 원전 텍스트를 확정하였다는 점이다.

장구한 우리 문학사의 주옥같은 작품들을 한자리에 모아, 세대를 넘고 시대를 넘어 그 이름과 위상에 값할 수 있는 대표적인 한국문학전집을 내놓는다. 이번에 출간되는 한국문학전집은 변화된 상황과 가치를 반영하는 내실 있고 권위를 갖춘 내용으로 꾸며질 것이며, 우리 문학의 정본 전집으로서 자리매김해 한국 문학의 전통을 계승하고 발전시키는 데 기여하고자 한다. 이 기획이 한국 문학의 자산들을 온전하게 되살려, 끊임없이 현재성을 가지는 살아 있는 작품들로, 항상 독자들의 옆에 있게 되기를 기대한다.

(주)문학과지성사

01 감자 김동인 단편선

최시한(숙명여대) 책임 편집

수록 작품 약한 자의 슬픔 / 배따라기 / 태형 / 눈을 겨우 뜰 때 / 감자 / 광염 소나타 / 배회 / 발가락이 닮았다 / 붉은 산 / 광화사 / 김연실전 / 곰네

극단적인 상황과 비극적 운명에 빠진 인물 군상들을 냉정하게 서술해낸 한국 근대 단편 문학의 선구자 김동인의 대표 단편 12편 수록. 인간과 환경에 대한 근대적 인식을 빼어난 문체와 서술로 형상화한 김동인의 주옥같은 작품들을 만날 수 있다.

02 탈출기 최서해 단편선

곽근(동국대) 책임 편집

수록 작품 고국 / 탈출기 / 박돌의 죽음 / 기아와 살육 / 큰물 진 뒤 / 백금 / 해돋이 / 그믐밤 / 전아사 / 홍염 / 갈등 / 먼동이 틀 때 / 무명초

식민 치하 빈궁 문학을 대표하는 최서해의 단편 13편 수록. 식민 치하의 참담한 사회적 현실을 사실적으로 전해주는 작품들. 우리 민족의 궁핍한 현실에 맞선 인물들의 저항 정신과 민족 감정의 감동과 울림을 전한다.

03 삼대 염상섭 장편소설

정호웅(홍익대) 책임 편집

우리 소설 가운데 서울말을 가장 풍부하게 살려 쓴 작품이자, 복합성·중층성의 세계를 구축하여 한국 근대 장편소설의 대표작으로 꼽히는 염상섭의 『삼대』. 1930년대 서울의 중산층 가족사를 통해 들여다본 우리 근대의 자화상이다.

04 레디메이드 인생 채만식 단편선

한형구(서울시립대) 책임 편집

수록 작품 논 이야기 / 레디메이드 인생 / 미스터 방 / 민족의 죄인 / 치숙 / 낙조 / 쑥국새 / 당랑의 전설

역설과 반어의 작가 채만식의 대표 단편 8편 수록. 1920~30년대의 자본주의적 현실 원리와 민중의 삶을 풍자적으로 포착하는 데 탁월했던 채만식. 사실주의와 풍자의 절묘한 조합으로 완성한 단편 문학의 묘미를 즐길 수 있다.

05 비 오는 길 최명익 단편선

신형기(연세대) 책임 편집

수록 작품 페어인 / 비 오는 길 / 무성격자 / 역설 / 봄과 신작로 / 심문 / 장삼이사 / 맥령

시대를 앞섰던 모더니스트 최명익의 대표 단편 8편 수록. 병과 죽음으로 고통받는 인물 군상들을 통해 자신이 예감한 황폐한 현대의 징후를 소설화한 작가 최명익. 너무나 현대적이어서, 당시에는 제대로 평가받을 수 없었던 탁월한 단편소설들을 만난다.

06 사하촌 김정한 단편선
강진호(성신여대) 책임 편집

수록 작품 그물 / 사하촌 / 항진기 / 추산당과 곁사람들 / 모래톱 이야기 / 제3병동 / 수라도 / 인간단지 / 위치 / 오끼나와에서 온 편지 / 슬픈 해후

리얼리즘 문학과 민족 문학을 대표하는 김정한의 대표 단편 11편 수록. 민중들의 삶을 통해 누구보다 먼저 '근대화의 문제'를 문학적으로 제기하고 예리하게 포착한 작가 김정한의 진면목을 본다.

07 무녀도 김동리 단편선
이동하(서울시립대) 책임 편집

수록 작품 화랑의 후예 / 산화 / 바위 / 무녀도 / 황토기 / 찔레꽃 / 동구 앞길 / 혼구 / 혈거부족 / 달 / 역마 / 광풍 속에서

한국적이고 토착적인 전통 세계의 소설화에 앞장선 김동리의 초기 대표작 12편 수록. 민중의 삶 속에 뿌리 내린 토착적 전통의 세계를 정확한 묘사와 풍부한 서정으로 형상화했던 김동리 문학 세계를 엿본다.

08 독 짓는 늙은이 황순원 단편선
박혜경(인하대) 책임 편집

수록 작품 소나기 / 별 / 겨울 개나리 / 산골 아이 / 목넘이마을의 개 / 황소들 / 집 / 사마귀 / 소리 / 닭제 / 학 / 필묵장수 / 뿌리 / 내 고향 사람들 / 원색오뚝이 / 곡예사 / 독 짓는 늙은이 / 황노인 / 늪 / 허수아비

한국 산문 문체의 모범으로 평가되는 황순원의 대표 단편 20편 수록. 엄격한 지적 절제와 미학적 균형으로 함축적인 소설 미학을 완성시킨 작가 황순원. 극적인 사건 전개 대신 정적이고 서정적인 울림의 미학으로 깊은 감동을 전한다.

09 만세전 염상섭 중편선
김경수(서강대) 책임 편집

수록 작품 만세전 / 해바라기 / 미해결 / 두 출발

한국 근대 소설의 기념비적 작품인 「만세전」, 조선 최초의 여류화가인 나혜석의 삶을 소설화한 「해바라기」, 그리고 식민지 조선의 현실을 담아내고 나름의 저항의식을 형상화하기 위한 소설적 수련의 과정을 단적으로 보여주는 「미해결」과 「두 출발」 수록. 장편소설의 작가로만 알려진 염상섭의 독특한 소설 미학의 세계를 감상한다.

10 천변풍경 박태원 장편소설
장수익(한남대) 책임 편집

모더니스트 박태원이 펼쳐 보이는 1930년대 서울의 파노라마식 풍경화. 근대 자본주의 사회의 이데올로기와 일상성에 대한 비판에 몰두하던 박태원 초기 작품의 모더니즘 경향과 리얼리즘 미학의 경계를 넘나드는 역작. 식민지라는 파행적 상황에서 기형적으로 실현되던 근대화의 양상을 기층 민중의 생활에 초점을 맞춰 본격적으로 다룬 작품이다.

11 태평천하 채만식 장편소설
이주형(경북대) 책임 편집

부정적인 상황들이 난무하는 시대 현실을 독자적인 문학적 기법과 비판의식으로 그려냄으로써 '문학적 미'를 추구했던 채만식의 대표작. 판소리 사설의 반어, 자기 폭로, 비유, 과장, 희화화 등의 표현법에 사투리까지 섞은 요설로, 창을 듣는 듯한 느낌과 재미를 선사하는 작품. 세태풍자소설의 장을 열었던 채만식이 쓴 가족사소설의 전형에 해당한다.

12 비 오는 날 손창섭 단편선
조현일(홍익대) 책임 편집

수록 작품 공휴일 / 사연기 / 비 오는 날 / 생활적 / 혈서 / 피해자 / 미해결의 장 / 인간동물원초 / 유실몽 / 설중행 / 광야 / 희생 / 잉여인간 / 신의 희작

가장 문제적인 전후 소설가 손창섭의 대표 단편 14작품 수록. 병적이고 불구적인 인간 군상들을 통해 전후 사회 현실에서의 '절망'의 표현에 주력했던 손창섭. 전쟁 그리고 전쟁 이후의 비일상적 사태를 가장 근원적인 차원에서 표현한 빼어난 작품들을 선별했다.

13 등신불 김동리 단편선
이동하(서울시립대) 책임 편집

수록 작품 인간동의 / 흥남철수 / 밀다원시대 / 용 / 목공 요셉 / 등신불 / 송추에서 / 까치 소리 / 저승새

「무녀도」의 작가 김동리가 1950년대 이후에 내놓은 단편 9편 수록. 전기 작품에 이어서 탁월한 문체의 매력, 빈틈없는 구성의 묘미, 인상적인 인물상의 창조, 인간에 대한 깊이 있는 통찰이라는 김동리 단편의 미학을 다시 한 번 경험할 수 있는 기회이다.

14 동백꽃 김유정 단편선
유인순(강원대) 책임 편집

수록 작품 심청 / 산골 나그네 / 총각과 맹꽁이 / 소낙비 / 솥 / 만무방 / 노다지 / 금 / 금 따는 콩밭 / 떡 / 산골 / 봄·봄 / 안해 / 봄과 따라지 / 따라지 / 가을 / 두꺼비 / 동백꽃 / 야앵 / 옥토끼 / 정조 / 땡볕 / 형

고단한 삶을 살아가는 순박한 촌부에서 사기꾼에 이르기까지 다양한 삶의 모습을 문학 속에 그대로 재현한 김유정의 주옥같은 단편 23편 수록. 인물의 토속성과 해학성, 생생한 삶의 언어와 우리 소리, 그 속에 충만한 생명감을 불어넣은 김유정 문학의 정수를 맛본다.

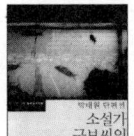

15 소설가 구보씨의 일일 박태원 단편선
천정환(성균관대) 책임 편집

수록 작품 수염 / 낙조 / 소설가 구보씨의 일일 / 애욕 / 길은 어둡고 / 거리 / 방란장 주인 / 비량 / 진통 / 성탄제 / 골목 안 / 음우 / 재운

한국 소설사상 가장 두드러진 모더니즘 작품으로 인정받는 「소설가 구보씨의 일일」을 비롯한 박태원의 대표 단편 13편 수록. 한글로 씌어진 가장 파격적이고 실험적인 작품으로 주목 받은 박태원. 서울 주변부 중산층의 삶이라는 자기만의 튼실한 현실 공간을 구축하여 새로운 소설 기법과 예술가소설로서의 보편성을 획득한 작품들이다.

16 날개 이상 단편선

김주현(경북대) 책임 편집

수록 작품 12월 12일 / 지도의 암실 / 지팡이 역사 / 황소와 도깨비 / 공포의 기록 / 지주회시 / 동해 / 날개 / 봉별기 / 실화 / 종생기

근대와 맞닥뜨린 당대 식민지 조선의 기념비요 자화상 역할을 하는 이상의 대표 단편 11편 수록. '천재'와 '광인'이라는 꼬리표와 함께 전위적이고 해체적인 글쓰기로 한국의 모더니즘 문학사를 개척한 작가 이상. 자유연상, 내적 독백 등의 실험적 구성과 문체로 식민지 근대와 그것에 촉발된 당대인의 내면을 예리하게 포착해낸 이상의 문제작들을 한데 모았다.

17 흙 이광수 장편소설

이경훈(연세대) 책임 편집

한국 최초의 근대 장편소설 『무정』을 발표하면서 한국 소설 문학의 역사를 새롭게 쓴 이광수. 『흙』은 이광수의 계몽 사상이 가장 짙게 깔린 작품으로 심훈의 『상록수』와 함께 한국 농촌계몽소설의 전위에 속한다. 한국 근대 문학사상 가장 많이 연구되고 있는 작가의 대표작답게 『흙』은 민족주의, 계몽주의, 농민문학, 친일문학, 등장인물론, 작가론, 문학사 등의 학문적·비평적 논의의 중심에 있는 작품이다.

18 상록수 심훈 장편소설

박헌호(성균관대) 책임 편집

이광수의 장편 『흙』과 더불어 한국 농촌계몽소설의 쌍벽을 이루는 『상록수』. 심훈의 문명(文名)을 크게 떨치게 한 대표작이다. 1930년대 당시 지식인의 관념적 농촌 운동과 일제의 경제 침탈사를 고발·비판함으로써, 문학이 취할 수 있는 현실 정세에 대한 직접적인 대응 그리고 극복의 상상력이란 두 가지 요소를 나름의 한계 속에서 실천해냈고, 대중적으로도 큰 호응을 불러일으킨 작품이다.

19 무정 이광수 장편소설

김철(연세대) 책임 편집

20세기 이래 한국인이 가장 많이 읽고 가장 자주 출간돼온 작품, 그리고 근현대 문학 가운데 가장 많이 연구의 대상이 된 작가 이광수의 대표작 『무정』. 씌어진 지 한 세기가 가까워오도록 여전히 읽히고 있고 또 학문적 논쟁의 중심에 서 있는 『무정』을 책임 편집자의 교정을 충실하게 반영한 최고의 선본(善本)으로 만난다.

20 고향 이기영 장편소설

이상경(KAIST) 책임 편집

'프로문학의 정점'이자 우리 근대 문학사의 리얼리즘의 확립을 결정적으로 보여주는 이기영의 『고향』. 이기영은 1920년대 중반 원터라는 충청도의 한 농촌 마을을 배경으로 봉건 사회의 잔재를 지닌 채 식민지 자본주의화가 진행되어가는 우리 근대 초기를 뛰어난 관찰로 묘파한다. 일제 식민 치하 근대화에 대한 문학적·비판적 성찰과 지식인의 고뇌를 반영한 수작이다.

21 까마귀 이태준 단편선
김윤식(명지대) 책임 편집

수록 작품 불우 선생/달밤/까마귀/장마/복덕방/패강랭/농군/밤길/토끼 이야기/해방 전후

'한국 근대소설의 완성자' '단편문학'의 명수. 이태준은 우리 근대 문학의 전개 과정에서 결코 간과할 수 없는 역할을 담당했던 작가 가운데 한 사람이다. 문학의 자율성과 예술성을 상실하지 않으면서도 현실 문제에 각별한 관심을 보여주었던 그의 단편은 한국소설사에서 1930년대를 대표하는 것으로 인정받고 있다.

22 두 파산 염상섭 단편선
김경수(서강대) 책임 편집

수록 작품 표본실의 청개구리/암야/제야/E선생/윤전기/숙박기/해방의 아들/양과자갑/두 파산/절곡/얼룩진 시대 풍경

한국 근대사를 증언하고 있는 횡보 염상섭의 단편소설 11편 수록. 지식인 망국민으로서의 허무적인 자기 진단, 구체적인 사회 인식, 해방 후와 전후 시기에 대한 사실적 증언과 문제 제기를 포함한 대표작들을 통해 횡보의 단편 미학을 감상한다.

23 카인의 후예 황순원 소설선
김종회(경희대) 책임 편집

수록 작품 카인의 후예/너와 나만의 시간/나무들 비탈에 서다

인간의 정신적 순수성과 고귀한 존엄성을 문학의 제일 원칙으로 삼았던 작가 황순원. 그의 대표작 가운데 독자들의 가장 많은 사랑을 받은 장편소설들을 모았다. 한국전쟁을 온몸으로 체득하면서 특유의 절제되고 간결한 문장으로 예술적 서사성을 완성한 황순원은 단편에서와 마찬가지로 변함없는 감동의 세계를 열어놓는다.

24 소년의 비애 이광수 단편선
김영민(연세대) 책임 편집

수록 작품 무정/소년의 비애/어린 벗에게/방황/가실/거룩한 죽음/무명/꿈

한국 근대소설사와 이광수 개인의 문학 세계에서 중요한 의미를 갖는 단편 8편 수록. 이광수가 우리말로 쓴 최초의 창작 단편 「무정」, 당시 사회의 인습과 제도를 비판한 「소년의 비애」, 우리나라 최초의 서간체 소설인 「어린 벗에게」, 지식인의 내면적 갈등과 자아 탐구의 과정을 담은 「방황」, 춘원의 옥중 체험을 바탕으로 쓰어진 「무명」 등 한국 근대문학의 장르와 소재, 주제 탐구 면에서 꼼꼼히 고찰해야 할 작품들이다.

25 불꽃 선우휘 단편선
이익성(충북대) 책임 편집

수록 작품 테러리스트/불꽃/거울/오리와 계급장/단독강화/깃발 없는 기수/망향

8·15 해방과 분단, 6·25전쟁으로 이어지는 한국 근현대사의 열병을 깊이 있게 고찰한 선우휘의 대표작 7편 수록. 평판작 「불꽃」과 「깃발 없는 기수」를 비롯해 한국 근현대사의 역동성과 이를 바라보는 냉철한 작가의식이 빚어낸 수작들을 한데 모았다.

26 맥 김남천 단편선
채호석(한국외대) 책임 편집

수록 작품 공장 신문 / 공우회 / 남편 그의 동지 / 물 / 남매 / 소년행 / 처를 때리고 / 무자리 / 녹성당 / 길 위에서 / 경영 / 맥 / 등불 / 꿀

카프와 명맥을 같이하며 창작과 비평에서 두드러진 족적을 남긴 작가 김남천. 1930년대 초, 예술운동의 볼세비키화론 주장과 궤를 같이하는 「공장 신문」「공우회」, 카프 해산 직후 그의 고발문학론을 담은 「처를 때리고」「소년행」「남매」, 전향문학의 백미로 꼽히는 「경영」「맥」 등 그의 치열했던 문학 세계의 변화를 일별할 수 있는 대표작 14편 수록.

27 인간 문제 강경애 장편소설
최원식(인하대) 책임 편집

한국 근대 여성문학의 제일선에 위치하는 강경애의 대표작. 일제 치하의 1930년대 조선, 자본가와 농민·노동자의 대립 구조 속에서 농민과 도시노동자가 현실의 문제를 해결하고자 하는 주체로 성장하는 과정과 그들의 조직적 투쟁을 현실성 있게 그려낸 작품. 이기영의 「고향」과 더불어 우리 근대 소설사에서 리얼리즘 소설의 수작으로 꼽힌다.

28 민촌 이기영 단편선
조남현(서울대) 책임 편집

수록 작품 농부 정도룡 / 민촌 / 아사 / 호외 / 해후 / 종이 뜨는 사람들 / 부역 / 김군과 나와 그의 아내 / 변절자의 아내 / 서화 / 맥추 / 수석 / 봉황산

카프와 프로문학의 대표 작가 이기영. 그가 발표한 수십 편의 단편소설들 가운데 사회나 사상운동사로서의 자료적 가치가 높으면서 또 소설 양식으로서의 구조미를 제대로 보여주는 14편을 선별했다.

29 혈의 누 이인직 소설선
권영민(서울대) 책임 편집

수록 작품 혈의 누 / 귀의 성 / 은세계

급진적이고 충동적인 한국 근대의 풍경 속에 신소설이라는 새로운 서사 양식을 창조해낸 이인직. 책임 편집자의 꼼꼼한 텍스트 확정과 자세한 비평적 해설을 통해, 신소설의 서사 구조와 그 담론적 특성을 밝히고 당시 개화·계몽 시대를 대표하는 서사 양식에 내재화된 일본적 식민주의 담론을 꼬집는다.

30 추월색 이해조 안국선 최찬식 소설선
권영민(서울대) 책임 편집

수록 작품 금수회의록 / 자유종 / 구마검 / 추월색

개화·계몽시대의 대표적인 신소설 작가 3인의 대표작. 여성과 신교육으로 집약되는 토론의 모습을 서사 방식으로 활용한 「자유종」, 구시대적 인습을 신랄하게 비판한 「구마검」, 가장 대중적인 신소설 가운데 하나로 꼽히는 「추월색」, 그리고 '꿈'이라는 우화적 공간을 설정하여 현실 비판의 풍자적 색채가 강한 「금수회의록」까지 당대의 사회적 풍속과 세태의 변화를 민감하게 반영한 작품들을 수록했다.

31 젊은 느티나무 강신재 소설선

김미현(이화여대) 책임 편집

수록 작품 안개 / 해방촌 가는 길 / 절벽 / 젊은 느티나무 / 양관 / 황량한 날의 동화 / 파도 / 이브 변신 / 감물이 있는 풍경 / 점액질

1950, 60년대를 대표하는 여성 작가 강신재의 중단편 10편을 엄선했다. 특유의 서정적인 문체와 관조적 시선, 지적인 분석력으로 '비누 냄새' 나는 풋풋한 사랑 이야기에서 끈끈한 '점액질'의 어두운 욕망에 이르기까지, 운명의 폭력성과 존재론적 한계를 줄기차게 탐문한 강신재 소설의 여정을 한눈에 볼 수 있는 기회다.

32 오발탄 이범선 단편선

김외곤(서원대) 책임 편집

수록 작품 일요일 / 학마을 사람들 / 사망 보류 / 몸 전체로 / 갈매기 / 오발탄 / 자살당한 개 / 살모사 / 천당 간 사나이 / 청대문집 개 / 표구된 휴지 / 고장난 문 / 두메의 어벙이 / 미친 녀석

손창섭·장용학 등과 함께 대표적인 전후 작가로 꼽히는 이범선의 대표작 14편 수록. 한국 현대사의 비극에 대한 묘사를 바탕으로 하면서도 잃어버린 고향, 동양적 이상향에 대한 동경을 담았던 초기작들과 전후의 물질적 궁핍상을 전통적 사실주의에 기초해 그리면서 현실 비판적 성격을 강하게 드러낸 문제작들을 고루 수록했다.

33 메밀꽃 필 무렵 이효석 단편선

서준섭(강원대) 책임 편집

수록 작품 도시와 유령 / 깨뜨려지는 홍등 / 마작철학 / 프레류드 / 돈 / 계절 / 산 / 들 / 석류 / 메밀꽃 필 무렵 / 삽화 / 개살구 / 장미 병들다 / 공상구락부 / 해바라기 / 여우 / 하얼빈산협 / 풀잎 / 낙엽을 태우면서

근대 작가의 문화적 정체성이 끊임없이 흔들렸던 식민지 시대, 경성제대 출신의 지식인 작가로서 그 문화적 혼란기를 소설 언어를 통해 구성하고 지속적으로 모색했던 이효석의 대표작 20편 수록.

34 운수 좋은 날 현진건 중단편선

김동식(인하대) 책임 편집

수록 작품 희생화 / 빈처 / 술 권하는 사회 / 유린 / 피아노 / 할머니의 죽음 / 우편국에서 / 까막잡기 / 그리운 흘긴 눈 / 운수 좋은 날 / 발 / 불 / B사감과 러브 레터 / 사립정신병원장 / 고향 / 동정 / 정조와 약가 / 신문지와 철창 / 서투른 도적 / 연애의 청산 / 타락자

한국 근대 단편소설의 형식적 미학을 구축하고 근대적 사실주의 문학의 머릿돌을 놓은 작가 현진건의 대표작 21편 수록. 서구 중심의 근대성과 조선 사회의 식민성 사이에서 방황하는 지식인의 내면 풍경뿐만 아니라, 식민지 조선의 일상을 예리하게 관찰함으로써 '조선의 얼굴'을 담아낸 작가 현진건의 면모를 두루 살폈다.

35 사랑 이광수 장편소설

한승옥(숭실대) 책임 편집

춘원의 첫 전작 장편소설. 신문 연재물의 제약에서 벗어나 좀더 자유롭고 솔직한 그의 인생관이 담겨 있다. 이른바 그의 어떤 장편소설보다도 나아간 자유 연애, 사랑에 관한 작가의 생각을 엿볼 수 있는 작품. 작가의 나이 지천명에 이르러 불교와 『주역』 등 동양고전에 심취하여 우주의 철리와 종교적 깨달음에 가닿은 시점에서 집필된, 춘원의 모든 것.

36 화수분 전영택 중단편선

김만수(인하대) 책임 편집

수록 작품 천치? 천재?/운명/생명의 봄/독약을 마시는 여인/화수분/후회/여자도 사람인가/하늘을 바라보는 여인/소/김탄실과 그 아들/금붕어/차돌멩이/크리스마스 전야의 풍경/말 없는 사람

1920년대 초반 자연주의, 사실주의적 색채가 강한 작품 세계로 주목받았던 작가 전영택의 대표작선. 이들 작품에서 작가는, 일제 초기의 만세운동, 일제 강점기하의 극심한 궁핍, 해방 직후의 사회적 혼돈, 산업화 초창기의 사회적 퇴폐상에 대한 자신의 경험을 소박한 형식 속에 담고 있다.

37 유예 오상원 중단편선

한수영(동아대) 책임 편집

수록 작품 황선지대/유예/균열/죽어살이/모반/부동기/보수/현실/훈장/실기

한국 전후 세대 문학의 대표 작가 오상원의 주요작 10편을 묶었다. '실존'과 '행동'에 초점을 맞춘 그의 작품은, 한결같이 극한 상황에 처한 인간 존재의 의미를 묻는 데 천착하면서 효과적인 주제 전달을 위해 낯설고 다양한 소설적 실험을 보여준다.

38 제1과 제1장 이무영 단편선

전영태(중앙대) 책임 편집

수록 작품 제1과 제1장/흙의 노예/문 서방/농부전 초/청개구리/모우지도/유모/용자소전/이단자/B녀의 소묘/O형의 인간/들메/며느리

한국 농민문학의 선구자로 평가받는 이무영의 주요 단편 13편 수록. 이들 작품에서 작가는, 농민을 계몽의 대상이 아닌, 흙을 일구는 그들의 삶을 통해서 진실한 깨달음을 얻는 자족적 대상으로 바라본다. 이무영의 농민소설은 인간을 향한 긍정적 시선과 삶의 부조리한 면을 파헤치는 지식인의 냉엄한 비판 의식이 공존하고 있다.

39 꺼삐딴 리 전광용 단편선

김종욱(세종대) 책임 편집

수록 작품 흑산도/진개권/지층/해도초/GMC/사수/크라운장/충매화/초혼곡/면허장/꺼삐딴 리/곽 서방/남궁 박사/죽음의 자세/세끼미

1950년대 전후 사회와 60년대의 척박한 삶의 리얼리티를 '구도의 치밀성'과 '묘사의 정확성'을 통해 형상화한 작가 전광용의 대표 단편 15편 모음집. 휴머니즘적 주제 의식, 전통적인 서사 형식, 객관적이고 냉철한 묘사 태도, 짧고 건조한 문체 등으로 집약되는 전광용의 작품 세계를 한눈에 살필 수 있는 계기.

40 과도기 한설야 단편선

서경석(한양대) 책임 편집

수록 작품 동경/그릇된 동경/합숙소의 밤/과도기/씨름/사방공사/교차선/추수 후/태양/임금/딸/철도 교차점/부역/산촌/이녕/모자/혈로

식민지 시대 신경향파·카프 계열 작가로서 사회주의 리얼리즘 문학을 추구한 작가 한설야의 문학적 특징을 잘 드러내는 단편 17편을 수록했다. 시대적 대세에 편승하며 작품의 경향을 바꾸었던 다른 카프 작가들과는 달리 한설야는, 주체적인 노동자로서의 삶을 택한 「과도기」의 '창선'이 그러하듯, 이 주제를 자신의 평생 과제로 삼아 창작에 몰두했다.

41 사랑손님과 어머니 주요섭 중단편선

장영우(동국대) 책임 편집

수록 작품 추운 밤 / 인력거꾼 / 살인 / 첫사랑 값 / 개밥 / 사랑손님과 어머니 / 아네모네의 마담 / 북소리 두둥둥 / 봉천역 식당 / 낙랑고분의 비밀

주요섭이 남녀 간의 애정 문제를 주로 다룬 통속 작가로 인식되어온 것은 교정되어야 마땅하다. 그는 빈민 계층의 고단하고 무망(無望)한 삶을 사실적으로 재현하는 데 탁월한 기량을 보였으며, 날카로운 현실인식과 객관적 묘사의 전범을 보여주었고 환상성을 수용함으로써 보다 탄력적인 소설미학을 실험하기도 하였다.

42 탁류 채만식 장편소설

우찬제(서강대) 책임 편집

채만식은 시대의 어둠을 문학의 빛으로 밝히며 일제 강점기와 해방기의 우리 소설사를 빛낸 작가다. 그는 작품활동 전반에 걸쳐 열정적인 창작열과 리얼리즘 정신으로 당대의 현실상을 매우 예리하게 형상화했다. 특히 『탁류』는 여주인공 초봉의 기구한 운명의 족적을 금강 물이 점점 탁해지는 현상에 비유하면서 타락한 당대의 세계상을 여실하게 드러내주고 있다.

43 벙어리 삼룡이 나도향 중단편선

우찬제(서강대) 책임 편집

수록 작품 젊은이의 시절 / 별을 안거든 우지나 말걸 / 옛날 꿈은 창백하더이다 / 여이발사 / 행랑 자식 / 벙어리 삼룡이 / 물레방아 / 꿈 / 뽕 / 지형근 / 청춘

위험한 시대에 매우 불안하게 살았던 작가. 그러나 나도향은 불안에 강박되기보다 불안한 자유의 상태를 즐기는 방식으로 소설을 택한 작가였다. 낭만적 환멸의 풍경이나 낭만적 동경의 형식 등은 불안에 대한 나도향 식 문학적 향유의 풍경으로 다가온다.

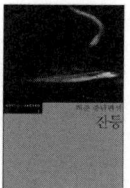

44 잔등 허준 중단편선

권성우(숙명여대) 책임 편집

수록 작품 탁류 / 습작실에서 / 잔등 / 속습작실에서 / 평대저울

한국 근대소설사에서 허준만큼 진보적 지식인의 진지한 자기 성찰을 깊이 형상화한 작가는 없었다. 혁명의 필연성을 기꺼이 인정하면서도 혁명과 해방으로 인해 궁지와 비참에 몰린 사람들에 대해 깊은 연민과 따뜻한 공감의 눈길을 던진 그의 대표작 다섯 편을 한데 모았다.

45 한국 현대희곡선

유치진 함세덕 오영진 차범석 이근삼 최인훈 이현화 이강백 이윤택 오태석

이상우(고려대) 책임 편집

수록 작품 토막 / 산허구리 / 살아 있는 이중생 각하 / 국물 있사옵니다 / 옛날 옛적에 훠어이 훠이 / 카덴자 / 봄날 / 오구─죽음의 형식 / 심청이는 왜 두 번 인당수에 몸을 던졌는가

한국 현대희곡 100년사를 대표하는 작품 열 편. 1930년대부터 1990년대까지 각 시기의 시대정신과 연극 경향을 대표할 만한 희곡들을 골고루 선별하였고, 사실주의 희곡과 비사실주의희곡의 균형을 맞추어 안배하였다.

46 혼명에서 백신애 중단편선

서영인 책임 편집

수록 작품 나의 어머니/꺼래이/복선이/채색교/적빈/낙오/악부자/정현수/학사/호도/어느 전원의 풍경—일명·법률/광인수기/소독부/일여인/혼명에서/아름다운 노을

일제강점기 한국문학을 대표하는 여성 작가이자 사회운동가인 백신애의 주요 작품 16편을 묶었다. 극심한 가난과 봉건적 인습의 굴레에 갇힌 여성들의 비극, 또는 그로부터 벗어나고자 하는 의지를 섬세한 필치와 치열한 문제의식으로 그려냈다. 그의 소설을 통해 '봉건적 가족제도와 여성의 욕망'이라는 해묵은 주제가 오늘날에도 여전히 풀리지 않는 과제로 존재하고 있음을 알게 된다.

47 근대여성작가선

김명순 나혜석 김일엽 이선희 임순득

이상경(KAIST) 책임 편집

수록 작품 의심의 소녀/선례/돌아다볼 때/탄실이와 주영이/경희/현숙/어머니와 딸/청상의 생활—희생된 일생/자각/계산서/매소부/탕자/일요일/이름 짓기/딸과 어머니와

일제강점기 한국문학을 대표하는 여성 작가들의 주요 작품 15편을 한 권에 묶었다. 근대 여성의 목소리로서 여성문학은 봉건적 가부장제에서 벗어나고자 개인으로서 여성의 자유로운 선택을 가로막는 온갖 질곡에 저항해왔다. 여성이 봉건적 공동체를 벗어나 개성을 찾아 나서는 길은 많은 경우 가출, 자살, 일탈 등으로 귀결되었지만, 그럼에도 여성 자신의 힘을 믿으면서 공동체의 인습에 저항하고 새로운 공동체를 지향하는 노력이 있었다. 여기에 식민지라는 조건 속에서 민족의 해방은 더 큰 과제이기도 했다. 이 책에 실린 여성 작가의 작품들은 신여성의 이러한 꿈과 현실, 한계를 여실히 드러내 보여준다.

48 불신시대 박경리 중단편선

강지희(한신대) 책임 편집

수록 작품 계산/흑흑백백/암흑시대/불신시대/벽지/환상의 시기/약으로도 못 고치는 병

여성의 전쟁 수난사를 가장 탁월하게 그려낸 작가 박경리의 대표 중단편 7편 수록. 고독과 절망의 시대를 살아내면서도 현실과 타협하지 못하는 결벽성으로 인간의 존엄을 고민했던 작가의 흔적이 역력한 수작들이 담겼다.